Binnen de lijntjes

boekerij.nl

Mireille Versteeg

Binnen de lijntjes

Loes heeft totaal geen zin in een nieuwe relatie –
zeker niet als het hele schoolplein kan meegenieten

BOEKERIJ

ISBN 978-90-225-9907-5
ISBN 978-94-023-2120-3 (e-book)
ISBN 978-90-528-6600-0 (audio)
NUR 302

Omslagontwerp en -illustraties: © Ingrid Bockting
Auteursfoto: © Ellen van Doorn Photography
Zetwerk: Mat-Zet bv, Huizen

Voor Bouke, Lotte en Jelle.
Ik hou van jullie.
Tot de maan en weer terug.
En weer heen en weer terug.
En weer heen en weer terug.
En weer heen en weer terug.
Honderdmiljoentachtig keer.

1

Fuckfuckfuck! Waar zijn mijn autosleutels nou?! Ik check nog een keer de fruitschaal en de la van de vitrinekast. Waarom vind ik wel drie wuppies van het EK van 2006, maar geen autosleutels? Ik kijk naar de klok boven de eettafel. Zelfs als Max Verstappen me hoogstpersoonlijk zou wegbrengen ga ik niet meer op tijd komen.

Ik wist het wel, hoogmoed komt voor de val, want wat was ik trots op mezelf dat ik gisteravond de koffers al had gepakt en de tas met boodschappen had klaargezet. Ik hoefde vandaag alleen maar wat eerder weg te gaan van mijn werk. Dan zou ik alles zo, hup, in de auto kunnen zetten en ruim op tijd bij Erik zijn om de jongens op te halen. Maar nee, natuurlijk ben ik mijn sleutels kwijt. *What else is new?* Ik hoor het Erik al zeggen, met die afkeurende blik erbij die ik maar al te goed ken.

De charme van mijn chaotische karakter was er al snel af bij mijn ex en nog steeds is het hem een doorn in het oog. Daarom wilde ik vandaag ook niet te laat zijn om onze zoons bij hem op te pikken voor een kampeertrip. Stiptheid is een serieuze zaak voor Erik en ik geef hem liever geen aanleiding om een ruzie te beginnen.

Als mijn telefoon gaat verwacht ik dan ook dat hij het is die wil dubbelchecken of ik wel op tijd ga zijn, maar het is mijn moeder. Ik druk haar weg. Nu geen tijd voor. Ik draai me wanhopig om mijn as en scan de woonkamer. Waar heb ik ze toch gelaten? *Denk na, Loes!* Ik knijp mijn ogen dicht in de hoop dat ik op miraculeuze wijze een visioen krijg van de huidige verblijfplaats van mijn sleutelbos. Maar ik zie alleen maar een oneindige zwarte leegte.

Mijn telefoon kondigt met een *ping!* aan dat ik een bericht heb.

MAMA: *Wil je me svp asap bellen?*

Mijn moeder. Als ze twee afkortingen gebruikt moet het wel dringend zijn. Ik klik op haar nummer en klem de telefoon tussen mijn schouder en mijn oor terwijl ik met mijn handen in de spleten tussen de bankkussens voel.

'Ha, Loes! Fijn dat je even terugbelt.'

'Mam, wat is er aan de hand?'

'Nou, ik moet even weten wanneer je de verjaardag van de jongens gaat vieren.'

Ik kom met een ruk overeind. 'Serieus? Dat is over dik drie maanden pas!'

'Ja, maar toch. Ik moet het weten omdat ik met de meiden een weekend weg aan het plannen ben.'

'De meiden' zijn de vrouwen met wie mijn moeder al sinds jaar en dag een leesclub vormt. Ze lezen voornamelijk romannetjes met op de kaft gespierde mannen met ontbloot bovenlijf en rondborstige vrouwen met wapperende jurken, meestal verwikkeld in een vurige kus.

'Kan dit niet wachten?' zucht ik. 'Ik heb haast. Ik moet de jongens ophalen en...'

'Nou, eigenlijk niet. We hebben een fantastisch huisje gevonden in de Ardennen voor een goeie prijs, maar dan moeten we snel beslissen.'

Ik hervat mijn inspectie van de kussenspleten. 'Om welk weekend gaat het?'

'Dat is het ding. De jongens zijn op een woensdag jarig en we hebben een optie op het weekend ervoor en het weekend erna. Ik neem aan dat jij en Erik allebei een weekend pakken om een feestje te geven voor de families?'

'Euh, nee. Ik wilde het eigenlijk gewoon op één dag doen. Zeker deze eerste keer.'

'Maar,' mijn moeder klinkt hevig ontsteld. 'Nu jullie gescheiden zijn gaan jullie toch niet sámen...'

Ik snap haar verbazing wel. Na haar eigen scheiding konden zij en mijn vader absoluut niet meer door één deur, dus samen mijn verjaardag vieren zat er daarna niet meer in. Ik ben vastbesloten het met Erik anders aan te pakken. Voor de jongens.

Om beter bij de spleet tussen de rugleuning en de zitting te komen gooi ik een aantal kussens van de bank. Ik steek er een hand diep in en – bingo! Met een vreugdekreet trek ik de sleutelbos tevoorschijn en houd hem triomfantelijk in de lucht. 'Mam, sorry, ik móét hangen. Ik zie Erik zo, ik probeer het met hem te bespreken, oké?'

'Ja, graag, want de opties lopen morgenochtend af. En, Loes?'

Ik sjor de boodschappentas om mijn arm en grijp de handvatten van de twee rolkoffers. 'Ja?'

'Als je maar niet van mij verwacht dat ik ook maar één minuut in dezelfde ruimte ga zitten met je vader en die vrouw.'

Ik rol met mijn ogen en zucht. 'Ik heb hier nu echt geen tijd voor. Ik bel je later terug.'

Zodra ik heb opgehangen, ren ik de voordeur uit naar mijn auto. Mijn zilvergrijze derdehands Volkswagen Polo staat vol in de zon en de doffe plekken waar de lak inmiddels is versleten vallen nu extra op. Maar het deert me niet, deze auto was het enige wat ik me kon veroorloven en ondanks zijn leeftijd doet hij het nog prima. Ik til de koffers en de boodschappentas in de achterbak en sluit de klep. Een seconde neem ik de tijd om mezelf af te vragen of ik écht niets ben vergeten en stap dan in. De klok in het dashboard geeft inmiddels vijf over drie aan. Vijf minuten te laat. Tegen de tijd dat ik bij Erik ben zijn dat er tien. Ik kreun bij de gedachte aan de sneer die ik ga krijgen.

Ik jaag mijn auto door het nauwe straatje waar mijn huis staat, een van de weinige straten in de wijk met huizen onder de vier ton. Ook wel 'Boulevard Of Broken Dreams' genoemd omdat er voornamelijk gescheiden mensen wonen. Of beter gezegd, de partners die financieel minder florissant uit de strijd zijn gekomen, maar toch in de wijk wilden blijven, zoals ik. Het was al heftig genoeg voor de jongens dat hun vader en ik uit elkaar gingen en ik wilde ze niet ook nog aan een nieuwe buurt laten wennen. Dus ben ik gebleven.

De straat is een oase in de buurt. Tenminste, zo zie ik dat. De huisjes zijn knusse jarendertigwoningen met minuscule achtertuintjes waardoor iedereen bij mooi weer op de bankjes voor hun huis zit en er spontaan straatborrels ontstaan. Een schril contrast met de grote, statige huizen in de rest van de wijk met puntige gietijzeren hekken of rijen coniferen om pottenkijkers te weren. Op zo'n huis rijd ik nu af. Het huis waar ik zelf tot een maand of acht geleden heb gewoond. Vanbuiten is de woning nog helemaal in de bouwstijl van begin negentiende eeuw maar vanbinnen zijn alle originele details vervangen door staal, beton en wit stucwerk. Zelfs het prachtige visgraatparket is vervangen door een lichtgrijze gietvloer. Niet mijn keuze. Maar dat geldt voor meer dingen in de tijd dat we hiernaartoe verhuisden. Mijn zwangerschap verliep niet bepaald vlekkeloos, maar ik was zo opgelucht dat ik eindelijk in verwachting was – van een tweeling nog wel – dat ik nergens anders mee bezig was.

Ik parkeer achter de Tesla van Erik en haast me naar de voordeur. Voordat ik kan aanbellen vliegt de deur open en rennen mijn twee zoons op me af. Ik zak op mijn knieën om ze op te vangen. Terwijl ze met hun armen om me heen tegen me aan leunen druk ik mijn neus in hun kruinen en snuif hun geur op.

'Lieverds, wat heb ik jullie gemist.' Ik houd ze een klein stukje van me af. Ze zijn twee weken weggeweest met hun vader, maar het lijkt een eeuwigheid. 'Laat me eens naar jullie kijken. Wat zijn jullie bruin!'

Jasper en Joris kijken trots naar elkaar en dan weer naar mij. Hun grote bruine ogen stralen en ik zie nu pas hoe blond hun haar is geworden door de zon. Een kopie van elkaar en een combinatie van hun ouders. Mijn kleur ogen en de haarkleur van Erik.

'Hebben jullie het leuk gehad in Italië?' Ze knikken enthousiast. 'Jullie moeten straks maar alles vertellen. Waar is jullie vader?'

Erik verschijnt in de deuropening. Zijn gezicht is net zo bruin als dat van zijn zoons. Met zijn doordringende lichtblauwe ogen en goudblonde krullen heeft hij genoeg ingrediënten om volledig voor in katzwijm te vallen, maar voor mij is de glans er al lange tijd af. Zeker met de geïrriteerde uitdrukking die hij nu op zijn gezicht draagt.

Ik schraap mijn keel en sta op. 'Hoi.'

'Hoi? Het is kwart over drie, Loes! Waar was je?'

Ik overweeg om ertegen in te brengen dat het niet later kan zijn dan tien over drie, maar die nuance zal mijn zaak toch niet helpen. In plaats daarvan veins ik een schuldbewuste glimlach.

'Ja, sorry. Ik was al bijna onderweg maar ik kon mijn sleutels niet vinden en toen belde mijn moeder…' Het laatste gedeelte van de zin komt er haast fluisterend uit als Erik zijn hand omhooghoudt en me afkapt.

'Bespaar me je smoesjes maar.'

Hij draait zich om en loopt terug het huis in. Ik voel me terechtgewezen alsof ik een kind van vier ben in plaats van een volwassen vrouw van zevenendertig. Vanuit mijn maag rijst het bekende zure gevoel op dat ik geleerd heb terug te duwen. Ik plak een glimlach op mijn gezicht en kijk naar de jongens die nog steeds tegen me aan geleund staan.

'Wat zeggen jullie ervan, zullen we gaan? Hebben jullie er zin in?'

'Ja!' roepen ze in koor.

Erik komt weer naar buiten met een grote tas in zijn hand. 'Schone kleren, zwembroeken, hun knuffels,' zegt hij afgemeten tegen mij, en tegen de jongens: 'Pakken jullie nog even jullie iPads?'

Jasper en Joris rennen het huis in en Erik loopt langs me heen naar mijn auto. Hij blijft staan en kijkt weifelend naar de achterklep, alsof hij niet precies meer weet hoe dit soort prehistorische modellen werken. Als ik de achterbak voor hem heb geopend kijkt hij misprijzend naar de koffers die ik zonet gehaast in de auto heb geslingerd. Mijn helft van de peperdure kofferset die we ooit deelden is inmiddels flink gebutst en bekrast. Ik wil wedden dat die van hem nog glimmen alsof ze net uit de winkel komen. Voordat hij er iets van kan zeggen sluit ik de klep met een klap.

Erik neemt met een knuffel afscheid van de jongens en houdt het portier voor ze open zodat ze in kunnen stappen. Weer onderwerpt hij de binnenkant van mijn auto aan een kritische inspectie en test de betrouwbaarheid van de veiligheidsgordels door er een ruk aan te geven. Ik bijt op mijn lip en tel in gedachten tot tien. Ik houd mezelf voor dat hij alleen maar denkt aan de veiligheid van de jongens en dat hij het niet doet om mij te irriteren.

Als ik bij mijn portier blijf dralen trekt Erik een wenkbrauw op.

'Is er iets? Normaal kan je niet wachten om je hielen te lichten.'

Ik negeer het sarcasme in zijn stem.

'Ik moet nog wat met je bespreken. Over de verjaardag van de jongens.'

Eriks wenkbrauw schiet zo mogelijk nog verder omhoog. 'Hun verjaardag? Die is in november.'

'Ja, ik weet het, maar mijn moeder wil graag weten wanneer we het vieren. Iets met een weekend weg. Een heel verhaal. In ieder geval, het leek me sowieso goed om het er eens over te hebben. Over hoe we dat gaan doen, nu we...'

Erik zucht en gebaart om zich heen. 'En dat wil je nu doen? Hier? Midden op straat?'

'Nou, nee, liever niet, maar mijn moeder heeft snel antwoord nodig.'

'O, ik begrijp het al. Koningin Hetty heeft weer eens iets te willen.'

Ik wil protesteren en zeggen dat hij niet zo over mijn moeder moet praten (alleen ik mag dat), maar hij pakt zijn telefoon en begint te scrollen.

'Als de koningin snel antwoord nodig heeft dan gaan we dat natuurlijk regelen.' Het venijn druipt van zijn stem en ik kijk door het autoraam om te zien of de jongens iets in de gaten hebben, maar die hebben alleen oog voor hun iPads.

'Ze zijn op een woensdag jarig zie ik,' zegt Erik. 'Het weekend ervoor zijn ze bij jou, dan kan jij het vieren, en het weekend erna zijn ze bij mij en dan vier ik het met mijn familie.' Hij sluit zijn telefoon af en kijkt me met een uitgestreken gezicht aan.

'Dat is het hem nou juist,' begin ik. 'Ik wil het niet gesplitst vieren. Het is allemaal al zo...'

Erik perst zijn lippen op elkaar tot een strakke streep en ik weet dat ik op mijn hoede moet zijn. Ik haal diep adem.

'Kunnen we het niet gewoon samen vieren? Op één dag, met jouw familie én mijn familie? In elk geval deze eerste keer?'

Erik knippert met zijn ogen en tuit zijn lippen. Hij denkt na.

Dan knikt hij. 'Oké, daar kan ik me wel in vinden.'

'Fijn!' zeg ik opgelucht. 'Dan moeten we alleen nog bepalen wanneer en bij wie. Ik zou het heel graag in mijn weekend bij mij thuis willen doen zodat dat huis ook wat meer geschiedenis krijgt.'

Erik knijpt zijn ogen tot spleetjes en houdt zijn hoofd schuin.

'Hm. Je hebt er al goed over nagedacht, hè?'

'Eh...'

'Wat als ik zeg dat ik het juist hier wil doen, zodat dít huis minder aanvoelt als het huis waar hun moeder niet meer woont?'

Hoe doet hij dat toch? Hoe kan hij me zo raken met woorden dat het voelt alsof ik in de boksring een genadeloze combinatie van Muhammad Ali sta te incasseren?

Ik sta nog naar de juiste woorden te zoeken om te reageren als Joris het portier opendoet en zijn hoofd naar buiten steekt. 'Gaan we nou nog, mama?'

Zijn stem doet de mist van frustratie in mijn hoofd optrekken.

'Ja, liefje, we gaan.' Ik kijk Erik aan. 'We hebben het er later nog wel over.'

Hij haalt zijn schouders op. 'Er valt niet zoveel meer te bespreken. Hoe langer ik erover nadenk hoe logischer ik het vind dat we het hier, in mijn weekend, doen.'

Ik werp hem een boze blik toe.

'Ik bel je nog wel,' zeg ik vastbesloten en stap in.

Als ik de auto start verschijnt zijn gezicht met een schijnheilige glimlach in het raam van de bijrijdersstoel.

'Dág, veel plezier op de camping.'

Ik geef iets te fanatiek gas, waardoor hij snel opzij moet springen om het opspattende grind te ontwijken. Net goed.

We zijn een goed half uur op weg als het steeds stiller wordt op de achterbank. Ik zie in mijn achteruitkijkspiegel hoe Jasper en Joris allebei onderuitgezakt tegen hun respectievelijke portier aan leunen, hun ogen op half zeven. Ze zijn gisteravond pas laat teruggekomen van hun vakantie in Italië. Daarnet hebben ze me er alles over verteld. Over het grote appartement waar ze in verbleven met het zwembad dat over de zee uitkeek. Over het treintje dat over de boulevard heen en weer reed en de *gelaterias* met de ontelbare smaken ijs. Hoe gezellig het was met hun vader en hoe ze bijna elke avond pizza aten en laat naar bed gingen.

Dat laatste verbaasde me. Erik is normaal nogal strikt als het op rust, reinheid en regelmaat aankomt. Misschien dat de zon en het luxe familieresort aan de Toscaanse kust hem relaxter hadden gemaakt.

Ik zucht een diepe kinderachtige zucht van afgunst en ben blij dat de jongens in slaap zijn gesukkeld zodat ze mijn zelfmedelijden niet meekrijgen. Ik dwing mezelf om niet te veel te denken aan de dingen die ik kwijt ben, maar te focussen op wat ik heb. Zoals het gezellige huis dat ik heb kunnen kopen of mijn leuke baan en de collega's die als vrienden voelen. De heftigste periode na de scheiding zit erop. En dat is precies wat ik dit weekend ga vieren. Het is het laatste weekend van de zomervakantie en maandag begint het nieuwe schooljaar. Een mooi symbolisch startpunt voor een nieuwe fase. Ik kijk nog eens in de spiegel naar de slapende gezichtjes van de jongens. Het komende jaar wordt een jaar van rust en balans. Daar slik ik graag af en toe mijn ergernis en trots voor in.

2

De vrolijke ringtone van mijn telefoon klinkt hard door de stille auto en ik schrik me een hoedje. Ik neem snel op zodat de jongens niet wakker worden.

'Hallo?' fluister ik.

'Weet je al iets?'

'Mam? Wacht even.'

Ik probeer zo goed en zo kwaad als het kan het snoertje van mijn koptelefoon in de telefoon te pluggen en de dopjes in mijn oren te stoppen.

'Weet je al welk weekend het wordt?'

Ik mime de woorden *Oh my god!* tegen mezelf in de achteruitkijkspiegel. 'Nee. Nog niet,' antwoord ik zo geduldig mogelijk.

'Waarom fluister je? Heb je het niet besproken met Erik?'

'Jawel.'

Ik denk terug aan het vervelende gesprek en voel hoe de haren in mijn nek overeind gaan staan. 'Maar we zijn er nog niet over uit.'

Mijn moeder zucht teleurgesteld. 'O, dat is echt vervelend. We krijgen net bericht dat de opties vandaag om vijf uur komen te vervallen. Niet morgenochtend.'

Ik kijk op mijn telefoon, het is bijna vier uur. Ik ga er in een uur tijd niet uit komen met Erik. Zeker niet als hij doorkrijgt dat ik nog meer haast heb met een beslissing. Ik wil hem ook niet bellen waar de jongens bij zijn en ze in de gaten krijgen dat er over hun verjaardag wordt gekibbeld. Er zit niets anders op dan hem zijn zin te geven.

'Boek het eerste weekend maar. Dan vieren we de verjaardag het weekend erna, bij Erik.'

'Weet je het zeker?'

'Ja, ik weet het zeker,' zucht ik.

'O, joepie! Dank je schat.' En weg is ze.

Ik blaas een lange adem uit. Ik had de verjaardag zo graag in mijn nieuwe huis gevierd, ik zag het al helemaal voor me. Maar misschien had ik het me te romantisch ingebeeld, met de familie van Erik en mijn ouders lachend naast elkaar in mijn kleine woonkamertje. Schouder aan schouder terwijl ze de tapasplank aan elkaar doorgeven en proosten op de jongens als ze hun kaarsjes uitblazen. Maar, wie hield ik voor de gek? Zo is het nooit gegaan. Wat dat betreft was de grote open ruimte in ons huis (correctie: *Eriks* huis) een uitkomst. Zo konden mijn vader en moeder genoeg afstand van elkaar houden in de korte tijd dat ze tegelijkertijd aanwezig waren en hadden ook de familieleden van Erik genoeg beweegruimte om mijn praatzieke moeder te ontlopen.

Ach, ik ben in elk geval blij dat we het alsnog op één dag met beide families vieren. Dat zal vast niet voor altijd kunnen, maar voor deze eerste verjaardag na de scheiding lijkt het me een minder harde overgang voor de jongens. En bovendien hebben we ook nog het kinderfeestje op hun verjaardag zelf, dat valt in mijn week dus zorg ik dan wel dat er een eerste feestelijke herinnering aan mijn eigen huis wordt gemaakt.

Mijn aandacht wordt getrokken door een oranje lampje op mijn dashboard. Ik heb benzine nodig. Ik tuur op de borden langs de weg om te zien of we in de buurt zijn van een pomp en zie nu pas hoe de omgeving is veranderd. Aan beide kanten van de weg pronken rijen hoge naaldbomen en ik ruik, zelfs met de ramen dicht, de boslucht. Meteen klaart mijn humeur wat op. Ik was bijna vergeten dat ik op weg ben naar een heerlijk vrij weekend met mijn jongens. Ik kan me misschien geen fancy Italiaans resort veroorloven, maar voor dit weekend heb ik een safaritent gehuurd op een camping midden in het bos en ik weet zeker dat dat minstens zo leuk is.

Zachtjes neuriënd rijd ik de oprit op naar het tankstation. Het is omringd door het bos en tijdens het tanken geniet ik van het uitzicht. Door de beschutting van de bomen is de lucht koeler en dat is een welkome afwisseling van de hitte die deze laatste dagen van augustus overheerst. Ondanks de relatieve koelte kan ik alsnog niet wachten om me om te kleden. Ik heb nog steeds de knielange rok en de blouse aan die ik vanochtend naar mijn werk droeg. Als het ook maar iets boven de vijftien graden is draait de airco in de schouwburg al meteen op volle toeren. Maar nu staat het zweet me op de rug en verlang ik naar het zomerjurkje dat ik heb ingepakt.

Als ik in de rij voor de kassa sta te wachten app ik Erik.

LOES: *Laten we jouw weekend aanhouden om de verjaardag van de jongens te vieren.*

Zijn reactie komt vrijwel meteen.

ERIK: *Daar was ik al van uitgegaan.*

Ik steek mijn tong uit naar mijn mobiel en bel mijn moeder. Als ze opneemt hoor ik haar shih tzu op de achtergrond keffen.

'Eddie, laat die vogeltjes nou maar met rust!' Ze klinkt als een kleuterjuf. 'Ja, Loes?'

'Is het gelukt met het huisje?' wil ik weten.

'Ja, heel fijn. Dat scheelde echt heel veel.'

Ik frons. 'Scheelde wat veel?'

'Nou, als we voor vijf uur bevestigden kregen we er gratis een overnachting bij.'

Hè? 'Dus het ging er helemaal niet om dat het huisje anders zou zijn vergeven, maar dat jullie een betere deal konden krijgen?' Ik gooi een hand gefrustreerd in de lucht en mijn stem slaat over. 'Heb ik me daarom zo moeten haasten?'

'Wat is er liefje?' vraagt mijn moeder onschuldig. 'Had ik dat er niet bij gezegd?'

'Nee!' roep ik.

De twee meisjes die voor me in de rij staan draaien zich geschrokken om. 'Nee,' fluisterschreeuw ik nu in de telefoon. 'Alleen dat jullie een optie hadden tot morgenochtend en daarna ineens tot vijf uur, alsof ze het anders aan iemand anders zouden verhuren.'

Mijn moeder lacht smakelijk. 'Nee joh, gekkerd. En anders hadden we toch gewoon een ander huisje gezocht?'

Mijn mond valt open van verbazing en van de weeromstuit hang ik op. *Hetty strikes again!* Niet te geloven, dit hele gedoe zodat mijn moeder en haar leesclubje gratis een avond langer kunnen praten over 'trillende boezems' en 'dijen van staal'.

Ik merk pas dat ik hardop heb gevloekt als de meisjes voor me zich weer omdraaien en me bezorgd aankijken. Een van hen draagt een wit T-shirt met daarop de tekst CUT OUT THE TOXIC PEOPLE IN YOUR LIFE. Een maniakale lach borrelt op in mijn borst, maar ik kan hem net op tijd tegenhouden en vermommen als een kuchje.

'Sorry,' mompel ik. De meisjes draaien zich weer terug, maar niet voordat ze een blik van verstandhouding hebben gewisseld. Ik weet wat ze denken: die arme vrouw is aan het doordraaien. En ze hebben niet eens helemaal ongelijk.

Wacht maar, denk ik. Met je twintig jaar en je zorgeloze leventje. Op een dag heb je verantwoordelijkheden en leef je niet meer alleen voor je volgende Instagram-post.

Door het raam van het tankstation zie ik dat de jongens inmiddels wakker zijn. Ze hebben hun gezichten tegen de autoruit geplakt en trekken gekke gezichten naar me. Grinnikend doe ik ze na en ik begrijp het volledig dat de twee meisjes na het afrekenen met een grote boog om me heen lopen en oogcontact vermijden.

Het grind van de oprit naar de boerderij knispert onder mijn banden als ik mijn auto tot stilstand breng. Ik ben al zeker tien minuten tevergeefs aan het zoeken naar de weg die naar de camping moet leiden, maar zelfs Google Maps heeft me in de steek gelaten. De boerderij is het enige teken van leven in de omgeving en ik heb besloten om ouderwets de weg te vragen.

De jongens kijken bezorgd door het autoraam naar de boerderij. Die staat er vervallen bij en alleen aan het rookpluimpje, dat uit de schoorsteen kringelt, maak ik op dat er iemand woont. Op het erf liggen de roestige overblijfselen van tractoren en in een aangrenzend kaal stukje weiland staat een ezel voor zich uit te staren. Terwijl ik langzaam op de voordeur af loop probeer ik de horrorfilmmuziek in mijn hoofd te negeren. Ik verwacht dat er elk ogenblik een gemaskerde man met een kettingzaag tevoorschijn zal springen, maar ik maan mezelf tot kalmte.

Als ik bij de voordeur aankom lach ik nog even naar de jongens om te laten zien dat er geen vuiltje aan de lucht is. En wanneer ze grote ogen opzetten en druk beginnen te gebaren, zwaai ik extra luchtig naar ze terug. Ik realiseer me pas dat ze me proberen te waarschuwen op het moment dat ik het gegrom hoor. Ik verstijf en al mijn zintuigen staan op scherp. Achter me hoor ik het geknerp van poten op het grind en het schrapende geluid van een metalen ketting die over de grond sleept. Langzaam draai ik me om en zie ik de grootste en meest gespierde rottweiler die ik ooit heb gezien op me af lopen. Zodra we oogcontact maken stopt hij. Hij staat iets naar achteren geheld, gespannen als een veer en klaar om op me af te vliegen, vlokken schuim vallen van zijn mondhoeken op de grond.

Er zit een meter of drie tussen ons en hoewel hij aan een ketting vast zit kan ik niet zien waar die aan bevestigd zit. Ik probeer te bedenken wat het verstandigste is in deze situatie. Ik heb het vast ergens gelezen of gehoord. Maar de gedachten schieten door mijn hoofd als kikkers in een emmer en als de hond hard begint te blaffen draai ik me om en zet ik het op een lopen. Ik hoor hoe ik op de hielen word gezeten, de ketting maakt een onheilspellend ratelend geluid en de hond blaft en gromt alsof ik zijn grootste vijand op aarde ben. Mijn strakke rok belemmert me in het bereiken van een doeltreffende snelheid dus ik sjor hem omhoog en ren zo hard als ik kan naar de auto. Als ik een blik over mijn schouder waag zie ik nog net hoe de hond met een ruk tot stilstand komt als hij aan het einde van zijn ketting is. Het had niet veel gescheeld of hij had een hap uit mijn kuit kunnen nemen. De hond kijkt me een seconde beteuterd aan maar begint dan weer als een bezetene te blaffen. Van schrik ren ik alsnog het laatste stuk naar mijn auto. De jongens juichen en joelen en net als ik langs de motorkap ren op weg naar mijn portier zoeft er een massieve zwarte gestalte rakelings langs me heen.

'Pas op!'

Een man op een mountainbike is zojuist op een haar na langs me heen geschoten. Hij wordt meteen gevolgd door nog een fietser, en nog één, en nog één. Geschrokken zet ik een stap achteruit om de rij mannen, vrouwen en kinderen die volgen de ruimte te geven. Ik leun met een hand op de motorkap en druk de andere tegen mijn borst. Hoeveel adrenalineshots kan een mens in zo'n korte tijd verwerken?

'Gaat het?'

Een van de fietsers is gestopt. Ik haal een keer diep adem en blaas langzaam uit in een poging mijn hartslag naar beneden te krijgen.

'Ik geloof van wel,' antwoord ik met een onvaste stem.

'Was je op de vlucht?'

Ik kijk achter me, de rottweiler dribbelt op zijn gemakje weg en verdwijnt om de hoek van het huis.

'Ja, ik wilde de weg vragen maar toen bleek Satans poortwachter de boel hier te bewaken.'

De fietser schiet in de lach en twee rijen rechte witte tanden worden zichtbaar. Het was niet mijn bedoeling om grappig te zijn, maar als dit de uitwerking is van iets wat ik heb gezegd dan ben ik daar niet op tegen.

Ik bekijk de fietser eens goed. Ik schat hem eind twintig, maar door de zonnebril en de moddervegen op zijn gezicht kan hij net zo goed jonger of ouder zijn. Wel kan ik met zekerheid vaststellen dat hij over een érg prettig gezicht beschikt.

Met een soepele beweging slaat hij een been over zijn zadel en doet zijn zonnebril af. Een paar indrukwekkende blauwgroene ogen kijken me vriendelijk aan.

'Kan ik je misschien helpen? Waar moet je naartoe?'

Nu hij rechtop staat registreer ik hoe lang hij is. En breed. En zeer goed in vorm, wat nog licht is uitgedrukt. Ik heb normaliter niet zoveel met mannen in fietskleding maar in dit geval neem ik mijn mening in heroverweging.

Ik glimlach dankbaar. 'Ik zoek Camping Boslust. Het moet hier ergens zijn.'

De jongen steekt een duim over zijn schouder. 'Je bent vlakbij.'

'Ja, dat dacht ik ook. Er moet een weggetje lopen.'

'Die moet je hebben.' Hij wijst naar de overkant van de weg, zo'n honderd meter verderop. Ik zie nog net hoe de laatste fietser van zijn groep er tussen de begroeiing verdwijnt.

'Hè? Hoe kan dat nou?' roep ik uit. 'Daar ben ik al zes keer langsgereden. Er zou een bordje moeten staan.'

'Dat staat er ook.'

'Echt?'

De jongen bekijkt me geamuseerd en als zijn ogen naar beneden dwalen voelt dat ronduit vrijpostig. Maar dan besef ik dat mijn rok nog tot halverwege mijn dijen zit gesjord. Zo nonchalant mogelijk trek ik de zoom van mijn rok naar beneden terwijl ik oogcontact probeer te vermijden.

De jongen stapt weer op zijn fiets. 'Nou, succes verder.'

'Ja, jij ook.' *Jij ook?* Waar slaat dát nou weer op? 'En bedankt natuurlijk,' roep ik tegen zijn rug terwijl hij wegfietst.

Hij antwoordt met een omhooggestoken hand. Even kijk ik hem na, het is een indrukwekkend gezicht om de spieren in zijn benen zo aan het werk te zien.

‘Ik wist niet dat je zo hard kon rennen,’ lacht Joris als ik weer in de auto stap.

‘Wist die meneer de weg, mama?’ vraagt Jasper.

‘Yes, we zijn heel dichtbij.’

Ik start de auto en niet veel later sla ik het bospad in dat de jongen me aanwees. Het bordje dat ik tot zes keer toe over het hoofd heb gezien, zie ik nu wel. Het staat iets van de weg af en door de groene kleur valt het niet echt op. Nogal wiedes dat ik het heb gemist, houd ik mezelf voor.

Om ons heen is nu alleen nog het weelderige groen van het bos te zien en ik laat het raampje van mijn portier zakken om de frisse lucht binnen te laten. Op de achterbank wippen Joris en Jasper op en neer. Het hazenslaapje van eerder heeft ze nieuwe energie gegeven en met de eindbestemming in zicht moet die energie eruit. Na een hobbelige tocht over het zanderige pad bereiken we de ingang van de camping. De jongens juichen van pret en zodra ik de auto naast het houten gebouwtje van de receptie heb geparkeerd, stuiven ze de auto uit.

‘Blijf een beetje in de buurt,’ roep ik ze na, maar ik geef ze geen ongelijk dat ze de boel meteen willen verkennen.

Achter het raam van de receptie staat een oudere dame met witgrijs haar glimlachend naar ons te kijken. Als ik de receptie binnenstap begroet ze me hartelijk en gebaart me aan haar bureau te komen zitten.

‘Ik heb ook een tweeling,’ zegt ze op vertrouwelijke toon terwijl ze een schaal met koekjes naar me toeschuift. ‘Ook twee jongens. Wel een stukje ouder natuurlijk, ze hebben zelf al kinderen.’

‘Wat leuk! Een- of twee-eiig?’

‘Eeneiig, net als die van u. Echt twee druppels water. Och, het kattenkwaad dat ze ermee hebben uitgehaald.’ De dame lacht uitbundig bij de herinnering. ‘Hoe oud zijn die van u?’

‘Acht.’

‘Heerlijke leeftijd! Nog wel klein, maar ze gaan steeds meer hun eigen gang.’

Ze heeft gelijk en ik moet glimlachen. Soms lijkt het alsof ze al helemaal zonder me kunnen, maar dan zijn er de momenten dat ze tegen me aan kruipen op de bank of me heel hard nodig hebben na een nachtmerrie.

'Ik had u al in de reserveringslijst zien staan, het valt me altijd meteen op als er kinderen met dezelfde geboortedatum komen. Mevrouw Dekker is het toch?'

Ik knik. De dame typt wat in op haar computer. Dan schuift ze me een plattegrond toe van de camping en omcirkelt de plek waar onze tent staat. Ik mag pas vertrekken nadat ze me een hele stapel folders heeft gegeven met alle activiteiten en bezienswaardigheden in de omgeving.

Als ik weer naar buiten stap snuif ik de geur van het bos op. De zon schijnt op mijn gezicht en ik luister naar het geluid van fluitende vogels en spelende kinderen. De camping is niet groot. Hij ligt langs een stroompje midden in het Veluwse Bos en er staan een stuk of vijftien ingerichte safaritenten om te huren. Onze tent is vlak bij de receptie dus ik besluit de auto te laten staan en onze spullen het kleine stukje te dragen. Joris en Jasper trappen inmiddels met andere kinderen een bal over.

Met de boodschappentas om mijn arm gelust en de twee rolkoffers achter me aan wil ik het weggetje naast de receptie oversteken, maar het kost me meer moeite dan ik dacht. De zandbodem is geen goeie ondergrond voor de kleine wieltjes van de koffers en de tas met boodschappen is net iets te zwaar. Ik had toch de auto even naast de tent moeten zetten.

'Hé, je hebt het gevonden.'

De mountainbike-wegwijs-jongen staat zijn fiets schoon te spoelen bij een kraantje dat uit de muur van het receptiegebouwtje komt. Wat doet hij hier nou? Hij kijkt me lachend aan en wijst naar mijn koffers. 'Hulp nodig?'

Ik kan me voorstellen hoe ik eruit moet zien met mijn koffers en mijn kokerrok en hakken. Hij zal me wel een stadse tuttebel vinden. Ik bedoel: wie neemt er nou rolkoffers mee naar een camping? Misschien dat ik toch meer ben gaan lijken op de mensen in de wijk waar ik woon dan ik doorhad. Ik lach schaapachtig. 'Nee, bedankt, het lukt wel.'

Ik blaas een pluk haar van mijn bezwete voorhoofd en moeizaam schuifel ik verder. Achter me hoor ik de jongen gniffelen. 'Weet je het zeker?'

'Yep, zeker weten,' zeg ik vastberaden en geef demonstratief een ruk aan de koffers, maar het enige wat ik daarmee bereik is dat ik een steeds diepere geul in het zand trek.

Voordat ik er erg in heb worden de twee koffers uit mijn handen getild.

'Waarheen?' vraagt de jongen en hij houdt de koffers omhoog alsof ze niks wegen. Even overweeg ik te protesteren maar dan voel ik een zweetdruppel over mijn rug naar beneden glijden en besluit ik gebruik te maken van zijn aanbod. Hoe eerder ik de spullen bij mijn tent heb, hoe eerder ik me om kan kleden.

Ik wijs naar een tent een paar meter verderop aan de andere kant van het pad. 'Die daar.'

Samen lopen we verder, de jongen voorop. Ik probeer niet te veel naar hem te staren maar ik kan er niets aan doen dat ik onbewust een inventarisatie maak van zijn imponerende lijf.

Brede schouders: check.

Slanke taille: check.

Goeie kont: dubbelcheck.

Als we bij de tent aankomen draait hij zich om. 'Hier?'

Ik knik. De tent staat op een grote houten vlonder en een deel ervan dient als veranda met een royale loungebank en twee ligstoelen. De jongen zet de koffers neer en steekt een hand naar me uit. 'Ik ben Bart trouwens.'

‘Hoi, ik ben Loes.’ Ik schud zijn hand en glimlach. ‘Heel erg bedankt voor je hulp, Bart.’

‘Graag gedaan.’

‘Dat is al de tweede keer vandaag.’

‘Ach, wat kan ik zeggen. Ik heb een zwak voor dames in nood.’

Ik glimlach. ‘Nou, dat doe je dan goed. Alleen nog een cape en voor je het weet heb je je eigen stripboek.’

Hij grinnikt en er verschijnen charmante kraaienpootjes bij zijn ogen. Hoe oud zou hij nou zijn? Misschien toch ouder dan ik dacht. Hij heeft nog steeds een helm op en een vies gezicht, dus ik kan het niet goed zien.

‘Sta je ook hier op de camping?’ vraag ik.

Hij knikt en wijst naar de overkant van het veld waar twee grote safaritenten dicht naast elkaar staan. Ik herken de groep fietsers van mijn bijna-doodervaring eerder vandaag. Een deel staat hun fietsen schoon te maken en de rest zit aan picknicktafels uit te rusten. ‘We zijn op familieweekend.’

‘Gezellig.’ Ik kijk met een licht gevoel van jaloezie naar het bonte gezelschap van mannen, vrouwen en kinderen. ‘Grote familie zo te zien.’

Bart glimlacht. ‘Ja, ik ben er een van vier. En alle aanhang is mee. Neefjes, nichtjes, je kent het wel.’

Aanhang. Het woord echoot in mijn hoofd. Waarom vraag ik me ineens af of hij ook aanhang heeft?

‘Nou, ik ga maar eens uitpakken,’ zeg ik met een kort glimlachje. Ik wil de veranda opstappen maar dat blijkt nog een hele uitdaging met mijn rok. Bart kijkt geamuseerd toe. Het maakt me nerveus. Ik zou willen dat hij wegging en me in alle rust liet stuntelen.

‘Lukt het verder zo?’

Nu ik op de veranda sta ben ik iets groter dan hij. Ik zet mijn handen in mijn zij en kijk op hem neer. ‘Jazeker, dank je wel.’

Bart maakt een korte buiging en knipoogt. ‘Ik zie je nog wel, Loes.’

Op de een of andere manier klinkt mijn naam uit zijn mond als de meest sexy naam in de geschiedenis der namen. Ik kijk hem na terwijl hij terugwandelt naar zijn fiets. Hij loopt op zo'n typisch zelfverzekerde manier zoals alleen mensen doen die volledig op hun gemak zijn in hun eigen lijf. Ik dwing mezelf weg te kijken en rol mijn koffers de tent binnen. Tijd om me eindelijk om te kleden. Ik heb het bloedheet en inmiddels niet alleen vanwege de zon.

3

'Mama, je doet het niet goed!'

'Nee, je doet het niet goed, mama!'

Dat is het nadeel van een tweeling hebben. Alle kritiek komt in tweevoud. Ik zit op mijn knieën naast een vuurschaal en blaas nog wat lucht in het plukje rokende houtkrullen waarvan ik hoop dat het een begin is van een kampvuur. Maar er gebeurt niets, behalve dat de rookontwikkeling stopt en ook deze vierde poging jammerlijk mislukt.

'Zie je wel, je doet het niet goe-hoed!' Joris gooit gefrustreerd zijn handen in de lucht. Jasper is inmiddels opgestaan en kijkt me hoofdschuddend aan. Hij zwijgt, alsof woorden hem tekortschieten om zijn teleurstelling in mij uit te drukken. Want: welke volwassene kan er nou geen vuur maken?

'Bel papa anders gewoon,' oppert Joris.

Alle vertrouwen in mij is opgegeven.

'Ja, bel papa,' valt Jasper hem bij.

Over mijn lijk.

'Nee liefjes, ik kan het heus wel. Ik denk dat het hout niet goed is.'

'Het hout is wel goed! Jij kan het gewoon niet,' zegt Joris, nu stampvoetend.

'Ja, jij kan het niet. En je hoort ook helemaal geen kaasschaaf te gebruiken. Dat doet niemand!'

Jasper maakt een weids armgebaar over de camping om aan te tonen dat ik echt de enige ben die bedacht heeft een kaasschaaf in te zetten bij het vuurmaakproces. Maar, hoe krijg ik anders houtkrullen? Volgens het YouTube-filmpje zijn die van essentieel belang om een goed vuur te maken. Er werd alleen niet uitgelegd hoe je eraan komt, dus toen ik bedacht de kaasschaaf langs een blok hout te halen vond ik mezelf redelijk geniaal.

'Vraag het anders aan hem.'

Ik kijk in de richting waar Jasper met zijn uitgestoken vinger naar wijst om te zien wie hij bedoelt met 'hem'. Aan de overkant van het veldje staat Bart behendig een kampvuur op te stoken. Mooie dikke vlammen laaien op uit zijn vuurschaal. Er komt geen kaasschaaf aan te pas.

Ik probeer te ontdekken wat de truc is maar ben al snel afgeleid door het aan- en ontspannen van zijn gespierde armen terwijl hij in het vuur prikt met een tak. Nu hij geen helm meer opheeft en alle modder van zijn gezicht is, kan ik hem beter zien. Zijn huid is zongebruind en zijn donkere haar valt nonchalant over zijn voorhoofd. Ik laat mijn ogen langs een keizerlijke, rechte neus en een zinnelijke mond gaan, dan volgt mijn blik de contouren van een kaaklijn waar kunstenaars in de renaissance waarschijnlijk van hadden gewatertand. En watertanden is precies wat ik doe als hij me recht aankijkt.

Snel kijk ik weg en pak mijn telefoon om nog eens een YouTube-tutorial te raadplegen. Als ik aandachtig luister naar de uitleg van een Australische survivalexpert blokkeert iets opeens het zonlicht. Tegelijkertijd dringt een aangename zeepgeur mijn neus binnen. Ik kan al raden wie er naast me staat. Ik kijk opzij en zie twee bruine gespierde benen.

'Gaat alles goed hier?'

'Nee. Mijn moeder kan geen vuur maken,' roept Joris.

Ik kijk mijn zoon gekrenkt aan. *Verrader!*

Bart komt gehurkt naast me zitten en buigt zich over de vuurschaal.

'Ah! Ik zie het al. Je bouwt het te dicht op elkaar. Dan komt er geen zuurstof bij. Kijk...'

Hij verwijdert wat hout en maakt een nieuw bouwsel. Het heeft inderdaad meer weg van de tipi die ik in de YouTube-video's zag.

Terwijl hij bezig is maak ik van de gelegenheid gebruik hem beter te bekijken. Van zo dichtbij is hij nog indrukwekkender. Ik volg de bewegingen van zijn armen en bewonder de spieren die zelfs in zijn onderarmen prominent te zien zijn. Hij heeft grote handen met slanke vingers en daarmee werkt hij momenteel geroutineerd aan ons kampvuur. Voordat ik het doorheb vraag ik me af wat die vingers nog meer geroutineerd zouden kunnen, om mezelf daarna meteen streng toe te spreken.

Doe normaal, Loes! Hij is misschien wel tien jaar jonger dan jij.

Maar het lukt me niet om mijn ogen van hem af te houden en ik registreer in detail hoe de stof van zijn T-shirt zich om zijn schouders spant. Als mijn blik op zijn mond valt en hij geconcentreerd op zijn onderlip bijt voel ik prompt vuurwerk in mijn onderbuik. Een sensatie waarvan ik me al maandenlang heb afgevraagd of ik het ooit nog zou ervaren. Mijn libido is ontwaakt uit haar oneindig lijkende winterslaap en doet momenteel vuurrode lipstick op.

Ik word uit mijn mijmeringen gehaald als hij opkijkt.

'Heb je lucifers?'

Mijn god, van dichtbij is het bijna onmogelijk om recht in zijn blauwgroene ogen te kijken. 'Eh… ja.' Ik reik hem het doosje aan en niet veel later prijkt er een knetterend kampvuur voor onze tent. Jasper en Joris springen juichend op en uit pure opluchting doe ik met ze mee. Bart slaat ons glimlachend gade.

'Hoe heb je dat geleerd?' vraagt Joris, wijzend naar het vuur.

'Ach, gewoon heel vaak doen. Het is niet zo moeilijk,' antwoordt Bart vriendelijk. Hij staat op en klopt zijn handen af aan zijn broek.

'Nou, mijn moeder lukt het anders niet. En ze wilde papa ook niet bellen om te vragen hoe het moest.'

'O? Is papa niet mee?'

'Papa en mama zijn gescheiden want mama vond papa niet meer leuk,' zegt Jasper luchtig terwijl hij bij het vuur knielt en erin blaast.

'Okééé,' zeg ik, iets te hard en opgewekt. Ik klap in mijn handen, alsof ik het pijnlijke moment als een zeepbel kan laten knappen. 'Ga de marshmallows maar pakken, jongens!'

Terwijl ze de tent in rennen kijk ik ze na, blij dat ze uit de buurt van Bart zijn voordat ze hem nog meer intieme informatie over mij kunnen vertellen.

'Nou, dank je wel, fijn dat je even kwam helpen. Alweer.'

'Geen probleem, zoals ik al zei...'

'Je hebt een zwak voor dames in nood,' vul ik hem aan.

Bart lacht. 'Dat was niet wat ik ging zeggen, maar oké.'

'Wat ging je dan zeggen?'

'Dat het niet zo moeilijk is als je het vaker hebt gedaan.' Hij geeft me de lucifers terug. 'Gewoon blijven oefenen.'

Hij houdt het doosje een moment langer vast dan nodig is voordat hij het loslaat en grijnst plagerig. *God, wat is hij knap.*

'Je moet nu zorgen dat het niet uitgaat. Af en toe wat hout erop leggen, maar niet te veel tegelijk.'

'Ik denk dat dat wel lukt.' Ik knik in de richting van zijn eigen kampvuur. 'Veel plezier nog dit weekend.'

Bart maakt geen aanstalten om weg te gaan maar blijft ontspannen staan.

'Heb je zin om wat te komen drinken? Wij gaan zo borrelen.'

De manier waarop hij zijn hoofd schuin houdt en me vragend aankijkt is ronduit onweerstaanbaar. Is hij nou met me aan het flirten? Ik schud inwendig mijn hoofd. *Natuurlijk niet!* Bovendien, dit weekend luid ik een periode in van *rust en balans*, en een aantrekkelijke redder in nood hoort daar niet bij. Zeker niet een stuk *jongere* redder in nood. Ook al bekijkt hij me nu geïnteresseerd van top tot teen met die fascinerende ogen van hem. Ik probeer mijn gezicht zo neutraal mogelijk te houden, maar ik weet zeker dat ik bloos.

De ongemakkelijke stilte die is gevallen wordt doorbroken als Jasper en Joris de tent uit komen rennen met de zak marshmallows.

'Nee, dank je, ik blijf even hier,' zeg ik verontschuldigend. 'Opletten dat er niemand gewond raakt.'

Bart lacht. 'Oké, ander keertje dan.'

Het is geen vraag. Hij zwaait naar mijn jongens en loopt dan terug naar zijn familie.

Zodra de marshmallows zijn geroosterd voegen Joris en Jasper zich weer bij hun nieuwverworven vrienden die aan het voetballen zijn. Het is tegen etenstijd, maar na de marshmallows heb ik geen haast om te koken dus ik schenk mezelf een groot glas witte wijn in en vlij mezelf neer op een van de ligstoelen op de veranda. De late middagzon schijnt volop en ik kijk tevreden om me heen. De vogels fluiten nog steeds uitbundig en ik hoor het geroezemoes van de andere gasten op de camping.

Ik neem een slok van mijn wijn en tuur over de rand van mijn glas naar de overkant van het veldje. Het is niet de eerste keer dat mijn ogen afdwalen naar die plek, op zoek naar dat ene gezicht.

Bart is geanimeerd in gesprek met een oudere man. Ze hebben dezelfde trekken, vooral de brede mond en gulle lach komen overeen. Ik gok dat het zijn vader is. Ik zie ook een oudere dame. Grijs haar, vriendelijk gezicht. Duidelijk een elegante vrouw, ondanks het wijde fleecevest dat ze over haar smalle schouders draagt. Vast zijn moeder. Ik bekijk de rest van de groep en maak onbewust de puzzel in mijn hoofd. Naast Bart en zijn vader zie ik nog drie mannen, ik schat ze allemaal in de dertig. Een van hen is onmiskenbaar een broer van Bart, een oudere versie van hem. Dezelfde donkere haren en brede kaak. Dezelfde oogopslag en bouw, hoewel een stuk minder gespierd dan zijn jongere broer. De andere twee mannen lijken in de verste verte niet op hem. Zwagers?

Mijn aandacht verschuift naar de vrouwen in de groep. Met zijn moeder erbij zijn het er in totaal vijf. Ik voel een steek van teleurstelling als een simpele optelsom me tot de conclusie brengt dat een van de vrouwen bij Bart moet horen. Ik bekijk de vier jongere vrouwen stuk voor stuk aandachtig. Twee van hen vallen direct af omdat ik uit hun interactie met de twee vermeende schoonbroers van Bart opmaak dat zij bij elkaar horen. Het moeten Barts zussen zijn. De twee vrouwen die overblijven zijn net met elkaar in gesprek als hij bij ze komt staan. Ik kijk hoe ze op hem reageren. Het is duidelijk dat ze allebei dol op hem zijn, maar ik kan niet goed zien welke van de twee zijn vriendin is. Pas als Barts oudere broer in het voorbijgaan een van hen liefkozend in haar nek kust is de deductie compleet en blijft de knappe sportieve blondine aan Barts zijde over. Ze is jong en straalt levenslust uit met haar grote ogen en korte haar.

Ze had niet meer van mij kunnen verschillen met mijn lange donkere haar. En waar zij klein van stuk en slank is, ben ik lang met ronde vormen. Hoewel ik altijd jonger word geschat kan ik zelfs vanaf hier zien dat ik niet in de buurt kom van de leeftijd van het meisje dat naast Bart staat en lachend naar hem opkijkt.

Ik roep mezelf tot de orde. Wat ben ik aan het doen? Waarom ben ik mezelf aan het vergelijken met de vriendin van een vreemdeling? Waarom vraag ik me af of ze wel écht verliefd zijn en waarom ze dan niet dichter bij elkaar staan? Waarom ze elkaar niet liefdevol aanraken in plaats van het plagerige broer-zusachtige dat ik meen te ontdekken in hun interactie?

Ik zucht diep en besluit dat ik afleiding nodig heb. Ik pak mijn telefoon en selecteer het nummer van Julian, mijn collega, om te checken of hij nog nieuws te melden heeft. Hij neemt vrijwel direct op.

'Hé, vakantieganger!'

Ik glimlach bij het horen van zijn stem. Op de achtergrond klinken de onmiskenbare geluiden van een vrijdagmiddagborrel, vrolijke stemmen en rinkelende glazen.

'Zit je op het terras?' vraag ik.

'Zeker! En ik ben al aan mijn vierde Aperol dus als je een serieus gesprek wil moet ik helaas ophangen.'

Ik grinnik. 'Ik wilde inderdaad weten of je een nieuwe tussenstand hebt.'

'Pff, Loes. Laat het los, je bent vrij. En ik ook.'

'Ik vind het gewoon spannend. Ik wil zo graag dat het een succes wordt.'

Julian maakt een minachtend geluid. 'Je wil onze baas gewoon bewijzen dat je gelijk had.'

Hij heeft een punt. Toen ik een jaar geleden hoofd programmering bij de schouwburg werd nam ik mezelf voor zo veel mogelijk nieuwe theatermakers een kans te geven. Mijn persoonlijke favoriet is Elias Meijer, een jonge regisseur en danser. Hij combineert in het stuk *FREE!* allerlei muzieksoorten en dansstijlen met elkaar, zoals klassiek met hiphop, ballet met latindans en operazang met fado. De voorstelling is zo experimenteel dat onze directeur nogal sceptisch was, maar ik kreeg hem uiteindelijk schoorvoetend over de streep. Vanmorgen zijn de kaartjes in de verkoop gegaan en sindsdien zeur ik bij Julian, die de marketingafdeling leidt, om de paar uur om een tussenstand.

'Toe? Wil je nog één keer voor me kijken?'

Julian zucht diep. 'Nee. En dat is puur voor je eigen bestwil. Je moet echt leren ontspannen. Vertel me bijvoorbeeld eens hoe het daar is.'

Ik trek een pruillip, maar besluit niet verder aan te dringen. 'Het is hier heerlijk,' verzucht ik, terwijl ik me uitrek op mijn stoel. 'Ik lig nu lekker in het zonnetje en de jongens zijn aan het voetballen.'

'Kijk, dat klinkt goed! En zijn er nog knappe vrijgezellen of alleen maar ANWB-stelletjes met elektrische fietsen en matching Teva-sandalen?'

Dat hij deze vraag stelt is niet uitzonderlijk. Hij maakt zich oprecht zorgen dat ik van schrik een celibataire levensstijl heb aangenomen na Erik.

'Nou, er is hier een jongen. Of man eigenlijk. Of jongen...' begin ik, en ik voel me meteen onnozel.

'Oeh!' Ik hoor haast hoe Julian zijn oren spitst. 'Wat is het? Een man of een jongen?'

Ik waag een blik naar de overkant van het veldje en zie hoe Bart hartelijk moet lachen om iets wat zijn vriendin zegt. Hij gooit zijn hoofd naar achteren en zijn prominente adamsappel gaat op en neer. Het is een magisch gezicht.

'Ik weet het niet. Hij is eind twintig denk ik.'

'Dat is een man, Loes. *Definitely* een man.' Ik hoor een aansteker en daarna het geknetter van de brandende tabak als Julian een trek van een sigaret neemt. 'Vertel me álles.'

'Het is niet wat je denkt. Hij is veel te jong –'

'Hou toch op!' onderbreekt hij me. 'Je doet alsof je al dood en begraven bent. Zo oud ben je niet. Je bent pas... hoe oud ook alweer?'

'Zevenendertig.'

'Echt? Maar dan nog. Dankzij Madonna is het volledig geaccepteerd om op jongere mannen te vallen. Heb alsjeblieft een beetje respect voor haar harde werk, anders heeft ze dat allemaal voor niets gedaan.' Hij neemt een slok van zijn drankje, ik hoor de ijsblokjes tikken tegen het glas. 'Bovendien, hij zou in zijn handjes moeten knijpen met een vrouw als jij.'

'Dat is heel lief, maar hij heeft al een vriendin.'

'O.'

'En hij vindt me waarschijnlijk gewoon een zielige alleenstaande moeder. Hij kwam me helpen met vuur maken.'

'Wat galant. Met of zonder shirt?'

'Jij maakt er meteen het begin van een slechte pornofilm van. Hij had gewoon netjes een shirt aan. Maar, waar het om gaat is dat ik voor het eerst weer eens wat voelde.' Ik denk na over hoe ik het moet omschrijven. 'Kriebels.'

'Daar beneden bedoel je? Halleluja!' roept Julian enthousiast. 'Hoe ziet hij eruit?'

'Hij heeft een vriendin, weet je nog?'

'Dus? Ik zeg niet dat je met hem moet trouwen, ik vraag hoe hij eruitziet. Als hij de boel weer aan het kriebelen heeft gekregen moet hij wel bijzonder zijn. Kom, doe deze mannenliefhebber een plezier, beschrijf hem eens voor me.'

Ik moet hardop lachen en besluit hem zijn zin te geven. Ik trek mijn knieën op zodat mijn gezicht enigszins verscholen is en ik Bart ongegeneerd kan begluren.

'Hm, eens kijken. Hij is lang, zeker een kop groter dan ik,' begin ik. 'En hij is fit. Gespierd, maar niet té.'

'Mmmm,' antwoordt Julian goedkeurend.

Ik pauzeer even terwijl mijn blik over de borstkas van Bart glijdt, langs zijn armen naar beneden. 'Hij heeft grote handen,' zeg ik dromerig.

'O, ik hou van grote handen,' zucht Julian.

'Ja, ik ook.' Ik denk terug aan hoe Bart gehurkt naast me zat. 'Hij ruikt ook lekker. En zijn ogen zijn echt waanzinnig mooi. Blauwgroen. Of groenblauw. Heel bijzonder. Met van die lange wimpers en donkere wenkbrauwen.'

'Ik krijg het geloof ik een beetje warm,' prevelt Julian en ik hoor aan het gerinkel van ijsblokjes dat hij nog een slok van zijn drankje neemt. Ik doe hetzelfde met mijn wijn.

'Is-ie donker of blond?' vraagt Julian nieuwsgierig.

'Donker. Kort, maar bovenop wat langer en een beetje krullend. En zijn mond...' Ik schuif heen en weer in de ligstoel en zet mijn zonnebril op mijn neus. Bang dat iemand aan me zou kunnen zien welke zondige gedachten er door mijn hoofd spoken. 'Hij lachte net voluit en ik dacht dat ik flauw ging vallen.'

'Wauw,' zucht Julian schor. 'Ik denk dat je er klaar voor bent.'

'Waarvoor?' vraag ik afwezig terwijl ik naar Bart staar. Hij maakt net een biertje open, niet wetende hoe sexy die handeling is door de ogen van een grotehandenliefhebber.

'Seks, Loes. Het is tijd voor seks!' roept Julian uit.

'Kan je dat misschien nog iets harder zeggen?' sis ik. 'Ik denk niet dat iedereen op het terras je heeft gehoord.'

'Ach, doe niet zo preuts.'

'Ik wil helemaal geen seks!' roep ik ontsteld.

'Nee, je wil geen relatie. Dat is wat anders. Ik heb het over seks. Je moet wel een beetje blijven oefenen, hoor. Zit je al op Tinder?'

'Tinder? Julian! Ik ben toch geen geile twintigjarige student?'

'Dat is zo'n achterhaald vooroordeel. Iederéén zit op Tinder. Tenminste, alle hetero's die snel van bil willen.'

'O mijn god! Ik kan niet eens geloven dat we het hierover hebben. Ik ga níét op Tinder. Ik kijk wel uit. Wat als iemand me herkent?'

'Hallo? De jaren vijftig belden en willen graag hun beperkte feministische overtuigingen terug.' Julian begint ongeduldig te klinken. 'Je moet het *ownen*. Er is toch niks mis mee om te laten zien dat je weer op de markt bent? Het is jouw leven, je bepaalt zelf de regels.'

Ik zucht diep. Julian denkt er maar makkelijk over. Ik zie al voor me dat Erik erachter komt dat ik via Tinder op zoek ben naar scharrels. Ik huiver bij het idee.

'Je weet best waarom ik dat niet kan doen. Ik heb geen zin in gedoe.'

'Ik denk dat je dit soort "gedoe" juist heel goed kan gebruiken. Ik kan wel ander "gedoe" bedenken waar je zonder zou kunnen.'

'Wat bedoel je?'

'Dat je jezelf dit soort leuke dingen ontzegt omdat je een bepaald iemand niet voor het hoofd wil stoten. En je weet wel wie ik bedoel. Wanneer ga je eens aan jezelf denken?'

'Ik denk alleen máár aan mezelf. Ik ben toch bij hem weggegaan?'

'Ja, godzijdank! Maar sindsdien leef je in een soort kramp. Je bent wel weg bij Erik, maar je bent niet vrij. Je hóéft geen rekening meer met hem te houden.'

Ik laat mezelf achterover in de ligstoel vallen. 'Ik wil het voor de jongens rustig houden. Voorlopig. Nu lijkt alles wat ik doe of zeg nog een reden voor Erik om ruzie te maken. Je hebt het zelf meegemaakt laatst.'

Julian lacht honend. 'Ja, en daar denk ik nog regelmatig lachend aan terug. Dat hij mij, de meest homoseksuele man op aarde, naast jou zag lopen en dacht dat ik je nieuwe vriendje was. Te belachelijk voor woorden! Waarom laat je hem jou het gevoel geven dat je iets verkeerd hebt gedaan, terwijl hij degene is die is vreemdgegaan?'

'Omdat dat in zijn ogen óók mijn schuld is. En hoe bizar dat ook is, ik wil niet steeds met hem in gevecht zijn. Daar hebben de jongens last van.'

Julian zwijgt een moment en de terrasgeluiden aan zijn kant van de lijn vermengen zich met de fluitende vogels aan mijn kant.

'Oké,' zegt hij dan. 'Ik denk dat ik het begrijp. Maar je moet wel een beetje van je vrijheid kunnen genieten, anders had je net zo goed getrouwd kunnen blijven. Ik snap dat Tinder niet zo handig is, maar een beetje flirten en lol hebben kan toch wel? Erik hoeft niet alles te weten wat je doet. Hij is veel dingen, maar geen stalker.'

Ik glimlach, dankbaar voor mijn lieve steun en toeverlaat. 'Ik zal erover nadenken.'

'Je hoeft het niet voor mij te doen,' spreekt hij me semistreng toe. 'Vergeet jezelf gewoon niet, dat is alles wat ik van je vraag.'

'Oké,' zeg ik, nu wat krachtiger.

'En geef je ogen lekker de kost dit weekend. Die vuur-makende halfgod mag dan misschien een vriendin hebben, een beetje kijken kan geen kwaad.'

'Zal ik doen, beloofd!' lach ik.

'Dag, schat.'

'Dag, schat.'

9

Het water dat naar het doucheputje stroomt is bijna zwart. Ik reik de jongens twee washandjes aan en sommeer ze zichzelf goed te boenen. Na urenlang voetballen op de zanderige bosgrond zien Jasper en Joris eruit als twee soldaten na een stormbaantraining. Het is al laat als ik ze met nog vochtige haren in bed stop.

'Hebben jullie een leuke dag gehad?'

'Já,' beamen ze enthousiast in koor.

'Mooi! Wat vonden jullie het leukst?'

Een vraag die ik elke avond stel voor het slapen gaan.

'Voetballen,' antwoordt Joris.

'En marshmallows roosteren,' vult Jasper aan.

Ik glimlach tevreden. 'En waren er dingen die minder leuk waren?'

Ook een vast onderwerp van ons avondgesprek. Mijn twee jongens zijn geen makkelijke praters en dit ritueel werd me door iemand aangeraden om toch een beetje op de hoogte te blijven van wat er in hun koppies omgaat.

Joris schudt zijn hoofd, maar Jasper is stil.

'Jasper?' ik leg mijn hand op zijn arm. Hij zucht diep.

'Ik mis papa.'

Hij kijkt me onderzoekend aan, alsof hij niet zeker weet of hij dat had mogen zeggen. Ik knijp zachtjes in zijn arm en glimlach bemoedigend.

'Dat snap ik wel, schat.'

'Toen we met papa waren misten we jou ook hoor, mama,' zegt Joris vergoelijkend.

Het breekt mijn hart dat ze zo voorzichtig zijn met hun woorden. Bang om me te kwetsen. Niet te willen kiezen tussen mij en Erik.

'Ik heb jullie ook gemist. Maar ik hoop ook dat jullie het heel leuk hebben gehad op vakantie met papa.'

'Papa praat soms best boos over jou,' zegt Jasper somber.

Ik schrik. Dat Erik zijn frustraties direct op mij botviert vind ik tot daaraantoe, maar ik haat het dat hij het niet beter voor de jongens verbergt.

'Papa heeft het er nog erg moeilijk mee dat we niet meer samen zijn, maar dat heeft niets met jullie te maken. Dat weet je wel toch? Jullie maken hem heel blij en hij houdt heel veel van jullie. Net als ik.'

Jasper knikt. Ik kus hem op zijn voorhoofd en hij slaat zijn armen om mijn nek voor een knuffel. Ik herhaal het ritueel bij Joris, een iets potigere versie van zijn broer.

'Gaat het voor altijd zo blijven?' vraagt hij.

'Wat bedoel je?'

'Dat jullie zo boos op elkaar zijn?'

'Nee, natuurlijk niet.' Ik hoop dat ik overtuigend klink.

'Maar bij opa en oma is dat wel zo.'

Ik ben even uit het veld geslagen. Hoe kan ik mijn zoons geruststellen als mijn eigen ouders het grootste voorbeeld zijn van hoe twee mensen elkaar, na een mislukt huwelijk, nog steeds zo kunnen haten?

'Opa en oma zijn al oud en oude mensen kunnen niet zo goed meer veranderen,' maak ik ervan. Het is een deel van de waarheid en dat is voor nu goed genoeg. Ik geef ze allebei nog een extra dikke knuffel voordat ik de houten schuifdeur naar hun slaapkamer dichttrek.

In gedachten verzonken loop ik naar de koelkast en schenk een glas wijn in. Het is moeilijk om te horen hoe verscheurd de kinderen zijn en ik schud mijn hoofd zodat het schuldgevoel geen vat krijgt op mijn gedachten. Ik kan niets meer veranderen aan het feit dat Erik en ik uit elkaar zijn, maar ik kan er wel alles aan doen om het vanaf nu zo goed mogelijk voor onze kinderen te doen. Rust en balans, rust en balans, herhaal ik als een mantra in mijn hoofd.

Ik pak een enveloppe uit mijn tas en loop de veranda op. Het is inmiddels gaan schemeren en een groep vleermuizen maakt duikvluchten in de lucht. Het vuur in de vuurschaal voor onze tent is op sterven na dood dus ik rommel erin met een tak en zodra er weer vlammen verschijnen leg ik er een blok hout bij. Tevreden kniel ik ernaast en ik neem een grote slok van mijn wijn. Wat ik nu ga doen voelt een beetje gek, maar ik heb het mezelf voorgenomen dus ga ik het doen ook.

Uit de enveloppe haal ik een foto tevoorschijn. Erik lacht in de camera, zijn haar is een stuk korter dan hoe hij het nu draagt. Hij ziet eruit als een filmster in zijn donkerblauwe maatpak. Geen wonder dat ik bewonderend naar hem opkijk terwijl ik aan zijn arm hang. In mijn andere hand houd ik mijn bruidsboeket, de dahlia's steken kleurrijk af tegen mijn witte jurk.

Langzaam scheur ik de foto in tweeën. Erik en ik zijn nu los van elkaar. Ik staar naar mijn lachende gezicht. De fotograaf moet me op een zeldzaam ontspannen moment hebben vastgelegd want in mijn herinnering was de bruiloft een aaneenschakeling van drama, teleurstelling en twijfel. Ik had het als een voorteken moeten zien.

Ik scheur de twee helften van de foto nog een keer doormidden, en nog eens en nog eens. Scheur, scheur, scheur. Tot er alleen nog een handvol gekleurde snippers overblijft. Ik houd ze een moment stevig in mijn hand en laat ze dan los boven het vuur. De snippers dwarrelen als confetti in de vlammen, krullen om in de hitte en veranderen in donkergrijze as.

Een tijdje staar ik naar het vuur en sip van mijn wijn. Ik weet niet wat ik had verwacht te voelen bij dit ritueel. Opluchting? Ontlading? Maar ik voel helemaal niets. Misschien ben ik te nuchter, of gewoon murw na de afgelopen maanden.

Het is inmiddels helemaal donker. Voor de tenten om mij heen zitten mensen bij hun eigen kampvuren. Ik hoor ze zachtjes kletsen en lachen en net als ik mezelf wil wentelen in het holle gevoel van eenzaamheid steekt iemand het veld over in de richting van mijn tent. Ik herken het silhouet en de manier van lopen meteen.

'Hoi,' zegt Bart zacht als hij eenmaal binnen de lichtcirkel van mijn vuur staat. De vlammen belichten hem van onderen en benadrukken de scherpe lijnen van zijn kaak en jukbeenderen. Hij is fenomenaal.

'Hoi,' antwoord ik op hetzelfde volume, ervan uitgaande dat het campingcode is om zachtjes te praten.

Bart zakt door zijn knieën en hurkt naast de vuurschaal, net zoals hij vanmiddag deed. 'Wat ben je aan het doen?'

Ik vraag me af of hij heeft gezien dat ik een foto van mij en mijn ex ritueel heb verbrand alsof ik in een of andere zoetsappige film speel.

'Ach, een beetje aan het mijmeren.'

Bart staart me een moment lang aan, de vlammen laten licht en schaduw dansen over zijn gezicht. 'Je ziet er verdrietig uit.'

Ik slik. Ik wil geen medelijden. Ik haat medelijden.

'O, echt? Er is niets aan de hand, hoor. Hooguit een beetje moe.'

Om mijn leugen kracht bij te zetten sla ik een hand voor mijn mond en veins een gaap. Bart lijkt niet overtuigd maar dringt niet verder aan. Hij kijkt naar de luifel van mijn tent. 'Liggen ze er al in?'

Ik knik.

'Zin om nu een drankje te komen doen bij ons?'

Het is verleidelijk om in te gaan op zijn uitnodiging, maar ik weet dat hij het alleen maar vraagt uit beleefdheid. Ik schud dan ook mijn hoofd.

'Nee dank je. Erg aardig, maar ik ga er vroeg in vanavond.'

Bart laat even zijn hoofd hangen. Als hij weer opkijkt glimlacht hij begrijpend.

'Oké, slaap lekker alvast.' Hij staat op en begint achteruit te lopen. 'Als je je bedenkt dan weet je ons te vinden.'

Hij draait zich om en jogt weg tot hij niet meer is dan een vage schim in de duisternis. Ik kijk naar de vlammen die inmiddels weer langzaam aan het uitdoven zijn en besluit er maar echt een vroege avond van te maken.

Tijdens het tandenpoetsen in het krappe badkamertje staar ik naar mezelf in de spiegel, me afvragend hoe ik eruitzie door de ogen van Bart. Mijn haar hangt los rond mijn gezicht. Ik ben bruin van de zon van de afgelopen weken en zoals elke zomer zijn de sproetjes terug op mijn neus.

In het begin van onze relatie overlaadde Erik me met complimenten. Hij vond me sexy en mooi en noemde me een zigeunerprinses met mijn donkere, golvende haar en bruine ogen. Ik denk dat hij het leuk vond dat ik anders was dan de, overwegend blonde, meisjes van zijn studie en op zijn werk. Ik had nooit bij een vereniging gezeten en droeg kleding uit tweedehands winkels waar ik op jacht ging naar vintage kokerrokken en zijden blousejes met gekke printjes.

Ik leerde hem kennen in het café waar ik achter de bar werkte naast mijn studie. Het was niet het soort café waar ik zelf graag naartoe ging, het waren vooral jonge advocaten, zoals Erik, die er kwamen, maar het betaalde goed en de fooien waren hoog. Erik was charmant en met zijn uiterlijk had hij elk meisje kunnen krijgen, maar hij gaf mij het gevoel alsof alleen ik ertoe deed. En na de zoveelste stukgelopen relatie met een getalenteerde/gepassioneerde/romantische maar mislukte/depressieve/gebroken regisseur/acteur/muzikant viel ik als een blok voor het evenwicht dat Erik uitstraalde. Hij was de stabiele factor waar ik, misschien onbewust, naar op zoek was na jarenlang schipperen tussen mijn ouders. Ik kon tegen hem aan leunen en hem de koers laten bepalen.

Diep vanbinnen wist ik dat we niet bij elkaar pasten, dat ik me niet in zijn wereld zou thuis voelen. Maar hij was overtuigend en adoreerde me, zeker in het begin. Hij paradeerde trots met me voor zijn vrienden en familie alsof ik een zeldzame paradijsvogel was en ik ging erin mee. Ik wilde dat het werkte. Ik wilde het beter doen dan mijn ouders en negeerde de eerste scheurtjes die ik zag. Ik wilde niet accepteren dat ik had gefaald.

Ze zeggen dat tegenpolen elkaar aantrekken, en dat was in ons geval ook lange tijd zo. Totdat we uit Amsterdam verhuisden en Erik de tegenstellingen ineens niet meer 'sexy' of 'exotisch' vond. Het was alsof met de verhuizing en mijn zwangerschap voor hem een nieuwe tijd werd ingeluid. Alles werd serieuzer. Zijn ambitie nam de overhand en hij begon me in het keurslijf te stoppen van het soort vrouw dat daarbij hoorde, keurig en correct.

Het was mijn eigen schuld geweest dat ik het toeliet. Dat ik niet alleen mezelf, maar ook Erik zo lang in de waan liet dat alles koek en ei was. Onbewust moest hij door hebben gehad dat ik van hem afdreef. Het moet de reden zijn geweest waarom hij me zo begon te beperken. Me in een kooitje probeerde te stoppen en aan zich te binden. Het was paniekvoetbal, maar dat maakte het niet per se beter of praatte zijn gedrag niet goed. Het gaf enkel aan dat ik zelf ook had bijgedragen aan deze situatie en dat zou me vanaf nu niet nog eens gebeuren.

Ik tik met mijn tandenborstel tegen de spiegel en kijk mezelf streng aan. 'Van fronsen krijg je rimpels!' Ik doe een verbazingwekkend goede imitatie van mijn moeder.

Ik was mijn gezicht en stap in bed. Het is een heerlijk bed en de gedempte geluiden van de camping hebben me bijna in slaap gesust als mijn telefoon pingt. Mopperend pak ik hem van het nachtkastje. Op het felverlichte scherm verschijnt een bericht van mijn moeder.

MAMA: *Ik meende wat ik vanmiddag zei. Ik ga ervan uit dat ik op de verjaardag van J & J niet geconfronteerd word met die vrouw.* 🧙 *Maar dat begrijp je natuurlijk wel. Fijne dagen, lieverd! Ik kom volgende week even op de koffie!*

Grrr! Laat het maar aan mijn moeder over om mijn bloeddruk binnen een paar seconden omhoog te jagen. De verjaardag van de jongens begint één groot mijnenveld te worden. Ik heb mijn handen al vol aan Eriks grillen en ik kan het drama van mijn ouders er niet ook nog bij hebben. Hoe ga ik iedereen tevreden houden én zorgen dat de jongens een leuke verjaardag hebben? Ik val terug op het zachte hoofdkussen en adem gefrustreerd uit. Daar gaat mijn nachtrust.

5

Ik stap de receptie binnen en wacht geduldig tot de dame met het witgrijze haar klaar is met haar telefoongesprek. Ondertussen blaas ik even uit van de fietstocht die ik er net op heb zitten. Ik positioneer mezelf dankbaar voor de ventilator die op de balie staat. Door het raam zie ik dat Jasper en Joris hun vriendjes alweer hebben gevonden. Ze roetsjen om de beurt van de kabelbaan die naast de receptie staat. Ik glimlach als een nostalgisch gevoel me overvalt. De kabelbaan was vroeger mijn favoriete speeltoestel en ik herinner me de kriebels die ik ervan kreeg in mijn buik, zeker wanneer ik een beetje achterover hing en mijn ogen dichtdeed.

De dame van de receptie rondt haar telefoongesprek af en hangt op. ‘En? Hebben jullie het leuk gehad?’

Ik knik enthousiast. ‘Ja, het was heerlijk! Bedankt voor de tip.’

Ik geef haar de drie sleutels terug van de fietsen die ik vanmorgen bij haar heb gehuurd. Ze had me een route door het bos aangeraden die uitkwam bij een Hanzestadje. Daar hebben de jongens en ik uitgebreid rondgestruind en op het terras gezeten.

‘Fijn om te horen.’

De telefoon gaat weer en met een verontschuldigend gebaar naar mij neemt ze op. Ik zwaai en verlaat, met enige tegenzin, de verkoeling van de receptie. Eenmaal buiten komen Joris en Jasper op me afrennen.

‘Jij moet ook, mama!’ roept Joris.

‘Ja, jij moet ook!’ Jasper springt op en neer.

‘Nee, joh,’ lach ik en ik wil me al omdraaien om naar de tent te gaan.

'Hoezo niet?' vraagt Joris.

'Ben je bang of zo?' vraagt Jasper.

'Bang?' roep ik verongelijkt. 'Ha! Jullie moesten eens weten, ik hing vroeger hele dagen aan zo'n ding.'

'Geloof ik niet,' zegt Jasper.

Ik buig naar hem toe. 'O, nee?'

'Nee.' Jasper steekt eigenwijs zijn kin omhoog en kijkt me aan met pretlichtjes in zijn ogen.

Ik bekijk de kabelbaan eens goed. Het ziet er stevig genoeg uit.

'Aan de kant.' Ik stap tussen de jongens door en loop vastberaden op het toestel af.

'Jongens!' roept Joris opgewonden naar zijn vriendjes. 'Mijn moeder gaat erop!'

De twee jongetjes die de stang van de kabelbaan beethouden staan deze eerbiedig aan me af. Ze voegen zich bij het groepje kinderen dat op een omgevallen boomstam naast de kabelbaan zit toe te kijken. Ik loop met de stang een soort heuveltje op. Dat valt nog niet mee, het laatste stukje moet ik de stang met twee handen trekken. Eenmaal boven kijk ik naar de overkant. Die is een stukje verder weg dan ik mij kan herinneren van de kabelbanen die ik vroeger heb bedwongen. Waarschijnlijk gaat deze dan ook een stuk harder. Er trekt iets aan de binnenkant van mijn buik. *Fuck it.*

Ik sla mijn benen om de zitting en pak de stang stevig met twee handen beet. Joris en Jasper staan naast het heuveltje en moedigen me aan. Op mijn tenen loop ik een stukje achteruit tot ik niet verder kan. Dan spring ik op en laat ik mijn hele gewicht aan de stang hangen. Ik zoef naar beneden en schuur rakelings over de grond. De kriebels in mijn buik zijn er in overvloed en eventjes hang ik met mijn ogen dicht achterover voor maximaal effect. Heerlijk! De overkant van de kabelbaan nadert razendsnel en ik zet me schrap voor de impact. Als de stang het einde van de baan heeft bereikt word ik omhoog gezwiept. Ik klem me uit alle macht vast en slaak een gilletje van plezier als de stang weer naar beneden klapt en terug de baan op glijdt. Pas halverwege kom ik tot stilstand. De adrenaline giert door mijn lijf en ik lach hardop. Als ik mijn ogen opendoe is het donker, door de zwieper die ik heb gemaakt is de rok van mijn jurk over mijn hoofd geslagen. Ik trek hem van me af en knipper met mijn ogen.

Joris en Jasper komen op me afgerend. 'Ik zag je onderbroek, mama!'

'Echt?'

Ik voel aan de achterkant van mijn jurk. Die zit gelukkig weer goed op zijn plek.

'Ja!' Joris ligt dubbel van het lachen.

Ik haal mijn schouders op. 'Ach, dat heeft vast niemand gezien.'

Ik draai me om naar de kinderen op de boomstam en zie tot mijn grote schrik dat Bart achter hen staat. Hij grijnst van oor tot oor.

Mijn wangen worden warm, maar ik wil me niet laten kennen. Alsof ik niet zojuist mijn knalroze string aan de hele goegemeente heb laten zien houd ik de stang naar voren. 'Wie is er nu?'

De twee jongetjes die eerder hun plek aan mij hebben afgestaan staan op om hun beurt te claimen, maar dan krijgen ze Bart in de gaten.

'Waterpistoolgevecht!' roepen ze in koor. Nu pas zie ik dat Bart twee enorme waterpistolen beetheeft. Aan zijn voeten staat een emmer en ernaast liggen nog een stuk of drie felgekleurde, plastic wapens. De andere kinderen beginnen te juichen en mijn zoons doen mee.

'Hij is hun oom, mama,' legt Jasper uit. 'Ze gaan een waterpistoolgevecht doen. Mogen wij ook?' Jasper kijkt me smekend aan.

'Ja, natuurlijk,' zeg ik lachend.

De kinderen drommen om Bart heen en als een soort legercommandant spreekt hij ze toe.

'Oké, iedereen die zelf een waterpistool heeft moet dat nu gaan halen. Als je geen waterpistool hebt pak je een van deze.' Hij tikt met de neus van zijn sneaker tegen de extra waterpistolen op de grond.

De kinderen stuiven weg naar hun tenten, inclusief Joris en Jasper die allebei over een loeigroot waterpistool beschikken. Een enkeling blijft achter en grasduint tussen het arsenaal naast de emmer met water.

'Doe je mee?' Bart kijkt me vragend aan en steekt een van de gevaarlijk uitziende watermitrailleurs naar me uit.

'Ik?'

'Ja. Ik zoek nog een aanvoerder voor het tweede team.'

Hij blaast nonchalant een loshangende krul van zijn voorhoofd en ik staar er gebiologeerd naar. Het is oneerlijk hoe perfect zijn haar is. Alles aan hem klopt, zelfs het subtiele stoppelbaardje dat hij vandaag heeft.

'Doet je vriendin niet mee?' Het is eruit voordat ik er erg in heb.

Bart fronst. 'Vriendin? Ik heb geen vriendin.'

'O, ik dacht... dat blonde meisje.'

Bart lijkt na te denken. Dan moet hij lachen. 'Nicole? Dat is mijn nichtje.'

'Ah, oké.' Wanneer leer ik eens mijn mond te houden?

'Dus je hebt me in de gaten gehouden?'

'Niet,' roep ik weinig overtuigend.

Bart grijnst. Hij richt een waterpistool op me en schiet. 'Leugenaar.'

Ik schrik van het koude water. 'Hé!'

Hij schiet nog een keer.

'Stop!'

Ik heb de aandacht getrokken van de kinderen die inmiddels zijn teruggekeerd met hun waterpistolen. Ze kijken lachend toe. Bart zet een paar passen dichterbij. 'Doe je mee of niet? Laatste kans.'

Hij kijkt me met een duivelse glimlach aan, één wenkbrauw omhooggetrokken. Als ik te lang twijfel schiet hij nog een keer. En nog eens. Onverbiddelijke koude stralen water raken me op mijn schouder en mijn been.

'Oké, oké!' roep ik terwijl ik mijn handen omhooghoud. 'Ik doe mee.'

'Laag blijven!' schreeuw ik terwijl ik met mijn arm een neerwaartse beweging maak. Ik zit gehurkt achter de boomstam met mijn waterpistool in de aanslag en kijk hoe een van de meisjes van mijn team over het slagveld rent. Ze heeft goed naar mijn instructies geluisterd, want ze rent gebukt en in een zigzaggende beweging. Tot nu toe heeft ze met die tactiek alle aanslagen op haar leven weten te ontwijken. 'Goed zo, Anna!' jubel ik, maar dat had ik beter niet kunnen doen. Anna kijkt even kort achterom in mijn richting en dat is precies het moment dat iemand van het andere team haar weet te raken.

'Shit!' mompel ik tegen mezelf. Ik gebaar naar Jasper dat hij Anna moet helpen. Iedereen die wordt geraakt door de tegenpartij is namelijk 'bevroren' tot hij of zij wordt natgespoten door een teamgenoot.

Het is een chaos op het veld en mijn handen jeuken. Ik zou me er maar wat graag in mengen maar ik moet het gouden ei beschermen. Wat trouwens een belachelijke naam is voor de waterballon die naast me op de grond ligt. Maar hé, ik heb de regels niet gemaakt. Dat heeft Bart gedaan.

Ik tuur naar de overkant en zie hoe hij zich half heeft verschanst achter de glijbaan. Het is hun basiskamp en de plek waar hun gouden ei zich bevindt. Het team dat als eerste het gouden ei van het andere team kapot weet te maken heeft gewonnen. En ik ben niet van plan te verliezen.

Joris komt aangestrompeld met een duidelijk loodzware emmer, het water klotst over de rand als hij hem neerzet en naast me achter de boomstam ploft.

'Ik ga weer, mama,' hijgt hij en trekt de pet van zijn hoofd die aangeeft dat hij waterdrager is. Als je een pet draagt betekent dat dat je het water aanvult voor je team en mag er niet op je geschoten worden. Joris vult zijn waterpistool bij en gaat ervandoor. 'Zigzaggen en laag blijven!' roep ik hem na.

Ik hoor voetstappen achter me en ik rol me razendsnel om. Van schrik heb ik geschoten zonder te kijken wie het is en ik heb even een seconde nodig om te begrijpen wat ik zie. Voor me staat een jongetje uit mijn team in de 'bevroren' houding. Hij is drijfnat, maar dat is niet het vreemde aan hem, inmiddels zijn we dat allemaal. Wat wel vreemd is, is dat hij geen broek aan heeft. Ik spuit nog een keer om hem te bevrijden en hij duikt naast me zodat hij ook verscholen is achter de boomstam.

'Waar is je broek?' De naam van het jongetje is me even ontschoten maar ik weet dat hij in mijn team zit omdat ik iedereen zwarte strepen op de wang heb gegeven met het roet uit onze vuurschaal.

'Die heeft mijn zus.'

'Je zus? Hoezo?'

Het jongetje haalt zijn schouders op. 'Ik had haar geraakt. Ze kan niet tegen d'r verlies.'

Schijnbaar onaangedaan door zijn broekloze staat begint het jongetje zijn pistool bij te vullen in de emmer. Voordat hij zich weer in de strijd kan storten pak ik hem bij zijn arm. 'Luister, ik zie dat ze de verdediging aan hun rechterflank totaal niet op orde hebben. Daar kan je makkelijk doorheen breken.'

Het jongetje kijkt me aan alsof ik Chinees praat. 'De rechter-watte?'

Ik klop hem op zijn schouder. 'Laat maar. Doe je ding.'

En weg is hij.

Ik scan het strijdtoneel met mijn ogen en constateer trots dat mijn team de overhand heeft. Er zijn al een tijdje geen tegenstanders dicht bij onze boomstam gekomen, de actie speelt zich voornamelijk aan hun kant van het veld af. We zouden in de buurt van een overwinning moeten zijn, maar hun gouden ei wordt verdedigd door Bart en alle pogingen zijn tot nu toe jammerlijk mislukt.

Ik richt me iets op om beter zicht te krijgen op de glijbaan, maar ik zie Bart niet, die heeft zich vast helemaal ingegraven. Het jongetje zonder broek rent op een paar meter afstand door mijn gezichtsveld en ik roep naar hem. Ik wil afgelost worden zodat ik zelf een poging kan wagen het gouden ei te veroveren. Maar hij negeert me, hij heeft het duidelijk op zijn zus gemunt die gillend voor hem op de vlucht slaat.

Ik bestudeer de glijbaan nog een keer goed om te bepalen vanaf welke kant ik hem het beste kan benaderen als ik eenmaal afgelost word. Dan zie ik dat Jasper door de verdedigingslinie is gebroken en recht op de glijbaan af sprint. 'Ja, goed zo. Rennen!' moedig ik hem aan terwijl ik met spanning toekijk. Mijn zoon komt gevaarlijk dichtbij voordat hij wordt natgespoten. Het is echter niet Bart die tevoorschijn komt achter de glijbaan maar een jongetje met rood haar. Waar is Bart?

Exact op het moment dat ik me dat afvraag hoor ik geritsel achter me. Dit keer ben ik te traag met mijn omrol-schietcombinatie en ik voel een straal koud water tegen mijn rug. Ik ben geraakt! Ik draai me om en zak verslagen tegen de boomstam. Bart torent triomfantelijk boven me uit met zijn waterpistool nog op me gericht.

'Jij...! Hoe...?' hijg ik.

Hij knipoogt en buigt over me heen om de waterballon te pakken. Ik grijp zijn arm beet. 'Nee!'

'Sorry, maar wil je me loslaten? Jij bent bevroren.'

'Dat is niet eerlijk! Je hebt me in mijn rug geschoten.'

Hij kijkt me aan, zijn gezicht is vlak bij dat van mij, zijn mondhoeken krullen omhoog. 'Dus?'

'Dat is tegen de regels!'

'Nee, hoor.'

'Lafaard!' bijt ik hem toe.

'Hoe noem je mij?'

'Een lafaard. Iemand in de rug schieten is laf!'

Na een korte verbouwereerde stilte begint Bart te lachen. Het effect is nog adembenemender van dichtbij dan van een afstand. Ook mijn oren worden aangenaam getrakteerd als de bastonen van zijn lach mijn gehoorgangen bereiken. Het zorgt voor een tijdelijke kortsluiting in mijn hersenen. Dan herinner ik me weer waarom ik zo pissig was en ik geef hem een duw tegen zijn borstkas. Wat geen enkel resultaat heeft behalve dat ik heb kunnen voelen hoe massief hij is.

Bart schudt zijn hoofd. 'Ik had wel door dat je fanatiek was, maar een slechte verliezer? Dat verbaast me.'

Ik open beledigd mijn mond, maar voordat ik de kans krijg om iets te zeggen springt Bart soepel overeind en houdt de waterballon omhoog. 'Ik heb hem, jongens!'

De kinderen staken abrupt de strijd. De ene helft juicht en de andere helft laat teleurgesteld het hoofd hangen.

'Je moet 'm nog pletten!' roept een jongetje dat ik herken als een van de neefjes van Bart.

Dat is waar ook! Ze hebben pas gewonnen als de waterballon kapotgemaakt is. Ik krabbel zo snel als ik kan overeind, klim op de boomstam en doe een greep naar de ballon in Barts omhoog gestrekte hand. Tevergeefs. Bart doet lachend een stap achteruit om buiten mijn bereik te komen. Als de kinderen zich om ons heen verzameld hebben legt hij de ballon op de grond, tilt zijn voet op en laat zijn sneaker er genadeloos op neerkomen. Dit alles doet hij met een zelfingenomen lachje en zonder het oogcontact met mij te verbreken. Het maakt me woest. Uit pure frustratie richt ik mijn waterpistool op hem en open het vuur. 'Kom op, iedereen op Bart!' roep ik.

Meer aanmoediging is er niet nodig en alle kinderen beginnen op hem te schieten, ook die uit zijn eigen team. Nu is het mijn beurt om te lachen. Maar dat lachen vergaat me snel als Bart naast me op de boomstam springt en me bij mijn bovenarmen beetgrijpt. Hij draait me om en houdt me als een menselijk schild voor zich.

'En nu iedereen op Loes!'

Ik probeer los te komen, maar zijn grip is onverbiddelijk en twaalf waterpistolen worden onder luid gejoel op mij geleegd. Ondertussen ben ik me maar al te bewust van de muur van spieren waar ik stevig tegenaan gedrukt wordt. Zijn mond is vlak bij mijn oor en zijn adem kietelt als hij smakelijk lacht om mijn weerloze situatie.

En dan ineens laat hij me los en voel ik het volle effect van de drijfnatte jurk die tegen mijn huid plakt en het water dat mijn gympen in loopt. Door de natte plukken haar die voor mijn ogen hangen kijk ik naar de groep lachende kinderen. Als ik me realiseer hoe ik eruit moet zien lach ik met ze mee. Voor de goede orde draai ik me om en geef Bart een stomp tegen zijn schouder. Dat ik erom kan lachen wil niet zeggen dat ik hem vergeef.

'Au!'

Ik weet zeker dat ik hem geen pijn heb gedaan en mijn vuist geen enkele impact op hem heeft. Ik steek mijn hand naar hem uit.

'Gefeliciteerd met de overwinning.' Hij kijkt me argwanend aan. 'Ik meen het,' verzeker ik hem.

Hij schudt mijn hand en lacht. 'Jij bent knettergek.'

Het is lang geleden dat ik zo ben genoemd en dat was in een totaal andere context. Met een giftige Erik tegenover me die niet wilde accepteren dat ik bij hem wegging. De manier waarop Bart me nu 'knettergek' noemt is met een behoorlijke dosis ontzag en dat bevalt me een stuk beter.

Na het waterpistoolgevecht neem ik een uitgebreide douche en terwijl ik me afdroog merk ik dat er een glimlach op mijn gezicht geplakt zit. Wat een leuke dag was dit! De fietstocht door het bos, het prachtige stadje en het ongeremde plezier bij het waterpistoolgevecht. In de spiegel zie ik een blos op mijn wangen en heldere ogen. Een behoorlijk verschil met de bleke, afgetobde vrouw van een paar maanden terug toen ik nog vol in het getouwtrek over de afwikkeling van onze scheiding zat met Erik, waarbij hij me op elk front tegenwerkte. Pas een paar weken geleden hebben we alles op papier afgehandeld en daarna leek ook zijn houding te zijn bijgedraaid tot een acceptabel niveau van passief-agressieve opmerkingen aan mijn adres als de jongens het niet kunnen horen. Zal het echt zo zijn dat het einde van een nare periode in zicht is? Of voelt het zo omdat de 'echte' wereld even op pauze staat door de zomervakantie?

Ik glimlach naar mijn reflectie en de lijntjes rond mijn ogen worden zichtbaar. Het is gek, maar hoewel ik ouder word vang ik de laatste tijd heel af en toe een glimp op van de jongere versie van mezelf. De Loes van vroeger die overal om kon lachen, altijd wilde dansen en zich veel meer durfde uit te spreken. Heel soms zie ik haar terug in mijn blik, of in de stand van mijn schouders. Maar het is meestal van korte duur. Zoals nu, als ik eraan denk dat het nieuwe schooljaar, en dus het 'echte' leven, na het weekend begint. Zal ik het volhouden om de rust te bewaren voor de jongens? Zal ik me niet op de kast laten jagen door Erik, of mijn ouders? Of door de 'zo doen we dat hier niet'-blikken op het schoolplein? Ik voel meteen de druk op mijn schouders, alsof er een aambeeld op ligt.

Ik sluit mijn ogen en probeer aan iets leuks te denken. Er komt niet direct een beeld binnen maar wel het gevoel van een lachende Bart tegen mijn rug en zijn stevige grip op mijn armen. Van schrik open ik mijn ogen weer.

Ik was zo opgegaan in het waterpistoolgevecht dat ik bijna vergeten was dat ik me kort daarvoor behoorlijk voor schut had gezet door naar zijn niet-bestaande vriendin te vragen. Om nog maar te zwijgen van het feit dat ik me tijdens het waterpistoolgevecht als een gestoorde Vietnamveteraan heb gedragen...

Desondanks had hij me steeds met interesse bekeken, ook al was het met een flinke dosis spot in zijn blik. Was het flirten of lachte hij me uit? Hoe dan ook, het zou me niet moeten interesseren. Ik ben hier potdomme voor mijn rust. En ook al heeft hij geen vriendin, dan blijft nog steeds het argument staan dat hij absurd knap is en veel te jong. Ook al denken Julian en Madonna daar anders over.

Maar... als het me niet interesseert, waarom sta ik dan nu met een make-upkwast in mijn handen? Waarom zou ik me opmaken? Voor wie?

Ach, een beetje blush kan geen kwaad. En een beetje mascara en lipgloss ook niet. Het hoeft toch niet altijd voor iemand anders te zijn? Ik kan me toch verdorie optutten als ik daar zin in heb? En weet je wat? Als Bart me nu nog een keer vraagt wat te komen drinken met zijn familie zeg ik misschien gewoon ja. Wat onschuldig flirten moet kunnen, toch? Het 'echte' leven begint toch pas na het weekend en de 'echte' wereld is hier kilometers vandaan.

Als ik de veranda op loop kijk ik verwachtingsvol naar de overkant van het veld, maar het is stil bij de tenten van Barts familie. Geen mens te bekennen. Joris en Jasper liggen naast elkaar op de loungebank boven hun iPads.

'Moeten jullie niet lekker gaan voetballen? Met de kinderen aan de overkant bijvoorbeeld?'

'Die zijn er niet.'

'O?'

'Die zijn uit eten in de stad.'

Door de teleurstelling die me overvalt voel ik me een domme bakvis. *Daar sta je dan met je opgemaakte hoofd, sukkel!*

'Wat gaan wij eigenlijk eten?' vraagt Jasper zonder op te kijken van zijn scherm. En zo word ik weer met beide benen op de grond gezet.

'Husseflussen met je neus ertussen.'

'Ha-ha,' merkt Jasper droog op, niet onder de indruk van mijn antwoord.

Ik hurk naast de vuurschaal en begin er hout in te leggen.

'Wat ga je doen?' Er klinkt lichte paniek in de stem van mijn zoon.

'Ik ga vuur maken. Dan kunnen we broodjes bakken, voor bij de soep.'

Beide jongens leggen hun iPads aan de kant en komen nieuwsgierig bij me staan. Ze wisselen blikken uit alsof ze wetenschappers zijn die het gedrag van een niet eerder ontdekte pygmeeënstam bestuderen.

'Weet je nu wel hoe het moet?'

'Ja.'

Hun wankele geloof in mijn bekwaamheid irriteert me en ik ben vastberaden deze missie te laten slagen.

'Wil je niet even op Bart wachten?'

'Nee.'

Als het bouwsel naar mijn zin is, komt het moment van de waarheid. Ik pak het doosje lucifers, strijk er eentje af en steek de brandende kop in de tipi. Even lijkt er niets te gebeuren maar dan kringelt er een pluimpje rook omhoog, gevolgd door een voorzichtige vlam.

'Het is je gelukt, mama!'

De jongens lachen en ik kijk trots naar het steeds groter wordende vuur. Misschien ben ik zelf nog wel het meest verbaasd dat het is gelukt.

6

Het laatste blok van mijn houtvoorraad heb ik al lang geleden in de vuurschaal gelegd en het enige bewijs van mijn eerste zelfgestookte kampvuur is een smeulend restje verkoold hout. Ik zit op de loungebank met een deken over mijn benen en een fles wijn naast me op de verandavloer. Het is inmiddels pikkedonker en de enige lichtbron is het scherm van mijn e-reader.

Ik veeg een vinger over het scherm om een digitale pagina om te slaan en stop hem dan meteen weer terug in mijn mond om het nagelbijten voort te zetten. Dit boek is retespannend.

De hoofdpersoon, een politierechercheur, is naar een leegstaande fabriekshal gelokt door de seriemoordenaar waar ze al jaren mee in een kat-en-muisspel is verwikkeld. Ik houd het scherm dichter bij mijn gezicht en mijn ogen vliegen over de letters. Een misselijk gevoel bouwt zich op in mijn maag.

'Nee, nee, niet doen,' prevel ik als ik lees hoe de hoofdpersoon haar dienstwapen in de auto laat liggen. Ze heeft ook niemand verteld dat ze daar is. Allemaal volgens afspraak met de 'informant' die ze zal ontmoeten, niet wetende dat het eigenlijk haar aartsvijand betreft. Met ingehouden adem lees ik hoe ze in het donker het verlaten parkeerterrein oversteekt en op de tast de klink van een roestige deur zoekt. De seriemoordenaar staat haar daarachter op te wachten, klaar om haar te overmeesteren. *O mijn god. Keer je om en maak dat je wegkomt!*

Op hetzelfde moment dat de rechercheur de deurklink naar beneden drukt en de zware metalen deur openduwt hoor ik een vloerplank kraken en zie ik een lange gestalte de veranda op stappen. Van schrik slaak ik een gil en laat de e-reader uit mijn handen vallen. Hij glijdt over de houten planken en komt tot stilstand tegen een van de sneakers van Bart.

'Jezus!' hijg ik.

'Sorry! Ik wilde je niet laten schrikken.'

Bart raapt het apparaat op en in het schijnsel van het scherm zie ik zijn gezicht. Hij kijkt bezorgd. 'Gaat het?'

Ik leg mijn handen op mijn oren om het suizen te dempen dat me altijd overvalt als ik schrik.

'Ik... ik denk het wel.'

Als hij mij de e-reader aan wil geven stoot hij zijn teen tegen de lage tafel naast de bank. 'Shit.'

'Wacht, ik doe een lamp aan.' Ik reik achter me en druk op het knopje van de buitenlamp. Het hult de veranda in een zacht licht dat de andere campinggasten niet zal storen. Daarover gesproken, het is muisstil om ons heen. Hoe laat is het eigenlijk?

Ik kijk naar Bart. Nu het licht aan is kan ik hem beter zien. In zijn ene hand mijn e-reader en in zijn andere twee flesjes bier.

'Ik zag het licht van je scherm dus ik dacht, misschien heb je zin in gezelschap? Bij mij is iedereen naar bed.'

Hij houdt de biertjes omhoog. Ik staar hem zwijgend aan. Ik moet even verwerken wat er de afgelopen dertig seconden is gebeurd. Van een levensgevaarlijke situatie op een verlaten fabrieksterrein naar een zwoele zomeravond in het bos met een aantrekkelijke man met drankjes in de aanbieding.

Als ik te lang blijf zwijgen laat Bart de flesjes weer zakken. 'Alleen als je zin hebt, hoor. Ik wil me niet opdringen.'

'Nee, nee,' haast ik me te zeggen. 'Ik bedoel, jawel. Ga zitten.'

Ik maak ruimte en Bart neemt plaats naast me op de bank. Het meubel kraakt onder zijn gewicht. Net leek ik er nog in te verzuipen, nu voelt het ineens van kabouterformaat. Ik zit in de ene hoek in kleermakerszit en Bart in de andere met zijn lange benen voor zich uitgestrekt. We raken elkaar nog net niet aan. Ik kijk toe hoe hij de flesjes openmaakt en bewonder zijn handen nog eens uitgebreid van dichtbij.

'Ik hoop niet dat ik iemand heb wakker gemaakt met mijn gegil.'

'Dan hadden we dat wel gemerkt.'

'Ook gek eigenlijk. Stel je voor dat je me kwam vermoorden. Dan was er dus niemand te hulp geschoten.'

Bart kijkt me een moment verbaasd aan en begint dan smakelijk te lachen. Hij verbergt de onderste helft van zijn gezicht in zijn elleboog om het geluid te smoren. Het is zo'n ontwapenend gezicht dat ik mezelf mentaal een high five geef voor het mogelijk maken van dit uitzicht.

Als hij is uitgelachen geeft hij me een van de flesjes en tikt er met de zijne tegenaan.

'Proost.'

'Proost.'

'Ik heb al een tijdje niemand meer vermoord, dus je hoeft je geen zorgen te maken.'

Dames en heren, de man heeft óók nog humor.

Ik grinnik en kijk gebiologeerd toe hoe hij een lange teug van zijn bier neemt. Vrijwel alles aan hem boeit me mateloos.

'Spannend boek?'

'Enorm.'

'Waar gaat het over?'

'Over een vrouw die op het punt staat in de handen te vallen van een seriemoordenaar.'

'Hm, lekkere lichte kost, dus.'

'Tja, misschien niet de beste keuze om in het donker te lezen.' Ik ril bij de gedachte aan het lot dat de rechercheur te wachten staat en vraag me bezorgd af hoe het zal aflopen.

Er valt een stilte terwijl we allebei een slok van ons bier nemen. Ik probeer niet zichtbaar te gruwelen. Ik vind bier helemaal niet lekker, maar ik wil er nu geen punt van maken. Vanavond wil ik een vrouw zijn die van bier houdt.

'Hebben jullie een leuke avond gehad?' vraag ik.

Bart knikt. 'Mijn ouders zijn vandaag veertig jaar getrouwd, dus we zijn uit eten geweest.'

'Wauw, veertig jaar,' zeg ik vol ontzag.

'Ja, en ze zijn nog steeds belachelijk klef met elkaar.' De vertederde manier waarop hij het zegt doet iets geks in mijn borstkas. Ik bestudeer het profiel van zijn gezicht in de veronderstelling dat er een relativerende opmerking zal komen. Eentje die de openlijke affectie voor zijn ouders teniet zal doen en zodoende zijn stoere mannelijkheid in ere zal herstellen. In plaats daarvan draait hij zich naar mij om met oprechte interesse in zijn blik.

'En die van jou?'

'Die van mij?' vraag ik verstrooid, afgeleid door het plotselinge oogcontact.

'Jouw ouders?'

Ik maak een geluid dat het midden houdt tussen een sarcastische grom en een wanhopige snik. 'Mijn ouders zijn zéker niet meer klef met elkaar. Integendeel.'

Bart kijkt alsof hij er spijt van heeft dat hij ernaar heeft gevraagd en ik krijg medelijden met hem.

'Ze zijn al heel lang gescheiden. Al sinds mijn twaalfde.'

'Jee,' zegt Bart somber. Nu is het medelijden wederzijds. Ik haat medelijden.

'Ze waren een totale mismatch. Het was voor iedereen beter dat ze uit elkaar gingen,' leg ik uit en haal nonchalant mijn schouders op in een poging hem ervan te overtuigen dat ik niet zielig ben.

We zwijgen even. Ik pulk aan het label van mijn flesje. Bart kijkt naar het hoopje snippers in mijn schoot.

'Dat moet alsnog niet makkelijk zijn geweest.'

Ik denk aan de twee vreemde huizen waar ik ineens woonde in de zomer waarin mijn ouders gingen scheiden. In het ene woonde ik met een permanent verongelijkte en gefrustreerde moeder en in het andere met een zwijgzame vader die bijna altijd weg was voor zijn werk. Op de dag dat de zomervakantie begon in het jaar dat ik naar de middelbare school ging, stonden er twee verhuiswagens voor ons huis. Niet veel later reden die wagens in tegenovergestelde richting de straat uit en vanaf dat moment praatten mijn ouders alleen nog via mij met elkaar. Ik was mijn vaders tolk en mijn moeders therapeut. Ik was scheidsrechter en notaris.

'Het viel wel mee,' lieg ik. Het zint me niet dat ons gesprek deze wending heeft gekregen en ik zoek wanhopig naar een ander onderwerp.

'Hoe oud ben jij eigenlijk?'

Heel subtiel, Loes! Als er wereldkampioenschappen zouden bestaan voor abrupte gesprekswendingen zou ik het niet verkeerd doen. Ik bid dat Bart me niet verstaan heeft, maar hij geeft netjes antwoord.

'Negenentwintig. Volgende maand dertig. Hoezo?'

'Zomaar,' mompel ik.

Barts mondhoeken krullen omhoog als hij een nieuwe slok van zijn bier neemt. Ik verwacht de vraag terug, maar die komt niet.

'En jij en je ex?'

'Of ik en mijn ex nog steeds klef zijn?'

Bart grinnikt. Het is een sexy geluid. Ook al is het verre van sexy dat het onderwerp nu naar Erik is verschoven. Het voelt alsof hij tussen ons in op de bank is geploft.

Ik zucht diep. 'We zijn een paar maanden geleden gescheiden. Het was geen leuke scheiding, maar het was ook geen leuk huwelijk. Uiteindelijk bleek hij vreemd te gaan en dat was voor mij de druppel.'

Ik verbaas mezelf dat ik het hele debacle inmiddels in een paar zinnen kan samenvatten. Ik heb het hier eigenlijk nooit met iemand over.

Julian is de enige die weet dat Erik vreemdging. Waarom vertel ik dit nu dan aan een wildvreemde die ik amper twee dagen ken? Nou ja, fuck it, ik zie hem hierna toch nooit meer.

'Pfff, dat klinkt heftig.'

'Ach,' zeg ik, wederom begeleid door een nonchalant schouderophalen. 'Het is gelukkig voor het grootste gedeelte achter de rug.'

Een stilte valt. Ik heb het label van mijn bierflesje inmiddels helemaal losgepeuterd. Dan begint Bart te grinniken. Alsof hij een binnenpretje heeft.

'Wat?' vraag ik.

Bart schudt zijn hoofd en moet duidelijk zijn best doen niet voluit te lachen.

'Wat is er?'

'Jouw gezicht vanmiddag, toen je verloren had.'

Ik kijk hem beledigd aan. 'Ik ben het nog steeds niet eens met de uitslag. Ik wil weten waar ik een klacht kan indienen over de gang van zaken.'

'Zegt de vrouw die de troepen aanspoorde om te gaan muiten.'

'Ik denk dat je jezelf moet afvragen waarom ze zo snel overstag gingen.'

'Omdat ze bang waren om jou tegen te spreken. Je bent nogal...'

'Knettergek? Een slechte verliezer?'

'Fanatiek,' maakt Bart zijn zin af. 'Grappig,' vult hij aan. 'En mooi,' zegt hij nu serieus.

Ik wend mijn blik af en staar naar het afgepelde label van mijn bierflesje.

'Verlegen?' vraagt hij.

Ik laat twee hartslagen voorbijgaan en zeg dan hardop wat ik denk. 'Wil je met me zoenen?'

'Wat?'

Ik zet het bierflesje op het tafeltje en vouw mijn benen onder me zodat ik geknield zit aan mijn kant van de bank. 'Ik weet dat het stom klinkt, maar ik heb het gevoel alsof dit niet echt is. En ik weet niet wanneer ik weer de kans krijg om met iemand als jij… Ik ben van plan voorlopig niet te…'

Bart kijkt me zwijgend aan, zijn blik is een kruising tussen ongeloof en iets wat het beste te omschrijven is als… angst? Ik besluit dat het geen zin heeft om het te proberen uit te leggen. In plaats daarvan leun ik naar hem toe en druk mijn lippen tegen de zijne.

Ik voel hem verstarren en in een reflex zijn handen op mijn heupen zetten alsof hij me daarmee op afstand wil houden. Het is niet het effect waar ik voor ging, maar ik weet ook niet wat ik wel had verwacht. Ik heb het duidelijk niet goed doordacht. Als ik me van hem losmaak kijk ik in zijn verwarde gezicht. Zijn ogen dwalen onderzoekend over het mijne en blijven dan steken bij mijn mond.

'Sorry,' fluister ik. 'Ik wilde je niet…'

Voordat ik mijn zin af kan maken heeft Bart zijn handen achter mijn dijen gehaakt en me op zijn schoot getrokken. Eén hand glijdt naar mijn heup – dit keer om me stevig tegen zich aan te drukken – en de andere legt hij in mijn nek. Mijn huid begint te tintelen. Hij is zo dichtbij, ik voel zijn warmte en ruik zijn geur. Zeep, bier, vuur en bos.

Ik bestudeer zijn magnifieke gezicht. Het blauwgroen van zijn ogen lijkt een paar tinten donkerder en ik ben er volledig van in de ban. Ik lijk wel dronken, en misschien ben ik dat ook, maar het kan me niet schelen. De tijd lijkt een moment stil te staan terwijl we elkaars adem inademen en dan kust Bart me. Eerst langzaam en onderzoekend en dan stevig en zelfverzekerd.

Het is alsof de bodem uit mijn buik valt. Zijn adem is warm en zijn lippen zijn zacht en sterk tegelijk. Ze dwingen de mijne uit elkaar en de kus wordt heftiger. Ik geniet van de urgentie waarmee hij me zoent, alsof hij elk moment de controle kan verliezen. Ik ben zo in trance dat ik alleen maar volg, overgeleverd aan zijn kundigheid.

Met de hand die in mijn nek ligt houdt hij me precies waar hij me hebben wil. Dan verplaatsen zijn lippen zich naar mijn kaak, en van daaruit naar mijn hals. Ik buig mijn hoofd opzij om hem ruimte te geven. Hij zoent zijn weg in de richting van mijn oor en de sensatie maakt me gek.

'Is dit oké?' Zijn stem klinkt schor.

Ik weet niet precies waar hij op doelt, maar waar hij ook toestemming voor vraagt, het antwoord is ja. *Ja!* Ik wil niet dat dit stopt, ik ben inmiddels in alle staten. Het enige wat ik zeker weet is dat ik meer wil. Ik knik nog eens en als antwoord zoent hij me weer vol overgave. Ik verlies mezelf totaal en pas als ik merk dat ik duizelig word, onderbreek ik de kus om zuurstof te krijgen. Bart maakt van de gelegenheid gebruik om zijn aandacht weer te verplaatsen naar mijn nek, dan mijn sleutelbeen en schouder. Zijn handen beginnen eveneens een verkenningstocht en plotseling voel ik ze overal. Ik zie het als permissie hetzelfde te doen. Ik laat mijn handen dwalen over elk deel van hem waar ik maar bij kan. Zijn haar, gezicht, nek, schouders, armen, rug, borst. Ik voel de keiharde buikspieren door de stof van zijn shirt en ik weet niet waar ik meer opgewonden van word, mijn handen op zijn lijf of zijn handen op het mijne.

En dan doorbreekt het echte leven bruut ons vacuüm.

'Mama?'

Ik schrik ervan hoe dichtbij de stem van Jasper vanuit de slaapkamer klinkt.

'Shit, shit, shit!'

Ik duw mezelf razendsnel van Barts schoot en haast me naar mijn zoon. Jasper zit rechtop in bed en heeft de lamp op het nachtkastje aangedaan. Hij kijkt me slaperig aan. Zijn broertje naast hem is nog in diepe rust.

'Wat ben je aan het doen?'

'Niets, schat,' lieg ik terwijl ik mijn ademhaling onder controle probeer te krijgen.

‘Maar ik hoorde allemaal geluiden.’

Och, jezus!

‘Ik was alvast een beetje aan het opruimen. We gaan morgen natuurlijk alweer naar huis.’ Ik aai hem geruststellend over zijn hoofd.

‘Én naar de dierentuin.’

‘Ja, we gaan ook nog naar de dierentuin.’

Jasper glimlacht tevreden en laat zich achterover op zijn kussen vallen. Ik knip het bedlampje uit en blijf even zitten om er zeker van te zijn dat hij weer slaapt.

Eenmaal in het halletje buiten de slaapkamer van de jongens sla ik mijn handen voor mijn gezicht. Wat als Jasper zijn bed uit was gekomen en ons had gezien? Ik huiver bij de gedachte. Hoe had ik zo roekeloos kunnen zijn? De eerste de beste keer dat een aantrekkelijke man een beetje interesse toont laat ik meteen al mijn goede voornemens varen. Ben ik zo zwak?

Ik loop de badkamer in en neem een slok water. Ik kijk mezelf vermanend aan in de spiegel, maar bij het zien van mijn verwarde haar en gezwollen lippen speelt er zich onmiddellijk een montage af in mijn hoofd van wat er daarnet is gebeurd. Mijn god, de manier waarop hij me op zijn schoot had getrokken, die hand in mijn nek… Ik ril bij de herinnering, maar dan op de goede manier. Mijn gedachten dwalen even af naar hoe hij naar me had gekeken, de geluiden die hij had gemaakt, hoe zijn lippen hadden gevoeld, maar dan schud ik mijn hoofd naar mezelf. *Nee, Loes. Slecht idee. Foei!* Ik neem het verstandige besluit om Bart vriendelijk te vragen te vertrekken en het hele voorval te vergeten. Na alles wat ik hem heb verteld zal hij het vast begrijpen.

Als ik buiten kom is de veranda leeg en zie ik nog net een licht uitgaan in een van de tenten van Barts familie aan de overkant van het veldje. Nu is het volledig donker. Ik voel me een onnozel tienermeisje dat het uit wil maken met haar vakantieliefde maar erachter komt dat hij allang niet meer is geïnteresseerd.

Ik ben boos. Op hem, omdat hij er zomaar vandoor is gegaan, maar vooral op mezelf. Wat als Jasper op onderzoek was gegaan en ons had betrapt? Ik had een enorm risico genomen. En waarvoor? Om me een paar minuten begeerd en zorgeloos te voelen? Ik laat me op de bank zakken. Naast me is nog een afdruk te zien op de plek waar Bart zat terwijl we... Ik draai het kussen om zodat ik het niet meer hoef te zien. Ik vraag me af waarom ik zo kwaad ben. Wat had ik dan verwacht? Dat hij kaarsjes had aangestoken en met een roos tussen zijn tanden op me lag te wachten? Belachelijk! En bovendien weet ik niet of ik dan in staat was geweest een onverstandige beslissing te voorkomen. Het is dus maar goed dat hij weg is gegaan.

Ik vouw mijn armen over mijn knieën en leg mijn hoofd erop. Ik ruik Bart nog op mijn huid en ik voel een steek in mijn borst van iets wat op heimwee lijkt. Ik zou moeten douchen, zijn geur van me afspoelen, maar dan maak ik de jongens wakker. Met een diepe zucht sta ik op en dwing mezelf mijn tanden te poetsen. Ik verwacht dat ik weer een onrustige nacht ga hebben.

De volgende dag bij het uitchecken vraagt de dame van de receptie me of alles naar wens was. Een onschuldige vraag, maar ik begin acuut te stotteren.

'Nou, ehm...' Ik denk aan gisteravond.

'Was er iets niet goed?' vraagt de dame bezorgd. Ze plukt een pen uit haar opgestoken haar en houdt hem boven een notitieblok, klaar om op te schrijven wat eraan schortte.

'Nee, nee. Alles was goed, maar...'

Maar ik heb als een geile tiener met een vreemde zitten zoenen op de veranda, vol in het zicht van de rest van de camping, op nog geen drie meter afstand van mijn slapende kinderen, terwijl ik mezelf juist had voorgenomen het komende jaar niks te doen dat ons leven ingewikkeld maakt.

'Maar?' De dame kijkt me onderzoekend aan.

'Maar... ehm, de kaasschaaf in onze tent is een beetje bot. Misschien moeten jullie die even vervangen?'

De dame haalt opgelucht adem. Ik zie aan haar dat ze iets ergers had verwacht. Waarschijnlijk ook vanwege mijn onuitgeslapen hoofd, want zoals ik al voorspelde heb ik niet al te best geslapen. Of tenminste, ik sliep wel, maar mijn onderbewuste vond het nodig om het scenario af te spelen van wat er was gebeurd als Jasper niet wakker was geworden. Het was redelijk expliciet en in het echte leven ben ik lang niet zo lenig. Tijdens de wakkere momenten tussen het dromen door sprak ik mezelf bestraffend toe, maar zodra ik weer in slaap dommelde startte er een nieuwe film met Bart in de hoofdrol. Meestal naakt.

'Goed om te weten, dank je wel voor het doorgeven,' doorbreekt de dame mijn gedachten. 'Heel fijne reis naar huis en graag tot een volgende keer.'

'Dat zou leuk zijn.' Met een glimlach neem ik afscheid en verlaat ik de receptie. Buiten kijk ik nog een keer goed rond. Naar onze tent, de kabelbaan, de boomstam en het kraantje dat uit de muur van het gebouwtje komt. Het waren een paar heerlijke dagen, ook al was het van korte duur. Nu terug naar het 'echte' leven.

Als ik naar mijn auto loop komt Bart me tegemoet. Toen ik vanmorgen de veranda op kwam waren Jasper en Joris al lang wakker en wisten me te vertellen dat Bart en zijn familie weer op een fietstocht waren vertrokken. Ik was de auto al in aan het laden toen ik ze terug zag komen. Bart had achteraan gefietst, als hekkensluiter met zijn kleine neefjes. Ik had gehoopt ongezien weg te kunnen rijden, maar hier komt hij aanlopen, fris gedoucht en nog met natte haren. Zijn fietsoutfit vervangen door een korte lichtgrijze joggingbroek en een mosgroen T-shirt. In een parallelle wereld zou ik hem nu bespringen.

'Gaan jullie al weg?'

'Ja.' Ik probeer luchtig te klinken, te trots om hem te laten merken dat hij me gekwetst heeft door zich gisteravond zo uit de voeten te maken. 'Eerst nog naar de dierentuin en dan door naar huis. En jullie?'

'Zij blijven tot morgen.' Bart gebaart naar zijn familie die inmiddels in een gezellige kring koffie aan het drinken is. 'Maar ik ga vanmiddag weg. Ik moet morgen werken.'

Ik wil vragen wat voor werk hij doet. Brandweerman? Geheim agent? Ondergoedmodel? Maar het lijkt me beter niet te veel van hem te weten. Hoe minder ik weet hoe sneller ik hem zal vergeten en hoe kleiner de kans is dat ik hem ga cyberstalken. Dat is nu onmogelijk, ik weet niet eens zijn achternaam.

'Nou, veel plezier dan nog,' zeg ik bij wijze van afscheid.

Als ik me omdraai pakt hij me bij mijn elleboog beet. Hij kijkt me onderzoekend aan.

'Is alles goed?'

'Hoe bedoel je?'

'We werden nogal abrupt gestoord gisteren.'

'O, ja hoor.' *Nonchalancemodus* AAN. 'Alles goed. Jasper was wakker geworden, maar hij had verder niets door.'

'Gelukkig maar.'

Ik knik en probeer niet te veel aandacht te schenken aan het feit dat hij nog steeds mijn elleboog beetheeft en dichterbij staat dan goed is voor mijn bloeddruk.

'Ik zou je graag nog eens zien.'

Zijn opmerking overvalt me en een luchtbel gevuld met hoop borrelt op in mijn borst, maar ik herstel me snel. Hij is gewoon beleefd. Hij voelt zich misschien schuldig of verplicht. En al zou hij het wel oprecht menen zou het nog steeds ingaan tegen alles wat ik me heb voorgenomen. Ik stap naar achteren om uit zijn krachtveld te komen, anders kan ik niet helder nadenken. Ik trek mijn elleboog kalm los uit zijn greep en recht mijn rug.

'Luister, laten we dit niet doen.'

Bart kijkt me niet-begrijpend aan.

'Gisteren was leuk,' vervolg ik. 'En fijn, heel fijn. Maar laten we het hierbij laten, oké?'

Ik klink zelfs in mijn eigen oren overtuigend en om mijn woorden extra kracht bij te zetten klop ik hem moederlijk op zijn schouder.

Voordat hij kan reageren komen de jongens op ons afgerend. 'Gaan we nu, mam?'

'Ja, we gaan. Stap maar in.'

'We gaan naar de dierentuin!' zegt Jasper enthousiast tegen Bart.

Bart kijkt me nog een seconde aan met een frons op zijn voorhoofd maar richt zich dan met een vriendelijke glimlach tot mijn zoon.

'Wat leuk! Wat is je lievelingsdier?'

Jasper begint gepassioneerd tientallen diersoorten op te noemen en Joris valt hem bij. Deze twee Freek Vonk-fans hebben een ware obsessie voor het dierenrijk.

Als Bart door zijn knieën zakt om op ooghoogte met ze te kunnen praten stap ik snel de auto in. Ik wil voorkomen dat dit vertederende beeld te diep in mijn geheugen wordt gegrift. 'Kom jongens, we gaan,' roep ik door het open raampje.

De jongens stappen in en ik haast me de auto te starten. Terwijl ik wegrijd wordt Bart steeds kleiner in mijn achteruitkijkspiegel. Ik gun mezelf een laatste blik voordat ik het terrein afrijd en hij uit beeld verdwijnt.

7

Het schoolplein is afgeladen als ik aan kom rennen met de jongens in mijn kielzog. Op de eerste dag van het nieuwe schooljaar heet de directrice van de school alle leerlingen en ouders traditioneel welkom vanaf het bordes. Ze is al begonnen.

'Papa!' De jongens hebben Erik gespot en rennen op hem af. Hij staat bij een groep andere ouders vlak bij het fietsenhok. Erik bukt en knuffelt ze. 'Dag, kereltjes. Hebben jullie het leuk gehad?'

Jasper en Joris knikken enthousiast.

'Ga maar snel bij de juf staan,' spoor ik ze aan. 'Ik kom zo nog even gedag zeggen.'

De jongens rennen naar de voorkant van het plein waar de klassen netjes bij elkaar staan. De ouders staan er rijen dik achter.

'Lekker op tijd weer, Loes.' Erik kijkt me misprijzend aan.

'We waren al onderweg maar ik was een tas vergeten.'

Erik kijkt alsof hij me niet gelooft, zijn blik zakt af naar de beker in mijn hand.

'Gelukkig heb je wel aan je koffie gedacht.'

Ik weet wat hij insinueert en ik moet me inhouden mezelf niet uitgebreid te verdedigen.

'Waarom ben je eigenlijk hier?' vraag ik. 'Het is toch mijn week?'

'Ik ben voorzitter van de or, weet je nog?'

'Ja, dat weet ik,' mompel ik zuur. Het is onmogelijk om te vergeten, namelijk. De voorzitter van de ouderraad moet gekozen worden en Erik had campagne gevoerd alsof het de Amerikaanse presidentsverkiezingen waren.

'Het leek me goed om als ouderraad voortaan wat zichtbaarder te zijn op dit soort gelegenheden.'

Nu pas zie ik dat de andere leden van de raad naast Erik opgesteld staan. O, god, zoals te verwachten neemt hij zijn rol als voorzitter veel te serieus. Ik ben blij dat ik tegenwoordig gewoon weg kan lopen van dit soort onzin.

'O, ik zie iemand die ik even moet spreken...' Ik gebaar naar de andere kant van het schoolplein en maak dat ik wegkom. De waarheid is dat ik helemaal niemand heb die ik 'even moet spreken', want sinds de scheiding ben ik persona non grata op het schoolplein. Daarvoor hoorde ik er ook niet echt bij maar werd ik gedoogd omdat ik met Erik was getrouwd, een gerespecteerd lid van de gemeenschap. In tegenstelling tot mijzelf, de moeder die altijd te laat is, gymtassen vergeet mee te geven en die broodtrommels vult met chips en muesli als ze vergeten is boodschappen te doen. Of de moeder die tijdens het kleuter-schoolreisje liever met de kinderen van de glijbaan ging dan koffiedrinken met de andere ouders. De moeder die daarna nooit meer werd meegevraagd. De moeder die zomaar haar man en kinderen in de steek had gelaten.

Maar ook voor mijn buitenbeen-status heb ik een oplossing bedacht. Onder het mom van 'if you can't beat them, join them' heb ik me opgegeven voor de oudercommissie dit schooljaar. Het is waarschijnlijk het meest onzalige idee dat ik ooit heb gehad en toen ik het Julian vertelde viel hij dan ook bijna van zijn stoel.

'De oudercommissie? Je bedoelt die sekte op school onder leiding van de vrouw die jij zo liefkozend Escobarbara noemt?'

Ik snap dat het moeilijk te volgen is voor hem. Het is niet alsof ik ooit iets positiefs over Barbara te zeggen heb. Ze is de oppermoeder op deze school. De grote regelaar en grensbewaker van het goede fatsoen. De directrice loopt met haar weg waardoor ze zich met permissie overal mee bemoeit, samen met een heel leger aan moeders die haar trouw volgen. Na de scheiding ontfermde ze zich over Erik alsof hij het slachtoffer was van zinloos geweld of een derdewereldland na een orkaan.

De directrice is nog steeds aan het woord en ik luister met een half oor terwijl ik me door een groepje ouders wurm om aan de rand van het schoolplein uit te komen. Ik leun tegen een picknicktafel aan en tuur naar het bordes, maar over de hoofden van de mensen voor mij kan ik nauwelijks iets zien. Het maakt ook niet uit, het is toch elk jaar hetzelfde riedeltje en inmiddels ben ik afgeleid door het gesprek van een groepje moeders naast me over hun vakanties. Ik vang woorden op als 'catamaran', 'safari' en 'privéstrand' en ik kijk ernaar uit om Julian straks weer te zien, iemand met wie ik wél iets gemeen heb.

Op de achtergrond hoor ik de directrice verkondigen dat ze ons met trots aan iemand wil voorstellen en een van de moeders achter me maakt een goedkeurend geluid.

'Jezusmina, moet je kijken,' zegt ze.

Ik neem een slok van mijn koffie en gebruik de handeling om onopvallend naast me te kijken wat de oorzaak is van haar enthousiasme. De moeder in kwestie en haar vriendinnen kijken collectief met grote ogen naar het bordes. Ik probeer hun blik te volgen, maar zelfs als ik op mijn tenen sta zie ik niets.

Om beter zicht te krijgen hijs ik me op de picknicktafel. Dan proest ik mijn koffie uit. *Shit!* Naast de directrice stapt Bart het bordes op, gehuld in een donkerblauw trainingspak met het logo van de school. De directrice leidt de aanwezigen op het schoolplein in een rondje applaus. Bart glimlacht en zwaait hartelijk naar iedereen.

'Hállo! Wat een lekker ding!' hoor ik een andere moeder zeggen en haar omstanders vallen haar bij.

Mijn oren beginnen te suizen en ik moet nog steeds kuchen om de koffie uit mijn luchtpijp te krijgen. Ik zoek in mijn tas naar een doekje om mijn kin mee droog te deppen.

‘Gaat het?’ vraagt een van de moeders.

Het klinkt eerder geïrriteerd dan bezorgd, alsof ze er last van heeft dat ik naast haar bijna sta te stikken. *Trut.* Het liefste hoest ik vol in haar gezicht maar ik houd me in. Ik heb inmiddels een zakdoek gevonden en veeg de koffieresten van mijn gezicht.

Nu ik buiten levensgevaar ben kan ik me concentreren op het megagrote probleem dat zojuist het ‘echte’ leven binnen is gestapt.

Hoe kan Bart nou hier zijn?

Hoe?

In godsnaam?!

Ik ben in blinde paniek en heb er moeite mee grip te krijgen op de realiteit. Ben ik misschien nog aan het dromen? Hoe verklaar ik anders dat uitgerekend Bart hier op een paar meter afstand voor me staat?

De openingsceremonie is inmiddels afgelopen en ouders, kinderen en leerkrachten krioelen door elkaar op het schoolplein. Om de hele situatie nog erger te maken staat Bart naast het bordes enthousiast met Jasper en Joris te praten. *O nee!* Ik zoek angstvallig om me heen naar een uitweg, maar voordat ik de kans krijg om te vluchten staat Barbara ineens voor me.

‘Loes! Jou moest ik net hebben.’

Ze kijkt me glimlachend aan, een vriendelijke blik in haar blauwe, opengesperde ogen. Ik weet wel beter. Achter die ogen gaan de meest veroordelende gedachten over mij schuil. Ik registreer hoe ze me in een fractie van een seconde van top tot teen in zich opneemt en kan wel raden wat ze ervan vindt. Ik heb nog niet gedoucht, heb geen make-up op en mijn haar nog niet geborsteld. Over mijn slaapshirt en legging heb ik in de haast een trenchcoat aangetrokken en daaronder teenslippers. Een schril contrast met haar ongekreukte linnen zomerjurkje, kekke spijkerjasje en donkerblauwe sandalen. Haar glanzende blonde haar draagt ze in een strakke knot en haar make-up is nauwkeurig aangebracht in een naturel look. Tenminste, afgezien van de overdaad aan mascara die haar ogen doen lijken op een kindertekening.

'Hoi, Barbara.' Ik probeer mijn gebrek aan enthousiasme te verbergen. Waarschijnlijk tevergeefs omdat ik te veel ben afgeleid door het tafereel achter haar waar Bart en mijn zoons nog steeds in gesprek zijn. Ouders lopen af en aan om hem de hand te schudden.

'Ik wilde even checken of je alle mails hebt gelezen, aangezien je nergens op reageert.'

Ik focus me weer op Barbara. 'Mails? Welke mails? Ik heb geen mails gekregen.'

'Onzin. Ik heb je in de vakantie zeker wel een keer of zes gemaild over de oudercommissie.'

'Ik heb niets gekregen, Barbara,' herhaal ik, nu stelliger.

Barbara kijkt me meewarig aan en pakt dan haar telefoon. Als ze haar hoofd buigt om iets in te toetsen zie ik achter haar hoe Jasper en Joris mijn kant op wijzen. Ik duik net te laat weg. *Shit, hij heeft me gezien!* Paniek giert door mijn lijf. Hij zal toch niet hiernaartoe komen?

'Kijk!' Barbara houdt haar telefoon voor mijn neus en ik zie een reeks berichten gericht aan mij. Hoe kan dat? Ik kijk nog eens goed.

'Dat is mijn oude mailadres.'

Barbara kijkt me onbenullig aan.

'Ik heet geen Teunissen meer, weet je nog? Ik heb mijn mailadres al voor de meivakantie veranderd en doorgegeven aan de school.'

Barbara houdt de schaapachtige blik nog een paar seconden vast.

'Och ja, natuurlijk. Dom van me,' zegt ze dan. 'Ik had moeten weten dat je alles meteen zou aanpassen.'

Ik pers mijn lippen op elkaar in een geforceerde glimlach. Ik gun het haar niet dat ze ziet hoe ik vanbinnen kook.

'Anyway, vanavond hebben we de eerste vergadering. Om zeven uur in de docentenkamer. Zorg je dat je erbij bent?'

Barbara houdt haar hoofd schuin en knippert een paar keer met haar mascarawimpers. Ik krijg zin om de zelfvoldane uitdrukking van haar gezicht te slaan. In gedachten grijp ik haar bij haar knot, trek haar met een ruk op de grond en…

Voordat ik de fantasie af kan maken voegen Bart en mijn zoons zich bij ons.

'Kijk mama, het is Bart,' roept Joris enthousiast.

Bart lacht breeduit naar me. 'Hoi,' zegt hij vrolijk, alsof er niets aan de hand is. Alsof we oude bekenden zijn die elkaar toevallig tegenkomen op een onverwachte plek. Alsof we elkaar anderhalve dag geleden niet ordinair hebben zitten aflebberen.

Ik heb moeite met schakelen. Ik weet dat ik iets terug moet zeggen en probeer woorden te vormen, maar voordat mijn brein is bijgedraaid stapt Barbara naar voren.

'Dag, ik ben Barbara van Rossum, voorzitter van de oudercommissie.'

De zelfingenomenheid in haar stem is niet te missen. Net als Erik geniet ze iets te veel van de status die dit erebaantje haar geeft. Ik wil wedden dat ze zich naast hem de first lady van de school voelt. Zij als voorzitter van de oudercommissie en hij als de voorzitter van de ouderraad.

Bart schudt Barbara's hand. 'Bart Bosman.'

'Kennen jullie elkaar?' Barbara kijkt nieuwsgierig van mij naar Bart en weer terug.

'Hij was ook op de camping,' zegt Jasper.

'Echt? Wat toevallig zeg,' zegt Barbara. Ik hoor haar hersenen haast kraken terwijl ze de verbindingen probeert te leggen.

'Inderdaad, toevallig,' beaam ik en ik kijk Bart aan.

What the fuck? probeer ik subtiel met mijn blik te communiceren, maar zijn gezicht staat op een neutrale, vriendelijke stand. Ik zie helaas te laat dat Barbara me peinzend aan het bestuderen is.

'Wist je dat meneer Bosman hier kwam werken?' vraagt ze.

'Nee,' antwoord ik eerlijk.

'Goh, is dat helemaal niet ter sprake gekomen?' Ze is duidelijk geïntrigeerd.

Ik denk terug aan het moment dat ik Bart had kunnen vragen naar zijn baan. Als ik er niet voor had gekozen zo min mogelijk over hem te weten dan was ik vandaag in elk geval voorbereid geweest.

'We hebben elkaar maar kort gesproken,' legt Bart uit en schenkt Barbara een killerglimlach. Het effect van zijn charmes is indrukwekkend, ze giechelt als een schoolmeisje en lijkt voor nu vrede te hebben met het antwoord. Ik vraag me af voor hoelang.

Ik wil me uit de voeten maken en pak de handen van de jongens om met ze mee naar hun klas te lopen, maar Barbara houdt me tegen.

'O, voordat ik het vergeet, voor de Summer Party vrijdag heb ik je op suikerspin-dienst ingeroosterd.'

'Wat? Hoezo?'

De Summer Party is de feestelijke aftrap van het schooljaar en wordt door de oudercommissie georganiseerd. De suikerspin-dienst is zo ongeveer de ellendigste dienst die er is. Zelfs de wc-schoonmaakdienst is populairder onder de vrijwillig meehelpende ouders. De antieke suikerspinmachine is ronduit gevaarlijk en is veel te klein om aan de massale vraag te voldoen, maar omdat het ding elk jaar met trots door de vader van de directrice wordt uitgeleend, durft niemand er iets van te zeggen.

'Tja, je reageerde niet op mijn mails en de andere ouders wel. Dit is de enige dienst die nog over is.'

Joris en Jasper vinden het te lang duren en maken zich los uit mijn greep. 'Wij gaan vast, mama.' Ze stuiven weg en daarmee ben ik mijn buffers kwijt.

Ik kijk Barbara wanhopig aan. 'Maar ik héb geen mails gekregen! Waarom heb je me niet even gebeld toen ik niet terugmailde?'

Barbara knippert weer een paar keer. 'Och, helemaal niet aan gedacht.' En voordat ik kan reageren draait ze zich om en verdwijnt in de richting van de ingang van de school. *Wel godverdomme, secreet!* De spreekwoordelijke stoom komt uit mijn oren terwijl ik haar nakijk en mijn moordlustige fantasieën de vrije loop laat.

'Vriendin van je?' klinkt het cynisch naast me.

Ik kijk naar Bart, een grijns speelt om zijn lippen. Hij staat in een typische gymleraarhouding; rechtop, borst vooruit, benen iets uit elkaar en zijn armen op zijn rug.

'Wat dóé je hier?' bijt ik hem toe. Ik kijk schichtig om me heen om er zeker van te zijn dat er niemand op gehoorafstand is. Het plein loopt steeds verder leeg, maar aan de overkant staat Erik nog met de andere leden van de ouderraad te praten. Gelukkig staat hij met zijn rug naar ons toe.

Bart tikt met een vinger op het schoollogo op zijn trainingsjack. 'Ik werk hier.'

O, haha. Het is allemaal heel grappig voor meneer.

'Maar hoe dan?!' fluisterschreeuw ik terwijl ik aan de buitenkant zo neutraal mogelijk probeer te lijken. Een andere leerkracht loopt langs en groet ons, ik schenk hem een serene glimlach. Vanbinnen ben ik al drie keer flauwgevallen van de stress.

'Ja, het is wel echt toevallig, vind je ook niet?'

'Toevallig?' Mijn stem is zo hoog dat hij nauwelijks hoorbaar is.

Dit is geen toeval, dit is karma. Ik had dit weekend niet zo onvoorzichtig moeten zijn. Dit is het universum dat me vertelt dat mijn plan om het komende jaar geen stof te doen opwaaien gedoemd is te mislukken.

De volle omvang van de realiteit dringt nu pas echt tot me door. Mijn oren beginnen weer te suizen en het voelt alsof ik geen adem krijg.

Bart kijkt bezorgd en legt zijn handen op mijn schouders. 'Gaat het wel? Wat is er aan de hand?'

Mijn blik vliegt naar de overkant van het plein en hoewel Erik nog met zijn rug naar ons toegekeerd staat zie ik een van de vaders in het groepje onze kant op kijken. Ik schud Barts handen van me af.

'Niet dóén!' sis ik.

Hij deinst terug, duidelijk geschrokken van mijn reactie.

'Sorry,' mompel ik. 'Maar ik had je hier gewoon niet verwacht. Het is nogal een...'

'... leuke verrassing?'

'... ramp.'

'O.' Bart trekt een wenkbrauw op en slaat zijn armen over elkaar. 'Want?'

Ik bijt op de binnenkant van mijn wang terwijl ik Erik met een schuin oog in de gaten houd.

'De mensen hier op school zijn nogal traditioneel. Ze zullen niet zo licht denken over een moeder die met de gymleraar heeft gezoend.' Als Bart me zwijgend blijft aankijken voeg ik er fluisterend aan toe. 'De veel *jongere* gymleraar.'

Bart lacht sceptisch. 'Nou, nou. Overdrijf je niet een beetje? Mag ik je eraan herinneren dat ik bijna dertig ben? Je hebt niet bepaald misbruik gemaakt van mijn arme weerloze zieltje.'

'Neem het maar gewoon van me aan! Ik woon hier al acht jaar en kom al vier jaar op deze school. Er is niet veel nodig om ze te choqueren. Ik kan sowieso maar weinig goed doen en ze rapporteren allemaal aan mijn ex.'

Nu moet Bart echt lachen. 'Is dat een grap? Waar zijn we, Noord-Korea? En bedoel je de ex die vreemd is gegaan?'

Aan de overkant van het plein begint het groepje van Erik uit elkaar te gaan. Het zal niet lang meer duren voordat hij zich omdraait en ons hier ziet praten. Ieder ander zou een onschuldige kennismaking tussen een moeder en de nieuwe gymleraar zien, maar Eriks voelsprieten staan strak afgesteld op standje 'paranoïde' als het om mij gaat.

'Het ligt allemaal nogal gecompliceerd, geloof me. Wil je me alsjeblieft beloven dat je niemand vertelt dat we... Nou ja, je weet wel? En ook niet dat Erik is vreemdgegaan? Dat weet niemand.'

'Hoezo niet? Waarom zou je hem in bescherming nemen?'

'Daar heb ik zo mijn redenen voor.' Zweetdruppels vormen zich op mijn rug als de vader die ons eerder in de gaten had iets tegen Erik zegt. Erik draait zich om en kijkt in onze richting. *Shit!* Ik doe een stap opzij zodat hij mijn gezichtsuitdrukking niet kan zien en kijk Bart smekend aan. 'Alsjeblieft, beloof je het?'

Bart zwijgt. Waarschijnlijk is hij aan het afwegen hoe gek ik precies ben op een schaal van één tot tien.

'Ik zal erover nadenken,' zegt hij ten slotte.

Ik moet genoegen nemen met het antwoord want Erik steekt het plein over in onze richting. Ik draai me om en snelwandel naar de ingang van het schoolgebouw, weg van Bart en weg van een mogelijke confrontatie met Erik.

Eenmaal binnen loop ik door de lange gang waar het klaslokaal van de jongens aan zit. De hoge ramen kijken uit over het schoolplein en ik zie hoe Erik op Bart afloopt. Hij heeft zijn borst vooruitgestoken en zijn kin omhoog, alsof hij zich groter wil maken. Het is bijna koddig om te zien, want Bart is een kop groter en zeker een half keer zo breed. Hij hoeft niet eens zijn best te doen om indruk te maken en staat er zelfverzekerd en ontspannen bij. Ik weet zeker dat Erik zich voorstelt als voorzitter van de ouderraad om extra gewicht in de schaal te leggen. Bart heeft geen idee dat hij met mijn ex te maken heeft en glimlacht vriendelijk naar Erik terwijl ze elkaar de hand schudden.

Ze kletsen wat en ik vraag me in paniek af waarover, maar mijn aandacht wordt al snel getrokken door Jasper die aan mijn zijde verschijnt. 'Wil je weten waar ik zit, mama?'

Het klaslokaal waar de jongens dit schooljaar zullen doorbrengen is ruim en licht. De tafeltjes staan in groepjes van vier, strak opgesteld in symmetrische rijen met een breed gangpad ertussen. Aan de muren hangen posters met reken- en taalinstructies en verder is het ordelijk en opgeruimd. De kinderen zitten aan hun tafeltjes te lezen en de juf staat bij haar bureau een stapel schriftjes te tellen. Deze juf hebben de jongens nog niet eerder gehad, ze lijkt me aardig. Nadat ik de plekken van de jongens uitgebreid heb bewonderd loop ik op haar af om me voor te stellen. Het is onderdeel van operatie 'Beste Beentje Voor'.

Als ik voor het bureau sta en mijn keel schraap kijkt ze geïrriteerd op. 'Ah, mevrouw Dekker.' Ze weet blijkbaar al wie ik ben en aan haar toon te horen is dat geen goed teken. 'Het is niet de bedoeling dat er nog ouders in de klas zijn als de les is begonnen.'

'O, eh...' ik kijk op de klok achter haar aan de muur. Het is letterlijk één minuut over half negen, maar ik ben inderdaad de enige ouder die nog in het lokaal is. Blijkbaar heb ik de memo gemist. Alweer.

'Sorry,' zeg ik vriendelijk. 'Het zal niet meer gebeuren. Ik wilde me alleen even voorstellen. Loes Dekker.' Ik steek mijn hand uit. 'Maar dat wist je dus al,' lach ik.

De juf schudt mijn hand door hem lichtjes aan te raken en snel weer los te laten. 'Manou van Veen. Aangenaam.' Ze kijkt me meewarig aan en de lach sterft langzaam op mijn lippen. Er valt een ongemakkelijke stilte.

'Nou,' stamel ik uiteindelijk. 'Dan ga ik maar weer eens.'

'Ja, fijn.'

De juf wendt zich van me af en begint de stapel schriftjes opnieuw te tellen. Ik blijf een moment staan en wordt heen en weer geslingerd tussen woede en verslagenheid. Woede omdat ze ronduit onbeleefd is, maar verslagenheid omdat ik me realiseer dat ook deze juf 'besmet' is met roddels over mijn reputatie als falende moeder en echtgenote.

Als ik het klaslokaal wil verlaten roept ze me nog achterna.

'Mevrouw Dekker? Vergeet u niet dat uw zoons morgen hun gymtas nodig hebben?' Het is geen onschuldige opmerking, geen vriendelijke reminder. Ik draai me met een ruk om en de zinnen die zich in mijn hoofd vormen zijn niet misselijk. Maar voordat ik mijn mond open om de juf precies te laten weten wat ik denk valt mijn blik op Joris en Jasper die vredig hun boek zitten te lezen. Ik slik de woorden in en dwing mezelf naar haar te glimlachen.

'Natuurlijk. Bedankt voor het doorgeven. Fijne dag nog!'

Ik verlaat het klaslokaal en doe de deur kalm achter me dicht. Dan kijk ik links en rechts of er iemand op de gang is en als ik zeker weet dat dat niet zo is steek ik herhaaldelijk mijn middelvingers op naar de gesloten deur. *Zo! Dat lucht op.*

'Ahum,' klinkt er achter me en ik spring zowat een meter in de lucht.

'O, hoi, Barbara.'

Ik begin te vermoeden dat ze over bovennatuurlijke krachten beschikt waarmee ze uit het niets kan opdoemen om mij te kwellen.

Ze kijkt me een seconde afkeurend aan en loopt dan door.

'Vanavond, zeven uur, docentenkamer. Niet vergeten,' roept ze over haar schouder.

Ik laat mijn hoofd hangen, dit is niet hoe ik me het begin van het schooljaar had voorgesteld.

8

'Hij is wát?!'

'De gymleraar.'

'Dus *Mister Gorgeous* van de camping met wie je hebt gezoend – *by the way, you go, girl* – is de nieuwe gymleraar op school?'

'Ja,' beaam ik nogmaals.

Julian buldert van het lachen. Hij legt beide handen op zijn schuddende buik en als hij is uitgelachen haalt hij diep adem voor een nieuw lachsalvo. Ik kijk het met lede ogen aan. 'Ben je bijna klaar?'

Julian houdt een vinger omhoog om aan te geven dat hij, inderdaad, bijna klaar is met lachen om mijn situatie. We zijn na het wekelijkse maandagochtendoverleg in de vergaderruimte achtergebleven en Julian heeft ademloos mijn verhaal aangehoord.

'Niet te geloven,' hijgt hij ten slotte. 'Dit komt toch alleen voor in van die romcomfilms?'

'Precies! Dit slaat nérgens op. Alsof iemand het in scène heeft gezet.'

Julian legt zijn voeten op de grote ronde tafel waar we net nog met een man of tien aan het vergaderen waren en vouwt zijn handen achter zijn hoofd. 'Ik zou me er maar bij neerleggen als ik jou was. Wat kan je eraan doen?'

'Niks! Ja, verhuizen, maar dat is niet echt een optie. Geloof me, ik heb het overwogen.'

Julian heeft pretlichtjes in zijn ogen. 'Óf je kan het zien als een teken dat jullie voorbestemd zijn en er gewoon voor gaan.'

Ik schud mijn hoofd en stop een ministroopwafel in mijn mond, de zoveelste sinds een van onze collega's het schoteltje op tafel zette.

Als het op zoetigheid aankomt heb ik weinig zelfbeheersing en stress maakt mijn behoefte aan suiker nog groter. Ik haal mijn schouders op. 'Ik moet hem gewoon zo veel mogelijk zien te ontlopen. Ik bedoel, het is niet alsof ik de vorige gymleraar vaak zag. Ik weet amper nog hoe hij eruitziet. En als Bart verder zijn mond houdt over ons en dat hij weet dat Erik vreemd is gegaan...'

'Heb je hem dat verteld? Dat mocht toch niemand weten?'

Ik kijk Julian schuldbewust aan. 'Klopt, maar hij was zo aardig en geïnteresseerd. En ik had wijn op. En hij rook zo lekker. En ik zou hem toch nooit meer zien.'

'Het maakt mij niet uit, hoor. Je weet hoe ik denk over die belachelijke afspraak tussen jou en Erik. Voor mijn part vertel je het aan iedereen.'

'En riskeren dat de jongens het te weten komen, bedoel je?' zeg ik feller dan ik wil.

Julian zet zijn voeten weer op de grond en zucht. 'Je wéét toch dat Erik je alleen maar aan die afspraak houdt om zijn reputatie te beschermen? Als hij niet wil dat de jongens er via via achter komen, waarom vertelt hij het ze zelf dan niet?'

'Dat weet je toch? Hij wil het ze pas vertellen als ze daar klaar voor zijn. Ze zijn nu te jong om het te begrijpen. Ze zullen hem anders gaan bekijken en dat willen we niet.'

Julian lacht cynisch. 'Maar het is geen probleem dat ze denken dat jij zomaar bij hun vader bent weggegaan?' Hij kijkt me serieus aan. 'Zolang ze de echte reden niet weten ben jij degene die ze anders bekijken, Loes.'

Ik stop twee ministroopwafels tegelijk in mijn mond en frons. Hij heeft gelijk, maar ik heb de energie niet om de strijd opnieuw met Erik aan te gaan. Bovendien is het leed al geleden. Na onze breuk heeft Erik me ervan overtuigd dat het beter was om zijn misstappen te verbergen voor de jongens en dus ook voor de buitenwereld. Het klonk plausibel en ik was ermee akkoord gegaan. Ik had er alleen niet aan gedacht dat daarmee de schijn werd gewekt dat ik zonder echte aanleiding mijn man en kinderen had verlaten. Het maakte mij de slechterik en Erik het slachtoffer. Erik deed niets om dat beeld te ontkrachten en het roddelcircuit op school deed de rest van het werk. Hier en daar met wat hulp van Barbara en haar volgelingen.

Ik reik naar het schoteltje met stroopwafels maar Julian pakt mijn hand en schudt zijn hoofd. 'Hoe je zo slank blijft is mij een raadsel.' Hij glimlacht maar zijn ogen staan bezorgd. Ik wil niet dat hij zich druk maakt om mij en mijn sores. Ik zoek naar iets positievers om het over te hebben, maar Julian is me voor. 'Over eten gesproken, waar zal ik je mee naartoe nemen?'

'Waar zal ik jóú mee naartoe nemen, bedoel je?'

'Huh? Jij hebt gewonnen, dan neem ik jou mee uit eten. Dat was de afspraak.'

'Ja, maar ik heb alleen maar gewonnen omdat jij je werk zo goed hebt gedaan.'

Julian glundert. We hadden voor het weekend gewed hoeveel kaarten er verkocht zouden worden voor *FREE!*, de experimentele voorstelling waar ik me zo hard voor had gemaakt, en ik had hoog ingezet. De verliezer zou de winnaar mee uit eten nemen. Aan het begin van de vergadering van vandaag wist Julian ons te vertellen dat mijn voorspelling niet alleen was uitgekomen maar zelfs was overtroffen, de meeste voorstellingen waren al uitverkocht! Een belachelijk goeie score en wat mij betreft voor een heel groot deel te danken aan de marketingstrategie van Julian.

'Ach,' begint hij bescheiden. 'Zo'n bijzondere voorstelling verkoopt zichzelf bijna.'

'Onzin! Je hebt een hele nieuwe doelgroep bereikt met je campagne op social media. Allemaal jonge mensen die normaal niet naar het theater komen. Dat heb je echt goed gedaan.'

'Maar alleen omdat jij je nek ervoor hebt uitgestoken.'

Nu is het mijn beurt om te glunderen. 'Weet je wat? We gaan gewoon twee keer uit eten, de ene keer trakteer jij en de andere keer trakteer ik.'

'Deal!'

We lachen naar elkaar. Ik ben blij dat de lucht is geklaard. Mijn hand gaat automatisch weer naar het schoteltje met ministroopwafels en voordat Julian kan ingrijpen stop ik er één in mijn mond.

'Pas op, hoor. Als je zo doorgaat vraag ik Bart om je personal trainer te worden. Hij weet vast wel een paar interessante manieren om je fit te houden.' Hij knipoogt en ontwijkt net op tijd de pen die ik naar zijn hoofd gooi.

Die avond fiets ik ruim op tijd naar het schoolgebouw. Ik gun het Barbara niet te laat te komen, ook al heb ik vandaag meerdere keren op het punt gestaan mijn plek in de oudercommissie op te zeggen. Het is al erg genoeg dat ik Barbara op het schoolplein moet verdragen met haar bemoeienissen, maar hoe langer ik erover nadacht hoe opstandiger ik werd. Ik besloot mijn rug te rechten en haar eens een poepie te laten ruiken met haar commissie. Ik zal de meest voorbeeldige en meest actieve ouder van de club zijn dit jaar. Ik zal mezelf zo onmisbaar maken dat ze me op haar blote knieën zal smeken nog een jaar bij te tekenen en dan zeg ik natuurlijk keihard nee. *Ha!* De gedachte maakt me strijdlustig en met opgeheven hoofd wandel ik dan ook de docentenkamer binnen.

Een stuk of tien moeders kijken op vanaf hun plek aan de vergadertafel, met Barbara aan het hoofd. Blijkbaar ben ik niet de enige die graag op tijd wilde zijn.

'Loes!' Barbara staat op en loopt op me af. 'We wachtten al op je.'

Huh?

'Maar ik... Het is pas tien voor zeven.' Ik dubbelcheck de tijd op de klok boven de koffieautomaat. Barbara schudt haar hoofd.

'We beginnen altijd om kwart voor zeven.' Ze praat alsof ze het tegen een kind heeft.

'Maar vanmorgen zei je zeven uur.'

Barbara kijkt me niet-begrijpend aan. 'Waarom zou ik dat doen als we altijd om kwart voor zeven beginnen?' Ze lacht een betuttelend lachje. 'Bovendien staat het in de mail.'

Ik voel mijn goede humeur wegsijpelen en kijk de kamer rond. Een enkele moeder ontwijkt mijn blik, maar de meeste kijken me op dezelfde manier aan als Barbara altijd doet, met een zweem van afkeuring en hooghartigheid.

Ik kijk weer naar Barbara. Ik probeer de opborrelende boosheid te onderdrukken, maar ik gun het haar niet dat ze me op de kast krijgt.

'Zoals je weet heb ik geen mails gekregen,' zeg ik zo kalm mogelijk.

Om haar geacteerde verbazing kracht bij te zetten knippert Barbara een paar keer met haar mascarawimpers. Dan slaat ze zichzelf voor haar hoofd.

'O, verdomd. Inderdaad, helemaal vergeten. Wacht, ik pas meteen je mailadres aan. Ga zitten.' Ze gebaart naar een lege stoel aan tafel en gaat zelf weer aan het hoofd zitten. Ze opent een laptop.

'Wat is je nieuwe mailadres?'

'Hetzelfde als de vorige maar dan met "Dekker".'

'Eens even kijken. Teunissen, delete. Dat wordt dan Loes D-E-K-K-E-R.' Naast de tikkende vingers van Barbara is het akelig stil in de docentenkamer. Niemand zegt iets maar ik zie de ongeduldige blikken die worden uitgewisseld. Barbara neemt uitgebreid de tijd voor deze subtiele vernedering. Dan kijkt ze op. 'Zo! Geregeld. Dan kunnen we nu eindelijk door met de vergadering. Het voorstelrondje kunnen we overslaan want we hebben maar twee nieuwkomers, Loes en Jet.' Barbara wijst naar een blonde jonge vrouw aan de overkant van de tafel. Ze was de enige die niet zichtbaar genoot van mijn publieke terechtwijzing. Ik herken haar gezicht, maar weet niet meer waarvan.

Als onze blikken elkaar ontmoeten lacht ze naar me en meteen voel ik een sprankje hoop dat ik er misschien niet helemaal alleen voor sta in het hol van de leeuw. Ik lach terug.

'Ik wil niet nog meer tijd verliezen dus ik zal jullie zelf even kort introduceren.' Barbara wappert een hand in mijn richting.

'Loes Dekker, moeder van de tweeling Joris en Jasper uit 5a. Was getrouwd met Erik Teunissen, die jullie natuurlijk wel kennen als de voorzitter van de ouderraad. Loes werkt in het theaterwereldje.'

De neerbuigende klank van het verkleinwoord 'theaterwereldje' laat het klinken alsof mijn werk een hobbyproject is. Ik zou er wat van willen zeggen maar kom niet snel genoeg op iets gevats en Barbara gaat onverstoord verder. Ze wappert haar hand nu in de richting van de andere moeder.

'Jet Bakker. Moeder van Iris uit 4b. Getrouwd met Sander. Ze is eigenaar van de cadeauwinkel tegenover de Albert Heijn.'

Jet knikt vriendelijk naar de moeders aan tafel. Ik weet welke winkel Barbara bedoelt, een mooie winkel met woonaccessoires waar het altijd heerlijk ruikt. Ik bekijk Jet nog eens goed en realiseer me dat ik haar gezicht natuurlijk ken van de keren dat ik daar ben geweest.

Barbara is inmiddels opgestaan en deelt een stapel papieren uit. Als ze weer zit richt ze zich tot mij en Jet.

'Ik zal even snel uitleggen hoe het werkt. Zoals jullie weten regelt de oudercommissie de activiteiten op school die niet met het lesprogramma te maken hebben en vanavond stellen we per activiteit een werkgroep samen die de coördinatie doet. Op de jaarkalender die ik net heb uitgedeeld staan alle activiteiten.'

Ik bekijk het A4'tje dat voor me op tafel ligt. Bovenaan staat de Summer Party en ik zucht diep bij de gedachte aan mijn suikerspin-dienst.

'De Summer Party is al in kannen en kruiken. Ik verwacht iedereen om vier uur op het schoolplein om alles klaar te zetten.'

Wat? Om vier uur werk ik nog. Ik kijk de tafel rond maar zie geen andere verbaasde reacties. Ik kan toch onmogelijk de enige zijn die dan nog aan het werk is? Ik open mijn mond om bezwaar te maken, maar besluit me in te houden. Ik wil niet nog meer negatieve aandacht op mezelf vestigen, ik regel wel iets.

'De eerstvolgende activiteit waar we een werkgroep voor nodig hebben is Sinterklaas.' Nog voordat Barbara verder kan praten steek ik mijn hand op.

'Dat wil ik wel doen.'

Barbara kijkt me aan met een diepe frons tussen haar wenkbrauwen.

'O? Ehm, ik had eigenlijk bedacht dat jij de groep 8-musical gaat doen. Dat past meer bij je achtergrond.'

Gek genoeg voel ik me gevleid dat ze me enige expertise toebedeelt, maar ik stoor me eraan dat ze voor mij beslist wat ik ga doen. Ik heb niet per se een enorme passie voor Sinterklaas, maar ik wilde mijn enthousiasme tonen door meteen mijn hand op te steken. Nu ik weet dat Barbara er anders over denkt wordt het een principekwestie.

'De musical doe ik liever pas als de jongens in groep 8 zitten. Ik wil nu graag Sinterklaas doen, dat lijkt me heel leuk.' Ik schenk Barbara mijn allervriendelijkste glimlach. *Fuck you.*

Barbara kijkt zuchtend op haar laptop. 'O, dat is jammer. Daar had ik wel een beetje op gerekend. Nu klopt mijn hele indeling niet meer.'

Ze laat een stilte vallen. Ik ken die tactiek, Erik doet dat ook. Hij laat het dan net zo lang stil zijn totdat je je zo ongemakkelijk voelt dat je maar toegeeft. Ik trap er niet in.

'Ik dacht dat we hier juist zaten om samen een indeling te maken?'

'Ja, dat is ook zo, maar sommige activiteiten, zoals Sinterklaas, zijn wat uitdagender dan andere. En dan is het misschien beter als er een ervaren commissielid op zit.'

'Ach, hoe moeilijk kan het zijn? Ik neem aan dat ik het niet in mijn eentje hoef te doen, toch?'

Barbara slaakt een geïrriteerde zucht en kijkt de tafel rond, op zoek naar steun onder haar volgelingen. Er worden blikken van verstandhouding uitgewisseld maar dat spoort me alleen maar meer aan om me vast te bijten. Sinterklaas wordt verdomme mijn project, al is dat het laatste wat ik doe.

'Ik wil wel helpen,' zegt Jet plotseling. Ze kijkt me veelbetekenend aan. *Een bondgenoot!*

'Iedereen zal moeten helpen bij het sinterklaasfeest,' bijt Barbara haar ongeduldig toe. 'Maar het gaat nu even om de coördinatie. Dat moet voor Sinterklaas door een werkgroep van drie ouders worden gedaan en een beetje ervaring is daarbij wel nodig.'

'Nou, we hebben al twee ouders,' zegt Jet onverschrokken. 'Nu alleen nog iemand met ervaring.' Ze is duidelijk niet bang voor Barbara. Ik begin haar steeds leuker te vinden.

Barbara zwijgt, ik kan haar hersenen bijna horen kraken maar het pleidooi van Jet is glashelder, er is geen speld tussen te krijgen.

'Oké,' zegt Barbara ten slotte met een zucht. 'Ellen, ik stel voor dat jij je bij Loes en Jet aansluit.' De vrouw die links van mij zit knikt kordaat. Het is een van de 'officieren,' zoals ik ze in mijn hoofd ben gaan noemen, kopieën van Barbara met hun dure maar tuttige kleding, hun verenigings- en hockeyachtergrond en hun Zuidas-echtgenoten.

Ik schenk mezelf thee in uit de thermoskan op tafel en kijk over de rand van mijn mok nieuwsgierig naar Jet. Zij valt zeker niet in dezelfde categorie als Barbara en Ellen. Ze is een stuk jonger, draagt haar blonde krullen in een rommelige knot en haar kledingstijl is veel te hip voor Barbara en haar kartel. Type skinny jeans, denimblouse en bikerboots. Ik vraag me af hoe ze hier terecht is gekomen, zoals gevangenen zich van elkaar afvragen hoe ze bij elkaar in de cel zijn beland. Op dit moment luistert Jet aandachtig naar wat Barbara aan het vertellen is. Ik ben mentaal alweer afgehaakt nu mijn doel is bereikt. Ik ga van dat sinterklaasproject een groot succes maken en ik denk dat ik in Jet een goeie partner heb. Ik kijk opzij naar Ellen. Haar neem ik maar op de koop toe.

De vergadering lijkt een eeuwigheid te duren en Barbara is vooral zelf aan het woord. De werkgroepen worden verdeeld, deadlines worden gesteld en verwachtingen over de resultaten worden vastgelegd in de notulen. Barbara vliegt de oudercommissie aan als de directeur van een multinational. Ik onderdruk net een geeuw als ze de bijeenkomst eindelijk afsluit. *Halleluja!* De klok geeft negen uur aan, ik heb mijn oppas al twee keer moeten appen dat ze wat langer moet blijven. Iedereen staat op van tafel en Jet en ik lopen in een rechte lijn op elkaar af. Net als we iets willen zeggen staat Ellen naast ons. 'We moeten even een afspraak maken,' zegt ze zakelijk, haar telefoon al in de aanslag.

'O, eh... Oké.' Ik wissel een blik met Jet en duik mijn agenda op uit mijn tas. Ellen kijkt afkeurend naar het beduimelde boekwerkje in mijn handen. Dan focust ze zich weer op haar telefoon. 'Ik kan volgende week nog op...' Ellen scrolt heen en weer op haar scherm. '... maandag- of donderdagavond.'

Jet kijkt Ellen niet-begrijpend aan. 'Is dat niet wat snel om af te spreken om het over Sinterklaas te hebben? Het is augustus.'

'Overmorgen is het al september,' corrigeert Ellen haar afgemeten. 'Ik denk dat jullie het project onderschatten. Het kost een hoop tijd en ik ben niet van plan alles alleen te doen.'

'Nee, nee, natuurlijk niet,' haast Jet zich te zeggen. 'Het leek me gewoon wat vroeg. Maar als jij het zegt dan zal het zo zijn, jij bent degene met ervaring.'

Ellen ontspant zichtbaar en schenkt Jet zowaar een zuinige glimlach.

'Ik kan ook volgende week donderdag, om acht uur. Jij, Loes?'

'Ja, ik ook.' Ik schrijf de afspraak in mijn agenda en met een tevreden knikje neemt Ellen afscheid van ons.

‘Poeh, dat wordt gezellig,’ zeg ik als Ellen buiten gehoorafstand is. Jet schiet in de lach.

‘Nou inderdaad. Ze nemen het wel heel serieus allemaal.’

Samen lopen we de gang op in de richting van de uitgang van de school.

‘Hoe hebben ze jou hiervoor gestrikt?’ vraag ik.

‘Dat vraag ik mezelf ook nog steeds af. Ik ben bang dat ik me heb laten intimideren door Barbara. Ze heeft me vorig jaar het hele schooljaar gestalkt, tot in de winkel aan toe. Ik denk dat ik uiteindelijk maar toe heb gegeven om haar mijn zaak uit te krijgen. En jij?’

‘Ook zoiets. Barbara is nogal overtuigend.’

Inmiddels staan we op het schoolplein bij het fietsenrek.

‘Ben je ook op de fiets?’

Jet knikt en wijst naar een bakfiets met het logo van haar winkel.

‘Waar moet je naartoe?’

‘Ik woon boven de zaak. En jij?’

‘Een paar straten daarachter, de Kerkstraat, ken je die?’

‘Ja, die ken ik. Gezellig, kunnen we samen fietsen.’

Ik open het slot van mijn fiets en merk dat ik een glimlach op mijn gezicht heb. Een totaal andere uitkomst van deze avond dan ik had verwacht.

9

Zoals gewoonlijk hoor ik mijn moeder eerder dan dat ik haar zie. Ik kijk naar buiten en zie haar druk tegen het raam van mijn buurman gebaren.

'Of het al beter gaat met je rug!' roept ze hard.

Door de muur hoor ik het gemoffelde antwoord van mijn bejaarde buurman en mijn moeder steekt haar duim naar hem op. 'Goed zo! Sterkte!'

Waarschijnlijk heeft ze al een half uur geleden haar auto aan het begin van de straat geparkeerd maar komt ze nu pas bij mijn huis aan omdat ze iedereen op haar pad aanspreekt.

'Kom, Eddie,' zegt ze tegen het hijgende hondje aan haar voeten. Het beestje was erbij gaan zitten en komt met moeite weer overeind.

Arme Eddie. Hoewel shih tzu's gemiddeld zestien worden heeft Eddie tegen alle verwachtingen in de eerbiedwaardige leeftijd van zeventien jaar bereikt. Het is dus een kwestie van tijd voordat hij voorgoed omvalt, maar mijn moeder wil er niks van weten. Om Eddie op de been te houden besteedt ze gigantische bedragen aan de dierenarts, medicijnen, speciaal voer, vitaminen en de hondenmasseur (ja, die bestaat).

Morrend en pruttelend waggelt het hondje naast mijn moeder mee naar mijn voordeur. Ze zwaait enthousiast als ze me voor het raam ziet staan en als ik opendoe loopt ze in een wolk van parfum langs me heen naar binnen. In het voorbijgaan geeft ze me een kus op mijn wang. 'Lieverd, je moet echt even langs bij Herman op de hoek. Zijn rozen staan er fantastisch bij!'

Ik kijk in de spiegel die naast de kapstok hangt naar de lipstickafdruk die ze heeft achtergelaten. Orkaan Hetty is gearriveerd.

Ik kan een glimlach niet onderdrukken. Je kan veel zeggen over mijn moeder maar ze weet hoe ze een entree moet maken. Met haar voorkeur voor uitgesproken kleuren en hoge hakken is ze niet bepaald een muurbloempje, en haar parfumgebruik is net zo overdadig als haar make-up. Niets aan mijn moeder is subtiel of ingetogen, ook haar karakter niet. Vandaag draagt ze een knalrood broekpak, gele pumps en dito schoudertas met een grote gouden gesp. Haar schouderlange donkere haar ziet er vers geföhnd uit en haar lipstick en oorbellen matchen het rood van haar kleding.

Ik volg haar naar de woonkamer. 'Koffie, mam?'

'Heerlijk, lieverd.' Ze zet haar tas op het dressoir en pakt het fotolijstje met de foto van Jasper en Joris als baby's. Ze bekijkt het met een glimlach. Eddie ploft met een kreun neer op het vloerkleed voor de bank en begint aan een uitgebreide wasbeurt van zijn anus. Ik keer weg van het tafereel voordat ik misselijk word.

Als ik in de keuken de koffie sta in te schenken komt mijn moeder achter me staan. 'Ik heb maar een half uurtje. Ik moet zo naar de stad om Linda te helpen shoppen voor een outfit. Haar zoon is afgestudeerd.'

'O? Wat leuk voor haar.' Ik probeer me voor de geest te halen wie Linda is uit de vriendinnengroep van mijn moeder. Ze moet jonger zijn als ze een zoon heeft die net is afgestudeerd. De dames van de leesclub zijn vrijwel allemaal in de zestig, net als mijn moeder.

'Ja, heel leuk. Maar ze is echt hopeloos als het aankomt op kleding, dus het is maar goed dat ze me mee heeft gevraagd.'

Ik lach in mezelf, ik zie Linda voor me als een onwetende grijze muis die door mijn moeder in de ene na de andere flamboyante outfit wordt gehesen en aan het einde van de dag met een roze paillettenjurk naar huis gaat.

'Help me even, wie is Linda ook alweer?' Ik ben nu toch wel nieuwsgierig wie het make-overslachtoffer van vandaag is.

'De buurvrouw van Ingrid, weet je nog?' Ik graaf in mijn geheugen maar het zegt me niets. Ook de naam Ingrid doet geen belletje rinkelen, maar dat is niet zo gek. Mijn moeder praat altijd over de dames van de leesclub alsof ik ook elke vrijdagavond aanschuif en ze net zo goed ken als zij.

Als ik niet bevestigend reageer kijkt ze me ongelovig aan. 'Heb ik dat verhaal nog niet verteld? Nou, maak je borst maar nat.' Ik reik haar een mok met koffie aan en ze gaat me voor naar de woonkamer. Eddie is inmiddels in slaap gevallen op het kleed en maakt rochelende snurkgeluiden.

Als we op de bank zitten neemt mijn moeder een grote slok koffie en steekt van wal. 'Ingrid vertelde ons op een dag over haar buurvrouw, Linda, een heel bescheiden vrouwtje. Aardig, maar nogal op zichzelf. Ingrid had niet veel contact met haar, ze zeiden elkaar gedag maar meer niet. Ze had een man en een zoon, maar die woonde al op kamers. Die man van haar was een beetje een vreemde. Contactgestoord, noemde Ingrid het. Keek je nooit aan, zei nooit gedag, dat werk. Ze woonden al een jaar of zes naast elkaar en Ingrid had nog nooit iets gehoord uit dat huis. Maar op een dag...'

Mijn moeder neemt nog een slok van haar koffie en ik hang aan haar lippen. 'Nou?'

'Nou, op een dag hoorde Ingrid ineens allemaal gestommel en geschreeuw uit het huis komen en even later werd er bij haar aangebeld. Stond Linda voor haar deur, huilend, helemaal in paniek. Wat was er nou gebeurd? Ze had haar man van de trap geduwd. En niet alleen dat, ze had er daarna ook nog de stofzuiger achteraan gegooid.'

'Wat? Waarom?'

'Bleek dat die man haar al jaren mishandelde en nu was ze er eindelijk klaar mee. Hij wilde haar weer wat aandoen maar ze had hem van de trap kunnen duwen. Die stofzuiger was een extraatje, denk ik.'

'Maar... leefde hij nog?'

'Ja, helaas wel.'

'En toen?'

'Ingrid heeft de politie gebeld en toen is het nog een heel ding geworden. Linda had nooit aangifte tegen hem gedaan dus nu leek het alsof zij hem zomaar had aangevallen. Dat van die stofzuiger hielp natuurlijk ook niet.'

'Heeft Ingrid nooit iets gezien of gehoord?'

'Nee, die vent sloeg haar alleen maar waar je de blauwe plekken niet kon zien. Onder haar kleren. En hij bedreigde haar waardoor ze het niemand durfde te vertellen.'

'Jezus!'

'Ja, erg hè? Mannen zijn klootzakken.' Ze aait Eddie over zijn slapende kop. 'Het merendeel dan.'

Ik zwijg want ik weet uit ervaring dat ik geen discussie met haar moet aangaan over dit onderwerp.

'Anyway, alles is goed gekomen. Haar man wilde geen aangifte doen, hij schaamde zich te erg om toe te geven dat hij door een vrouw in het ziekenhuis was beland.' Mijn moeder lacht smakelijk. 'Hij had een hersenschudding en toen hij uit het ziekenhuis kwam is hij vertrokken en nooit meer teruggekomen. Zo zie je maar.'

'Jeetje, wat een verhaal, zeg.'

'Tja, arme vrouw. We vonden het allemaal zo erg dat we haar in de leesclub hebben opgenomen. Er was toch een plekje vrijgekomen nadat we Laura hadden geschorst.'

Ik probeer niet te lachen.

'Wat?'

'Niets,' zeg ik terwijl ik me achter mijn koffiemok verschuil.

'Jawel, ik zie het aan je. Zeg het maar.'

'Het is gewoon zo...' begin ik. 'Het klinkt zo gek. "We hebben Laura geschorst."'

'Gek? Dat mens was niet te vertrouwen.'

‘Je bent anders lang genoeg bevriend met haar geweest.’

‘Ja, precies daarom. Welke vrouw gaat er nou vandoor met de man van een vriendin?’

Ik zet mijn mok neer en kijk mijn moeder sceptisch aan. ‘Mam, dat is hier echt niet op van toepassing. Laura en papa hebben pas sinds een paar maanden een relatie. Jullie zijn al vijfentwintig jaar uit elkaar. Het is niet alsof ze hem uit je armen heeft gepeuterd.’

Mijn moeder steekt haar kin in de lucht. ‘Toch! Dat doe je gewoon niet als vriendinnen onder elkaar. En zeker niet als lid van de leesclub.’

‘Wat? Omdat jullie elke week hetzelfde romannetje lezen hebben jullie een erecode om van elkaars exen af te blijven? Ook al ben je twee keer zo lang gescheiden dan dat je getrouwd bent geweest? Wie zijn jullie? De illuminati?’

‘Ja, we hebben zeker een erecode. Die staat misschien niet op papier, maar Laura heeft hem sowieso aan haar laars gelapt, daar is iedereen het mee eens. Niemand is er rouwig om dat ze uit de club is gezet.’

‘Oké, mam.’ Ik denk er zo het mijne van, maar het is beter om er niet verder op in te gaan. Alle vrouwen in de leesclub van mijn moeder zijn gescheiden en het lijkt erop dat ze de club als een soort groepstherapie gebruiken. Mannen kunnen in hun ogen in elk geval niets goed doen, met uitzondering van de gespierde helden in de boeken die ze lezen. En natuurlijk mijn moeders eigen overleden held, Eddie. De geheime minnaar die ze er jarenlang op na hield terwijl ze met mijn vader getrouwd was. De man die ze inmiddels zo heeft geïdealiseerd dat hij een soort heilige is geworden.

Ik kijk naar zijn naamgenoot die aan haar voeten ligt te slapen. Lichte stuiptrekkingen geven aan dat hij aan het dromen is. Of een beroerte aan het hebben is, dat kan ook. In mensenjaren is hij vast honderdveertien.

‘Heb je je vader trouwens nog gesproken?’ Mijn moeders armbanden rinkelen als ze haar koffiemok naast de mijne op de tafel zet.

‘Waarover?’

‘De verjaardag van de jongens.’

Ik kijk haar niet-begrijpend aan.

‘Dat Laura niet welkom is?’ verklaart ze.

Ik zucht diep. ‘Nee, dat heb ik nog niet met hem besproken en eerlijk gezegd vind ik het ook niet fair om dat van hem te vragen.’

Mijn moeder verstart en haar ogen worden groot. Even ben ik bang dat ze vergeet te ademen. ‘Fair?’ hijgt ze. ‘Fair? Weet je wel hoeveel moeite het me elke keer kost om je vader te moeten verdragen op die verjaardagen? En nou verwacht je van mij dat ik ook nog met die... die... verraadster in één ruimte ga zitten?’

‘Kom op, mam, we hebben het over een half uur. Hooguit.’

Ik noem het de ‘dans om de taart’, een choreografie die we in de loop der jaren hebben ontwikkeld om toch nog op één moment op de verjaardag van Jasper en Joris met iedereen tegelijk aanwezig te zijn. Mijn vader komt dan net binnen voordat ik de taart naar de woonkamer breng en mijn moeder is er dan al een tijdje. We zingen voor de jongens, ze blazen de kaarsjes uit, en we eten een stuk taart terwijl mijn ouders elkaar de hele tijd volledig negeren. Jasper en Joris weten niet beter en de familie van Erik is er inmiddels aan gewend. Ze zijn zelfs altijd lichtelijk opgelucht als mijn moeder kort na het taart eten weer vertrekt en mijn ingetogen vader achterblijft.

‘Een half uur is al erg genoeg als het alleen om je vader gaat. Maar om nou ook nog tegen die lelijke ouwe kop van dat mens aan te moeten kijken, dat accepteer ik niet.’

Ik klem mijn lippen op elkaar want ik wil niks zeggen dat haar nog meer overstuur maakt. In haar ogen is Laura overgelopen naar ‘the dark side’ door weer een relatie aan te gaan, en dan ook nog eens met haar ex. Ik begrijp dat zij het ziet als gezichtsverlies, maar ik zou zo graag willen dat ze zich eroverheen zet zoals een normale volwassene.

Voordat ik dat respectvol onder woorden weet te brengen klinkt er een langgerekt piepend geluid, alsof er een ballon leegloopt. Het lijkt uit Eddie te komen. Hij is er zelf ook van geschrokken en kijkt verbaasd naar zijn kont. Dan staat hij met een ruk op en snuffelt aan de bruine vlek die onder hem tevoorschijn komt. Een zure, penetrante geur dringt mijn neus binnen en ik begin meteen te kokhalzen. Met afgrijzen zie ik hoe de vlek langzaam in mijn crèmekleurige hoogpolige vloerkleed trekt.

'Och, Eddie,' koert mijn moeder bezorgd. 'Heb je weer last van je darmpjes?' Ze neemt het pluizige beest op schoot en kust hem op zijn kop.

'Gatverdamme, mam!'

Mijn moeder kijkt me beledigd aan. 'Hij kan er toch ook niets aan doen? Het is maar een beetje diarree, dat heb je er zo uit.' Ze staat op. 'Ik moet gaan. Linda wacht op me.'

Ik pak in paniek de zoom van haar mouw. 'Ga je nu weg? En dit dan?'

Mijn moeder loopt onverstoord door en pakt haar tas van het dressoir 'Sorry, schat, ik kom anders te laat. Het is heel eenvoudig. Beetje bruiswater erop en daarna schrobben met afwasmiddel. Een paar keer herhalen en je zal er niets meer van zien. Het is natuurlijk ook niet een heel handige kleur voor een kleed om heel eerlijk te zijn. Maar ja.' Ik hoor haar hakken tikken op de tegels van de hal terwijl ik met een misselijk gevoel naar de vlek staar. 'Dág, schat. We hebben het later nog wel over de verjaardag.' En weg is ze. Ik sla een hand voor mijn mond en neus want de geur van Eddies diarree die zich vermengt met mijn moeders parfum wordt me bijna te veel. Ik vlucht naar de keuken en steek mijn hoofd uit het raam. Als mijn maag enigszins is bedaard pak ik mijn telefoon en selecteer het nummer van mijn vader.

Na een paar keer overgaan neemt hij op met zijn typische grom. Het houdt het midden tussen 'hallo?' en 'laat me met rust.'

'Pap?'

'Loes.' Zijn stem krijgt iets zachts en ik glimlach.

'Hoi pap, komt het uit?' Ik hoor achtergrondgeluiden die ik niet kan plaatsen. 'Waar ben je?'

'In het tuincentrum. Met Laura.'

Ik ben onder de indruk. Normaal gesproken vermijdt mijn vader tuincentra, of eigenlijk winkels in het algemeen, als de pest. Hij klinkt niet eens heel erg ongelukkig.

'Ze vindt mijn balkon saai,' legt hij uit.

'Tja, dat is het ook wel een beetje.'

Ik denk aan het appartement waar mijn vader naartoe verhuisde toen ik op kamers ging. Hij richtte het in met alleen het hoognodige. Zonder mijn aanwezigheid leek hij geen behoefte te hebben aan kleur en opsmuk, het was toch alleen maar een plek waar hij af en toe sliep omdat hij veel op reis was voor zijn werk. Ik ken Laura niet heel goed maar ik waardeer het dat ze er een thuis van probeert te maken.

'Zeg het eens, meisje.'

'Ik... ik bel eigenlijk over iets ingewikkelds. Misschien is het beter om even af te spreken?'

'Oké,' mompelt mijn vader. 'Moet ik me zorgen maken?'

'Nee, nee. Het is gewoon... Mama maakt zich nu al helemaal druk om de verjaardag van Jasper en Joris en misschien is het beter als...' Ik slik, ik heb geen idee hoe dit gaat vallen. 'Misschien is het beter als Laura deze keer nog niet met je meekomt.'

Het blijft angstvallig lang stil aan de andere kant van de lijn. 'Heeft je moeder dat gevraagd?' Ingehouden woede klinkt door in zijn stem.

'Je weet hoe ze is.'

'Ja, dat weet ik maar al te goed.'

'Ik heb geen zin in een scène zoals op de bruiloft.'

Mijn vader zucht diep maar zwijgt verder.

'Zullen we volgende week anders even lunchen? Dan hebben we het er rustig over. Misschien is dat beter?'

'Ja, dat is goed,' mompelt mijn vader en we nemen afscheid. Het gesprek heeft een knoop in mijn maag opgeleverd, maar zodra ik aan de poepvlek van Eddie denk maakt de knoop weer plaats voor misselijkheid. Als een struikrover knoop ik een theedoek om mijn gezicht in de hoop dat het de geur uit mijn neus kan houden en zoek naar de roze rubberen handschoenen in het gootsteenkastje. Bewapend met een fles spa en een fles afwasmiddel loop ik met lood in mijn schoenen terug naar de woonkamer.

10

Het is vrijdagochtend en ik sta bij de kruising tegenover de schouwburg te wachten tot het stoplicht op groen gaat. Ondanks het vroege tijdstip is het al druk op straat en om mij heen staan meerdere wachtende fietsers op weg naar hun werk of studie. Het is nog steeds zonnig en warm en de geur van zonnebrandcrème in de lucht geeft alles een heerlijk exotisch tintje. Ik adem gelukzalig in en laat mijn blik lui over de groep fietsers glijden die aan de overkant van de kruising staat te wachten. En dan, als ik een paar blauwgroene ogen meen te herkennen, stokt mijn adem in mijn keel. Maar nog voordat ik goed en wel heb kunnen vaststellen dat ik me vergis en Bart helemaal niet aan de overkant staat, springt het stoplicht op groen. Een paar geïrriteerde mensen fietsen morrend langs me heen en stuntelend stap ik op.

Aan de overkant van de kruising stuur ik mijn fiets de stoep op en fiets ik langs de hoofdingang van de schouwburg naar de zijkant van het gebouw. Pas als ik mijn fiets in het fietsenrek naast de personeelsingang zet merk ik hoe snel mijn hart slaat, en dat komt niet door de lichamelijke inspanning. Als dit mijn reactie is elke keer als ik Bart zie, of zelfs denk te zien, dan heb ik een groot probleem.

'Hallo-hoo!' Een hand wappert voor mijn gezicht en onderbreekt mijn gemijmer. Ik focus me op het bezorgde gezicht van Julian. 'Waar zit je met je gedachten? Ik sta al een minuut naast je.'

'O, ehm… Ik ben nog niet helemaal wakker, geloof ik.'

Julian haalt hoofdschuddend zijn schouders op en zet zijn fiets op slot. Terwijl we naar binnen lopen vertelt hij me over een analyse die hij heeft laten uitvoeren op de marketingcampagne van *FREE!*. Het is mijn passieproject dus het zou me moeten interesseren, en dat doet het normaal ook, maar ik merk dat mijn gedachten afdwalen naar Bart. Ik ben geschokt door het effect dat het zien van een ingebeelde versie van hem op me heeft en het is niet eens het enige bewijs dat mijn onderbewustzijn fan van hem is. Sinds de camping is er nog geen nacht voorbijgegaan dat hij niet minimaal één keer in mijn dromen verschijnt. Ik moet hier iets aan doen. In elk geval zorgen dat ik ver uit zijn buurt blijf.

Halverwege de gang nemen Julian en ik afscheid met de belofte samen te lunchen. Terwijl hij doorloopt naar de andere kant van het gebouw sla ik links af en ga het kantoor binnen waar ik samen met mijn team zit. Het is net groot genoeg voor de vier bureaus die er staan en daardoor ook gezellig rommelig. Aan de muren hangen ingelijste posters van voorstellingen en op elk beschikbaar plekje staan planten, met dank aan de groene vingers van een van mijn teamleden. Door de hoge ramen kijken we uit op de singel die achter de schouwburg ligt en waar om het uur een rondvaartboot voorbijvaart. Vandaag ben ik dankbaar dat we niet aan de zonkant van het gebouw zitten, zoals Julian, want anders waren we levend gekookt door de hitte.

Mijn collega's zijn er nog niet dus er heerst volledige stilte in het kantoor. Maar stilte is niet wat ik nodig heb. Stilte zorgt ervoor dat ik ga dagdromen over blauwgroene ogen en een diepe hese lach en grote handen die lucifers afstrijken. Het eerste wat ik doe is het koffiezetapparaat aanzetten en daarna zoek ik op Spotify naar een playlist die me van de gedachte aan Bart af zal kunnen leiden.

Zodra ik de titel 'All Out 90s' zie weet ik dat ik beetheb. Ik scrol door de lijst, veel Spice Girls en Backstreet Boys. *Kom maar door!* Verwachtingsvol druk ik op 'play', benieuwd welk nummer de shufflefunctie als eerste zal selecteren, maar als 'I Wanna Sex You Up' uit de box schalt, klik ik snel door. Bij het volgende nummer herken ik het intro van Boyz II Mens 'I'll Make Love To You' meteen. *Next!* Als ik doorklik wordt 'Let's Talk About Sex' ingestart. *Laat maar!* Gefrustreerd selecteer ik een playlist met alleen maar klassieke muziek. Lekker veilig.

Met een kop dampende koffie ga ik achter mijn bureau zitten en zie dat er in de groepsapp van de oudercommissie een bericht is binnengekomen.

BARBARA: *Reminder! De dresscode voor de Summer Party vanavond is Tropical Holiday. Ik verwacht dat iedereen hier gehoor aan geeft. Laten wij als oudercommissie het goede voorbeeld geven!*

O, fuck! Ik ben de dresscode helemaal vergeten en ik ga het niet redden om nog de stad in te gaan. Ik heb de hele dag afspraken en het wordt al krap om om vier uur op het schoolplein te zijn. Nu moet ik ook nog eerst naar huis om me om te kleden. Barbara zal genoegen moeten nemen met de Hawaïaanse bloemenkrans die ik volgens mij nog in de verkleedkist van de jongens heb liggen. Ik heb nu geen ruimte om me er verder druk over te maken want inmiddels komen mijn collega's een voor een binnen en is het tijd om de werkdag te starten. Ik besluit mijn lunch met Julian over te slaan en mijn laatste meeting kort te houden, dan moet ik het nét redden.

Natuurlijk red ik het niet, wie dacht ik voor de gek te houden? Mijn laatste meeting was met een praatgrage boekingsagent die zo graag uitweidde over al zijn eerdere successen dat we na een uur nog niet concreet tot zaken waren gekomen. Ik heb me uiteindelijk moeten excuseren en mijn collega achtergelaten om het gesprek af te maken. Helemaal niet mijn stijl, maar de gedachte aan te laat komen en op mijn kop krijgen van Barbara gaf de doorslag.

Om vijf voor vier ren ik mijn huis binnen waar ik me razendsnel omkleed in een wit hemdje en een spijkerbroek. Beter kan ik het niet bedenken in zo'n korte tijd. Als ik daarna niet een dikke tien minuten nodig had gehad om die verdomde Hawaïaanse bloemenkrans te vinden was ik eerder weg geweest.

Het is iets voor half vijf als ik aankom op het schoolplein waar de voorbereidingen inmiddels al in volle gang zijn. Ik kwak mijn fiets in de bosjes en loop gebukt langs het lage muurtje aan de rand van het plein in de hoop dat Barbara me niet ziet. Ik neem even de tijd om op adem te komen van al het gehaast en loop dan het plein op met een houding alsof ik al die tijd al aanwezig was. Het is druk dus ik kan makkelijk in de bedrijvigheid opgaan.

Ik zie dat niet alleen de ouders van de oudercommissie aan het helpen zijn, maar ook leerkrachten slepen met statafels en opblaasbare palmbomen. Het springkussen staat al klaar achter op het plein en de bar voor de ouders is bijna ingeruimd. Ik zwaai naar Jet die er glazen staat te poetsen en ben kinderachtig jaloers dat zij een bardienst heeft weten te bemachtigen. Ik loop op haar af en wil er net een grapje over maken als ik iemand nijdig mijn naam hoor roepen.

'Loes!' Barbara komt met grote passen op me aflopen. 'Waar wás je? Het is al half vijf!' Er komt nog net geen stoom uit haar oren en van schrik doe ik een paar passen achteruit.

'Het liep uit op mijn werk, en...'

'Je bent niet de enige met een baan, Loes. Het is iedereen gelukt om op tijd te zijn.' Barbara tikt met een pen op het klembord dat ze vasthoudt en bekijkt me afkeurend van top tot teen. 'En waarom ben je niet verkleed?'

Ik registreer nu pas de jurk die ze aanheeft, groen met een uitbundig tropisch bloemenpatroon. In haar opgestoken haren heeft ze plastic stukken fruit gestoken en haar oorbellen zijn in de vorm van papagaaien. Ik kijk het plein rond en zie hoe iedereen inderdaad in exotische kleuren en prints is uitgedost. Ik ben zeker niet de enige met een bloemenketting, maar de mijne steekt karig af tegen mijn simpele outfit die verder niets met het thema te maken heeft. Schuldbewust kijk ik Barbara weer aan. 'Sorry, ik had geen tijd meer om...'

Barbara snoert me abrupt de mond door ongeduldig haar hand op te steken en diep te zuchten. 'Laat maar! De suikerspinmachine moet nu echt klaargemaakt gaan worden. Meneer Van Dort is al een half uur op je aan het wachten.'

Voordat ik iets kan zeggen beent Barbara hoofdschuddend weg.

Jet heeft inmiddels haar post achter de bar verlaten en is naast me komen staan. 'Wat was dat?'

'Ik kreeg op mijn kop omdat ik te laat ben en me niet heb verkleed.' Ik voel even beteuterd aan mijn bloemenketting en bekijk dan Jets outfit. Een knalgele haltertop op een rode rok met, jawel, een tropische bloemenprint.

'Had dat gezegd, dan had ik iets voor je meegenomen.'

'Het is mijn eigen schuld. Ik heb er gewoon totaal niet meer aan gedacht.'

Ik zucht diep en bijt op mijn lip. Jet grinnikt. 'Je trekt je er toch niets van aan hoop ik? Het is maar een schoolfeestje hoor, ze moeten blij zijn dat je überhaupt komt helpen.'

Ik glimlach dankbaar naar haar. 'Ja, je hebt gelijk.'

Met hernieuwde energie kijk ik het plein rond op zoek naar meneer Van Dort, de vader van de directrice. Ik spot hem en zijn antieke suikerspinmachine op het trapveldje. 'Ik ga eens even kennismaken met mijn martelwerktuig,' zeg ik monter. Jet steekt twee bemoedigende duimen omhoog en keert dan terug naar de bar.

'Dag meneer Van Dort, ik ben Loes Dekker, ik ga vanavond de suikerspinnen maken.' Ik sta met uitgestoken hand naast de oudere heer die gebukt staat over een rood-wit gestreepte houten kar waar met sierlijke letters de woorden 'Cotton Candy' op geschilderd zijn. Er komt geen reactie. 'Meneer Van Dort?' zeg ik iets harder. Nog steeds geen reactie. 'HALLO?'

De man veert omhoog en kijkt me geschrokken aan. Zijn witte haren staan recht omhoog. Met zijn leesbril en bruine geribde colbert lijkt hij op een verstrooide professor.

'Ah, dag mevrouw. Komt u voor de suikerspinmachine?' De man is duidelijk hardhorend. Ik knik vriendelijk en als we handen schudden stel ik me nog eens voor.

'Ik heb helaas weinig tijd om u wegwijs te maken, mevrouw Dekker.' Meneer Van Dort kijkt me verontschuldigend aan. 'Ik was in de veronderstelling dat ik u hier om vier uur zou treffen. Ik moet helaas over tien minuten alweer weg in verband met een staande afspraak elders.'

'Geen probleem, het is mijn eigen schuld dat ik te laat ben. Mijn excuses daarvoor. Zullen we snel beginnen?'

'Ja, laten we dat doen.' Meneer Van Dort klopt trots op de kar die nog het meest weg heeft van een ouderwetse kinderwagen met twee grote wielen en een houten duwstang. Op de plek waar de baby normaal zou liggen is echter een grote metalen schaal bevestigd.

'Uit 1959, ik heb haar op een veiling in Engeland kunnen bemachtigen. Ze is nog bijna helemaal in originele staat.'

Ik knik bewonderend maar begin me zorgen te maken, hoe kan iets wat ruim zestig jaar oud is nog behoorlijk werken?

Alsof hij mijn gedachten kan lezen opent meneer Van Dort een luikje en gebaart naar een wirwar van snoeren. 'Ik heb natuurlijk wel de elektra vervangen zoals u zult begrijpen.' Ik ben niet helemaal gerustgesteld als ik de staat van het binnenwerk van de kar bekijk. Ik zie schroeiplekken op het hout en van een aantal snoeren is het plastic omhulsel versleten. Ik wil er iets over zeggen maar meneer Van Dort sluit het luikje en begint een uitgebreid verhaal over wat er origineel is aan de kar en wat hij eraan heeft gerenoveerd. Ik realiseer me dat de tijd wegtikt en ik nog steeds niet uitgelegd heb gekregen hoe ik de machine moet bedienen.

'Meneer Van Dort?' probeer ik hem een paar keer voorzichtig te onderbreken, maar hij hoort me niet. Hij gaat volledig op in zijn verhaal en blijft plekken aanwijzen op de kar. 'Meneer Van Dort, sorry maar u moet zo weg en ik...' Ik tik de man uiteindelijk maar op zijn schouder om zijn aandacht te trekken. Als hij me aankijkt maak ik mijn zin af. 'Ik wil graag nog even weten hoe het werkt voordat u weg moet.'

Meneer Van Dort kijkt op zijn horloge en schrikt. 'Och hemel, ik moet gaan inderdaad. Goed dat u me even waarschuwt.'

'Maar, u moet me nog vertellen hoe de machine werkt. Ik heb het nog nooit gedaan.' Ik klink wanhopig, en dat ben ik ook.

'Och, mevrouw Dekker, het is niet zo moeilijk. Het staat hier allemaal in uitgelegd.' Meneer Van Dort duwt een beduimeld papiertje in mijn handen. 'Ik heb deze handleiding geschreven toen ik de kar nog wel eens uitleende aan de braderie in mijn woonplaats. Alles wat u moet weten staat erin, een kind kan de was doen. Veel plezier!' En met die woorden wandelt de oude heer in de richting van de uitgang van het plein en laat mij achter met de antieke machine en een even zo antieke handleiding.

Het papier valt bijna uit elkaar van de keren dat het met plakkerige handen is vastgehouden en de tekst is op sommige plekken onleesbaar door vlekken en ouderdom.

Ik probeer te ontcijferen wat me te doen staat en begin met het zoeken naar de startknop. Als ik erop druk begint de machine gevaarlijk te schudden en ik haast me om hem weer uit te zetten. Ik lees de tekst op het blaadje nog een keer. Er staat toch echt dat ik de machine eerst aan moet zetten om hem warm te laten draaien. Ik druk nog eens op de startknop en probeer me dit keer niet af te laten schrikken door het schudden van de kar. Na een paar seconden stopt het schudden en komt er een constant, zoemend geluid uit de metalen bak. Als ik erin kijk zie ik een soort tuit met een opening aan de bovenkant, de bron van het geluid. Het draait op zo'n hoge snelheid dat het lijkt alsof het stilstaat. Ik kijk weer op het blaadje, de tuit heet blijkbaar de 'vulmond' en, zoals ik opmaak uit de nog leesbare tekst, moet ik daar suiker in gieten. Ik open een deurtje aan de zijkant van de kar en vind daar een grote emmer met roze suiker. So far, so good. Ik schep met een bekertje wat suiker uit de emmer en houd het boven het gat van de vulmond. Omdat ik doodsbang ben om een vinger te verliezen durf ik niet te dicht bij het gevaarlijk draaiende ding te komen. Ik laat de suiker uit het bekertje glijden en meteen vliegt de suiker alle kanten op. Ik voel hoe de kleine korreltjes tegen mijn gezicht aan spatten en knijp snel mijn ogen dicht. Op de tast zoek ik de startknop om de machine te stoppen. Voorzichtig doe ik mijn ogen weer open en voel aan mijn gezandstraalde gezicht waar talloze suikerkristallen aan vastgeplakt zitten. Ik proef de zoetigheid op mijn lippen en voel de plakkerigheid in mijn haar.

'Kutzooi!' Ik geef een schop tegen een van de wielen van de kar en probeer de suiker van mijn gezicht en kleding af te vegen. Een kind kan de was doen? *Mijn reet!*

'Lukt het?'

Een paar meter verderop staat Bart met een stapel kratten in zijn armen naar me te kijken. Natuurlijk moest hij precies op dit moment langslopen.

'Ja hoor, het lukt,' zeg ik afgemeten en draai me nuffig om, maar ik hoor hoe hij de kratten op de grond zet en op me af loopt. Hij hurkt naast de kar. 'Dat is een oudje.' Voorzichtig strijkt hij een hand over het verfwerk en opent dan het luikje waar de snoeren achter verborgen zitten. Er verschijnt een bezorgde frons op zijn voorhoofd. 'Ai, gelukkig niet de originele bedrading, maar dit is ook al heel oud.' Hij morrelt aan wat snoeren, lijkt wat aan te draaien en kijkt dan enigszins tevreden naar het resultaat. 'Zo! Nu is er iets minder kans op kortsluiting.'

Hij staat op en kijkt me aan. Als hij begint te lachen herinner ik me weer waarom ik niet wil dat hij in mijn buurt komt. Het geluid van zijn lach, die adamsappel, die mond. Het is te veel om te moeten weerstaan en ik vergeet zelfs beledigd te zijn dat hij me staat uit te lachen.

'Wat heb je in godsnaam gedaan?' vraagt hij. Hij wil iets uit mijn haar plukken maar ik ontwijk hem en doe een stap opzij.

'Je zit helemaal onder de suiker. Hoe krijg je dat nou voor elkaar?'

'Weet ik veel! Ik deed gewoon wat er op het briefje staat.'

Bart pakt het papier van me over en bestudeert het aandachtig. Ik begin me langzaam te ergeren. Waarom moet uitgerekend hij me nou weer zo zien stuntelen? Ik gris het briefje uit zijn handen.

'Dank je, maar ik kan zelf ook wel lezen.' Ik leg het papier weg en druk daadkrachtig op de startknop. Bart steekt zijn handen in zijn zakken en slaat me met pretogen gade. Ik probeer hem te negeren en wacht tot het schudden van de kar overgaat in het zoemende geluid. Dan pak ik een beker vol suiker en houd het boven het gat. Bart schraapt subtiel zijn keel. 'Heb je de hitteregelaar ingeschakeld?'

Ik kijk hem aan. 'Hitteregelaar?'

Hij wijst naar een rode draaiknop op het paneel. 'Die moet je helemaal opendraaien anders wordt de suiker niet verhit.'

Eigenwijs pak ik de handleiding erbij en door een vetvlek op het papier lees ik inderdaad iets over de hitteregelaar. Ik draai de knop om en probeer er zo neutraal en professioneel mogelijk bij te kijken. Als ik de beker met suiker weer boven de vulmond houd schraapt Bart opnieuw zijn keel. Pissig kijk ik op. 'Wat nou weer?'

'Je moet hem even een paar minuten laten draaien om warm te worden.'

Ik pak het papier er weer bij. *Damn it!* Hij heeft gelijk. Ik baal ervan dat ik deze simpele taak niet onder controle heb, en ik baal er nog meer van dat Bart hier getuige van is. Wat moet hij wel niet denken? Die vrouw kan de weg niet vinden, geen vuur maken en geen handleiding volgen, hoe triest!

In mijn hoofd tel ik de seconden en houd mijn blik stijf op de metalen schaal gericht. Ik hoop dat Bart vanzelf besluit weg te gaan als ik hem blijf negeren, maar in mijn ooghoek zie ik hem geduldig met me mee wachten. Als ik na een paar minuten de beker met suiker weer boven de vulmond houd trek ik dan ook één wenkbrauw naar hem op.

Zo goed, meneertje ik-weet-het-beter? Hij beantwoordt mijn blik met een glimlach en knikt. De suiker verdwijnt in de vulmond en na een paar seconden ontstaan er ragfijne roze draden die zich langzaam verzamelen tegen de wand van de metalen schaal. Van blijdschap doe ik een vreugdedansje om de kar heen, maar als ik me omdraai naar Bart zie ik hem weglopen met de stapel kratten. Ik heb er meteen spijt van dat ik zo lullig tegen hem heb gedaan, maar voordat ik daar te lang bij stil kan staan begint het plein zich te vullen met ouders en kinderen. De Summer Party is begonnen.

11

De rij voor mijn suikerspinkar groeit en groeit. Er zijn al verschillende schermutselingen uitgebroken onder de wachtende kinderen en meer dan eens heeft een ouder mij het ongevraagde advies gegeven sneller te werken. Maar ik kan, met de beste wil van de wereld, niet sneller werken dan ik al doe. De machine is te klein en produceert te weinig gesponnen suiker om aan de vraag van de hongerige massa kinderen te voldoen.

En, leuk hoor dat mooie, warme weer, maar het helpt niet bepaald om mijn hoofd koel te houden onder deze druk. Ook vanaf de suikerspinmachine komt een allesverzengende hitte en ik ben inmiddels één grote zwetende en plakkerige bende. Ik moet me volledig focussen op het op de juiste manier ronddraaien van het houten stokje in mijn hand, want noch het stokje, noch mijn hand mag het gloeiendhete ronddraaiende deel aanraken.

Ik blaas de haren van mijn voorhoofd en knijp mijn ogen samen om te voorkomen dat het zweet erin loopt. Ondertussen hoor ik ongeduldige geluiden opstijgen uit de rij. Ik voel me de aanvoerder van een kabouterleger dat elk moment in opstand kan komen. Oudere kinderen dringen voor waardoor de jongere kinderen gaan huilen. Een enkeling pikt het niet en verdedigt zijn of haar plek in de rij letterlijk met hand en tand. Ook ouders beginnen zich ermee te bemoeien en elkaar aan te spreken op het gedrag van hun kinderen, wat altijd vragen om problemen is. De situatie dreigt uit de hand te lopen, maar ik kan er niets aan doen, behalve af en toe vanaf mijn plek op te roepen tot geduld en vrede op aarde.

Wanhopig kijk ik om me heen of er iemand is die me kan helpen, maar ik zie niemand van de oudercommissie in de buurt. Ik richt me een stukje op om naar de overkant van het plein te kunnen kijken. Misschien dat ik Jets aandacht kan trekken. Maar zij is volledig aan het zicht onttrokken door de ouders die zich voor de bar hebben verzameld. Omdat ik even niet oplet raak ik het draaiende deel van de machine en een withete pijnscheut schiet door mijn hand. Ik trek met een ruk mijn hand weg en de suikerspin die ik aan het maken was vliegt de struiken in.

'Au! Verdomme. Kut!' Ik wapper mijn hand op en neer en probeer de hitte weg te blazen.

'Je mag niet schelden.' Een jongetje met een klein brilletje op zijn neus kijkt me vermanend aan. Het meisje naast hem begint te huilen. 'Dat was mijn suikerspin, ik was aan de beu-heu-heurt.'

Met mijn van pijn kloppende hand pak ik snel een nieuw stokje en begin weer als een malle te draaien. 'Stil maar, stil maar. Kijk, ik maak alweer een nieuwe, hij is bijna klaar.' Het meisje is niet overtuigd en begint harder te huilen. Het jongetje met het brilletje wijst naar mij en zegt tegen iemand die achter me staat 'Zij zei "kut", dat mag toch niet?'

Ik draai me om en zie Barbara staan, haar klembord onder haar arm en de gebruikelijke afkeurende uitdrukking op haar gezicht.

'O, Barbara, hoi. Goed dat je er bent, zou je misschien even kunnen helpen?'

Barbara trekt een wenkbrauw op. 'Helpen? Waarmee?'

Ik gebaar met mijn onbeschadigde hand naar de meute bloeddorstige leerlingen. 'De rij een beetje managen. De machine kan niet op tegen de vraag.'

'Ligt het aan de machine of aan jou?'

'Sorry?' Ik draai nog een laatste keer aan het stokje en geef de suikerspin dan aan het meisje. Ze stopt even met snotteren en bestudeert de roze bol in haar hand, dan begint ze weer onbedaarlijk te huilen. 'Dit is geen suikerspi-hi-hinnn!'

Toegegeven, ik heb nog niet helemaal de perfecte vorm onder de knie kunnen krijgen, maar laten we niet overdrijven. Ik buig me met een geforceerde glimlach naar haar toe en fluister met een mierzoete stem 'Zal ik hem dan maar aan iemand anders geven?'

Het meisje kijkt me geschrokken aan en kiest dan eieren voor haar geld. Met haar misvormde suikerspin druipt ze snel af. Ik begin aan een nieuwe en kijk ondertussen over mijn schouder naar Barbara die nog steeds achter me staat toe te kijken. Ik krijg vast een negatieve aantekening voor mijn functioneren maar het kan me niet schelen, het voelt alsof ik aan het overleven ben en dan gelden de regels van de jungle. 'Ga je me nou nog helpen?' roep ik naar haar.

'Sorry, geen tijd. Ik moet het overzicht houden en dat kan niet als ik steeds iedereen moet helpen die het niet aankan.' Ze geeft me een veelbetekenende blik.

'Kan je iemand anders vragen dan?' Ik voel de plek op mijn hand kloppen en vrees dat het een lelijke blaar zal worden.

'Iedereen is bezet. Bovendien staat er altijd maar één iemand bij de suikerspinmachine, dat is normaal nooit een probleem.'

Er ontsnapt een hysterische lach uit mijn keel. Het is áltijd een probleem, alleen heeft niemand dat ooit tegen Barbara durven zeggen. De volgende mismaakte suikerspin is klaar en ik geef hem aan het jongetje met de bril. Hij neemt hem hoofdschuddend van me aan en loopt weg. Nu ik even mijn handen vrij heb draai ik me om naar Barbara, klaar om mijn zaak te bepleiten en hulp te eisen. Maar ze is verdwenen. *Kak!*

'Ga je nou nog een suikerspin maken?'

Een jongen uit groep 8 staat voor mijn kar. Ik weet vrijwel zeker dat hij net nog niet vooraan stond, bovendien zie ik aan de roze vlekken bij zijn mond dat hij al een suikerspin heeft gehad.

'Iedereen krijgt maar één suikerspin.' Ik pak een stokje en begin aan een nieuwe creatie.

'Maar ik heb nog helemaal niet gehad!' zegt de jongen verongelijkt.

'Je hebt wel al gehad en je bent nu aan het voordringen. Kan je alsjeblieft uit de rij stappen?' Ik geef hem mijn strengste blik maar voel dat mijn overwicht flinterdun is. De jongen kijkt spottend om zich heen. 'Welke rij? Er is helemaal geen rij, het is chaos.'

Wel verdomme, de brutale…

Ik open mijn mond om iets te zeggen waar ik later spijt van ga krijgen als Bart ineens naast me opduikt. Hij lacht vriendelijk naar de jongen. 'Hé Maarten, je moet je mond even gaan schoonmaken.'

De jongen voelt aan zijn gezicht en kijkt betrapt. Met een 'Oké, meester Bart' loopt hij beschaamd weg. Bart geeft me een knipoog, dan gaat hij voor de kar staan en fluit hard op zijn vingers om de aandacht te trekken van de groep wachtende kinderen en ouders. 'Oké, luister allemaal. We gaan even een nette rij maken. Iedereen komt aan de beurt.' Hij gebaart naar het groepje meisjes dat vooraan staat en zet ze in setjes van twee achter elkaar. Hetzelfde doet hij daarna met de rest van de kinderen. Door grapjes te maken krijgt hij iedereen probleemloos mee in zijn plan. Hij spreekt kinderen aan bij hun voornaam, lacht charmant naar moeders en slaat vaders vriendschappelijk op de schouders. Binnen een paar minuten staat er een strakke rij voor mijn neus waar menig legercommandant trots op zou zijn. Ik glimlach dankbaar naar hem.

Mijn volgende suikerspin is klaar en is al iets minder onooglijk dan zijn voorgangers. Als ik deze heb overhandigd aan mijn eerstvolgende klant pakt Bart bezorgd mijn hand. 'Ai, dat ziet er pijnlijk uit. Heb je al gekoeld?' Ik schud mijn hoofd en knik naar de rij. 'Geen tijd voor gehad.'

Bart duwt me zachtjes maar dwingend opzij en pakt een nieuw stokje. Hij wijst ermee naar het schoolgebouw. 'Zeker tien minuten onder de kraan houden.' Zonder een weerwoord af te wachten draait hij zich om naar de machine en begint een suikerspin te draaien. Ik wil bezwaar maken maar de pijn in mijn hand neemt toe en ik besluit gehoor te geven aan zijn opdracht.

De grote hal van de school is omgetoverd tot het strijdtoneel van een oud-Hollandse zaklooprace en ik herken meteen de stemmen van Jasper en Joris die boven het rumoer uitstijgen. Even blijf ik staan om ze aan te moedigen, maar als er iemand tegen mijn hand aan stoot schrik ik van de gemene pijn en besluit ik prioriteit te geven aan het koelen van mijn brandwond. Ik zet koers naar de dichtstbijzijnde toiletruimte aan de andere kant van de hal. Helaas zie ik door de drukte te laat dat Erik vlak bij de deur met iemand staat te praten. Hij heeft me al gezien dus ik kan me niet meer ongezien uit de voeten maken. Met tegenzin vervolg ik mijn tocht. Misschien heb ik geluk en wil hij zijn gesprek niet onderbreken. Misschien zal hij me dit keer negeren.

Maar helaas, als ik hem nader rondt hij zijn gesprek af en draait zich naar mij toe. Langzaam bekijkt hij me van top tot teen.

'Wat is er met jou gebeurd?'

Hij doelt vast niet op de wond op mijn hand maar op de status van mijn algehele verschijning. Ik kan alleen maar gissen naar hoe ik eruitzie.

Als ik om hem heen wil stappen om bij het toilet te komen, blokkeert hij de weg.

Ik zucht. 'Mag ik erlangs? Ik moet zo weer terug naar het plein, ik ben aan het helpen.'

'Helpen? Jij?'

Aan zijn gezicht te zien vindt Erik het kennelijk een heel grappig idee.

'Ja, Erik, ik. Ik zit bij de oudercommissie, had je beste vriendin Barbara dat nog niet verteld?'

Erik bedaart enigszins. 'Nee, dat had ze nog niet.' Hij knikt met zijn kin naar het toilet. 'Wat laat ze je doen? Wc-papier bijvullen?'

'Suikerspinnen maken,' antwoord ik afgemeten en doe een nieuwe poging om langs hem heen te komen. Mijn hand rust inmiddels op de deurklink.

Erik schiet weer in de lach. 'Echt? Durven de kinderen wel bij je in de buurt te komen? Je ziet eruit als een vogelverschrikker.'

Ik sluit mijn ogen en tel tot tien. Maar het haalt niets uit, ik ben nog net zo pissig als tien seconden geleden. Ik open mijn ogen weer en neem zijn outfit in me op; een zandkleurige linnen broek en een wit linnen hemd. Om zijn nek hangt een schelpenketting met een haaientand als hanger. Tegen beter weten in open ik mijn mond.

'Ik wist niet dat het thema van vandaag midlifecrisis op Ibiza was.'

De verbouwereerde uitdrukking die de plaats inneemt van zijn zelfingenomen grijns is onbetaalbaar. Maar het triomfantelijke gevoel is van korte duur als ik zijn blik zie veranderen naar de onweersstand. Erik kan goed uitdelen maar niet goed incasseren, dus deze opmerking zal me duur komen te staan. Ik besluit er niet op te wachten en vlucht het toilet in. Zelfs Erik heeft nog genoeg fatsoen om me niet tot in het meisjestoilet van de kleuterklassen te volgen.

Eenmaal binnen kijk ik om me heen. Het is een soort Madurodam-versie van een normaal toilet. De wc-potten zijn minuscuul, de wasbak is laag en de spiegel hangt ongeveer op navelhoogte. Ik moet in een ongemakkelijke hoek gebogen staan om mijn hand in de waterstraal te kunnen houden, maar het deert me niet. De verkoelende sensatie van het water voelt zo goddelijk dat ik even alles om me heen vergeet. Ik leun met mijn ogen gesloten tegen de koele wandtegels en geniet van de langzaam wegtrekkende pijn. Na een paar minuten controleer ik de wond, de agressieve rode kleur is veranderd in zachtroze en er is bijna geen zwelling te zien. Ik haal opgelucht adem en wil net de toiletruimte verlaten als ik een glimp van mezelf in de spiegel opvang. *Mijn god!* Erik had gelijk. Ik lijk inderdaad op een vogelverschrikker. Mijn gezicht is rood en bezweet en zit onder de roze suiker, net als mijn voorheen witte top. Mijn mascara is uitgelopen en de knot op mijn hoofd is van de weeromstuit naar de zijkant gezakt tot net boven mijn rechteroor. In mijn hals zie ik rode vlekken waarvan ik nu pas voel dat ze enorm jeuken, een allergische reactie op de kunststof bloemenketting. Ik trek hem over mijn hoofd en gooi hem in de prullenbak. Dan was ik mijn gezicht en hals met koud water en poets met wc-papier de mascaravlekken weg. Na een laatste blik in de spiegel haal ik een keer diep adem. *Terug naar de loopgraven.*

Als ik terugkeer bij de kar staat er nog steeds een strakke rij. Bart staat ontspannen een suikerspin te draaien terwijl hij grapjes maakt tegen de kinderen die vooraan staan. Als hij opkijkt en naar me glimlacht word ik weer volledig overvallen door de hypnotiserende werking die zijn ogen op me hebben. Ze zorgen ervoor dat de stress van de confrontatie met Erik wegsmelt.

'Dank je wel,' zeg ik gemeend terwijl ik me concentreer op de overbodige taak van het ordenen van de doos met stokjes. 'Ik neem het wel weer over.' Met een stokje in de aanslag sta ik demonstratief klaar om mijn suikerspin-taken weer op te pakken. Bart maakt echter geen aanstalten om plaats te maken.

'Hoe is het met je hand?'

'Een stuk beter.'

'Laat eens zien.'

Ik houd mijn hand omhoog, maar ben er niet op voorbereid als hij hem beetpakt voor nadere inspectie. Met één hand omsluit hij mijn pols en met de vingertoppen van zijn andere hand traceert hij de rand van de plek. De onverwachte aanraking veroorzaakt een rilling over mijn rug en zelfbewust kijk ik om me heen. Zou er iets aan me te zien zijn? Mijn gezicht wordt warm en ik weet zeker dat ik bloos. Snel trek ik mijn hand terug en schraap mijn keel.

'Zie je? Niets meer aan de hand. Ik kan het verder wel weer alleen af.' Nu is het mijn beurt om hem zacht maar dwingend opzij te duwen. Zonder effect. In plaats van dat hij meebeweegt blijft hij staan en sta ik nu dicht met mijn schouder en heup tegen hem aan. Ik registreer nogmaals hoe massief hij aanvoelt en het geeft me flashbacks naar de avond op de camping. Allerlei onwelkome emoties schieten door me heen en ik kijk hem bijna smekend aan. 'Het gaat wel weer, écht. Bedankt voor je hulp.'

Om mijn standpunt kracht bij te zetten geef ik hem nog een extra duw met mijn heup en eindelijk geeft hij mee. Zodra hij ruimte heeft gemaakt begin ik aan een nieuwe suikerspin zodat ik iets heb om me op te focussen. Ik negeer het bonzen van mijn hart en wijt mijn klamme handen aan het warme weer.

Nu zijn redder-in-noodtaken erop zitten verwacht ik dat Bart zich bij zijn collega's aan de bar zal voegen, maar tot mijn verbazing blijft hij rondhangen. De rest van de avond houdt hij een oogje in het zeil en grijpt hij in als er onrust ontstaat in de rij. Ondertussen kletst hij vrolijk met leerlingen en hun ouders. Als de rij op een goed moment buitensporig lang is rent hij zelfs heen en weer om de wave te doen. De kinderen hebben de grootste lol en lijken te vergeten hoe belachelijk lang ik er steeds over doe om een fatsoenlijke suikerspin aan de stokoude machine te onttrekken. Ik weet niet hoe deze avond was gelopen zonder zijn hulp, ik vrees dat er rellen waren uitgebroken. Nu alles onder controle is begin ik er zelfs plezier in te krijgen en betrap ik mezelf erop dat ik heen en weer wieg op de latin muziek die over het plein klinkt.

Tegen de tijd dat Joris en Jasper langskomen ben ik in een opperbeste stemming. Ik maak voor hen mijn twee meest geslaagde creaties van de avond en kijk met gepaste trots toe hoe ze die gulzig opeten.

Voordat ze wegrennen grijp ik ze allebei nog voor een knuffel. 'Niet vergeten, buurman Willem komt jullie straks ophalen en brengt jullie naar bed.' De jongens knikken en zwaaien voordat ze op het springkussen afrennen, op naar hun volgende avontuur. Vertederd kijk ik ze na.

Als ik me omdraai zie ik hoe Bart naar me aan het kijken is. Hij staat bij een groepje moeders die adorerend naar hem opkijken. Hij lijkt niet te luisteren naar wat ze tegen hem zeggen, maar staart me met een onleesbare blik aan. Het maakt me onrustig en snel kijk ik weg. Ik heb nog zeker twintig suikerspinnen te draaien voordat ik deze bizarre avond eindelijk kan afsluiten.

De Summer Party loopt ten einde en het plein wordt leger en leger als er steeds meer ouders en kinderen vertrekken. De schemering is ingezet en het is eindelijk wat afgekoeld. Een welkom briesje laat de lampionnen die rondom het plein hangen dansen aan hun koord. Aan de overkant zakt het luchtkussen langzaam in elkaar terwijl de lucht eruit wordt gelaten en bij de bar worden lege flessen in kratten gezet en de glazen ingepakt. Ik ben aan mijn allerlaatste suikerspin van de avond bezig en neem mezelf voor dat het ook meteen de laatste suikerspin is die ik ooit in mijn leven maak. Ik geef hem aan Jet.

'Lekker, dank je!'

Nu ik niet meteen de volgende suikerspin hoef te maken voel ik een last van mijn schouders glijden en ik draai mijn hoofd heen en weer om mijn nek te kraken.

'Nog steeds blij dat je bij de oudercommissie bent gegaan?' vraagt Jet lachend.

'Ik denk dat ik de komende maanden alleen nog over suikerspinnen zal dromen,' geef ik toe.

'En ik over glazen spoelen en bier tappen. Niet normaal hoeveel drank erdoorheen is gegaan. En dat voor een basisschoolfeestje.'

'Maar,' zeg ik opgewekt, terwijl ik mijn hand omhooghoud. 'We hebben het overleefd. De eerste officiële oudercommissie activiteit zit erop.'

Jet geeft me een high five en grijnst. 'Ik hoor dat er zo nog een naborrel is. Kom je ook?'

Ik weet dat het verstandig zou zijn om te socializen met de mensen bij wie ik in een beter daglicht wil komen te staan, maar ik vermoed dat Erik er ook zal zijn en meteen verdwijnt alle zin om te gaan. 'Ik weet het niet, ik ben best moe.'

'O, nou, kijk maar. Ik zou het gezellig vinden. Tenminste één normaal iemand om mee te praten.'

Ik schiet in de lach. Ze moest eens weten hoe blij ik ben haar dat te horen zeggen. Ik heb me zo lang alleen gevoeld op deze school, tussen deze mensen, en nu heb ik ineens een vriendin. *Ho, Loes, niet te hard van stapel lopen.*

Jet neemt een laatst hap van haar suikerspin en gooit het stokje in de vuilniszak naast de kar. 'Zo, ik ga maar weer eens helpen opruimen.' Ze wil zich net omdraaien als iets achter mij haar aandacht trekt. Ze houdt haar hoofd schuin en bijt op haar onderlip. 'Man o man, zo zagen de gymleraren er in mijn tijd niet uit, hoor.'

Als ik me omdraai zie ik Bart het schoolplein oversteken met een emmer in zijn hand. Ik snap wat ze bedoelt. Zelfs na deze warme en inspannende avond ziet hij er nog steeds uit alsof hij zo uit een Scotch & Soda-brochure is gestapt.

'Hoe heb je het voor elkaar gekregen dat Barbara hem bij jou heeft ingedeeld? Bofkont.'

'Ik… eh, hoe bedoel je?'

Jet kijkt me verbaasd aan. 'Jullie hebben toch de hele avond samengewerkt? Tenminste, elke keer als ik keek was hij ook hier.'

'Tja…' mompel ik. Het lijkt me beter om niet uit te leggen hoe het echt zit.

Ik wend mijn blik af en mijn oog valt op de stalen bak van de suikerspinmachine die nog steeds draait en waar zich de roze suikerdraden ophopen. Ik realiseer me dat ik geen idee heb hoe ik dit ding moet schoon krijgen.

'Nou, ik ga maar eens. Veel plezier nog!' zegt Jet met een suggestieve knipoog en wandelt weg. Op datzelfde moment wordt er een emmer met sop naast me op de grond gezet en begint Bart ongestoord met een stokje de resten suikerspin uit de metalen bak te draaien.

'Wat doe je?'

'We moeten de suiker helemaal laten opbranden voordat we de machine uitzetten.'

We? Zijn we ineens samen #teamsuikerspin? Ik wil protesteren, maar dan voel ik hoe moe ik ben. Mijn voeten doen pijn, mijn rug is stijf en ik denk dat ik de komende week mijn rechterarm niet normaal zal kunnen gebruiken. Waarom zou ik zijn hulp afslaan als hij het zo vrijwillig aanbiedt? Omdat ik te trots ben? Iets te bewijzen heb? Bang ben hoe het eruitziet voor de buitenwereld? Als Jet al denkt dat Bart simpelweg bij mij is ingedeeld op suikerspin-dienst dan hoef ik me daar geen zorgen om te maken. En ik ben inderdaad te moe om niet op zijn aanbod in te gaan.

'Wat kan ik doen?' vraag ik hem ten slotte.

'Deze opeten.' Bart geeft me de suikerspin die hij heeft gemaakt van de laatste resten en zet de machine uit. 'En wachten tot de motor is afgekoeld.'

Ik kijk naar de roze bol in mijn handen. Weer voel ik de impuls om me te verzetten, maar ik ben niet alleen moe, ik heb ook enorme honger. Ik heb sinds de lunch aan mijn bureau niets meer gegeten. De eerste hap die ik neem is goddelijk en ik voel vrijwel meteen hoe de suiker me een oppepper geeft. Bart kijkt glimlachend toe. Hij reikt achter zich en haalt een flesje water uit zijn achterzak.

'Dorst?'

Ik knik en pak het flesje dankbaar aan. Als ik een lange teug van het koude water heb genomen slaak ik een tevreden zucht en wijs naar de kar.

'Hoe komt het dat je zo veel van suikerspinmachines weet?'

Bart haalt zijn schouders op en houdt het papiertje met instructies omhoog. 'RTFM.'

'Wat?'

'Read The Fucking Manual.'

Ik moet lachen. 'Ja? Is het zo eenvoudig?'

'Meestal wel.' Hij grinnikt en zijn gezicht krijgt het jongensachtige waardoor ik hem een week geleden jonger inschatte dan hij is.

Ik gooi het stokje in de vuilniszak.

'Oké, vertel, wat is de volgende stap?'

Bart tilt de metalen bak behendig van de kar, zet hem naast me op de grond en geeft me een spons uit de emmer.

'Als jij die schoonmaakt, doe ik de kar.'

Zonder een reactie af te wachten maakt hij een doek nat en begint de kar te poetsen. Ik probeer niet te lang te kijken naar de manier waarop zijn haar over zijn voorhoofd valt en ga aan de slag.

12

Op een handjevol ouders en kinderen na zijn er alleen nog mensen op het schoolplein die helpen opruimen. Iemand heeft de zomerse muziek harder gezet en een tijdje werken Bart en ik zwijgend zij aan zij. Om de beurt spoelen we onze doeken in de emmer, maar verder heerst er een comfortabele stilte tussen ons. Langzaam voel ik me ontspannen. Ik bedenk dat het niet ongemakkelijk hoeft te zijn tussen ons. Zolang ik me maar niet te veel laat afleiden door stomme fantasieën. Ik werp een blik op hem en probeer door een neutrale, vriendschappelijke lens naar hem te kijken. Maar dan richt hij zich op, pakt de onderkant van zijn blouse en veegt er achteloos het zweet mee van zijn voorhoofd. Ik vang een glimp op van zijn zongebruinde gespierde buik en mijn hoofd belandt weer in de goot. *Nope, dit gaat niet werken.*

Bart lijkt zich niet bewust van mijn innerlijke strijd en hurkt naast me. 'Ben je klaar?'

Ik inspecteer een laatste keer de metalen bak en knik. 'Schoner dan dit wordt het niet.'

'Mooi.' Hij tilt de bak op en bevestigt hem weer op de kar. 'We moeten hem in het fietsenhok zetten hoorde ik net.' Hij maakt een gebaar naar het bordes waar Barbara met het klembord in haar hand het plein overziet.

'Heb je dat van Barbara?'

'Ja, hoezo?'

'O, gewoon. Het verbaast me dat ze het toestaat dat je me helpt. Volgens haar is dit een eenpersoonstaak en ben ik de sukkel die het niet aankan.'

'Onzin. Dan had ze een grotere machine moeten laten komen. Dit was niet te doen in je eentje.'

Dankbaar kijk ik hem aan. *Zie je wel? Ik ben niet gek.*

Samen duwen we de kar het fietsenhok in. Er is weinig licht en op een vergeten fiets na is het er leeg. Ik realiseer me ineens dat we aan het zicht zijn onttrokken van de rest van het plein. De muziek is nog hoorbaar, net als de stemmen van de anderen, maar het klinkt allemaal ineens erg ver weg. Dit is het tegenovergestelde van verstandig. Bart leest kennelijk de onrust op mijn gezicht. 'Is er iets?'

'Nee, hoor,' lieg ik. 'Ik, eh, ik ben gewoon moe. Lange dag en zo.'

Ik loop naar de uitgang van het hok terwijl ik zo veel mogelijk afstand probeer te houden, maar als ik hem passeer voel ik zijn warme hand op mijn schouder. 'Wacht.'

Ik stop en draai me om. Hij staat gevaarlijk dichtbij, precies wat ik wilde voorkomen. Met een peinzende uitdrukking kijkt hij op me neer.

'Ik denk dat we even moeten praten.'

'Praten? Waarover?' Ik doe een stap naar achteren om afstand te creëren, maar hij volgt mijn beweging.

'Ik heb het idee dat ik je ongemakkelijk maak.'

Als ik instinctief weer een stap naar achteren doe weet ik dat het geen zin heeft om te ontkennen.

'Ik... ik vond het heel fijn dat je me zo hebt geholpen vanavond, maar het is misschien beter als we vanaf nu...'

Terwijl ik stilval trekt Bart een wenkbrauw op. Mijn oog valt op zijn mond en ik raak afgeleid.

'We vanaf nu...?' herhaalt hij.

Ik zet nog een stap naar achteren en sta inmiddels buiten het hok, Bart volgt en leunt met zijn schouder tegen de deurpost. Het is alsof ik door de buitenlucht weer genoeg zuurstof krijg om helder na te denken.

'Het lijkt me verstandiger als we vanaf nu zo veel mogelijk uit elkaars buurt blijven.'

Bart kijkt me spottend aan. 'O? En waarom?'

'Ik wil geen geroddel.'

'Geroddel waarover?'

'Over mij, ons.'

'En waarom zouden ze over ons roddelen?' Bart slaat zijn armen over elkaar en houdt zijn hoofd schuin.

'Hierom...' Ik wapper mijn hand tussen hem en mij. 'Dit! Precies dit. Wat je nu doet, wat je vorige week deed...'

'Pardon? Wat ik vorige week deed? Als ik me niet vergis was jij het die mij zoende.'

Ik voel de hitte naar mijn wangen stijgen.

'Jij zoende terug,' werp ik lafjes tegen.

Bart grijnst, hij geniet er duidelijk van me zo te zien worstelen.

'Dat is waar.' Hij haalt zijn armen van elkaar en zet een stap dichterbij. 'En als jij niet was begonnen had ik dit gedaan...' Hij pakt mijn pols en trekt me met een ruk naar zich toe.

Geschrokken kijk ik op, maar voordat ik iets kan zeggen heeft hij zijn mond op de mijne gedrukt. Mijn lichaam reageert automatisch en ik smelt tegen hem aan. Als ik zijn adem tegen mijn lippen voel wijken ze als vanzelf uit elkaar en sluit ik mijn ogen. Het is alsof de rest van de wereld wegvalt en er een warme deken om me heen wordt geslagen.

Even geef ik toe aan de kus en de hitte die door mijn lijf trekt als Bart zijn hand in mijn hals legt en me met zijn andere hand tegen zich aangedrukt houdt. Maar dan neemt de paniek het over. We staan op het *fucking* schoolplein, op nog geen twintig meter afstand van de rest van de mensen. Ik duw hem van me af en doe een stap naar achteren. Happend naar adem zoek ik naar de woorden om uit te drukken hoe ontzettend dom we bezig zijn. Het kost me alleen grote moeite om door de dikke mist van lustgevoelens een samenhangende gedachte te vormen.

'Dit kan niet,' stamel ik uiteindelijk.

Bart zwijgt en kijkt alleen maar geamuseerd op me neer. Ik begin geïrriteerd te raken.

'Ja, lach maar,' bijt ik hem toe. 'Vanaf nu blijf je uit mijn buurt en zijn we niet meer dan vage kennissen.'

Ik wil van hem weglopen als mijn oog op een bekend figuur valt aan de andere kant van het plein.

'Shit!'

Op het bordes staan Erik en Barbara met elkaar te praten. Barbara wijst met haar klembord naar het fietsenhok, maar voordat Eriks blik mij kan vinden duik ik weg.

'Wat is er?'

'Mijn ex,' fluister ik. 'Hij is naar me op zoek.'

Bart kijkt over zijn schouder naar het bordes. 'Wacht even, Erik Teunissen is jouw ex?'

'Ja. Hoe weet jij...?' Voordat ik de vraag af kan maken realiseer ik me dat ze elkaar natuurlijk kennen. Het beeld van Erik en Bart die elkaar de hand schudden op de eerste dag van school schiet door mijn hoofd.

Bart kijkt weer over zijn schouder. 'Hij komt deze kant op.'

'Kak!'

Hij komt vast verhaal halen over mijn Ibiza-opmerking en ik heb geen zin in nog een aanvaring met hem. Ik kijk om me heen. Mijn fiets ligt ergens in de bosjes bij de uitgang van het plein aan de andere kant van het fietsenhok. De enige mogelijkheden om daar te komen zijn via het plein en dus langs Erik, of door de struiken achter het hok. Ik bijt op mijn lip terwijl ik de opties overpeins en me afvraag of er stekels zitten aan de struiken. Bart slaat me grijnzend gade.

'Kom,' zegt hij en alsof hij mijn absurde gedachten heeft kunnen lezen, trekt hij me mee naar de achterkant van het hok en houdt met een arm de begroeiing voor me opzij. Er ontstaat een paadje waar ik net doorheen pas. 'Snel. Ga dan.'

Voordat ik er te lang bij stil kan staan hoe idioot deze situatie is wurm ik me langs Bart en door de struiken. Eenmaal aan de andere kant van het hok trek ik een sprint naar mijn fiets en race ermee het plein af. Op naar de veilige haven van mijn huis, een warme douche, een koud glas wijn en een uitgebreide sessie zelfkastijding op de bank.

'Rennen, jongens!' Met twee zware tassen en twee hollende kinderen achter me aan haast ik me van de parkeerplaats naar de voetbalvelden. Het is zaterdagochtend en na de wedstrijd gaan de jongens met Erik mee. Terwijl ik naar het juiste veld zoek ga ik in gedachten de tassen door om te checken of alles erin zit. Ik wil hem geen aanleiding geven me op mijn vingers te kunnen tikken.

Nu het schooljaar, en dus het voetbalseizoen, weer is begonnen, is de zaterdagochtend op de voetbalclub ons vaste wisselmoment. Na de wedstrijd gaan de jongens met degene mee waar ze de week zullen verblijven. Erik is er, als coach van hun team, sowieso altijd bij en de jongens vinden het fijn als ik de wedstrijd kom kijken. Ik denk dat het voor hen dan nog een beetje voelt alsof we met zijn vieren een gezin zijn.

Mijn maag knort. Vandaag had ik geen tijd voor koffie, laat staan ontbijt. Ik verfoei mezelf dat ik het belangrijker vond om een kwartier langer in bed te blijven liggen. Vandaar dat ik nu twee jongetjes met ongekamde haren en appelstroopvlekken bij hun mond aflever bij hun teamgenoten.

Terwijl Jasper en Joris doorrennen naar hun vader laat ik de tassen naast me op de grond vallen en leun tegen een hek om op adem te komen. Voor de miljoenste keer neem ik me voor om aan mijn conditie te werken. Een sprintje van twee minuten zou niet dit effect moeten hebben.

Terwijl ik een weekschema in mijn hoofd maak om mijn nieuwe voornemen te realiseren groet ik een groepje moeders dat verderop staat. Zoals altijd krijg ik niet meer dan een beleefde knik terug voordat ze zich weer tot elkaar wenden en verder kletsen. Vroeger, voordat Erik en ik uit elkaar waren, stond ik op zaterdagochtend tussen hen in, en hoewel ik me stierlijk verveelde bij hun gesprekken over de huizenmarkt en hun corporate banen, voelde het toch alsof ik ergens bij hoorde. Nu ik geen man meer heb is mijn lidmaatschap ingetrokken en sta ik, letterlijk, langs de zijlijn. Prima, het is toch veel te vroeg om te moeten doen alsof.

Mijn blik glijdt langs de zijkant van het veld, het is er druk. De wedstrijd is tegen de club uit de wijk naast ons dus er zijn veel ouders komen kijken. Ik kan precies zien welke ouders bij welk team horen. De ouders van de kinderen uit ons team zien er namelijk uit alsof ze na het kijken van de wedstrijd naar de golfclub gaan en de ouders uit de andere wijk naar een festival.

Toen Erik en ik van Amsterdam hiernaartoe verhuisden wist ik niet veel over deze stad. Erik had hier gestudeerd en had daarom zo zijn ideeën over in welke wijk we het beste konden gaan wonen. Ik was hoogzwanger en allang blij dat we ons een 'echt' huis konden veroorloven. In Amsterdam woonden we in een appartement op driehoog en hoewel ik het er zalig vond, was het te klein om er met kinderen te wonen.

Achteraf gezien had ik me misschien meer moeten bemoeien met onze nieuwe woonbestemming, maar ik was in die tijd zo ontzettend moe dat ik er de puf niet voor had. Zwanger zijn van een tweeling viel me zwaar, zeker na het intensieve ivf-traject dat eraan voorafging. En zo kwam het dat ik van de ene op de andere dag van een levendige buurt in hartje Amsterdam naar deze yuppenwijk was verhuisd. Van een tweekamerappartementje naar het enorme huis dat Erik min of meer in zijn eentje had laten verbouwen en inrichten waardoor het altijd voelde alsof ik bij iemand op bezoek was in plaats van dat het mijn thuis was.

Er klinkt een fluitsignaal om aan te geven dat de wedstrijd is begonnen en mijn blik gaat automatisch naar de plek waar het team van Jasper en Joris het veld op rent. Ik moet een paar keer knipperen met mijn ogen. Naast Erik staat een man met zijn rug naar me toe in hetzelfde coachtenue en even denk ik dat het Bart is. Zelfde lengte, zelfde indrukwekkende figuur, zelfde haarkleur. Maar ik jaag de gedachte snel weg. Mijn fantasie neemt vast een loopje met me na de kus van gisteravond. Ik bedoel, hoe toevallig zou het zijn als hij óók nog hier is?

Terwijl ik mezelf aan het uitlachen ben draait de man zich om en zodra hij mij ziet zwaait hij.

'Bart,' prevel ik en ik kijk in paniek naar Erik die gelukkig volledig gefocust is op wat er zich op het veld afspeelt.

Als Bart op me af komt lopen sta ik aan de grond genageld. Met mijn ogen probeer ik hem duidelijk te maken dat hij niet dichterbij moet komen, maar hij lijkt de hint niet op te pikken.

'Wat doe jij hier?' vraag ik als hij eenmaal binnen gehoorafstand is. Het komt eruit als een verwijt.

'Tja, grappig verhaal. Er waren te weinig ouders om mee te helpen dus ik ben gevraagd om bij te springen. Tijdelijk.'

'Tijdelijk?' vraag ik hoopvol. 'Als in: alleen vandaag?'

Bart lacht. 'Nee, tot aan de winterstop. Dan is er weer nieuwe aanwas. Ze hebben me bij Erik geplaatst omdat hij minder ervaring heeft met coachen.'

Wat eigenlijk een vriendelijke manier is om te zeggen dat Erik, die van huis uit met hockey is opgegroeid, alle inhoudelijke skills ontbeert om een voetbalteam te begeleiden.

Voor het team ben ik blij dat er iemand als Bart aan Erik is gekoppeld. Voor mezelf? *Not so much*, want alsof het allemaal niet al erg genoeg is moet ik hem nu dus ook nog elke zaterdagochtend zien!

'Nou, reuzetoevallig allemaal,' sis ik pissig. Waarom heeft hij me dit gisteravond niet verteld?

Ik raap de tassen van Joris en Jasper van de grond en stap met een boze blik om hem heen. Bart houdt zijn handen in een verdedigend gebaar omhoog. 'Hé, ik heb hier niet om gevraagd. Ik wist niet dat hij en jij...'

Ik ben inmiddels doorgelopen, ik heb geen zin om naar zijn uitleg te luisteren. Bovendien wil ik niet dat Erik me met hem ziet praten en moeilijke vragen gaat stellen.

Even later sta ik op het terras van de kantine met een beker koffie in mijn hand en terwijl de cafeïne zijn werk doet staar ik naar het naastgelegen veld. Mijn jongens rennen er met uitgelaten koppies rond en doen wat ze het liefste doen. Ik ontkom er niet aan dat ook Bart en Erik af en toe in mijn blikveld belanden en het beeld van de twee mannen naast elkaar doet me realiseren dat mijn leven de afgelopen vierentwintig uur nóg gecompliceerder is geworden dan het al was. Juist toen ik dacht dat ik alles op orde begon te krijgen. *Wat een grap!*

Mijn fiets zwabbert gevaarlijk als ik langzaam tot stilstand kom naast de glasbak. Het was een hachelijke tocht vanaf mijn huis met twee grote tassen lege flessen aan het stuur, maar ik heb het gered. Ik zet de tassen op de grond en bekijk het indrukwekkende resultaat van een paar weken mooi weer en spontane straatborrels met de buren. Ik ben te lui geweest om de flessen tussendoor weg te brengen maar vandaag was ik klaar met de troep. Toen ik na de voetbalwedstrijd thuiskwam bleef ik een onrustig gevoel houden en besloot op te gaan ruimen.

Ik zet het volume van mijn koptelefoon hoger, want het geluid van kapot spattend glas heeft op mij hetzelfde effect als nagels over een schoolbord op andere mensen heeft. Gedachteloos begin ik de flessen aan de glasbak te voeren en neurie mee met de muziek. ABBA dit keer, de favoriet van mijn moeder. Ik zie haar nog voor me, zingend achter het stuur van de auto, rode lipstick op het filter van haar sigaret. Het kon haar niets schelen dat haar raam openstond en iedereen bij het stoplicht haar kon horen.

Ik gooi de flessen een voor een op het ritme van 'Gimme! Gimme! Gimme!' in de bak en ben bijna halverwege de tweede tas als het gevoel me bekruipt dat ik word bekeken. Ik draai me om en kijk recht in het gezicht van Barbara. Ze zit achter een bord salade op het terras van de brasserie dat aan de brede stoep zit waar ook de glasbakken staan. Naast haar zitten twee andere vrouwen die ik herken van de oudercommissie. Alle drie staren ze me aan alsof ik voor hun neus een misdaad sta te begaan en ik besef hoe het eruit moet zien; een vrouw alleen met zo veel lege flessen…

'Dit is van twee maanden, hoor,' roep ik met een schaapachtig lachje. 'En van borrels met de buren. Kijk!' ik houd een fles omhoog. 'Dit is rood, ik drink zelf helemaal geen rood.'

De vrouwen kijken ongemakkelijk om zich heen. Ik bedenk dat ik misschien wat hard sta te schreeuwen vanwege de muziek in mijn oren. Ook andere mensen op het terras staren me nu aan. *Way to go, Loes. Je bent nu officieel de dorpsgek.*

Ik draai me snel weer om naar de glasbak en gooi razendsnel de laatste flessen weg. De lege tassen prop ik onder mijn arm en ik vlucht de Albert Heijn naast de brasserie in. Pas bij de koeling op de groente-en-fruitafdeling kom ik op adem. In mijn oren zingen Agnetha en Anni-Frid hartstochtelijk over Fernando. Ik ruk de koptelefoon van mijn hoofd. *Stom! Stom! Stom!* Waarom had ik niet eerst om me heen gekeken voordat ik een voorraad wijnflessen weggooide waar Patty Brard nog een puntje aan kan zuigen? Ik weet zeker dat Barbara niet kan wachten om verslag uit te brengen aan Erik.

Maar goed, nu ik hier toch ben kan ik maar beter van de nood een deugd maken. Ik pak een mandje en begin boodschappen in te laden. Jasper en Joris zijn deze week bij Erik dus hoef ik alleen aan mezelf te denken. Het is een bitterzoet gevoel, liever sjouwde ik me elke week een breuk aan boodschappen als dat betekende dat ik ze elke dag bij me kon hebben. Ik besluit mezelf te troosten met chocola en positioneer mezelf voor het enorme schap met allerhande repen en doosjes bonbons. Ligt het aan mij of wordt het assortiment steeds groter? Vroeger had je puur, melk en wit. En als je mazzel had melk met hazelnoten. Nu worden de verrukkelijkste combinaties bedacht en zie ik door de bomen het bos niet meer. Ik houd mijn hoofd schuin om alle wikkels te kunnen lezen; witte chocola met framboos en pistachenoten, extra puur met sinaasappel en gember, melk met walnoten en vijgen. Hoe moet ik hier nou uit kiezen? Een meisje naast me buigt voorover en pakt zonder te aarzelen een reep, gooit het achteloos in haar mandje en loopt verder. Ik kijk haar vol bewondering na. Ik wou dat ik zo makkelijk keuzes kon maken.

'Pure chocola met aardbei en balsamico,' mompelt een stem naast me. 'Ze verzinnen toch ook van alles.'

Ik draai me om en zie hoe Bart een reep van dichtbij bestudeert.

'Serieus? Ben je me nou aan het stalken?'

Hij kijkt me beledigd aan, maar de pretlichtjes in zijn ogen verraden dat hij het speelt.

'Stalken?' Hij houdt een winkelmandje omhoog waar, voor zover ik kan zien, voornamelijk groenten en fruit in liggen. 'Ik ben gewoon onschuldig boodschappen aan het doen.'

'Had ik je niet gevraagd om bij me uit de buurt te blijven?'

Bart legt de reep kalm terug in het schap en komt dichterbij staan. Snel houd ik mijn mandje als een soort buffer voor mijn borst.

'Relax, we zijn gewoon twee mensen die elkaar tegenkomen in de supermarkt. Dat zal wel vaker gebeuren nu ik hier in de buurt woon.'

Hij reikt langs me heen om een nieuwe reep te pakken en duwt me daarmee met mijn rug tegen het schap. Ik verstevig mijn grip op het mandje dat ik tussen ons in houd.

'Tenzij ik ergens anders boodschappen ga doen,' zeg ik.

Bart richt zijn ogen langzaam op van de reep in zijn hand en ontmoet mijn blik. 'Lijkt je dat niet wat overdreven?'

Ik pers mijn lippen op elkaar en kijk hem pissig aan. Hij grijnst en reikt weer langs me om de reep terug te leggen en een andere te pakken. Hij komt daarmee gevaarlijk dichtbij en ik doe mijn best om niet te registreren hoe lekker hij ruikt. En ook niet hoe belachelijk goed hij eruitziet in een simpel wit T-shirt en spijkerbroek. In plaats daarvan herinner ik mezelf eraan dat ik nog een appeltje met hem te schillen heb.

'Waarom heb je me gisteravond niet gewaarschuwd dat jij en Erik samen het team coachen?'

'Daar kreeg ik niet echt de kans voor, weet je nog?' Hij houdt zijn hoofd schuin. Hij doelt natuurlijk op het feit dat ik als een idioot op de vlucht was geslagen voor mijn ex.

Zonder mijn blik los te laten legt hij de reep terug in het schap en blijft hij een moment lang over me heen gebogen staan. Dan zakt zijn blik af naar de koptelefoon om mijn nek. Hij buigt verder voorover en luistert aandachtig. Zijn haar kriebelt tegen mijn kin, het ruikt goddelijk. Ik heb de neiging om diep te inhaleren, maar voordat ik kan toegeven aan die impuls richt hij zich op en kijkt me vragend aan.

'Wat is dat voor foute muziek?'

'ABBA is niet fout!' antwoord ik beledigd.

Bart doet een stap naar achteren en haalt zijn schouders op. 'Tja, over smaak valt niet te twisten.'

'Zeg je nou dat ik geen smaak heb?'

Zijn mondhoeken krullen omhoog en het lijkt alsof hij zijn lach inhoudt. 'Waarom ben je zo beledigd? Wat kan jou het schelen wat ik van je muzieksmaak vind?' Hij zet nog een stap naar achteren. 'We zijn toch niet meer dan vage kennissen?'

En met die opmerking draait hij zich om en loopt naar de kassa.

Ik blijf sprakeloos achter en terwijl ik steeds pissiger word maak ik mijn boodschappenronde af. In mijn hoofd speel ik het gesprek tussen mij en Bart nog eens af, alleen bedenk ik nu veel betere teksten dan ik op het moment zelf deed.

Ik ben zo in gedachten verzonken dat ik pas bij thuiskomst ontdek dat ik compleet willekeurige items in mijn mandje heb gegooid. Zelfs met de grootste fantasie kan ik er geen normale maaltijd van maken dus bestaat mijn diner vanavond uit crackers met hummus en als toetje: pure chocola met aardbei en balsamico.

13

Als ik na een vergadering door de lange gang naar mijn kantoor loop hoor ik uit de zaal van de schouwburg hiphopmuziek klinken. Deze week zijn Elias en zijn bonte gezelschap van dansers en muzikanten begonnen met de repetities voor FREE!. Het is de bedoeling dat ze het hele seizoen bij ons in de schouwburg te zien zijn, afgetrapt door een grootse première vlak voor de feestdagen. Nu de voorstelling daadwerkelijk vorm begint te krijgen in onze zaal word ik met de dag trotser dat we ze in huis hebben gehaald. De eerste dagen is er vooral gebouwd aan het decor dat grotendeels bestaat uit steigers van stalen buizen, maar sinds vanochtend klinkt er ook muziek uit de zaal. Mijn nieuwsgierigheid wint het van mijn eindeloze to-dolijst en ik besluit een kijkje te gaan nemen.

Het is donker als ik de zaal in loop, alleen op het podium schijnt een eenzame lichtbundel recht naar beneden op een meisje dat op de muziek staat te dansen. Het is verbluffend wat ze doet, haar lichaam lijkt haast vloeibaar. Doordat alles verder donker is wordt de focus volledig op haar dans gelegd. Op de tast zoek ik een stoel en ga zitten, ik kan mijn ogen niet van het meisje af houden. De muziek is hard en de beats zijn opzwepend. Ik merk dat ik mijn hoofd met het ritme mee beweeg, ik krijg zin om zelf te dansen. Dan klinken er door de hiphopbeats violen en pauken. Eerst subtiel, maar dan zwellen ze aan. De bewegingen van het meisje worden steeds heftiger, bijna koortsachtig, haar gezichtsuitdrukking krijgt iets euforisch. Ik merk dat ik mijn adem inhoud. En dan ineens, met een laatste klap van de pauken, wordt het podium volledig in licht gehuld. Het imposante decor van buizen is nu helemaal te zien. Op verschillende hoogtes zijn platforms gebouwd waar muzikanten staan en de pauken hebben een centrale plek. De paukenspelers heffen hun armen boven hun hoofd en blijven zo een paar seconden staan. Dan komen hun armen tegelijkertijd neer op hun instrumenten en op die klap vallen er letterlijk meerdere mensen uit de lucht. Voor mijn neus hangen ineens uit het niets zeker tien dansers aan kabels. Ik schrik er zo erg van dat ik een gilletje slaak, maar direct erna lach ik het uit. Ik ben volledig overrompeld, wát een sensatie. Zonder dat ik erover nadenk sta ik op en begin enthousiast te klappen en te joelen. De adrenaline giert zo door mijn lijf dat ik me pas na een paar seconden realiseer dat ik in mijn eentje in een lege zaal sta te klappen.

Een van de dansers maakt zich behendig los uit het harnas waarmee hij aan het touw vastzit en laat zich op de vloer zakken. Hij komt enthousiast op me afgerend en als hij dichterbij komt zie ik dat het Elias zelf is. Hij is klein van stuk en tenger gebouwd, maar als je goed kijkt zie je de spieren die het resultaat zijn van jarenlang dansen op hoog niveau. Hij springt gracieus van het toneel om bij me te komen en als hij eenmaal voor me staat lacht hij breeduit, nog nahijgend van de inspanning.

'Sorry! Ik wilde jullie niet storen bij de repetitie,' verontschuldig ik me.

'Nee joh, alleen maar fijn om te horen dat je zo enthousiast bent. Dat is een goed teken.'

'Ja, het is echt geweldig! Zó indrukwekkend, ik heb er geen woorden voor.'

Al vanaf het eerste moment dat ik Elias ontmoette ben ik dol op hem. Zijn passie is aanstekelijk en motiveert me alleen nog maar meer om zo veel mogelijk mensen naar zijn voorstelling te krijgen. En met behulp van Julians marketingmagie gaat het heel goed met die missie.

Alsof hij weet dat ik aan hem denk duikt Julian naast me op. Hij schenkt Elias een gulle glimlach voor hij zich tot mij richt.

'Je hebt bezoek. Je vader staat in de lobby.'

Ik kijk op mijn telefoon, het is tien voor twaalf, hij is aan de vroege kant voor onze lunchafspraak. 'O, oké, dank je wel dat je me helemaal komt halen. Je had me ook gewoon even kunnen bel–'

Als ik opkijk zie ik hoe Julian en Elias elkaar aanstaren en begrijp ik de reden waarom Julian me persoonlijk is komen zoeken. Ik zeg Elias gedag en trek Julian aan zijn elleboog mee naar de uitgang van de zaal.

'Zag ik dat goed?' fluister ik terwijl we de zaal uit lopen.

'Wat?' Julian kijkt me onschuldig aan, maar ik weet wel beter.

'Jullie waren aan het flirten!' zeg ik enthousiast en iets harder nu we op de gang lopen.

'Sst!' Julian kijkt om zich heen om te zien of iemand mij heeft gehoord.

Ik lach. 'Dat is toch leuk?' Ik haak mijn arm door de zijne. 'Is er al iets gebeurd?'

Julian zucht diep en een frons verschijnt op zijn voorhoofd. 'Nee, ik krijg maar geen hoogte van hem. De ene keer lijkt het alsof ik lucht voor hem ben, en de andere keer, zoals daarnet, ziet-ie me ineens weer staan.'

Er klinkt wanhoop in zijn stem en ik knijp hem even bemoedigend in zijn arm.

'Joh, hij is vast erg afgeleid, dit is zijn eerste grote voorstelling. Gun hem even de tijd. Hij vindt je leuk, ik zag het aan zijn gezicht.'

Julian klaart meteen op en kijkt me hoopvol aan. 'Echt?'

'Ja, echt,' verzeker ik hem.

In de lobby staat mijn vader op me te wachten. Hij ziet er wat verloren uit en het lijkt alsof hij zich geen houding weet te geven. Het valt me ineens op dat hij ouder begint te worden. Hij is nog steeds een imposante en charmante man om te zien, maar zijn haar is grijzer en dunner en zijn lange lijf helt een beetje naar voren. Nu hij een paar jaar voor zijn pensioen zit heeft hij een kantoorfunctie gekregen en hoeft hij niet meer zoveel te reizen. Dat is misschien ook de oorzaak van het welvaartsbuikje dat boven zijn riem uitpuilt. Of is het zijn vriendin die hem aan het vetmesten is? Bij de gedachte aan Laura die mijn vader hapjes voert bij kaarslicht moet ik glimlachen. Het idee van mijn vader in een romantische setting is even absurd als aandoenlijk.

'Hoi, pap.'

Mijn vader lijkt opgelucht me te zien. 'Dag, meisje.'

We geven elkaar drie kussen.

'Ik ben wat vroeg.'

'Geen probleem, ik heb tijd. Zullen we gaan?'

Mijn vader knikt en werpt een snelle blik op Julian die er, zoals altijd, uitziet om door een ringetje te halen met zijn geföhnde haar en in zijn donkerblauwe pak. Ik zie verwarring in mijn vaders ogen als ik hem naar Julians donkerblauw gelakte nagels zie kijken. Het verbaast me elke keer weer hoe wereldvreemd mijn vader is voor iemand die zoveel heeft gereisd. Aan de andere kant, bij zijn werkbezoeken aan de fabrieken in Polen en China van het staalbedrijf waar hij voor werkt zal hij niet snel mensen als Julian zijn tegengekomen.

Julian heeft mijn vaders nieuwsgierigheid ook opgepikt en wuift overdreven naar hem.

'Veel plezier!' zegt hij zangerig en loopt heupwiegend weg.

Ik grinnik als ik mijn vader hem zie nakijken met ogen op stokjes. Ik pak hem bij zijn arm. 'Kom, pap. Ik heb bij Antonio gereserveerd. Daar kunnen we lopend naartoe, het is vlakbij.'

Als we even later achter onze menu's zitten, neurie ik met de Italiaanse achtergrondmuziek mee terwijl mijn vader het restaurant in zich opneemt.

Het wordt gerund door een Italiaanse familie en alles aan het oude zaakje voelt authentiek, zelfs het gekibbel tussen de twee neven in de keuken. De ruimte is verdeeld in een knus restaurantgedeelte en een afhaalgedeelte bij de ingang waar in de zomer ook het lekkerste ijs van de stad te krijgen is. Omdat Antonio op loopafstand is van de schouwburg kom ik er regelmatig. Voor ijsjes in de zomer en voor hun heerlijke houtovenpizza's op de dagen dat ik moet overwerken.

Maria, de oudste dochter van de originele Antonio, komt aanlopen en begroet me hartelijk. Als ze mijn vader ziet slaat ze haar handen voor haar borst. 'Is dat je vader?'

Mijn vader kijkt geschrokken op naar de struise dame die ineens naast hem is opgedoemd. Ze is ergens in de vijftig en heeft een bos jaloersmakende zwarte krullen.

Ik knik trots. 'Ja, dit is mijn vader, Hein. Pap, dit is Maria.'

'Aangenaam,' mompelt mijn vader.

Maria kirt en pakt het gezicht van mijn vader met beide handen beet. '*Ai, che bel ragazzo!*'

Ik kijk geamuseerd toe hoe mijn vader als verlamd toelaat dat Maria zijn gezicht heen en weer beweegt. Als ik medelijden met hem begin te krijgen besluit ik in te grijpen.

'Hoe is het met jouw vader, Maria?'

Maria laat mijn vaders gezicht los en schudt haar hoofd.

'Nog steeds zo koppig als een ezel. Om gek van te worden.'

Antonio is sinds kort met pensioen, maar als ik Maria moet geloven bemoeit hij zich nog dagelijks met het restaurant.

'We zeggen allemaal, *papà, divertiti!* Rust uit. Ga op vakantie. Zoek je familie op in Italië. Maar nee, hij blijft hier als een soort havik rondhangen.'

Ik leg mijn hand op de hare en knijp er even bemoedigend in. 'Het komt vast goed. Het is voor hem ook wennen.'

Maria glimlacht naar me en pakt dan haar notitieblokje en een potlood. '*Allora*, wat kunnen we voor jullie maken?'

We plaatsen onze bestelling en met een laatste goedkeurende blik op mijn vader loopt Maria naar de keuken om onze wensen in het Italiaans tegen haar neven te roepen.

Nu we alleen zijn schuift mijn vader ongemakkelijk heen en weer op zijn stoel. Hij kijkt bezorgd.

'Is er iets, papa?'

Mijn vader schraapt zijn keel. 'Je wilde iets bespreken?'

'Ja, maar dat kan ook even wachten. We kunnen het ook eerst over andere dingen hebben. Ik heb je al een tijdje niet gezien. Hoe is het met je?'

Hij ontspant zichtbaar en legt zijn handen voor zich op tafel. 'Goed. Goed, meisje.'

'Nog druk op je werk?'

'Ach...' Mijn vader is een man van weinig woorden.

'Hoe is het met Laura?'

De schaduw van een glimlach glijdt over zijn gezicht bij het horen van haar naam en voor de zoveelste keer stel ik vertederd vast dat hij het écht goed te pakken heeft. Zo heb ik hem nog nooit gezien.

'Goed. Ik moest je de groeten doen,' zegt hij zacht en zonder me aan te kijken.

'Ach, wat leuk, doe haar de groetjes terug. Hoe was jullie vakantie?'

Voor zover ik weet is mijn vader na de scheiding nooit met iemand anders op vakantie geweest. Zelfs in de paar jaar dat ik nog om de week bij hem woonde gingen we hooguit een weekend naar Zeeland in de zomervakantie. Ik heb er dan ook moeite mee om mijn vader voor te stellen op een georganiseerde wandelvakantie in Oostenrijk met Laura. Laura zie ik prima voor me in zo'n *Sound of Music*-omgeving, maar mijn vader? Nee. En dan ook nog met een groep andere mensen? Dat moet de hel voor hem zijn geweest.

Maar mijn vader glimlacht en haalt zelfs zijn telefoon erbij om foto's te laten zien. Foto's van Laura op groene heuvels en bij blauwe meren. Foto's van de mensen met wie ze waren en die mijn vader, tot mijn verbazing, allemaal bij naam weet te noemen. En foto's van mijn vader die trots in dezelfde kleur fleecevest naast Laura poseert alsof ze voor de 'ANWB-stelletje van het jaar'-award gaan.

Ik geloof mijn ogen haast niet, het is alsof ik een wakkere versie van mijn vader zie. Alsof hij van grijstinten naar kleur is gegaan. Het maakt me dolgelukkig.

'*Guarda! È bello, no*?' klinkt het naast ons. Maria zet onze drankjes en broodjes op tafel terwijl Sofia, haar iets jongere zus, mijn vader bekijkt en instemmend knikt.

'*Si, è bello.*' Ze legt haar hand op zijn bovenarm. 'En zo sterk,' verzucht ze.

De zussen kijken nog een moment lang onbeschaamd naar mijn vader terwijl ze zich met een menu koelte toe wapperen en vertrekken dan druk Italiaans pratend naar de keuken. Ik schiet in de lach bij het zien van mijn verbouwereerde vader die verstijfd in zijn stoel zit.

'Je bent in trek, pap.'

'Gaat het altijd zo hier?' vraagt hij fluisterend.

'Ik zou het niet weten. Julian heeft in elk geval niet hetzelfde effect op ze,' lach ik.

Mijn vader lacht schuchter mee, maar dan wordt zijn uitdrukking weer serieus. Hij zit blijkbaar in zijn maag met de reden waarom we hier zitten en ik besluit hem uit zijn lijden te verlossen.

'Heb je nog nagedacht over mijn vraag?'

Mijn vader knikt en roert in zijn koffie. 'Ik vind het lastig.'

'Ik ook. Ik wil er graag een leuke verjaardag van maken voor de jongens. Snap je dat?'

Mijn vader zucht diep. 'Ja, dat snap ik. Maar het is je moeder die...'

'Ik weet het pap. Ik weet dat het probleem bij haar ligt, maar kunnen we haar niet voor één keertje nog haar zin geven?'

Ik zie mijn vader twijfelen. Hij friemelt nerveus aan het suikerzakje op zijn schoteltje. 'De manier waarop ze Laura heeft behandeld is...'

Weer een diepe zucht. 'Dat was niet best.'

Ik reik over de tafel en leg mijn hand op de zijne.

'Heel vervelend voor Laura. Maar de verjaardag is misschien niet het moment om dat uit te vechten, denk je ook niet?'

Mijn vader kijkt ontsteld op. 'Dat zou Laura nooit doen!'

'Misschien niet, maar mama wel. Weet je nog hoe dat op de bruiloft ging? Kan je het niet op zijn minst overleggen met Laura? Misschien wil ze helemaal niet eens mee.'

'Dat heb ik al gedaan. Ze wil graag mee. En ik wil ook dat ze komt.'

Ik trek mijn hand terug. 'Maar waarom? Waarom is het zo belangrijk?'

'Zij is belangrijk. Voor mij. Ik wil haar niet verstoppen.' Hij schraapt zijn keel. 'We gaan samenwonen.'

'Wat?'

Dat is een ramp! Als mijn moeder dat te horen krijgt zal ze ontploffen. Ik kijk in mijn vaders gekwetste gezicht en heb meteen spijt van mijn reactie. Ik reik weer naar zijn hand en glimlach. 'Sorry, pap. Wat leuk voor jullie. Weet je wat?' zeg ik opgewekt. 'Neem Laura maar mee, ik regel het wel met mama.'

Ik heb werkelijk geen idee hoe ik dat aan ga pakken. Het enige wat ik zeker weet is dat ik een situatie zoals tijdens mijn bruiloft wil voorkomen. Ik kan er nu om lachen, maar op het moment zelf was het verschrikkelijk.

Het was de eerste keer na vijftien jaar dat mijn ouders weer samen op een gelegenheid waren en mijn vader had onaangekondigd een date meegenomen. Waarschijnlijk om zich minder ongemakkelijk te voelen tussen de relatief onbekende familie van Erik. Mijn moeder was woest en had ter plekke een van haar eigen aanbidders gebeld om ook te komen en Eddie mee te brengen.

Koket paradeerde mijn moeder de hele bruiloft voor de neus van mijn vader en zijn tijdelijke verkering heen en weer. Haar eigen date, een klein kalend mannetje, hobbelde braaf als een lakei achter haar aan met Eddie op zijn arm. Ze had er geen boodschap aan dat honden niet waren toegestaan op het landgoed waar de ouders van Erik onze bruiloft hadden georganiseerd en waar ik me al totaal niet op mijn plek voelde.

Mijn vader negeerde mijn moeder zoals hij dat tijdens hun huwelijk ook had gedaan, maar de vrouw die hij had meegebracht was op een gegeven moment klaar met de passief-agressieve opmerkingen die mijn moeder steeds in het voorbijgaan maakte en ging de confrontatie aan. Zo gebeurde het dat mijn bruiloft eindigde met twee krijsende vrouwen en een clandestiene shih tzu die door alle stress een spoor van natte drollen achterliet op het gemanicuurde gazon waar de chique gasten van Eriks familie ongestoord champagne probeerden te drinken.

Ik kijk naar mijn vader die vredig zijn broodje aan het eten is terwijl Sofia en Maria hem begluren vanachter de vitrine met schepijs. Een warm gevoel overvalt me. Ik gun het hem dat hij gelukkig is met Laura en ik neem me voor er alles aan te doen om mijn moeder daar ook van te overtuigen. Het is na vijfentwintig jaar toch echt wel eens tijd om alle wrok los te laten. Ik negeer het stemmetje in mijn achterhoofd dat honend lacht bij het idee van deze vrijwel onmogelijke missie.

De rest van de lunch laten we het onderwerp rusten en luistert mijn vader aandachtig naar de verhalen over mijn werk en hoe het weekend met de jongens op de camping was, waarbij ik zekere details uiteraard achterwege laat. Mijn vader staat erop dat hij de lunch betaalt en Maria en Sofia kibbelen over wie van hen de rekening mag brengen. Maria wint en het afrekenen gaat gepaard met nog meer handtastelijkheden en verlangende blikken.

'Kom nog eens terug, *caro*,' roept ze hem na als we de deur uit lopen.

Op straat nemen we afscheid met drie zoenen en mijn vader loopt in de tegenovergestelde richting naar de parkeergarage. Als ik weer in de schouwburg ben aangekomen blijf ik even in de deuropening van de zaal staan kijken naar de repetitie. Elias en zijn dansers klimmen behendig over de verschillende lagen van het decor van buizen en springen soms van meters hoog naar beneden om op de bühne weer verder te dansen. De georganiseerde chaos op het toneel geeft me opeens een idee voor het sinterklaasproject waar ik vanavond een afspraak over heb met Jet en Ellen, de andere moeder van de oudercommissie. Ik loop snel naar mijn kantoor om wat aantekeningen op mijn laptop te maken.

14

In de sinterklaasgroepsapp die ze heeft opgericht had Ellen voorgesteld om vanavond op school af te spreken, maar Jet en ik voelden meer voor de buurtkroeg. Zo'n leeg schoolgebouw werkt nu eenmaal niet heel inspirerend en zo vroeg op de donderdagavond zou het toch rustig zijn in De Vooghel. Ellen had zich schoorvoetend bij onze keuze van de locatie neergelegd en ik moet dan ook lachen als ik haar onwennig aan een van de hoge tafels zie zitten. Met haar zalmroze blouse en hagelwitte pantalon steekt ze opvallend af tegen de donkere lambrisering en het verweerde stucwerk van de muur naast haar. Terwijl ze haar Chanel-tas dicht tegen zich aanklemt kijkt ze weifelend om zich heen. Haar gezicht klaart enigszins op als ze me ziet; een bekende in een onbekende omgeving, ook al ben ik het maar. We begroeten elkaar en als ik bij haar kom zitten ontspant ze genoeg om haar tas op tafel te zetten.

'Had je al iets besteld?' vraag ik.

'Nee, ik wachtte op jullie. Waar is Jet?' Ellen klinkt licht geïrriteerd.

Ik kijk op mijn telefoon, het is letterlijk één minuut later dan we hadden afgesproken. Waarom hebben deze mensen toch zo'n obsessie met op tijd zijn? 'Geen idee. Vast haar dochter nog in bed leggen, ze zal zo wel komen. Ik neem een colaatje, jij?'

Ellen kijkt onzeker naar de donkerbruine bar waar voornamelijk whiskyflessen staan opgesteld. 'Hebben ze versemuntthee denk je?'

Ik schiet in de lach. 'Nee, Ellen, ik denk niet dat ze versemuntthee hebben.'

Ellen haalt haar schouders op. 'Ach, nou ja, doe maar een spa rood dan.'

Ik zwaai naar de barman en roep onze bestelling over de toog, tot ontsteltenis van Ellen. De joviale sfeer in deze kroeg is vast anders dan ze gewend is van de pretentieuze wijnbar aan de overkant. Het is juist wat De Vooghel zo'n fijne plek maakt in een buurt waar verder alleen nog een handvol te dure restaurants zitten. De kroeg is een overblijfsel uit de tijd voordat de wijk werd overgenomen door yuppen op zoek naar vierkante meters. De gasten zijn een gemoedelijke mix van oudere stamgasten en studenten die van De Vooghel hun eerste stop maken als ze van de campus op weg zijn naar de kroegen in de stad. Maar het allerfijnste aan De Vooghel is dat er zelden andere ouders van school komen. Ellen is hier overduidelijk nog niet eerder geweest want ze kijkt rond alsof ze verwacht dat er elk moment ergens een kakkerlak achter vandaan kan komen.

Het is nog rustig. Op mij en Ellen na zijn er nog maar twee andere tafels bezet en aan de bar zit de eigenaar de krant te lezen. Hij kijkt op als de deur opengaat en Jet binnenkomt. Ze groeten elkaar hartelijk. Ze kennen elkaar vast omdat de winkel van Jet schuin tegenover de kroeg ligt.

De barman zet onze bestelling voor ons klaar op de bar en Jet bestelt een tonic bij hem.

'Dit is beter dan op school, toch?' stelt ze vrolijk als ze bij ons komt zitten.

Ik beaam met een volmondige 'Ja!' en moet grinniken als Ellen er een niet-overtuigend 'Hm-hm' uitperst. Ze kijkt op haar horloge. 'Zullen we beginnen? Ik heb meer te doen vanavond.'

Oké, geen tijd voor gezelligheid blijkbaar. Ik wissel een blik met Jet, ze haalt haar schouders op. Ik haal mijn laptop uit mijn tas en zet hem op tafel. 'Ik heb alvast wat ideeën opgeschreven.' Ik open het document waar ik vanmiddag de dingen in heb genoteerd die in me opkwamen bij het zien van de repetitie van *FREE!*. Ellen schuift ongemakkelijk heen en weer op haar stoel.

'Ideeën?' vraagt ze.

'Ja, zal ik ze even oplezen?'

'Oeh, leuk!' Jet wrijft in haar handen en kijkt me verwachtingsvol aan, maar Ellen schraapt nerveus haar keel.

'Wat bedoel je precies met "ideeën"?'

'Voor het sinterklaasfeest. Hoe we dat willen gaan invullen. Daarom zijn we hier toch?'

Ellen lacht minzaam en schudt haar hoofd. 'Nee, nee, nee. We zijn hier om de taakverdeling te maken. Het plan staat al vast, natuurlijk.'

'O?' zegt Jet.

Ellen kijkt ons een ogenblik aan en zegt dan ongeduldig: 'Het sinterklaasfeest loopt elk jaar volgens een vast stramien. Zo wil Barbara het graag.'

'Barbara?' Ik ga defensief wat rechterop zitten. 'Wat heeft Barbara hiermee te maken? Het is toch ons project?'

'Ja,' valt Jet me bij. 'Het is toch veel leuker om het een keer anders te doen?'

Ellen schraapt zenuwachtig haar keel. 'Ik denk niet dat dat de bedoeling is.'

'Onzin!' zegt Jet en richt zich tot mij. 'Vertel! Wat zijn je ideeën?'

En daarmee is de kous af. De rest van het gesprek zit Ellen er zwijgend en handenwringend bij. Af en toe lijkt het alsof ze iets wil zeggen, maar sluit dan haar mond weer. Hoe meer ik over mijn ideeën vertel, hoe bleker ze wordt. Jet, daarentegen, wordt steeds enthousiaster. Ze heeft leuke aanvullingen en ik noteer alles in het document, het begint al aardig vorm te krijgen. Na een goed half uur lees ik voor wat ik heb genoteerd.

'Klopt het zo?' vraag ik.

Jet knikt opgetogen, maar Ellen kijkt ongelukkig naar haar handen.

'Ellen? Jij ook akkoord?' dring ik aan.

Ze zucht diep voordat ze me aankijkt. 'Ik denk dat we het toch eerst even met Barbara moeten bespreken. Het is zo... zo anders.'

'Maar vind je het leuk?' vraagt Jet.

'Dat doet er niet toe,' zegt Ellen snel.

'Waarom niet?' wil ik weten.

'Omdat...' Ellen kijkt onzeker van mij naar Jet. 'Het is niet aan mij om er iets van te vinden. Barbara is...'

'Barbara is de voorzitter van een vrijwillige oudercommissie,' kapt Jet haar af. 'Je doet alsof ze de koningin is en wij haar onderdanen.'

Ik kijk haar met open mond aan. Ik ken haar nog maar net maar ik ben nu al groot fan van haar. Ellen zakt met een perplexe uitdrukking tegen de lambrisering aan, een hand tegen haar borst gedrukt. Ze kijkt zo geschrokken dat ik medelijden met haar krijg.

'Luister, ik snap dat het misschien wat anders is dan normaal. Zullen we het bij de volgende commissievergadering gewoon even in de groep gooien?'

Ellen knikt en ontspant weer een beetje.

'Mooi!' zeg ik, en ik klap mijn laptop dicht.

'Ik reken wel even af,' biedt Ellen aan, alsof ze daarmee iets goed wil maken. Ze pakt een krokodillenleren portemonnee uit haar tas en loopt ermee naar de bar.

'Ik ga nog even naar de wc, wacht je op mij?' zegt Jet met een veelbetekenende blik die ik niet direct begrijp. Ik knik toch.

Als Ellen heeft afgerekend pakt ze haar tas. 'Waar is Jet?'

'Naar het toilet, ik wacht even op haar.'

'O, nou, eh, tot op het schoolplein dan maar weer.' Even blijft ze besluiteloos dralen, alsof ze nog iets wil zeggen, maar dan loopt ze naar de uitgang.

Terwijl ik op Jet wacht leun ik tegen de tafel en kijk in gedachten verzonken om me heen. Als mijn blik die van de barman ontmoet schenkt hij me een schalkse glimlach. Waarschijnlijk doet hij dat standaard bij alle vrouwelijke klanten, maar zijn poging tot flirten doet me meteen aan Bart denken. De barman haalt het in geen enkel opzicht bij hem, maar het feit dat hij me bekijkt als iets anders dan een collega, moeder of ex doet het vuurtje oplaaien dat Bart zo'n anderhalve week geleden aan heeft gestoken. Ik ga er wat rechter van staan en lach terug.

'Is ze weg?' Ik schrik van Jet die ineens naast me staat.

'Wie?' vraag ik beduusd.

'Ellen. Is ze weg?'

'Eh, ja, die is naar huis.'

'Mooi. Wijntje?'

Ik moet lachen, nu begrijp ik waarom ik moest wachten.

'Ja, waarom niet? Wit graag.'

We gaan weer aan de tafel zitten en Jet roept onze bestelling naar de barman. Dan kijkt ze me blij aan. 'Wat een toffe ideeën heb je. Komt dat door je werk?'

Ik lach bescheiden. 'Ja, ik denk het.'

'Wat doe je eigenlijk precies? Barbara zei iets over theater?'

Ik denk terug aan de denigrerende manier waarop Barbara mijn baan als 'iets in het theaterwereldje' afdeed en recht mijn rug. 'Ik ben hoofdprogrammeur bij de stadsschouwburg,' zeg ik trots.

'O, wauw! Dat klinkt leuk, zeg.'

'Dat is het ook,' lach ik. En ik meen het. Ik ben blij dat ik me destijds niet door Erik heb laten tegenhouden om deze functie aan te nemen.

'Ik moet ook weer eens naar een voorstelling, ik kan me niet eens herinneren wanneer ik voor het laatst ben geweest.'

'Ja, dat moet je echt doen, er wordt zo veel moois gemaakt. Als je wil kan ik je wel een keer meenemen. Geef ik je meteen een rondleiding.'

'O, dat lijkt me super!'

'Deal!'

We klinken met onze wijnglazen.

'Ik vind jouw winkel ook echt heel fijn, trouwens. Ik kom er graag.'

'Dank je! Is de vaas in de smaak gevallen?'

'Dat weet je nog?'

Jet knikt. 'Het was een cadeau toch?'

'Ja dat klopt, voor mijn moeder.'

Bij het zien van mijn verbaasde gezicht lacht Jet verontschuldigend. 'Sorry, dit klinkt allemaal misschien een beetje psycho. Maar ik heb de rare gewoonte om allerlei details op te slaan. Ik kan er niets aan doen.'

'O, dat lijkt me heel handig. Ik vergeet juist alles. Dat ik me überhaupt elke dag aankleed en het huis nog niet is afgefikt mag een wonder heten.'

We lachen en bestellen nog een rondje. We kletsen honderduit en ondertussen begint de kroeg aardig vol te stromen. Als de barman ons derde rondje wijn persoonlijk komt brengen kijkt Jet geamuseerd toe hoe hij mijn blik iets langer vast probeert te houden.

'Volgens mij wil-ie iets van je,' fluistert ze samenzweerderig als hij weg is.

Ik grinnik. 'Dat betwijfel ik.'

Jet zwijgt even en kijkt me dan serieus aan. 'Hoe zit het nou eigenlijk? Met jou en je ex? Ik bedoel, ik heb hier en daar wel wat opgevangen, maar...'

'O, zoals?'

'Tja, niet dat ik het geloof, hoor. Die Barbara met haar geroddel. Maar dat jij je ex nogal plotseling hebt verlaten. Van de ene op de andere dag, zeg maar. En dat hij het er nogal moeilijk mee had.'

Oude gevoelens komen naar boven en ik voel door de alcohol heen de onmacht en frustratie opborrelen. Ik staar naar de wijn in mijn glas. Jet buigt naar me toe. 'Sorry, ik had er niet naar moeten vragen...'

Ik glimlach flauwtjes naar haar. 'Het is oké. Het is gewoon even schrikken om te horen hoe erover gepraat wordt. Ik had natuurlijk wel een vermoeden.'

'Maar dat is niet zoals het gegaan is zeker?' vraagt Jet meelevend.

Ik schud mijn hoofd. 'Nee, of nou ja, niet helemaal. Het is nogal complex.'

'Hoelang waren jullie samen?'

'Bijna tien jaar getrouwd, maar ik ken hem al vijftien jaar.'

'Poeh, dat is lang.'

Ik knik en realiseer me ineens hoe serieus ons gesprek is geworden. Zit Jet hier wel op te wachten? Ik kijk haar aan en haar bemoedigende blik geeft me het vertrouwen verder te vertellen. 'Het ging eigenlijk mis toen we hiernaartoe verhuisden.'

'Waar woonden jullie eerst?'

'In Amsterdam, maar toen ik zwanger was zijn we hierheen gekomen.'

'Het klinkt alsof je er niet zo blij mee was.'

Ik haal mijn schouders op. 'Het was niet helemaal mijn keuze maar ik was er ook niet helemaal bij in die tijd. Het was nogal een zware zwangerschap en daarvoor twee jaar ivf.'

'O, jee. Heftig!'

'Ja, best wel. In Amsterdam waren we eerst nog twee werkende mensen met allebei ons eigen leven en ineens woonden we hier met twee kinderen in een grotemensenhuis. Dat was even schakelen.' Ik probeer een relativerend lachje, maar dat mislukt jammerlijk als ik terugdenk aan die tijd. Ik was constant moe van het zorgen voor twee baby's terwijl Erik elke dag vroeg vertrok en laat thuiskwam. Ik kende niemand in de buurt en mijn oude vriendschappen waren verwaterd, mede omdat Erik niet echt warmliep voor mijn 'kunstzinnige' vriendenkring. Mijn moeder kwam zo vaak helpen als ze kon, maar verder stond ik er alleen voor. Ik voelde me niet alleen eenzaam, maar ook schuldig omdat ik niet gelukkig was. Terwijl ik zo bofte met alles wat ik had. Maar hoe goed ik ook mijn best deed om in het ideaalplaatje te passen dat Erik voor ogen had, het lukte me niet. En dat nam hij me niet in dank af.

'Waarom zijn jullie uiteindelijk uit elkaar gegaan?'

Ik draai mijn wijnglas om en om op tafel. 'We wilden allebei andere dingen. Toen ik een paar jaar geleden weer aan het werk ging werd dat steeds duidelijker.'

Het is de publieksvriendelijke versie van hoe het is gegaan. Ik zie aan Jet dat ze er niet in trapt. Ik negeer de impuls om mooi weer te spelen en besluit haar in vertrouwen te nemen.

'Erik had altijd een heel duidelijk plan. Hij wilde voor zijn vijfendertigste partner worden, trouwen, een kind en een koophuis. Dat was hem allemaal gelukt en zolang ik me op een bepaalde manier gedroeg paste ik helemaal in dat plaatje. Maar toen ging ik bij de schouwburg werken en werd steeds duidelijker dat ik veel te veel van hem verschilde. Ik denk omdat ik op mijn werk weer met mensen in aanraking kwam met dezelfde achtergrond en interesses als ik. Hij begon zich steeds meer aan me te ergeren en dat uitte hij nogal...' Ik zoek naar het juiste woord. 'Lelijk.'

'Heeft hij je ook...?'

'Nee!' zeg ik stellig. 'Hij heeft me nooit fysiek pijn gedaan, als je dat bedoelt. En de jongens ook niet, hij is dol op ze.'

Jet lijkt opgelucht.

'Het was meer verbaal. Hij kleineerde me, ook steeds vaker in het openbaar. Beschuldigde me van flirten en aandacht trekken. En alles wat fout ging lag aan mij. Ook dat ik niet zwanger kon worden vond hij met terugwerkende kracht mijn schuld.'

Jet kijkt me onthutst aan. 'Dat meen je niet!'

'Helaas wel.'

Jet schudt ongelovig haar hoofd. 'En dat was de druppel?'

Ik schud mijn hoofd en realiseer me voor de zoveelste keer met verbazing dat er veel meer voor nodig was geweest om me uiteindelijk weg te drijven.

'Ik kwam op een dag thuis en vond hem in ons bed met een andere vrouw.'

'Wát?!'

'Ja, klinkt als een slechte film, hè? We hadden al weken ruzie omdat ik promotie kon maken maar dan ook meer uren moest gaan werken en dat wilde hij niet. Hij haalde alles uit de kast. Dat ik een slechte moeder was, egoïstisch, ondankbaar, een slet, niks kon, nergens goed voor was. Maar ik heb de baan uiteindelijk gewoon genomen. Ik regelde opvang en een thuiswerkdag. Het ging prima, maar Erik zag het als een dikke middelvinger naar hem toe.'

'En dus ging hij vreemd.'

Ik knik. 'Hij wist dat ik thuis zou komen. Hij wilde dat ik het zag. Ik denk dat hij verwachtte dat het me een lesje zou leren en ik weer terug in mijn hok zou gaan.'

'Wat een smeerlap.' Jet trekt een vies gezicht en gek genoeg geeft het me voldoening. Het is heerlijk om een keer ongenuanceerd over Erik te praten met iemand anders dan Julian, maar er schuilt ook een risico in.

'Niemand weet dat dat de reden is dat ik bij hem weg ben. We houden dat bewust stil zodat de jongens het niet te horen krijgen, daar zijn ze nog te jong voor.'

Besef trekt over Jets gezicht. 'Dus vandaar dat het lijkt alsof je onverwacht bent weggegaan.'

'Precies.'

'Wat klote.'

'Tja...'

Jet zwijgt even en houdt dan haar glas omhoog. 'Proost, op jou. Dat je het niet langer pikte. Goed zo!'

Ik kan wel janken. Ik klink mijn glas tegen het hare. 'Proost.'

We lachen naar elkaar en op dat moment sluit ik Jet voorgoed in mijn hart.

Haar lach wordt breder als ze langs mij heen kijkt en naar iemand zwaait. Voordat ik me kan omdraaien weet ik al naar wie. De frisse zepige geur die altijd om hem heen hangt bereikt me eerder dan hijzelf. *Bart.*

'Hé,' zegt Jet als hij eenmaal naast onze tafel staat. 'Dat is toevallig.'

'Dames,' groet Bart ons.

Een andere man is hem gevolgd en komt bij ons staan. Hij is een stuk kleiner dan Bart, heeft zwarte krulletjes en vrolijke blauwe ogen achter een bril. 'Dit is Jelle,' stelt Bart zijn vriend voor.

'Hoi Jelle, ik ben Jet en dat is Loes.'

'Aangenaam!' Jelle wordt tegen onze tafel aangedrukt door iemand die erlangs wil. 'Zo! Het is druk hier,' zegt hij lachend.

'Eerste keer?' vraagt Jet.

Ondertussen doe ik mijn best nonchalant te blijven en zo veel mogelijk oogcontact met Bart te vermijden.

'Ja,' antwoordt Jelle. 'Ik woon zelf aan de andere kant van de stad maar Bart is hier net naartoe verhuisd dus we zijn de buurt een beetje aan het verkennen.'

'Leuk! Nou, welkom!' Jet maakt een weids armgebaar alsof ze de koningin van De Vooghel is.

Bart lacht en kijkt de kroeg rond. 'Dank je wel, ik ben alleen bang dat we weer moeten gaan. Ik zie nergens plek.'

Ik haal opgelucht adem.

'Ben je gek,' zegt Jet. 'Kom bij ons zitten.' En tot mijn afgrijzen wijst ze naar de twee lege krukken aan onze tafel. 'Gezellig.'

In paniek veer ik op. 'Nee joh, ze willen vast gewoon met zijn tweeën...'

Maar voordat ik mijn zin af kan maken heeft Jelle al plaatsgenomen naast Jet en schuift Bart de kruk naast mij onder zich. Zijn lange benen passen net onder de tafel en een knie drukt tegen de mijne. Ik ben me hyperbewust van de plek waar we elkaar raken en voel een bekende hitte opkruipen van mijn nek naar mijn wangen.

Voordat ik volledig zit te blozen waar iedereen bij is trek ik mijn knie terug, maar Bart verschuift waardoor niet alleen zijn knie maar zijn hele been tegen de mijne leunt. Doet hij dat nou expres? Ik waag een blik opzij en zie een glimlach rond zijn lippen spelen. *Hij doet het expres!* Ik probeer ruimte tussen ons te creëren, maar bij elke poging om van hem weg te schuiven schuift hij subtiel mee en uiteindelijk zit ik onder de tafel volledig tussen hem en de muur ingeklemd. Om niet de aandacht van Jet en Jelle te trekken besluit ik me neer te leggen bij de situatie, maar het is alsof er continu elektriciteit wordt uitgewisseld op de plek waar we elkaar raken en ik krijg het er bloedheet van.

Jet is overduidelijk blij met onze twee nieuwe tafelgenoten en roept een bestelling naar de barman.

15

‘Zo, dus Jelle,’ zegt Jet tegen haar buurman. ‘Waar kennen jij en meester Bart, eh, Bart, elkaar van?’

‘Uit Rotterdam. We zaten in hetzelfde rugbyteam tijdens onze studie,’ zegt Jelle.

‘Rugby? Dat hoor je niet vaak.’ Jet leunt een beetje achterover en bekijkt Jelle ongegeneerd van top tot teen. ‘Ik wil niet lullig doen, maar moet je daar niet heel groot en breed voor zijn?’ Ze knikt met haar hoofd weinig subtiel naar Bart als voorbeeld. Ik verslik me bijna in mijn wijn door Jets directheid, maar Jelle moet hard lachen.

‘Dat is een misvatting. Bij rugby zijn ook mensen nodig die hard kunnen rennen. Zoals ik.’

‘Ah, oké. En spelen jullie dat nog steeds?’

‘Nee, na onze studies ging ik hierheen en Bart naar Amsterdam. Er zit hier wel een goeie club maar ik kreeg het te druk met mijn werk.’

‘Wat voor werk doe je?’

‘Ik heb altijd op de universiteit gewerkt maar daar ben ik sinds kort mee gestopt. En nu heb ik een bedrijf, samen met Bart.’

‘Bedrijf? Wat voor bedrijf?’ Jet kijkt naar Bart. ‘Jij bent toch gymleraar?’

Ik deel Jets verbazing en kijk nieuwsgierig opzij.

Bart glimlacht en neemt een slok van zijn biertje. ‘Klopt, we zijn aan het opstarten. Daarom werk ik er nog naast.’

‘Wat voor bedrijf is het?’ vraag ik. Ik ben te geïntrigeerd om vast te houden aan mijn voornemen niet te veel van hem te willen weten.

Bart zet zijn glas neer en kijkt me aan, ik schrik van het plotselinge oogcontact. 'We zijn een work-outapp aan het ontwikkelen.'

'Interessant,' zegt Jet. 'Maar zijn er daar niet al heel veel van?'

Bart verbreekt ons oogcontact om Jet aan te kijken. 'Ja, maar wij zetten vooral in op het bouwen van een community waar mensen met elkaar in contact kunnen komen om samen te sporten.'

'Een soort Tinder voor sporters?' vraagt Jet.

Jelle en Bart schieten allebei in de lach. Het blijft iets magisch om te zien als Bart voluit moet lachen. Het is hard op weg mijn favoriete beeld van hem te worden.

'Dát hadden we in de presentatie moeten zetten: *The Movement, een soort Tinder voor sporters*,' hikt Jelle tegen Bart. 'Ik denk dat we dan vanmiddag meteen met een handtekening naar buiten waren gelopen.'

'"The Movement", heet het zo? Slimme naam.' Jet knikt goedkeurend. 'Slimme insteek ook, zo met die community. In je eentje sporten is maar saai.'

'Dank je,' zegt Jelle. 'Wij benaderen het ook meer vanuit mind dan vanuit body. Dus wat sporten met je brein doet, maar ook hoe je je mindset kan inzetten om fysiek beter te presteren.'

'Wauw, is dat je salestekst? Nice!'

'Ja sorry, we hebben vanmiddag een pitch gedaan bij een potentiële investeerder dus ik zit er nog een beetje in.'

'Geeft niets. Hoe is het gegaan?'

'Heel goed!' Jelle kijkt Bart aan. 'Toch?'

Bart knikt. 'Als deze doorgaat kunnen we ook echt meteen naar de vijfde versnelling.'

Ik ben onder de indruk. Als ik Bart zo hoor praten schaam ik me dat ik hem als knap maar oppervlakkig had weggezet. Aan de andere kant was het misschien beter geweest als hij zo eendimensionaal was gebleven. Hoe meer ik hoor, hoe interessanter hij wordt. Straks vertelt hij nog dat hij in zijn vrije tijd gedichten schrijft en als vrijwilliger in het dierenasiel werkt. Met puppy's... Het beeld van Bart met in elke arm een donzige hondenbaby legt mijn systeem bijna plat en ik besluit dan ook mijn aandacht op Jelle te richten.

'Hoe zijn jullie zo op het idee gekomen?' vraag ik hem.

'Ik ben psycholoog en Bart had het er vaak over hoe weinig aandacht er is voor de mentale kant van sporten op sportscholen of bij de gymles. Dus zo kwamen we op het idee samen iets op te zetten.'

'Wauw,' zegt Jet.

'Sport jij?' vraagt Jelle haar.

Ze knikt. 'Bootcamp en yoga.'

Naast mij voel ik hoe Bart zijn blik op mij richt.

'En jij?' vraagt hij.

'Ik ben niet zo'n sporter,' geef ik schoorvoetend toe, zonder hem aan te kijken. 'Ik heb het ook best druk.'

'Kijk, dit is een goed voorbeeld,' zegt Jelle tegen Jet terwijl hij naar mij wijst. 'Typisch ontwijkend gedrag van iemand die sporten als iets intimiderends ziet. Als iets onhaalbaars.'

'Hm, en hoe zou jullie app mensen als Loes over de streep trekken?' vraagt Jet, alsof ik niet gewoon bij ze aan tafel zit.

'Nou, in elk geval niet door filmpjes te laten zien van ultrafitte mensen die zich honderd keer opdrukken. Wij willen mensen meer op cognitief niveau overtuigen. Echte mensen laten zien die persoonlijke verhalen vertellen over andere voordelen van sporten dan alleen een uiterlijke verandering. Een beetje gebaseerd op het principe van de TED Talks.'

Jet klapt enthousiast in haar handen. 'Bravo. Mij hebben jullie overtuigd, hoor. Nu Loes nog.'

'Waarom vind je sporten niet leuk?' vraagt Bart weer aan mij.

'Gewoon,' zucht ik, ietwat geïrriteerd. 'Ik ben er niet goed in. Nooit geweest ook. Ik heb geen coördinatie en geen conditie. Ik voel me altijd een sukkel als ik het doe.'

'Ho, ho. Ik heb je in actie gezien tijdens een waterpistoolgevecht. Je hebt serieuze skills.'

'Waterpistoolgevecht?' Jet kijkt verrast van mij naar Bart.

'Lang verhaal,' mompel ik.

Bart schudt lachend zijn hoofd en trekt een gezicht naar Jet. Ik zie de vraagtekens in haar ogen.

'Kennen jullie elkaar al langer?' vraagt ze.

'Nou "kennen" is een groot woord,' antwoordt Bart. 'We zijn meer...' Hij pauzeert even en kijkt me uitdagend aan. 'Vage kennissen.'

Als ik niets zeg trekt hij een wenkbrauw op. 'Toch?'

'Eh...' stamel ik. 'J-ja, dat klopt. Vage kennissen, inderdaad.' Ik glimlach luchtig naar Jelle en dan naar Jet, die aandachtig mijn gezicht bestudeert.

'Vage kennissen?' herhaalt ze.

'Hm-hm,' mompel ik en wend mijn blik af in de hoop dat ze het onderwerp verder zal laten rusten. Tevergeefs.

'En hoe belanden twee "vage kennissen" zomaar in een waterpistoolgevecht?'

'O, gewoon.' Ik schraap mijn keel en neem een slok van mijn wijn om tijd te rekken. Onder de tafel geeft Bart mijn been een extra duwtje met de zijne. Hij geniet hiervan, de klootzak.

'We stonden op dezelfde camping een paar weken geleden,' legt hij uit als ik te lang blijf zwijgen.

'Echt?' roept Jet. 'Dat is toch ook toevallig?' Ze kijkt me met grote ogen aan.

'Ja, inderdaad, heel toevallig,' beaam ik.

'En verder weet ik alleen dat ze een best wel foute muzieksmaak heeft,' grinnikt Bart.

Ik kijk hem gepikeerd aan. 'Nogmaals, ABBA is niet fout!'

Jelle veert op. 'ABBA? Gaaf! Mijn zus draaide dat helemaal grijs na die *Mama Mia*-film. Vooral "Dancing Queen".'

'Mijn moeder heeft mij aangestoken.' lach ik. 'Ik heb zelf een zwak voor "Chiquitita".'

Jet kijkt me verward aan. 'Chiqui-watte?'

'Ken je die niet?' vraagt Jelle. Jet schudt haar hoofd.

'Wacht.' Jelle staat op van zijn kruk, loopt naar de bar en spreekt de barman aan.

'O, nee,' zucht Bart gespeeld bezorgd. 'Dit doet-ie altijd.'

'Wat?' vraagt Jet.

Bart grijnst veelbetekenend. 'Wacht maar.'

Als Jelle bij onze tafel terugkomt klinken de Spaanse gitaren van het intro van 'Chiquitita' uit de boxen. De barman zet de muziek harder en als Agnetha begint te zingen kijken mensen om ons heen goedkeurend op. Jelle pakt de hand van Jet en zingt mee met het gevoelige couplet terwijl hij haar diep in de ogen kijkt. Haar angstige blik en het feit dat het liedje veel te hoog is voor Jelles stem werken op mijn lachspieren.

De barman draait het volume nog een tandje hoger en ook andere gasten beginnen mee te zingen. Er gaan handen de lucht in en er wordt uitbundig heen en weer gezwaaid. Ik kijk lachend om me heen, het lijkt een scène uit een film. Mijn moeder had dit fantastisch gevonden.

Als het bekende refrein in wordt gezet staat Jelle plotseling op en trekt Jet van haar kruk. Hij grijpt haar beet in een stijldanshouding en walst met haar door de drukke kroeg, aangemoedigd door de overige gasten. In eerste instantie lijkt ze volledig te zijn overrompeld door Jelles plotselinge actie, maar als ze van de schrik is bekomen geeft ze zich over aan haar enthousiaste danspartner.

Naast me hoor ik Bart uitbundig om zijn vriend lachen. Ik waag een blik opzij en zie het op en neer gaan van zijn adamsappel. Ook nu ben ik er weer door gebiologeerd, zozeer dat ik er niet op ben voorbereid als hij zich omdraait en zijn ogen de mijne ontmoeten. Een vlucht vlinders stijgt op in mijn buik en mijn adem stokt in mijn keel. Onder de tafel lijkt de plek waar mijn been tegen de zijne zit aangedrukt in brand te staan.

Zijn lach werkt aanstekelijk en ik merk dat ik als een idioot naar hem zit te grijnzen.

'Ik stel mijn mening bij,' roept hij in mijn oor. 'Het is fout, maar wel leuk.'

'Het is briljant!' roep ik terug.

Hij lacht weer en slaat dan een arm om me heen. Zijn andere hand steekt hij in de lucht en zwaait ermee op de muziek heen en weer.

Tegen de tijd dat de finale van het nummer wordt ingezet zingt, zwaait en klapt iedereen in De Vooghel mee. Degenen die de tekst niet helemaal kennen lalala-en erop los. Ik kan het niet laten om mee te doen, ook al kan ik geen noot zuiver zingen. Een gelukzalig gevoel borrelt op in mijn borst, dit is fantastisch! En, toegegeven, tegen Barts warme borstkas aangedrukt zitten met zijn arm om me heen is daar zeker onderdeel van.

Als de laatste tonen van het piano-outro uitsterven wordt er gejoeld en geklapt en draait de barman de muziek weer naar een normaal volume. Jet en Jelle keren uitgelaten terug na hun spontane dans door de zaak.

'Dat was leuk,' hijgt Jet als ze weer op haar kruk zit. Ze neemt een lange teug van haar wijn en kijkt me over de rand van haar glas aan. Haar bik schiet van mij naar Bart en als ze zijn arm om mijn schouder ziet verandert haar blik. Ik voel me betrapt en ben opgelucht als Bart zijn arm weghaalt om Jelle een high five te kunnen geven.

Jet pakt haar telefoon en tikt iets in. Een seconde later pingt mijn eigen telefoon.

'Je hebt een bericht,' zegt ze en trekt een wenkbrauw op.

Ik werp een snelle blik op Bart en Jelle, maar die zijn druk bezig de aandacht van de barman te trekken.

JET: *Jij en meester Bart?*

Ik kijk haar geschrokken aan en schud mijn hoofd. Ze kijkt sceptisch terug en typt weer een bericht.

JET: *Maak dat de kat wijs.*

Ik pak mijn telefoon en typ een bericht terug.

LOES: *Echt niet.*

JET: *Je zit helemaal te blozen.*

LOES: *Doe normaal.*

JET: *Ik zou het wel weten als ik jou was.*

Ik staar naar haar bericht en bijt op mijn lip. Hoe zet ik dit recht?

'Gezellig,' klinkt het sarcastisch in mijn oor. Ik kijk geschrokken op in het gezicht van Bart en leg snel mijn telefoon weg.

'Sorry.'

'Nog iets drinken?' vraagt hij. De eigenaar van De Vooghel staat aan onze tafel om een bestelling op te nemen.

'Nee dank je, ik heb nog.' Ik houd mijn bijna lege glas omhoog. Het lijkt me niet verstandig om nog meer te drinken. Ik vertrouw mezelf niet in zijn buurt, het kost me nu al moeite niet steeds naar hem te staren en blijkbaar begint het op te vallen. Jet is gelukkig alweer afgeleid.

'Zeg, nu je hier toch staat,' zegt ze tegen de eigenaar. 'Ik ben veilingitems aan het regelen voor de veiling op de voetbalclub. Wil jij niet een bierpakket doneren of zoiets?'

'Die kakkersclub achter het park?' vraagt hij.

Jet lacht. 'Er zitten ook heus wel leuke mensen op, hoor. Zoals mijn man.'

'Jij geeft daar toch ook training?' vraagt Jelle aan Bart.

'Ja, aan de kinderen van Loes,' beaamt hij.

'Zie je wel?' Jet kijkt triomfantelijk naar de eigenaar.

'Waar is het precies voor?'

'De zusterclub in Gambia.' Jet pakt een flyer uit haar tas en geeft die aan hem. 'Hier staat wat meer uitleg op. Laat je het snel weten?'

De eigenaar knikt en keert terug naar de bar. Jet wrijft tevreden in haar handen.

'Ik ben eigenlijk alleen gevraagd om de aankleding te doen, maar ik vind het leuk om te zorgen dat er ook wat anders wordt geveild dan alleen golfclinics en wijnproeverijen. Snap je?'

Ik lach, mijn bewondering voor haar stijgt met het uur. Ze kijkt me aan alsof ze een idee krijgt.

'Hé, kan jij niet iets leuks regelen bij de schouwburg om te veilen?'

'De schouwburg?' vraagt Bart geïnteresseerd.

'Ja, Loes werkt bij de schouwburg. Wist je dat niet?'

'Nee, dat wist ik niet. Wat doe je daar dan?'

'Ik doe de programmering.'

Zowel Bart als Jelle kijken me blanco aan.

'Ik kies met mijn team de voorstellingen uit die in de schouwburg te zien zijn.'

Het is een versimpelde uitleg van wat ik doe, maar de mannen lijken het te snappen.

'Nou?' vraagt Jet. 'Denk je dat je iets kan regelen?'

'Ik denk het wel. Ik ga er even over nadenken.'

Als ik net mijn laatste slok heb genomen worden de drankjes van de anderen gebracht. Het is verleidelijk om alsnog iets te bestellen, het is zo gezellig. Maar de bubbel van De Vooghel is verraderlijk. Aan de andere kant van de ouderwetse bruine kroegdeur, met de witte vitrage en krulletters op het raam, wacht de realiteit. Ik neem een verstandig besluit.

'Ik moet gaan.'

'Wat? Hoezo?' vraagt Jet.

Daar had ik nog niet over nagedacht.

'De oppas,' stamel ik uiteindelijk. 'Die moet naar huis. Het is laat.'

Ik heb geen oppas, de jongens zijn bij Erik deze week. Het voelt fout om te liegen, maar ik laat Jet in goede handen achter bij Bart en Jelle. Ik probeer van mijn kruk te komen zonder nog meer lichamelijk contact met Bart te maken, maar dat is nog niet zo makkelijk. Als hij me ziet stuntelen steekt hij hoffelijk een hand uit.

'Het gaat wel,' mompel ik en wurm me langs hem heen. Als ik eenmaal naast de tafel sta glimlach ik naar Jelle.

'Leuk je te ontmoeten. En heel veel succes met de investeerder, ik hoop dat het lukt.'

Jelle staat op en geeft me spontaan drie zoenen. Als ik me naar Bart omdraai zie ik dat hij ook is gaan staan. De drie zoenen die hij me geeft hebben een iets andere uitwerking op me dan die van zijn vriend. Het is alsof de tijd vertraagt en ik elke kus in slow motion beleef. Links. Rechts. Links. Ik voel zijn handen op mijn bovenarmen, zijn lippen op mijn wangen, zijn stem in mijn oor.

'Slaap lekker.'

Als hij zich weer opricht lijk ik op mijn plek te zijn bevroren en het duurt even voordat ik weer bij zinnen kom. Het komt vast door de wijn. *Notitie aan mezelf: géén alcohol meer drinken in de buurt van Bart.*

Ik wuif naar Jet. Ze werpt me een handkus toe en knipoogt.

'Ik bel je nog!' roept ze me na, en ik weet dat ik in de problemen zit. Ze heeft donders goed in de gaten dat er iets aan de hand is.

Met licht knikkende knieën loop ik naar buiten en ben dankbaar voor de verkoeling van de avondlucht. Hoofdschuddend haal ik mijn fiets van het slot en spreek mezelf streng toe. *Dat was niet handig, Loes!* Maar als ik naar huis fiets merk ik dat ik zachtjes de melodie van 'Chiquitita' neurie.

16

Mijn maag knort, ik heb nog niet ontbeten en de chocoladecroissants in de vitrine op de toonbank liggen er verleidelijk bij. Toch besluit ik ruggengraat te tonen en pak een banaan van de fruitschaal naast de kassa. Terwijl ik op mijn cappuccino wacht leun ik tegen een barkruk en kijk om me heen. De kantine van de voetbalclub lijkt in niets op de sportkantines uit mijn jeugd. Het heeft meer weg van een hippe strandtent met de hoge ramen, houten vloer en lange bar. Er staat een koffiemachine waar menig Italiaan jaloers op zou zijn en er komen maar liefst vier soorten bier uit de tap.

De machine blaast en pruttelt zo heftig dat het lijkt alsof hij elk moment kan opstijgen. De bonen worden vers gemalen en verspreiden een heerlijke geur. Als de jongen achter de bar eindelijk mijn cappuccino to go naar me toeschuift prijken er kunstige cirkels in het melkschuim. Ik knik bewonderend en reken af. Met de beker onder mijn neus loop ik naar de tafel waar Jet op me wacht. Ze had me geappt dat ze deze ochtend ook op de club zou zijn om dingen te regelen voor de veiling. Ik check de tijd op mijn telefoon en zie dat ik nog even heb voordat de jongens me langs de lijn verwachten om naar de tweede helft te kijken, dus schuif ik bij Jet aan. Ze kijkt blij op van het schetsboek waar ze druk in aan het tekenen is.

'Wat ben je aan het doen?' vraag ik.

Ze houdt de schets omhoog. Het is een realistische tekening van de kantine, maar dan feestelijk ingericht met statafels, een podium, ballonnen en snoeren met gekleurde lampjes.

'Wauw!' roep ik vol bewondering. 'Wat gaaf!'

'Dank je,' antwoordt Jet trots.

Ze klapt het boek dicht en neemt een slok van haar thee. 'Jammer dat je weg moest laatst.'

'Wat bedoel je?'

'Bij De Vooghel, jammer dat je zo vroeg weg moest, het was nog erg gezellig. Leuke vent, die meester Bart.' Ze zegt het achteloos, maar ze kijkt me indringend aan, alsof ze mijn reactie wil peilen.

'O, ja? Goh,' mompel ik.

'Ja, echt een slimme, interessante gast. Grappig ook.'

'Hm-hm.' Ik wend mijn blik af en schraap mijn keel.

Jet zwijgt even. Dan schudt ze lachend haar hoofd. 'Je houdt mij niet voor de gek, hoor.'

'Waar heb je het over?'

'Stop maar met toneelspelen en vertel.' Ze buigt samenzweerderig naar voren. 'Hoe zit het tussen jullie twee?'

Ik bijt op mijn lip. Zal ik haar de waarheid vertellen? Ik weeg de voors en tegens af. Aan de ene kant ken ik haar eigenlijk te kort om zeker te weten dat mijn geheimen veilig bij haar zijn. Aan de andere kant heeft ze me nog geen enkele aanleiding gegeven het tegendeel te kunnen verwachten. En eerlijk gezegd wil ik haar ook graag in vertrouwen nemen, het voelde al zo fijn om over Erik te vertellen.

Alsof ze mijn gedachten leest steekt ze de wijs- en middelvinger van haar rechterhand omhoog. 'Ik zweer je dat ik het aan niemand zal vertellen.'

Dat geeft de doorslag. 'Oké, ik was dus een paar weken geleden met de jongens op een camping en...'

Zonder ook maar één gênant of smeuïg detail over te slaan vertel ik het hele verhaal tot en met de kus op de camping aan Jet, die me met groeiende verbazing aanhoort.

'Dus jullie hebben uiteindelijk alleen gezoend?' vraagt ze.

'Ja, gelukkig wel.'

'En toen wist je niet dat hij de nieuwe gymleraar was?'

'Nee, voordat we zoenden hebben we het niet heel uitgebreid gehad over dat soort dingen,' geef ik enigszins beschaamd toe. 'En erna leek het me beter zo min mogelijk van hem te weten. Ik zou hem toch nooit meer zien.'

Jet leunt achterover en lijkt alle informatie te verwerken. 'Maar,' zegt ze uiteindelijk, 'dan snap ik niet zo goed wat het probleem is. Ik bedoel, er is overduidelijk aantrekkingskracht. Jullie zijn allebei single. De vonken spatten ervan af. Waarom zit je hier met mij en hang je niet met je tong uit je mond langs het voetbalveld?'

'Weet je nog wat ik over Erik vertelde?'

Jet fronst. 'Ja?'

'Na de scheiding is dat niet echt veranderd. Hij is erg verbitterd en boos. Op mij. We zijn maandenlang in een soort oorlog met elkaar geweest. Hij heeft het me aan alle kanten moeilijk gemaakt, financieel en emotioneel. Er was zelfs een tijd dat hij me weghield bij de jongens, dat was nog het allerergste. Die hele periode was vooral voor hen heftig, dat wil ik ze nooit meer laten meemaken. Daarom wil ik Erik zo min mogelijk aanleiding geven om weer een ruzie te beginnen, of onzinverhalen over me te verspreiden.'

Jet zwijgt even en kijkt me meelevend aan. 'En hoelang wil je dat volhouden?'

Ik haal mijn schouders op. 'Totdat hij weer verdergaat met zijn leven. Misschien als hij een nieuwe vriendin heeft? Heb jij niet nog een leuke vrijgezelle vriendin? Eentje die op licht neurotische en bezitterige mannen valt? Hij is wel knap. En een goede vader.'

En daar is niets aan gelogen. Zijn eigen ouders zijn stijve, kille mensen die vooral met status bezig zijn en niets dan kritiek hebben op hun kinderen. Mijn angst dat Erik hetzelfde zou doen bij onze zoons was ongegrond geweest. Bij hen is hij een softie en zie ik soms nog een glimp van de Erik die hij was toen we nog in Amsterdam woonden.

'O, god. Nee,' zegt Jet. 'Mijn vriendinnen zijn allemaal veel te vrijgevochten voor een man als...' Ze stopt abrupt. 'Sorry! Ik bedoel natuurlijk niet dat jij niet...'

Ik glimlach bemoedigend naar haar. 'Nee, het klopt. Ik ben ook niet vrijgevochten. Ik was het ooit wel en ik ben het nu weer aan het leren.'

'Misschien moet je dan eens beginnen met werk te maken van Bart.'

'O, nee. Dat kan echt niet. Het is niet alleen Erik, het is ook de school. Iedereen daar vindt me al zo'n prutser. Ze zien me al aankomen. En bovendien is iemand als Bart nou niet bepaald handig om alles voor op het spel te zetten.'

'Hoe bedoel je?'

'Heb je hem gezien?' lach ik sarcastisch. 'Mannen als hij horen te eindigen met een internationaal topmodel in Parijs. Niet met een gescheiden moeder van twee kinderen.'

'Onzin!' roept Jet. 'Modellen zijn saai. En je mag er zelf ook wezen, hoor. Ik heb toch gezien hoe hij naar je kijkt?'

Ik haal mijn schouders op. 'Hij ziet het vast als een uitdaging dat ik de boot afhoud. Het zal hem snel genoeg vervelen.'

Ik denk aan de kus op de avond van de Summer Party en hoe het voelde met zijn arm om me heen in De Vooghel en slaak onbewust een diepe zucht. *Niet aan denken, niet aan denken.*

Jet kijkt me een moment lang onderzoekend aan en haalt dan haar schouders op.

'Laat je tekening nog eens zien,' vraag ik, deels uit interesse en deels om van onderwerp te veranderen. Jet opent haar schetsboek en draait de tekening van de kantine mijn kant op.

'Is dit hoe je de kantine wil aankleden voor de veiling?'

'Het is een eerste idee. Vind je het leuk?'

Ik knik enthousiast. 'Trouwens, ik heb denk ik wel iets tofs om te veilen. Wat dacht je van twee tickets voor de première van *FREE!*? Die is helemaal uitverkocht, sowieso kan je tot maart geen kaart meer krijgen. Ik kan er zelfs nog een backstage rondleiding bij doen.'

Jet zet grote ogen op en klapt in haar handen. 'O, dat is zó cool!'

Tevreden neem ik een slok van mijn koffie en check nog een keer de tijd op mijn telefoon. 'Ik moet gaan. Ik denk dat ze bijna rust hebben.'

Jet slaat me glimlachend gade terwijl ik opsta en mijn tas om mijn schouder hang. 'Groetjes aan meester Bart, hè?'

Ik lach en steek mijn tong naar haar uit voordat ik vertrek.

Als ik bij het veld aankom doe ik mijn vest uit en knoop het om mijn middel. Hoewel het vroeg in de ochtend is begint het inmiddels al aardig op te warmen. De laatste minuut van de eerste helft is nog bezig en ik zwaai naar Joris die fanatiek achter de bal aan rent. Jasper staat achter in het veld te dagdromen en heeft me nog niet gezien.

Er klinkt een fluitsignaal, het is rust. Ik wandel naar de plek waar het team van de jongens zich bij hun coaches meldt voor limonade en instructies. Mijn behoefte om Jasper en Joris een knuffel te geven is groter dan de tegenzin om Erik te zien. Zodra ze me hebben gespot komen ze me begroeten. Na een stevige knuffel rent Joris meteen weer terug naar zijn vriendjes, maar Jasper blijft voor me op en neer springen. 'Wat gaan we vanavond eten?' wil hij weten. 'Pizza? Please? Please? Ja?' Ik kijk met een schuin oog naar Erik, die me nog niet heeft opgemerkt. Jasper heeft feilloos in de gaten dat de deur naar pizza's op een kier staat en pakt dramatisch mijn hand. 'Please, mama. Toe?'

Net als ik wil toegeven hoor ik de geïrriteerde stem van Erik. Even verderop probeert hij twee ruziënde jongetjes uit elkaar te houden. Zonder effect. Ik zie dat de onmacht hem frustreert en weet dat die frustratie over kan slaan in boosheid.

Ik wil net ingrijpen als Bart tussen Erik en het tweetal in gaat staan. Hij hurkt en spreekt de jongens op een kalme toon toe. Ik kan niet horen wat hij zegt, maar ze stoppen met ruziemaken en geven elkaar en Bart een high five voordat ze wegrennen. Bart staat glimlachend op en slaat Erik gemoedelijk op zijn schouder.

Ik herken de blik in Eriks ogen, hij is niet blij. Sterker nog, de ingehouden woede golft van hem af. Eriks ijdelheid kent geen grenzen en Bart heeft hem zojuist in het openbaar gecorrigeerd. Hoe subtiel hij het ook deed, ik ben er honderd procent zeker van dat Bart vanaf nu op Eriks zwarte lijst staat.

Erik probeert zichzelf te herpakken en kijkt schichtig om zich heen, waarschijnlijk om te checken wie er allemaal getuige waren. Zijn blik valt op mij en met twee keer knipperen van zijn ogen heeft hij het masker weer opgezet van de zelfverzekerde man die hij aan de buitenwereld wil laten zien. Nonchalant loopt hij op me af.

'Hij komt er nog wel achter dat die softe aanpak niet gaat werken,' zegt hij met een gemaakt lachje en een handgebaar in de richting van Bart. Ik kijk naar Bart die limonade uitdeelt terwijl hij grapjes maakt met de jongetjes van het team. Het plezier spat ervan af.

'Volgens mij werkt het prima,' merk ik droogjes op. 'Hij is per slot van rekening docent, dus...' Ik laat de conclusie in de lucht hangen en kijk Erik aan. Ik weet dat het niet verstandig is om olie op het vuur te gooien, maar om de een of andere reden voel ik de behoefte om voor Bart in de bres te springen. Eriks ogen vernauwen zich tot spleetjes en ik zie hoe de argwaan langzaam over zijn gezicht trekt.

Dan merkt hij Jasper op, die nog steeds naast me staat met mijn hand in die van hem geklemd.

'Laat me raden, of jullie pizza gaan eten vanavond?'

Jasper laat mijn hand los en lacht schaapachtig naar zijn vader. Onder Eriks blik voel ik me haast net zo betrapt als mijn zoon. Ik steek mijn kin in de lucht en probeer niet al te defensief te klinken.

'Misschien, hoezo?'

'Ach ja, zo gaat dat tegenwoordig. Bij mij mag niets en bij mama mag alles. Toch, Jasper?'

Erik klinkt luchtig, maar al mijn haren staan overeind. Jasper kijkt ongemakkelijk van mij naar Erik en bijt op zijn lip. Ik heb medelijden met hem. 'Weet je wat, liefje?' Ik woel een hand door zijn haar. 'Ik heb een beter idee, we gaan zelf pizza's maken vanavond. En daarna gaan we een ijsje halen bij Antonio.'

Jaspers gezicht klaart op en hij rent naar zijn broertje om hem het goede nieuws te vertellen. Ik kijk Erik uitdagend aan. Ik weet dat hij geen scène zal schoppen waar andere mensen bij zijn, maar aan zijn gezicht zie ik dat het laatste woord hier nog niet over is gezegd. En hoewel ik niet uitkijk naar de preek die hij me zal geven over gezonde voeding en hoe ik onze kinderen verpest, schep ik er een pervers genoegen in dat hij nu niets kan doen. Kinderachtig? Misschien. Bevredigend? Absoluut!

Eriks ogen zijn inmiddels tot spleetjes geknepen en een vilein glimlachje speelt om zijn lippen. 'O, trouwens,' zegt hij met een mierzoete stem. 'Ik heb de skibaan gereserveerd.'

'De skibaan? Waarvoor?'

'Het kinderfeestje van de jongens. Je begon laatst over hun verjaardag dus ik dacht, laat ik eens informeren. Ze zitten altijd zo snel vol, zeker in die periode. Maar ze hadden nog plek dus die heb ik maar meteen geboekt.'

'Maar...' stamel ik. 'Hun verjaardag valt in mijn week.'

Erik slaat zijn armen over elkaar. 'O? Ik wist niet dat dat betekende dat jij dan alles bepaalt?'

Klootzak! 'Nee,' sis ik. 'Maar ook niet dat we dan helemaal niets meer hoeven te overleggen! We vieren het met de families ook al bij jou thuis, op jouw manier.'

'Op mijn manier?' lacht Erik honend. 'Alsof het mijn idee is, dat hele ritueel van je ouders. Met je moeder en die belachelijke hond die via de achterdeur verdwijnen zodra je vader binnenkomt? Denk je dat dat normaal is?'

Ik bal mijn vuisten en voel een withete golf van woede opkomen. Mijn ouders zijn mijn zwakke plek en dat weet Erik maar al te goed. Ik klem mijn kaken op elkaar om te voorkomen dat ik er iets uitflap waar ik spijt van ga krijgen. Erik kijkt me met een voldaan lachje aan, maar voordat hij iets kan zeggen duikt Jet naast ons op.

'Hoi, ik kom nog even gezellig meekijken. Ik word toch pas over een half uurtje in de winkel verwacht.' Ze tuurt langs me heen naar Erik die haar op zijn beurt nieuwsgierig bekijkt.

Ik haal een keer diep adem om mijn woede enigszins onder controle te krijgen. 'Eh, nou, dit is Erik,' zeg ik zo luchtig mogelijk. 'Erik, dit is Jet. We kennen elkaar van de oudercommissie.'

Erik steekt zijn hand naar haar uit. 'Erik Teunissen.'

Jet kijkt hem een moment lang aan en schudt dan zuinigjes zijn hand. 'Jet Bakker.'

'De oudercommissie zei je? Ik ben voorzitter van de ouderraad.'

O, lord. Ik doe dit keer niet eens moeite om niet met mijn ogen te rollen.

'Wauw, echt?' zegt Jet.

Erik knikt trots. Hij heeft duidelijk de sarcastische ondertoon in haar stem gemist. Ik probeer mijn lach in te houden, maar ik maak alsnog een soort knorgeluid. Voor een slimme man heeft Erik nog best lang nodig voordat hij doorheeft dat hij in de maling wordt genomen. Er klinkt opnieuw een fluitsignaal. De wedstrijd wordt hervat en na een hooghartige blik in onze richting keert Erik terug naar zijn plek aan de zijlijn. Naast Bart.

Ik weet niet hoeveel Jet heeft meegekregen van het gesprek tussen mij en Erik, maar ze zegt niets en slaat alleen een zusterlijke arm om mijn schouder. Een warm gevoel trekt door mijn borstkas en ik glimlach. Zo voelt het dus om een bondgenoot te hebben.

Als Joris vlak voor ons langsrent veer ik op. Hij heeft een vrij veld voor zich en maakt een goede kans op een doelschot. Jet begint luidkeels te joelen zonder zich ook maar iets aan te trekken van de misprijzende blikken van de andere ouders langs de zijlijn en van de weeromstuit doe ik met haar mee.

'Go Joris, woehoe!' roep ik zo hard ik kan.

Het levert me een afkeurende blik van Erik op, maar ik negeer hem. Bart, daarentegen, glimlacht breed naar me. Het is de eerste keer dat we oogcontact hebben sinds ik er ben en het is alsof ik een stroomstoot krijg. Jet port me plagend in mijn zij.

'Hm-hm. Niets aan de hand, hoor,' grinnikt ze.

Ik wil protesteren en zeggen dat ze ernaast zit, maar ik weet dat ze van zo dichtbij donders goed kan zien dat ik sta te liegen.

'Dit ga je niet volhouden,' fluistert ze zangerig in mijn oor en voor het eerst begin ik er zelf ook aan te twijfelen. Maar het moet.

17

De vergadering van de oudercommissie is vanavond in de bibliotheek van de school omdat de docentenkamer bezet is voor een leerkrachtenvergadering. Ik ben blij dat ik op tijd was, want ik zit nu tenminste op een stoel in plaats van dat ik half op een zitzak lig, zoals sommige moeders die geen keuze meer hadden toen ze binnenkwamen. 'Bibliotheek' is overigens een groot woord voor de ruimte waar we nu zitten. Het is niet meer dan een hoek in de hal op de begane grond van de school met aan weerszijden een paar lage boekenkasten en daartussenin een aantal gekleurde zitzakken en een paar stoeltjes. Tegen de muur naast het raam staat een grote bruine leren chesterfield die gebruikt wordt als voorleesstoel. Barbara zit met haar benen kuis over elkaar geslagen op de rand van de zitting en leest de notulen van de vorige vergadering voor.

Ik schuif heen en weer op het zitvlak van het stoeltje waar ik op zit. Het is net te klein voor allebei mijn billen dus ik moet steeds afwisselen. Naast mij zit Jet op eenzelfde soort stoel. We zitten met zijn tweeën achterin en hebben goed zicht op de rest van de moeders. Het is een bespottelijk gezicht, tien volwassen vrouwen veroordeeld tot zitzakken en meubilair van kabouterformaat. Jet stoot me aan en knikt met een ingehouden lachje naar Ellen die vooraan op een neongroene zitzak een comfortabele houding probeert aan te nemen terwijl ze tegelijkertijd wil voorkomen dat haar blouse kreukt. Ik grinnik geluidloos. Tenminste, dat probeer ik, maar Barbara kijkt geïrriteerd op van haar notulen. Heeft ze nou ook al bovennatuurlijk gehoor?

'Is er iets Loes?'

‘Huh? Wat? Nee, hoor.’

‘O? Het leek erop alsof je wat wilde zeggen. Weet je zeker dat je niet iets kwijt wil?’

Ik schud mijn hoofd en probeer het warm worden van mijn wangen mentaal tegen te gaan. ‘Ehm, nee, echt niet. Ga verder.’

Barbara slaat de map op haar schoot dicht en staat op. ‘Nu ik toch je aandacht heb kunnen we het misschien maar meteen over het sinterklaasproject hebben.’

Ik zie Ellen aan de voeten van Barbara zo mogelijk nog ongemakkelijker worden. Ze probeert rechtop te gaan zitten maar zakt alleen maar verder weg in de zitzak. Barbara kijkt meewarig naar haar. ‘Ellen heeft me verteld over de ideeën die je hebt en ik denk dat we daar kort over kunnen zijn: dat gaan we niet doen.’

Ik ben met stomheid geslagen maar Jet niet.

‘Wat? Hoezo niet?’ roept ze verbaasd.

De moeders draaien zich collectief om in hun stoeltjes om Jet te kunnen zien en draaien zich dan weer synchroon terug naar Barbara, in afwachting van haar reactie. Barbara recht haar rug en steekt haar kin in de lucht.

‘De plannen die jullie hebben bedacht voor Sinterklaas zijn misschien leuk voor een montessorischool of iets dergelijks, maar hier houden we van tradities en zijn de kinderen eraan gewend dat de sinterklaasviering op een bepaalde manier gaat.’

‘De kinderen of de ouders?’ vraag ik met ingehouden woede.

Barbara en ik houden elkaar gevangen in een boze staarwedstrijd als de deur van de docentenkamer opengaat en de leerkrachten druk pratend naar buiten komen. Sommigen proberen in het voorbijgaan hun lach in te houden als ze zien hoe wij erbij zitten – en liggen –, anderen besparen zich de moeite en lachen ons onbeschaamd uit. De directrice komt nieuwsgierig naast Barbara staan, gevolgd door Bart die met een geïnteresseerde blik de bibliotheek rondkijkt. Ik zie de schaduw van een lach op zijn gezicht.

'Wat is hier aan de hand?' vraagt de directrice als ze de uitdrukking op onze gezichten ziet.

'Niets bijzonders, Emilie,' antwoordt Barbara en schenkt de directrice een geruststellende glimlach. 'Ik leg mevrouw Dekker net uit dat we erg hechten aan hoe we ons sinterklaasfeest elk jaar organiseren en dat we het graag zo houden.'

De directrice knikt instemmend en wil zich weer omdraaien als Bart een stap naar voren doet.

'Ik ben wel benieuwd, hoe gaat het sinterklaasfeest hier normaal gesproken?'

Met een ontwapenende glimlach kijkt hij de ruimte rond en ik zie de moeders een voor een voor de bijl gaan. Als hij Barbara aankijkt voert hij de wattage van zijn glimlach nog een tandje op tot ze er nerveus van gaat knipperen.

'Eh, nou, de kinderen staan op het schoolplein liedjes te zingen. Dan komt Sinterklaas via de poort aan op zijn schimmel en spreekt hij ze toe vanaf het bordes. En daarna gaat hij met zijn pieten langs de klassen om cadeaus uit te delen.'

Bart zwijgt even. 'En dat is het?'

'Ehm, ja.'

'Hm.' Bart houdt zijn hoofd schuin en kijkt bedenkelijk.

'De kinderen vinden het heel leuk, hoor,' voegt Barbara er nog snel aan toe.

Bart glimlacht gemoedelijk naar haar. 'O, vast en zeker. Het is meer dat...'

'Dat wat?'

Bart houdt verontschuldigend zijn handen omhoog. 'Ach, nee laat maar. Ik ben natuurlijk nieuw hier, dus wat weet ik ervan?'

'Nee, zeg maar wat je denkt,' zegt de directrice. 'Jouw mening als leerkracht is heel belangrijk.'

‘Tja, als je het echt wil weten… Ik had wat meer creativiteit verwacht van deze school.’ Bart draait zich om naar mij. ‘Ik ben wel benieuwd naar de ideeën van mevrouw Dekker eigenlijk.’

Ik kijk hem stomverbaasd aan.

‘Dat lijkt me niet nodig,’ haast Barbara zich te zeggen en ze kijkt naar de directrice voor bijval.

Bart richt zich eveneens tot de directrice. ‘Het kan toch geen kwaad om mevrouw Dekker even aan te horen, Emilie?’

Bij het horen van haar voornaam uit de mond van Bart begint ze acuut te blozen. *Ik weet hoe het voelt, meid.*

‘Ach, ja. Dat kan inderdaad geen kwaad. Kom, Barbara geef mevrouw Dekker even het woord.’

Bart wendt zich weer tot mij, een ondeugende fonkeling in zijn ogen. Een moment vergeet ik even alles om me heen. Wat is het toch met die ogen die me het gevoel geven dat ik de enige persoon in de ruimte ben?

‘Mevrouw Dekker?’ dringt hij aan.

Ik schraap mijn keel en verbreek het oogcontact voordat het voor de andere aanwezigen op begint te vallen.

‘Ja, eh, zoals meneer Bosman ook al aangeeft is ons sinterklaasfeest een beetje aan de tamme kant. De kinderen kijken er elk jaar enorm naar uit, maar ik denk dat we het met wat simpele aanpassingen veel gedenkwaardiger kunnen maken.’

Een stilte valt in de bibliotheek, de moeders schuifelen ongemakkelijk op hun stoeltjes.

‘Ga verder, hoe zie je dat precies voor je?’ vraagt de directrice.

‘Nou, kijk…’ Ik diep mijn geprinte plannen op uit mijn tas en ga staan. ‘Het blijft natuurlijk leuk als we met alle kinderen de Sint opwachten en liedjes zingen, maar er mag wel wat meer omheen gebeuren. Hoe leuk zou het zijn als we de groep 8-kinderen inschakelen als hulppieten? Zij staan er altijd een beetje verveeld bij, maar nu krijgen ze echt een taak.

Dan maken we er een verhaal van dat Sinterklaas daar persoonlijk om heeft gevraagd. Ze kunnen alvast strooigoed uitdelen en we kunnen ook een flashmob met ze doen. Als we dat elk jaar doen is het meteen iets extra's om het laatste jaar op school bijzonder te maken.'

Bart glimlacht. 'Leuk.'

De directrice kijkt vertederd naar hem en knikt. 'Ja, leuk.'

'Maar...' begint Barbara.

'Sst, Barbara, laat mevrouw Dekker even verder vertellen.'

De directrice gebaart naar me dat ik verder moet gaan.

'Ehm, oké. Nou, om nog meer spektakel toe te voegen kunnen we de echte pieten van Sinterklaas laten abseilen vanaf het dak van de school.'

'Ha!' roept Barbara uit. 'Belachelijk!'

'Waarom?' vraagt Bart.

Barbara valt even stil bij Barts directe vraag aan haar adres.

'Dat is toch veel te gevaarlijk! Het zou de kinderen op ideeën kunnen brengen.'

Bart schudt lachend zijn hoofd. 'Dan onderschat je ze een beetje. Als dat zo was dan zouden er ook elk jaar kinderen uit schoorstenen gered moeten worden.'

Een paar moeders moeten gniffelen en Barbara's gezicht wordt rood. Ik heb haar geloof ik nog nooit op haar plek gezet zien worden. Bart lacht alweer charmant naar haar, maar ik zie dat ze er niet meer in trapt. In tegenstelling tot de directrice, die een hand op Barts onderarm legt.

'Goed punt, Bart. Zo had Barbara het vast nog niet bekeken.'

Aangespoord door de bijval van de directrice ga ik verder met mijn verhaal.

'En in plaats van dat Sinterklaas langs alle klassen gaat, komen de kinderen dit jaar naar hem toe. Kijk.' Ik reik in de tas die ik bij me heb en haal er een opgerold vel papier uit. 'Zo krijgen jullie een idee van hoe ik het voor me zie.'

Ik houd de tekening die Jet heeft gemaakt omhoog. Het laat de gymzaal zien met in het midden een vrolijk lachende Sinterklaas op een grote stoel. Om hem heen is een constructie van buizen en steigers gebouwd waar allerlei pieten op staan of aan hangen. 'Dit kunnen we eenvoudig opbouwen in de gymzaal. De kinderen kunnen dan per groep op bezoek bij de Sint. Ze krijgen dan niet alleen hun cadeau maar ook een miniworkshop acrobatiek van de pieten. Zo wordt het wat interactiever.'

Ik draai langzaam van links naar rechts om de tekening goed aan iedereen te laten zien en spiek over de rand heen om de reacties te peilen. Het merendeel van de moeders lijkt onder de indruk, maar de rest kijkt weifelachtig in de richting van Barbara die met een verbeten gezicht naar de tekening staart. De directrice stapt naar voren en zet haar leesbril op om de tekening van dichterbij te bestuderen. 'Dat ziet er ontzettend leuk uit, mevrouw Dekker. Maar, wat gaat dat kosten?'

Barbara ziet haar kans schoon. 'Ja, inderdaad, wat kost dat allemaal wel niet? Je denkt zeker dat we hier dezelfde budgetten hebben als in de schouwburg.'

Ik volg het voorbeeld van Bart en glimlach liefjes naar haar. 'Zo revolutionair is het allemaal niet en bovendien ken ik mensen die willen helpen. Deze constructie bijvoorbeeld,' ik wijs naar de buizen en steigers op de tekening, 'wordt gratis aan ons uitgeleend door het theatergezelschap waar het van is.'

'Dat lijkt me niet veilig. Toch, Emilie?' Barbara kijkt de directrice vragend aan, maar die klapt opgewonden in haar handen.

'Je bedoelt dat wij het decor van *FREE!* mogen lenen? Ik heb daar laatst zulke mooie dingen over gelezen in de krant.'

'Ja, precies. En de dansers komen graag als piet verkleed om te abseilen en om de workshops te geven. Dat kost ons niets extra's.'

De directrice kijkt me bewonderend aan en draait zich dan om naar Barbara. 'Nou, dat klinkt allemaal erg overtuigend. Wat vind jij, Barbara?'

'Ik vind het maar niets. Ik denk dat de kinderen in de war zullen raken. Ze rekenen er nu eenmaal op dat dingen gaan zoals ze gaan.'

De directrice lijkt te twijfelen en kijkt nog eens naar de tekening terwijl ze fronsend op haar onderlip kauwt.

'Waarom stemmen jullie er niet over?' stelt Bart voor.

'Uitstekend idee!' roept de directrice en wendt zich tot de groep moeders. 'Wie is er allemaal voor dit nieuwe plan?'

Jet steekt direct een hand in de lucht. Een ogenblik later doet een moeder naast haar hetzelfde en langzaam gaan er nog twee handen omhoog, tot grote ergernis van Barbara die zwijgend toekijkt. We hebben nog één hand nodig en mijn plan is erdoor. Ik scan de ruimte en mijn blik valt op Ellen die zichtbaar in tweestrijd verkeert. Ze friemelt zenuwachtig aan de parelketting om haar nek en kijkt schichtig van mij naar Barbara.

'Ellen?' vraag ik zachtjes, alsof ik tegen een angstig dier praat dat ik wil sussen.

'Ellen?' vraagt Barbara op een waarschuwende toon.

'Kom op, Ellen. We zijn toch een team?' roept Jet.

Ellen kijkt haar aan met een mix van verbazing en dankbaarheid. Dan steekt ze vastberaden haar hand op.

'Nou, dat is duidelijk. Gefeliciteerd, mevrouw Dekker. Ik kijk uit naar het vernieuwde sinterklaasfeest.' De directrice draait zich om naar Bart. 'Het ziet ernaar uit dat het een en ander in uw gymzaal zal plaatsvinden, bent u het daarmee eens?'

'Jazeker, geen enkel probleem. Ik zal mevrouw Dekker helpen waar nodig. Als ik nog meer kan doen hoor ik het ook graag.'

'Ach wat aardig, maar dat wordt vast binnen de commissie opgelost. Toch, Barbara?'

Barbara slaat haar armen over elkaar en schudt haar hoofd. 'Iedereen is al ingedeeld op andere projecten. Het lijkt me niet dat anderen extra tijd moeten investeren omdat mevrouw Dekker allemaal wilde plannen heeft.'

‘Dan zal ik bijspringen,’ zegt Bart kordaat en wisselt een snelle blik met me.

‘Fijn, dat is dan bij deze geregeld. Mevrouw Dekker, u hebt er een extra paar handen bij.’

Naast me klapt Jet opgetogen. ‘Yes!’

Voordat ik met mijn ogen kan knipperen heeft de directrice ons een goede avond gewenst en verdwijnt ze de lange gang in die naar het schoolplein leidt, op de voet gevolgd door Bart.

Ik laat me terug op mijn stoeltje zakken en Jet klopt me blij op mijn knie. Ze lacht alsof we een wedstrijd hebben gewonnen en zo zou het ook moeten voelen, maar ik heb er juist twee problemen bij gekregen. Ten eerste zie ik aan Barbara’s gezicht dat ze nu al op wraak zint en ten tweede is mijn voornemen om Bart zo veel mogelijk uit de weg te gaan zojuist onmogelijk geworden nu ik met hem moet samenwerken. Ik moet hem ervan overtuigen dat het een heel slecht idee is.

Ik sta abrupt op en onderbreek daarmee Barbara die het volgende punt op de agenda aan het inleiden is.

‘Wat nu weer?’ zucht ze.

‘Sorry… ik moet gaan.’

‘Gaan? We zijn nog niet klaar.’

Ik grabbel mijn telefoon uit mijn zak en houd hem in de lucht. ‘De oppas appt me net.’ Echt handige dekmantels, die oppassen. ‘Er is iets met eh… De wc zit verstopt. Ik moet naar huis.’ Ik loop achteruit in de richting van de gang. ‘Sorry,’ mompel ik nog een keer, nu vooral gericht aan Jet die ik alleen achterlaat. Dan draai ik me om en loop haastig de gang in.

Hopelijk kan ik Bart nog inhalen voordat hij weg is.

Als ik het einde van de gang nader hoor ik een schrapend geluid, alsof iemand met zware meubels aan het slepen is. Het komt uit de gymzaal. Ik spiek om de hoek van de deur en zie hoe Bart een houten springkast naar het midden van de zaal duwt. De directrice is nergens te bekennen. Als de kast op zijn plek staat loopt hij naar het materiaalhok en begint er een dikke mat uit te trekken.

Hij leunt met twee gestrekte armen naar achteren als een surfer met een flinke dot wind in het zeil. De korte mouwen van zijn shirt kruipen omhoog als zijn armspieren zich aanspannen en even ben ik afgeleid, maar dan herinner ik me dat ik hier met een missie ben. Ik loop gedecideerd de zaal in en schraap mijn keel. Bart kijkt op en lacht breed naar me. *O nee, meneertje, dat gaat deze keer niet werken.*

'Wat was dat daarnet?' zeg ik pissig.

Bart stopt met het slepen van de mat en leunt ertegenaan.

'Ehm, je bedoelt "dank je wel"?'

'Dank je wel? Waarvoor? Dat Barbara me nu nog meer haat dan eerst?' roep ik. 'Dank je wel dat ik nou ook nog met je moet samenwerken? We moeten zeggen dat dat niet zal gaan.'

'En wat ga je precies als reden opgeven?'

'Ik hoef geen reden op te geven, want jij gaat je terugtrekken uit het project. Heb je het niet heel druk met het opzetten van je bedrijf en zo?'

'Ja, dat is waar, maar ik maak graag tijd vrij om een steentje bij te dragen aan het grote kinderfeest. Zo ben ik.' Hij kijkt me spottend aan, dan klopt hij met een vlakke hand op de mat. 'Help je even mee?'

'Sorry?'

Hij wijst naar het andere uiteinde van de mat. 'Als jij aan die kant duwt...'

Ik ben perplex. Ik weet niet wat ik verwacht had maar dit in elk geval niet.

'Eh...'

Bart bekijkt me geamuseerd en dat is precies wat er nodig is om mijn koppigheid aan te wakkeren. Ik zet mijn tas op de grond en met een 'mij krijg je niet gek'-blik loop ik naar de andere kant van de mat.

'Wat moet ik doen?'

'Deze moet achter de springkast komen te liggen, blauwe kant boven.'

Ik leg mijn handen tegen het uiteinde van de mat en zet mijn schouder ertegenaan.

Bart telt af. 'Eén, twee, drie.'

In een soepele beweging slepen we de mat naar het midden van de zaal en laten hem achter de springkast op de grond ploffen. Ik kijk tevreden naar het resultaat terwijl ik mezelf wat koele lucht toe wapper. Bart, daarentegen, lijkt totaal niet aangedaan door de fysieke inspanning.

'Is dit voor de gymles?' vraag ik.

Bart knikt. 'Ik zet alles maar vast klaar, ik ben er nu toch. Scheelt me morgen weer tijd.'

Ik zet mijn handen weer in mijn zij en kijk om me heen. 'Wat moet er nog meer gebeuren?'

Hoe eerder hij klaar is hoe eerder ik zijn aandacht heb om hem uit zijn hoofd te praten dat we gaan samenwerken aan het sinterklaasproject.

Bart lijkt aangenaam verrast door mijn vraag en gebaart me hem te volgen naar het materiaalhok.

'Ik wil een parcours uitzetten, dat vinden ze altijd leuk om te doen.'

We tillen een springplank naar het midden van de zaal en zetten hem voor de kast. Dan laat Bart een klimrek uit het plafond zakken waar we twee lange banken schuin tegenaan zetten. Een stuk of vier andere banken vormen loopplanken tussen een paar kleinere matten die we neerleggen en klimtouwen hangen er als lianen tussen. Ten slotte schuiven we elk nog een kleine trampoline naar een andere kant van de zaal.

Ik veeg met de achterkant van mijn hand over mijn klamme voorhoofd en kijk de zaal rond. In nog geen tien minuten hebben we het omgetoverd tot een avontuurlijke speeltuin.

'Wat zullen ze blij zijn morgen,' zeg ik als Bart het hok uit komt met een basketbal in zijn hand. 'De gymlessen bij mij op school vroeger waren lang niet zo leuk. Volgens mij deden we alleen maar eindeloos trefbal. Ik heb er nog trauma's van.'

'Trauma's? Was het zo erg?'

Ik knik. 'De kinderen in mijn klas waren nogal fanatiek en mijn oog-handcoördinatie is nooit echt top geweest.'

'O?' Bart gooit de bal met een boog in mijn richting. Hij komt ongeveer een halve meter voor mijn voeten neer en stuitert dan weg. Ik kijk de bal na zonder te bewegen.

'Ja,' zegt Bart. 'Dat is wel ernstig.'

'Ik zei het toch.'

'Je probeerde het ook niet eens.'

'Dat had niets uitgemaakt, geloof me.'

'Hoe verklaar je dan je waterpistool-skills?'

Ik moet grinniken. 'Een waterpistool is geen bal.'

'Nee, maar je hebt wel oog-handcoördinatie nodig. Zeker als je mij weet te raken.'

'Hoe groter het doelwit hoe makkelijker het shot.'

'Noem je me nou dik?'

Ik lach, maar stop abrupt als ik in de verte stemmen door de gang hoor galmen. De vergadering is vast afgelopen en ik ben nog steeds hier. Bij de gymleraar. Met ongetwijfeld een rood hoofd van de inspanning. Dit ziet er niet goed uit.

Voor ik het weet ren ik naar het materiaalhok om uit het zicht te zijn als Barbara of een van de andere moeders de gymzaal in zou kijken. Bart volgt me met rustige, lange passen en komt bij me staan.

'Wat ben je aan het doen?'

'Sst! Anders horen ze je.'

'Wie?'

'Barbara en de rest.'

Bart kijkt me niet-begrijpend aan. 'Dus?'

'Ik ben net met een smoes weggegaan om jou te zoeken. Ze denken dat ik al naar huis ben.'

Ik spiek om de hoek van de deur en spits mijn oren. Het getik van hakken komt dichterbij en de stemmen worden harder. Dan zie ik even verderop mijn tas nog op de grond staan. Open en bloot, vol in het zicht.

'Shit!'

Ik zak op mijn knieën en rek me zo ver als ik kan uit om erbij te kunnen. Ik grijp mijn tas en trek hem met een ruk naar me toe. Als ik weer op wil staan verlies ik bijna mijn evenwicht en in paniek grijp ik het eerste het beste dat ik vind om niet om te vallen. Het is het bovenbeen van Bart... Geschrokken kijk ik op. *Mijn hemel.* Ook vanuit dit perspectief is hij een lust voor het oog. Voordat mijn gedachten een loopje met me nemen hoor ik de stem van Barbara weer, nu dichterbij. Bart steekt een hand naar me uit en met zijn hulp kom ik overeind.

'... en dan ook nog eerder weggaan. Typisch!' hoor ik Barbara zeggen. 'Ze heeft de kinderen niet eens deze week dus dat van die oppas was een dikke, vette leugen. Ze heeft gewoon geen zin om een vergadering uit te zitten als het niet over haar eigen project gaat.'

Ik hoor de andere moeders instemmend mompelen en bal mijn vuisten.

'Dit is al de tweede keer dat je je verstopt sinds ik je ken,' fluistert Bart, zijn stem klinkt dicht bij mijn oor. Ik was zo gespitst op het afluisteren van Barbara dat ik was vergeten dat ik praktisch tegen hem aan gedrukt sta.

'Ik zou bijna denken dat het iets met mij te maken heeft.'

Hij bedoelt het sarcastisch maar ik bevestig hem alsnog. 'Denk je, Sherlock?'

'Waarom weet ze zo zeker dat je de kinderen niet hebt, jullie zijn toch geen vriendinnen?'

Ik haal mijn schouders op. 'Van Erik waarschijnlijk, Barbara en hij zijn dikke vrienden. En voor je het vraagt: nee, ze zijn geen koppeltje. Barbara is getrouwd met een of andere rijke slijmbal waar ze heel blij mee is.'

Bart kijkt bedenkelijk. 'Waarom fluisteren we eigenlijk nog steeds?'

Ik spits mijn oren en stel vast dat het stil is op de gang. Barbara en de rest moeten zijn doorgelopen naar het schoolplein. Ik haal opgelucht adem om me direct daarna te realiseren dat ik me alsnog in een benarde situatie bevind. Met Bart zo dicht in de buurt ben ik eigenlijk van de regen in de drup beland.

Bart lijkt zich wel te amuseren aan de grijns op zijn gezicht te zien. Het is hoog tijd de controle over deze situatie terug te pakken. Ik recht mijn rug en kijk hem strak aan.

'Oké, luister. Als je dan echt zo nodig wil meehelpen met het sinterklaasproject, laten we het dan in elk geval professioneel houden en wat regels afspreken.'

Bart houdt zijn hoofd schuin. 'Zoals?'

'Geen geflirt en geen fysiek contact.'

'Bang dat je anders nog meer voor me valt?'

Ik maak een cynisch snuifgeluid. 'Ik heb mezelf heus wel in de hand, hoor.'

'Weet je het zeker?'

Ik knik en kijk hem vastberaden aan. Zijn grijns wordt breder. 'Echt?'

Hij doet een stap naar voren zodat hij bijna helemaal tegen me aan staat en buigt zijn hoofd naar me toe. Zijn mond is nu vlak bij mijn oor, ik voel zijn warme adem op mijn huid. Hij raakt me niet eens aan en ik zak al bijna door mijn knieën van de pure lust die zijn nabijheid in me losmaakt.

'Dit is flirten,' breng ik uiteindelijk uit. Mijn stem is schor en nauwelijks herkenbaar.

Bart doet een stap naar achteren en kijkt me spottend aan. 'Ik deed niet eens mijn best.'

'Ha-ha. Heel grappig. Ik snap dat je gewend bent dat vrouwen zich aan je voeten werpen. Ik bedoel...' Ik wapper een hand op en neer voor zijn lijf. 'Kijk naar jezelf, je bent een soort Grieks standbeeld. Maar ik heb wel wat meer zelfbeheersing dan dat.'

'Nou, dan is er niets om je zorgen om te maken.'

'Precies, op naar een professionele samenwerking.'

Ik steek mijn hand naar hem uit en hij schudt hem lachend.

'Oké, baas.'

'Ik ben je baas niet,' zeg ik zakelijk en hang mijn tas om mijn schouder. 'Zaterdag over twee weken hebben we trouwens een afspraak op de manege.'

Barts grijns verdwijnt van zijn gezicht en hij kijkt serieus. 'Manege, zeg je?'

'Ja.'

'Met paarden?'

'Ehm, ja dat is meestal het geval op maneges,' antwoord ik. 'We moeten een nieuwe schimmel uitzoeken. De oude is blijkbaar met pensioen sinds deze zomer.'

Bart slikt, ik kan de uitdrukking op zijn gezicht niet goed plaatsen. 'Is er iets? Kan je niet?'

Hij schudt resoluut zijn hoofd en de zelfverzekerde Bart is terug. 'Nee, nee, ik kan zeker wel.'

'Mooi.' Ik diep mijn telefoon op uit mijn tas. 'Mag ik je telefoonnummer?'

'Nou, nou, mevrouw Dekker. Ik dacht dat we het professioneel zouden houden?'

Ik zucht. 'Om je het adres te appen.'

Bart grist de telefoon uit mijn handen en begint te typen.

'Hé, wat doe je?' Ik probeer mijn telefoon terug te pakken maar Bart is me te snel af en blijft onverstoord doortypen. Pas bij mijn tweede poging de telefoon terug te krijgen laat hij hem vrijwillig los. Ik kijk op het scherm en zie dat hij zijn nummer in mijn adressenlijst heeft gezet, maar ook dat hij zichzelf een appje heeft gestuurd. Er staat niets in het bericht, maar ik realiseer me dat hij het deed om mijn nummer te krijgen. Ik haal mijn schouders op.

'Je had mijn nummer ook gekregen als je er gewoon om had gevraagd.' Ik buk om mijn rok glad te strijken. Als ik me opricht kijk ik hem koeltjes aan. 'Voor *professionele* doeleinden.'

Ik draai me om en als ik de gymzaal uit loop vormt er zich een gedachte in mijn hoofd. Misschien is dit helemaal geen verkeerde ontwikkeling. Als ik juist méér met hem omga en hem beter leer kennen gaat het mysterieuze er vast vanaf en verdwijnt de aantrekkingskracht vanzelf. Hoe meer ik 'm op afstand houd, hoe meer ik hem immers onbewust zal idealiseren. Hij is nu niet meer dan een vage kennis. Een vage, belachelijk knappe kennis. Eentje waar ik bijna mee in bed ben beland en waarbij ik me van elke cel in mijn huid bewust ben als hij in de buurt is. Ja, het is misschien beter om...

Mijn gedachten worden onderbroken door een *ping*. Ik sta inmiddels op het schoolplein naast mijn fiets en kijk op de telefoon in mijn hand. Het is een bericht van Bart.

BART: *Je ruikt lekker.*

Ik schud mijn hoofd en stuur hem een bericht terug.

LOES: *Flirten!*

Ik druk extra hard op het verzendicoontje. Niet veel later ontvang ik zijn antwoord.

BART: *Sorry. Moeite met regels.*

En meteen erachteraan een volgend bericht.

BART: *Je ruikt echt heel lekker.*

Ik kan een glimlach niet onderdrukken en ben blij dat hij me niet kan zien, mijn wangen lijken in brand te staan. Ik maak mijn fiets open maar struikel zowat als ik op wil stappen, want vanachter het raam van de felverlichte gang van het schoolgebouw staat Bart naar me te kijken. Hij zwaait naar me met zijn telefoon in zijn hand. Ik stap op en terwijl ik mezelf vervloek maak ik dat ik wegkom. Ik heb mezelf weer lekker in de nesten gewerkt.

18

Volgens de navigatie moet ik over een paar honderd meter naar rechts, maar als ik over de uitgestrekte weilanden tuur kan ik me niet voorstellen dat er nog ergens een andere weg loopt. Ik check nog een keer of ik het adres van de manege wel goed heb ingevoerd, want het zou echt iets voor mij zijn om op een totaal andere plek uit te komen. Maar nee, het adres klopt en volgens Google Maps komt er zo echt een kruispunt waar ik naar rechts kan.

Mijn telefoon gaat en de naam van Jet verschijnt op het schermpje. Misschien heeft zij ook moeite met de weg vinden. Of ze is er al en vraagt zich af waar ik blijf. Ik neem op.

'Ik ben er bijna hoor. Volgens de navigatie nog een minuut of drie.'

'Ja, ehm...' zegt Jet. Op de achtergrond huilt een kind hartverscheurend. 'Ik kom niet. Iris heeft koorts en ik kan niet weg. Mijn moeder zou oppassen maar ze wil alleen maar bij mij zijn.'

'Mamááá!' brult Iris op de achtergrond.

'Ja, liefje, mama is zo terug, ik ga alleen even op de gang bellen.'

Ik hoor hoe Jet een deur achter zich sluit en diep zucht. 'Sorry, hoor. Ik had je eerder moeten bellen maar het was een beetje chaos hier.'

'Geeft niets, ik snap het helemaal. Ga maar lekker voor je meisje zorgen. Ik denk dat het me wel lukt om een schimmel uit te zoeken. Het was alleen gezelliger geweest met jou erbij.'

'Ach, nu mag je alleen met Bart, ook leuk,' plaagt ze. 'Misschien hebben ze ook nog ergens een hooizolder waar jullie je even kunnen terugtrekken.'

Door het beeld dat haar opmerking oproept vergeet ik bijna alsnog naar rechts af te slaan op het kruispunt. Ik geef nog net op tijd een ruk aan het stuur en rijd een nieuwe, eindeloos lijkende weg op.

'Gelukkig is meneer Van Dort er ook nog,' zeg ik. 'Dat lijkt me een prima chaperon.'

'Ja, wat grappig dat hij de Sinterklaas van school is. Ik had hem niet herkend.'

Ik maak een instemmend geluid. Ik heb ook nooit doorgehad dat de vader van de directrice, de verstrooide professor van de suikerspinmachine, elk jaar verstopt zit achter de grote witte baard en onder de rode mijter. Maar nu ik het weet is het volkomen logisch. Alle basiselementen voor een klassieke Sint zijn al aanwezig met zijn borstelige wenkbrauwen, diepe stem en formele woordgebruik.

Ik ben blij dat hij vandaag mee is om een nieuwe Ozosnel uit te zoeken, hij moet er immers op rijden. Dat ik Bart heb meegevraagd is dan weer minder logisch, maar ik hoop hem te laten zien hoe alledaags en tijdrovend dit soort dingen zijn zodat hij snel zal inzien dat hij inderdaad betere dingen met zijn tijd kan doen. Zoals internationale topmodellen daten en een beursgenoteerde work-outapp ontwikkelen.

Overigens heeft hij zich de afgelopen twee weken keurig aan de afspraak gehouden. Hij heeft geen appjes meer gestuurd en zelfs toen ik hem het adres voor vandaag doorgaf kwam er geen bijdehante reply, alleen een 'Oké, zie je daar'.

Ook op het voetbalveld hield hij afstand, afgezien van een vriendelijke maar neutrale groet en op school heb ik hem überhaupt niet meer gezien.

'Ik laat je weten hoe het is gegaan, oké? Beterschap voor Iris.'

'Thanks,' verzucht Jet terwijl het brullen van haar dochter op de achtergrond aanzwelt.

Als we opgehangen hebben speur ik de weg af. In de verte doemt een boerderij-achtig gebouw op en een paar minuten later draai ik het erf op van wat inderdaad de manege blijkt te zijn. Meneer Van Dort en

Bart zijn er al. Als ze mij in mijn bejaarde Polo zien aankomen zwaaien ze allebei hartelijk. Meneer Van Dort is gekleed in een bruin tweed pak met daaronder groene regenlaarzen en op zijn hoofd draagt hij een donkerbruine gleufhoed waar plukken van zijn witte haar onder vandaan pieken. Mijn blik verschuift naar Bart die tegen zijn mountainbike staat geleund. Het doet me denken aan onze eerste ontmoeting. Dat lijkt alweer honderd jaar geleden. Ik sta mezelf een moment toe om zijn verschijning in me op te nemen. Hij draagt een zwarte jeans en grijze hoodie en zijn haar heeft die nonchalante 'ik kom net uit bed'-look. Het is de bedoeling dat ik op een dag niet meteen in katzwijm val als ik hem zie, maar die dag is niet vandaag, dat is duidelijk door de salto's die in mijn onderbuik worden gemaakt.

Als ik mijn auto heb geparkeerd en uitstap dringt de geur van paardenmest en vers gemaaid gras mijn neus binnen. Het brengt warme herinneringen naar boven. Na de scheiding van mijn ouders bracht ik elke vrije minuut door op de manege van ons dorp. Ik deed er zelfs vaak mijn huiswerk. Toen ik ging studeren stopte ik met rijden, maar elke keer als ik langs een manege of weiland met paarden kom snuif ik de geur op die anderen misschien verafschuwen, maar die ik juist heerlijk vind.

Ik heb vandaag mijn rok en hakken vervangen door een spijkerbroek en gympen en pak toch ook maar mijn vest van de achterbank. Ondanks het herfstzonnetje is het nog best fris. Ik voeg me bij de mannen die hun gesprek onderbreken om me te begroeten.

'Goedemiddag, mevrouw Dekker.' Meneer Van Dort tikt even met een vinger tegen zijn hoed.

'Hallo, meneer Van Dort.'

Ik kijk naar Bart die me een warme glimlach schenkt bij wijze van groet en – *o, boy* – ik ben echt nog heel ver verwijderd van het punt dat ik binnen een straal van anderhalve meter van hem kan zijn zonder het ineens warm te krijgen. Ik wend mijn blik af en focus me op het aantrekken van mijn vest waarbij ik probeer me niet te laten afleiden door het feit dat Bart aandachtig al mijn bewegingen volgt.

Een lange vrouw in rijkleding komt op ons afgelopen. Ze heeft kort blond haar en wordt op de voet gevolgd door een Duitse herder. 'Mevrouw Dekker?'

Ik steek mijn hand uit. 'Annelies?'

De vrouw knikt vriendelijk.

'Ik ben Loes en dit zijn meneer Bosman en meneer Van Dort. Jet, mevrouw Bakker, komt helaas niet, haar dochter is ziek.'

Er worden handen geschud en Annelies bekijkt meneer Van Dort van top tot teen. 'U bent vast Sinterklaas?'

Meneer Van Dort gaat rechterop staan en buigt plechtig een stukje naar voren. 'Dat klopt, kind. Ben jij een beetje lief geweest dit jaar?'

De transformatie is verbluffend. Met een iets zwaardere stem en tragere manier van praten is meneer Van Dort in één klap de goedheiligman.

Annelies lacht. 'Ik hoop het wel, Sinterklaas. Wilt u mij volgen, dan breng ik u naar uw schimmel.'

Annelies en meneer Van Dort lopen naar de stallen en Bart en ik volgen. Als ik naar hem kijk zie ik een uitdrukking die ik nog niet eerder bij hem heb gezien. Ik ben inmiddels gewend aan relaxte Bart, vrolijke Bart, plagende Bart en sexy Bart, maar deze Bart ken ik nog niet. Hij kijkt bezorgd en klemt zijn kaken gespannen op elkaar. Ik kan er niet te lang bij stilstaan, want we lopen de stallen in en mijn aandacht wordt getrokken door de rij staldeuren waar een aantal paarden hun hoofden nieuwsgierig boven uitsteken. Ik wrijf enthousiast in mijn handen.

'Ik was vroeger echt een paardenmeisje,' zeg ik tegen Bart. Hij knikt afwezig en ik zie zijn adamsappel op en neer gaan als hij slikt. Hij loopt dicht tegen de muur tegenover de stallen, alsof hij zo veel mogelijk ruimte wil creëren tussen zichzelf en de paarden. Zijn blik houdt hij strak op hen gericht.

'Gaat het wel goed?' vraag ik bezorgd.

Hij wrijft met een hand langs de achterkant van zijn nek en schraapt zijn keel. 'Ik eh… ik hou niet zo van paarden.'

Dan valt bij mij het kwartje. 'Ben je bang?'

'Nee, natuurlijk niet,' mompelt hij weinig overtuigend.

Mijn mond valt open. De grote, stoere, sterke Bart Bosman is ergens bang voor. Ik kan het nauwelijks geloven, een scheurtje in zijn perfecte façade en, verdomme, het maakt hem alleen maar aantrekkelijker.

Annelies en meneer Van Dort lopen druk pratend voor ons uit naar het einde van de gang waar ik de binnenbak al kan zien. Bart versnelt zijn pas, hij wil duidelijk zo snel mogelijk weg uit deze nauwe ruimte.

Ik wil hem volgen maar mijn aandacht wordt getrokken door een bruin paard met een witte vlek over de lengte van zijn neus. Hij lijkt als twee druppels water op mijn favoriete paard van de manege van vroeger. Ik stop voor de stal en steek mijn hand uit en laat hem uitgebreid snuffelen voordat ik hem voorzichtig begin te aaien. Eerst met één hand en dan, als hij het toelaat, met beide handen. Ik mompel geruststellende woorden en klop zachtjes op zijn hals. Het paard laat zijn neus op mijn schouder rusten en zijn oren staan ontspannen naar voren.

'Loes, kom je?' klinkt de onvaste stem van Bart achter me. Hij staat al bij het einde van de gang en kijkt me haast smekend aan. Alsof hij graag verder wil lopen maar me niet alleen wil achterlaten. Het is ontwapenend en de salto's die ik eerder in mijn onderbuik voelde zijn in volle hevigheid terug. We staren elkaar aan en verbreken pas oogcontact als meneer Van Dort terug de gang in loopt om polshoogte te nemen. Hij wijst met een duim over zijn schouder.

'Ze hebben echt een prachtig beestje voor ons.'

Ik geef het bruine paard nog een laatste aai over zijn hals en volg meneer Van Dort. Als ik langs Bart de gang uit loop volgt hij me met een zucht van opluchting. Ik brand van nieuwsgierigheid. Waarom is hij zo bang voor paarden? En is hij alleen bang voor paarden of ook voor andere dieren? Ik vind het maar wat fascinerend.

Als we de grote binnenbak in lopen zien we een witgrijs paard gracieus in rondjes draven. Annelies staat in het midden en heeft het paard aan een lange lijn beet. Bart blijft aan de rand van de bak staan terwijl meneer Van Dort en ik naar haar toe lopen.

'Dit is Tosca,' zegt ze terwijl ze de lijn korter maakt en het paard naar ons toe leidt.

'Wat is ze mooi,' zucht ik. 'Wat vindt u van uw nieuwe Ozosnel, Sinterklaas?'

Meneer Van Dort stapt dichterbij en klopt het paard op haar hals en het paard buigt nieuwsgierig haar hoofd naar hem toe. 'Ik denk dat we het goed met elkaar zullen vinden.'

'Zal ik haar opzadelen?' vraagt Annelies. 'Dan kunnen jullie elkaar beter leren kennen.'

'Graag, ik loop wel even mee.'

Als Annelies en meneer Van Dort met het paard in de richting van de stallen lopen zet Bart snel een paar stappen opzij om ze erlangs te laten. De angstige uitdrukking op zijn gezicht is zo aandoenlijk dat ik medelijden met hem krijg. Ik gebaar naar de andere kant van de bak. 'Zullen we daar gaan zitten?'

Bart knikt dankbaar een volgt me naar een paar houten banken die samen een eenvoudige tribune vormen. Als we eenmaal zitten komt de Duitse herder van Annelies aangekuierd en legt zijn kop op Barts bovenbeen. Het beest kijkt verwachtingsvol naar Bart op en zucht tevreden als hij hem begint te aaien.

Hij is dus niet bang voor andere dieren. Ik kan mijn nieuwsgierigheid niet langer in bedwang houden.

'Hoe komt het dat je zo bang bent voor paarden?'

Hij haalt zijn schouders op en blijft de kop van de hond onverstoorbaar verder aaien.

'Ik ben als kind een keer gebeten. Ik weet er niet zoveel meer van, behalve dat ik niet snapte wat ik verkeerd had gedaan. Sindsdien ga ik er met een grote boog omheen, ik vertrouw ze voor geen meter.'

Hij benadrukt de laatste zin door een vuile blik in de richting van de stallen te werpen.

'Zonde,' zeg ik. 'Ik heb juist altijd heel veel plezier aan ze gehad. Vooral na de scheiding van mijn ouders. Ik was bijna elke dag op de manege, tussen de paarden. Ik had het gevoel dat ze precies wisten hoe ik me voelde.'

Bart knikt en we zwijgen een tijdje terwijl we toekijken hoe de Duitse herder langzaam in slaap doezelt aan de voeten van Bart.

'Zijn ze eigenlijk ooit hertrouwd? Je ouders?' vraagt Bart dan.

Ik schiet in de lach. 'Nee. Die waren na hun scheiding voorgoed genezen van het concept huwelijk.'

'Helemaal geen nieuwe partners?'

Ik schud mijn hoofd. 'Mijn vader heeft pas sinds een paar maanden een serieuze relatie. Met een vriendin van mijn moeder, nota bene. Tenminste, een voormalige vriendin. Inmiddels is ze persona non grata.'

'Ai,' zegt Bart.

'Mijn moeder heeft een boekenclub met een paar andere vrouwen, waaronder Laura. Ze werkt bij de bibliotheek in het dorp waar mijn ouders wonen en daar kent mijn vader haar ook van. Blijkbaar sloeg de vonk over tijdens het inleveren van *De Da Vinci Code*.'

Bart grinnikt. 'Logisch.'

'Daarvoor heeft mijn vader geloof ik wel wat los-vaste relaties gehad, maar daar had hij het nooit over. Het is niet zo'n prater.'

'En je moeder?'

'Mijn moeder praat de hele dag door, zelfs als er niemand luistert.'

'Ik bedoel, heeft je moeder een nieuwe partner.'

'O, nee! Mijn moeder heeft mannen compleet afgezworen.'

'Was het zo erg met je vader?'

Ik haal mijn schouders op en staar naar meneer Van Dort die opvallend behendig de inmiddels opgezadelde schimmel bestijgt.

'Het ligt allemaal wat gecompliceerder. Mijn moeder rouwt eigenlijk nog steeds om een oude vlam. Ze denkt dat er toch geen man is die aan hem kan tippen.'

Bart kijkt me niet-begrijpend aan en ik realiseer me hoe vreemd dit allemaal moet klinken in de oren van iemand die in een doodnormaal gezin is opgegroeid. Ik besluit hem het hele verhaal te vertellen, misschien werkt het als een afschrikmiddel.

'Mijn moeder had verkering met haar grote liefde Eddie, toen bleek dat hij haar had bedrogen. Ze maakte het uit en om wraak te nemen papte ze aan met een van zijn vrienden, mijn vader. Die wist niet wat hem overkwam, want mijn moeder was nogal een fenomeen. Ze was mooi en wild en alle mannen wilden haar. Maar goed, mijn vader vond het allang best, hij had niet in de gaten dat hij eigenlijk werd gebruikt om Eddie jaloers te maken. Mijn moeder hoopte dat Eddie met hangende pootjes bij haar terug zou komen, maar Eddie was niet jaloers, die ging gewoon vrolijk verder met zijn leven. En net toen mijn moeder het op wilde geven en met mijn vader wilde breken bleek dat ze zwanger was van mij. Onder druk van hun families zijn ze toen dus maar getrouwd en vanaf dat moment zaten ze gevangen in een liefdeloos huwelijk. Mijn moeder was continu boos en nam mijn vader van alles kwalijk. Van ellende vluchtte hij in zijn werk, was veel weg naar het buitenland, en ik wist niet beter dan dat vaders en moeders als een soort vreemden naast elkaar leefden. Pas later, bij vriendinnetjes thuis, zag ik dat dat niet overal zo was.'

'Maar, hoe zat het dan verder met die Eddie? Je zei dat je moeder rouwt?' vraagt Bart.

Ik glimlach verbitterd, hij heeft geen idee wat voor een plottwist er nog aankomt.

'Mijn moeder kwam Eddie jaren later tegen op een feestje van gezamenlijke vrienden en blijkbaar is daar het vuur weer opgelaaid. Mijn moeder begon met hem af te spreken als mijn vader in het buitenland zat, wat nogal vaak zo was dus mijn moeder en Eddie hadden praktisch een relatie. Mijn vader kwam er pas achter toen Eddie omkwam bij een ongeluk. Mijn moeder was ontroostbaar en hij begreep totaal niet waarom, maar uiteindelijk kwam het hoge woord eruit en heeft ze hem alles verteld. Dat was het einde van hun huwelijk.'

Bart kijkt me ongelovig aan. 'Wat een verhaal, joh.'

'Ja, en het gekke is dat mijn moeder het mijn vader kwalijk neemt dat alles zo is gelopen. In haar hoofd is hij de boosdoener. Vooral toen bleek dat hij zelf ook niet zo netjes was omgegaan met de echtelijke trouw tijdens zijn buitenlandreisjes. Zij vond hem een schuinsmarcheerder en zichzelf een heilige dat ze bij hem was gebleven. Wat zij met Eddie had was anders, want dat was echte liefde.'

Ik zie aan Bart dat hij niet weet wat hij moet zeggen. Een reactie die ik vaker zie op de sporadische momenten dat ik dit verhaal deel. Daarom doe ik het ook niet zo vaak.

'Zo zie je maar weer, niet iedereen komt uit een normale familie.'

Ik probeer relativerend te klinken maar het komt er verongelijkt uit

Bart kijkt me ernstig aan en schudt zijn hoofd. 'Je weet niet altijd wat er speelt. Soms zien dingen er aan de buitenkant anders uit dan ze eigenlijk zijn. Jij noemt mijn familie normaal, maar we hebben echt een klotetijd achter de rug. Mijn moeder had kanker, ze was bijna dood.'

Ik sla een hand voor mijn mond. 'O, wat erg! Sorry!'

'Het is oké, het gaat nu goed, maar het was een tijdlang kantje boord.'

Hij staart voor zich uit en ik sla mezelf inwendig voor mijn kop. *Kijk nou wat je hebt gedaan met je grote mond!*

'Daarom was het familieweekend laatst extra fijn. Het had niet veel gescheeld of ze was er niet bij geweest,' gaat hij verder.

'Jeetje,' is alles wat ik kan uitbrengen. Ik denk terug aan de tengere vrouw in het wijde fleecevest op de camping.

'Dus, zo zie je maar weer,' zegt Bart na een tijdje, mijn eigen woorden herhalend. 'Niets is wat het lijkt.'

Hij bedoelt het niet lullig of belerend, maar kijkt me vriendelijk aan. Ik schaam me diep dat ik er zo klakkeloos van uitging dat zijn wereld net zo perfect is als hij eruitziet. Ik weet niet wat ik moet zeggen en bijt een tijdje peinzend op mijn onderlip.

Dan rommelt mijn maag. Eerst zachtjes, maar het gaat al snel over in een soort gekwaak. Bart hoort het ook.

Ik lach schaapachtig naar hem. 'Ik heb niet geluncht,' leg ik uit.

Hij grinnikt en lijkt dan op een idee te komen. Hij haalt iets uit zijn broekzak en steekt een gesloten vuist naar me uit.

'Wat is het?'

'Dat weet je pas als je het magische woord zegt.'

'Is het iets te eten?'

Hij knikt.

Ik kijk hem sceptisch aan. 'Alsjeblieft?'

Hij schudt zijn hoofd.

'Wat dan?'

'Gebruik je fantasie.'

'Ja, dág,' zeg ik nuffig.

'Oké, dan niet.' Hij maakt aanstalten om het mysterieuze eten weer terug in zijn broekzak te doen. Mijn maag maakt een protesterend geluid.

'Hocus pocus?' zeg ik snel.

Bart lacht en steekt zijn vuist weer naar me uit. 'Bijna.'

'Abracadabra?'

'Bingo!'

Ik lach opgelucht en houd mijn hand op, maar Bart houdt zijn vuist gesloten. 'En nu blazen.'

'Blazen?'

Hij knikt en kijkt me uitdagend aan. Morrend leun ik naar voren en met demonstratieve tegenzin puf ik tegen zijn hand.

Bart schudt langzaam zijn hoofd. 'Záchtjes blazen.'

Ik ga weer rechtop zitten en sla mijn armen over elkaar. 'Je geniet hiervan, hè?'

'Ik zou maar opschieten. Ik voel het al smelten.'

'Smelten? Is het chocola?'

'Misschien.'

Snel leun ik weer naar voren en terwijl ik zijn blik vasthoud blaas ik zachtjes tegen zijn hand. Met een scheve lach kijkt hij toe.

Als hij tevreden is draait hij zijn hand om en opent hem, in het midden ligt een Chokotoff.

'O!' roep ik verrukt en gris de toffee van zijn palm. Ik heb hem in een mum van tijd uit de wikkel gehaald en in mijn mond gestopt.

'Mmmm, dit is goddelijk,' kreun ik gelukzalig. Ik sluit mijn ogen terwijl ik geniet van de smeltende chocolade op mijn tong. Als ik ze weer open zie ik Bart naar mijn mond staren. Ik zit nog naar hem toegebogen en als hij zijn ogen langzaam opricht en ze de mijne ontmoeten vergeet ik te ademen. Ik hoef alleen maar een klein stukje verder naar voren te leunen en ik zou in detail kunnen zien hoe het groen rond zijn pupillen overloopt in het donkerblauw van de rest van zijn irissen. Nog maar een klein stukje verder en onze lippen zouden elkaar raken. Ik til in een impuls mijn hand op om zijn gezicht aan te raken, maar weet mezelf net op tijd te corrigeren. Ik schraap mijn keel en ga weer rechtop zitten. Koortsachtig zoek ik naar een gespreksonderwerp dat afleidt van de elektriciteit die tussen ons in hangt. Mijn oog valt op meneer Van Dort die aan de overkant van de bak heen en weer draaft op de schimmel.

'Waarom ben je eigenlijk meegekomen als je bang bent voor paarden?' vraag ik.

‘Ik vond dat ik het niet kon maken om meteen bij mijn eerste activiteit als nieuw lid van het Sinterklaas-team af te haken.’

Ik kijk hem spottend aan. ‘Je neemt het wel heel serieus allemaal.’

‘Natuurlijk.’ Een ondeugende twinkeling verschijnt in zijn ogen. ‘En bovendien wilde ik de kans op een middag met jou niet laten lopen.’

Ik kijk hem perplex aan. ‘Dit… dit is flirten.’

Langzaam krullen zijn mondhoeken omhoog. ‘Ik zei toch dat ik moeite heb met regels?’

Bart houdt onverschrokken mijn blik vast, alsof hij me uitdaagt iets terug te zeggen. Maar ik ben volledig weerloos en staar zwijgend terug. Ik denk dat ik zelfs vergeet te knipperen. Hoe kan ik me tegen hem wapenen als ik na elke ontmoeting meer bijzondere lagen ontdek onder die waanzinnige buitenkant? De tijd tikt weg terwijl ik een gevatte reactie probeer te formuleren, maar dan briest er een paard vlak bij mijn oor. Als ik mijn hoofd opzij draai kijk ik recht in het gezicht van de schimmel. Meneer Van Dort blikt trots op ons neer vanaf het zadel.

‘Hallo,’ zegt hij jolig.

Dan gebeuren er meerdere dingen tegelijk. Zodra Bart het paard ziet schiet hij omhoog en klautert razendsnel naar de bovenste bank van de tribune. De Duitse herder, die aan zijn voeten lag te slapen, schrikt wakker van de plotselinge commotie en begint te blaffen, waardoor de schimmel begint te steigeren en meneer Van Dort bijna van zijn rug valt.

‘Hooo,’ roept Annelies die aan is komen rennen en de schimmel bij de teugels pakt. ‘Stil, Boris!’ beveelt ze de herder. De hond stopt abrupt met blaffen en druipt met de staart tussen zijn benen af.

Meneer Van Dort lijkt geschrokken, maar herstelt zich snel.

‘Nou, de stresstest hebben we ook vast gehad,’ lacht hij. Hij leunt naar voren en klopt het paard geruststellend op haar hals.

Ik kijk verbaasd van meneer Van Dort naar Bart, die boven in de tribune nog nahijgt van de schrik.

'Gaat het?' vraag ik bezorgd, maar ik kan er niets aan doen dat er ook iets van spot door mijn stem heen klinkt. Hoe hij in een nanoseconde van zelfverzekerde casanova in een bang jongetje veranderde heeft op mijn lachspieren gewerkt. Godzijdank beschikt hij over een gezonde dosis zelfspot, want langzaam verdwijnt de doodsangst uit zijn blik en begint hij te lachen.

'Sorry,' zegt hij tegen meneer Van Dort en Annelies. 'Ik heb het niet zo op paarden.'

'Nee, dat is duidelijk,' antwoordt meneer Van Dort.

Annelies aait de schimmel over haar snuit. 'Moedig van je om dan naar een manege te komen.' Ze richt zich tot meneer Van Dort. 'Ik denk dat u er wel klaar voor bent.'

Meneer Van Dort knikt instemmend en Annelies leidt het paard met hem erop naar de stallen.

Ik sta op en maak aanstalten om achter ze aan te lopen.

'Ik eh… ik ga even met ze mee. Ik moet wat afspraken maken met Annelies.'

Bart knikt. 'Ik denk dat ik maar ga. Ik ben niet zo van nut vandaag, ben ik bang.'

Ik glimlach bemoedigend naar hem. 'Het was gezellig.'

'Dat vond ik ook.'

De warme blik waar hij me mee aankijkt voel ik helemaal tot in mijn knieholtes. Het maakt dat ik met wankele benen de tribune af stap. Maar ik draai me niet meer om, ik wil niet dat hij me ziet blozen.

Terwijl ik de vlinders negeer die ongevraagd door mijn buik fladderen zet ik koers naar de stallen, vastbesloten Bart uit mijn gedachten te bannen en me te concentreren op de reden waarom ik hier ben: zorgen dat die sinterklaasviering legendarisch wordt.

19

Die avond zit ik onder een dekentje op de bank. De jongens zijn bij Erik en ik mis ze. Op de zaterdagen dat ze bij mij zijn kijken we altijd samen een film na het eten. Gezellig met zijn drieën, ik in het midden met aan allebei de kanten een zoon die door zijn haar gekriebeld wil worden. Ik zucht, de bank voelt veel te groot voor mij alleen. Tot overmaat van ramp regent het buiten en huilt de wind troosteloos om het huis.

Om te voorkomen dat ik helemaal wegzak in zelfmedelijden heb ik kaarsjes aangestoken en kijk ik een van mijn favoriete jeugdfilms. Ik laat mijn blik door de woonkamer glijden en probeer mezelf eraan te herinneren hoe goed ik het heb. De kamer is niet groot maar wel knus en ik geniet nog elke dag van de oudroze kleur die ik de muur heb gegeven. Of van de verzameling fotolijstjes en schilderijtjes die ik er heb opgehangen. Of het tweedehands kastje met daarop de grasgroene vaas met de pauwenveren erin. Dingen die er in het huis met Erik niet meer in kwamen. Ik wriemel met mijn tenen in het zachte vloerkleed waar geen spoor meer is te zien van Eddies ongelukje en schenk mezelf nog een glas wijn in.

Als de vrouwelijke hoofdpersoon van de film expres een deuk in de dure sportwagen van de klootzak van school rijdt, hef ik mijn glas naar de televisie. 'Goed zo!'

Stiekem zou ik dat zelf ook wel eens willen doen bij de auto van Erik, maar ik heb gelukkig genoeg zelfbeheersing om het bij een kinderachtige fantasie te laten.

Mijn telefoon pingt en ik verwacht dat het Jet is. Ze wil vast weten hoe het op de manege was. Ik vis mijn telefoon op uit mijn tas en zie tot mijn verbazing de naam van Bart staan. Iets te enthousiast open ik het bericht.

BART: *Alles verder goed gegaan vanmiddag?*

Ik glimlach. Wat attent.

LOES: *Ja, 'nieuwe schimmel regelen' kan van de to-dolijst.*

BART: *Mooi zo.*

Ik staar naar het scherm. Op zich is ons 'gesprekje' afgerond, maar het idee dat Bart nu, ergens anders in de stad, met zijn telefoon in zijn hand aan mij denkt voelt... fijn. Alsof er een onzichtbare draad van hem naar mij loopt die ik nog niet wil loslaten. Maar het zou wel verstandiger zijn. Het is immers mijn eigen regel om ons contact te beperken tot 'professionele' onderwerpen. God, ik begin dat oudercommissie-gedoe bijna net zo serieus te nemen als Barbara.

Als ik boven in het scherm de tekst *aan het typen...* zie verschijnen maakt mijn hart een sprongetje. Ik bijt op mijn lip terwijl ik verwachtingsvol naar het scherm staar. Maar dan verdwijnt de melding en gebeurt er niks. Ik zucht, ik zou me niet zo teleurgesteld moeten voelen.

Ik leg mijn telefoon weg en probeer me op de film te concentreren, maar mijn blik dwaalt steeds af naar de plek waar mijn mobiel op de koffietafel ligt. Ik pauzeer de film zelfs om te dubbelchecken of het belvolume wel aan staat. *Wat ben ik aan het doen?* Ik krijg het beeld van Bart die mij aan het appen is maar niet uit mijn hoofd. Waar is hij nu? Is hij thuis? Of op pad? In de kroeg bijvoorbeeld? Of in een restaurant? En zo ja, met wie dan? Welk bericht wilde hij mij sturen en waarom heeft hij het uiteindelijk niet gedaan? Werd hij gestoord? En door wie dan wel?

Ik bijt op de binnenkant van mijn wang. Misschien had hij wel een prangende vraag over het sinterklaasproject maar wilde hij me niet langer storen op de zaterdagavond. In dat geval...

Ik pak mijn telefoon en typ een bericht.

LOES: *Vraagje, kunnen we woensdag na school in de gymzaal terecht met de groepen 8? Dan kunnen we repeteren voor de flashmob.*

Kijk, een heel neutrale en professionele vraag. Het duurt even voordat er twee blauwe vinkjes verschijnen, maar dan zie ik dat Bart een bericht terug aan het typen is.

BART: *Tuurlijk. Wil je dat ik blijf om te helpen?*

Eh... Daar had ik nog niet over nagedacht, ik bedenk deze repetitie net spontaan. Ik neem een slok van mijn wijn en denk na. Er zijn twee groepen 8, dat zijn ruim zestig prepubers. Als ik het al voor elkaar krijg dat Jet de winkel een middag aan iemand anders overlaat dan zijn twee niet-pedagogisch opgeleide volwassen bij lange na niet voldoende. En zelfs als Ellen bereid is mee te helpen, denk ik niet dat we veel aan haar zullen hebben.

LOES: *Als je tijd hebt?*

BART: *Ja, hoor. Moet ik een geluidsinstallatie regelen?*

Geluidsinstallatie? *Fuck, natuurlijk!* Ik heb dit niet goed doordacht. Als ik over vier dagen wil repeteren moet er natuurlijk wel muziek zijn uitgekozen en een choreografie liggen. Met al mijn ervaring in het theater wéét ik toch wat er nodig is om dit soort dingen voor te bereiden? En ook dat een goede voorbereiding tijd kost. Ik ben mezelf weer lekker in de problemen aan het werken. Maar goed, wie a zegt, moet ook b zeggen.

LOES: *Graag!*

BART: *Komt voor elkaar.*

Ik neem me voor maandag Elias om hulp te vragen voor het bedenken van de choreografie. Met zo veel professionele dansers in de schouwburg moet er toch iets bruikbaars uit kunnen komen? Die gedachte stelt me gerust en ik besluit een afrondend bericht aan Bart te sturen voordat ik nog meer schade aanricht. Maar hij is me voor.

BART: *Wat ben je aan het doen?*

Ik kijk betrapt om me heen. Op de tafel voor me staat een koelemmer met een halfvolle fles witte wijn en de lege verpakking van de chocoladerozijnen – waarvan ik me had voorgenomen er een heel weekend over te doen – ernaast.

LOES: *Ik kijk een film.*

BART: *Welke film?*

Op het televisiescherm staat het bevroren beeld van een stel dronken tieners op een jaren-negentig huisfeestje. Ik heb de film al zo vaak gezien dat ik alle dialogen mee kan praten en precies weet wat de volgende zin is die zal klinken zodra ik op 'play' druk. Even overweeg ik de titel van een willekeurige cultureel verantwoorde film te noemen, maar dan bedenk ik dat liegen al eerder averechts heeft gewerkt vanavond.

LOES: *10 Things I Hate About You.*

Er verschijnen blauwe vinkjes maar ik zie geen typactiviteit. Zou ik hem hebben afgeschrikt? Misschien maar beter ook. Ik wil net mijn telefoon wegleggen als hij pingt.

BART: *'A pretty, popular teenager can't go out on a date until her ill-tempered older sister does.' IMDB…*

De drie puntjes suggereren een spottende ondertoon.

LOES: *Het is gebaseerd op een verhaal van Shakespeare.*

Wat ook echt zo is, maar dat maakt de film nou niet meteen 'arthouse'.

BART: *En dat kijk jij vrijwillig?*

LOES: *Sterker nog, ik kijk hem nu denk ik voor de 452ste keer.*

BART: *Foute muzieksmaak én foute filmsmaak. Check.*

Wel verdomme, denk ik.

LOES: *Dat heet jeugdsentiment. Ken je dat niet?*

BART: *Zeker wel, maar in mijn jeugd had ik wel meer smaak.*

'Ha!' roep ik sarcastisch tegen een lege huiskamer. *Wat een arrogantie.* Ik leg de telefoon met een klap op tafel en pak mijn glas. Ik neem een grote boze teug en frons naar het telefoonscherm. Het blijft zwart, alsof het me uitdaagt. Ik pak het apparaat weer op en begin te typen.

LOES: *Ok, ik zal happen. Top 3 lievelingsfilms uit jouw jeugd?*

Een paar keer popt *aan het typen…* op voordat zijn bericht in mijn beeldscherm verschijnt.

BART: *1. Harry Potter, 2. Fast & Furious, 3. WALL-E*

Ik houd peinzend mijn hoofd schuin terwijl ik zijn antwoord bekijk.

LOES: *Harry Potter en Wall-E kan ik waarderen, maar Fast & Furious? Snelle auto's, schaars geklede vrouwen en een mager plot noem ik niet bepaald smaakvol.*

BART: *Dan heb je nog nooit een deel gezien, want dan had je geweten dat het vooral over vriendschap gaat.*

Ik grinnik in mijn wijnglas. *Right.*

LOES: *Oké, laten we het over muziek hebben. Imponeer me met de ontzettend coole muziek waar je vroeger naar luisterde.*

BART: *Jij eerst.*

LOES: *Dat weet je al.*

BART: *Je gaat me niet vertellen dat je alleen naar* ABBA *luisterde?*

Ik zucht. Hij heeft gelijk, maar als ik de waarheid vertel geef ik hem alleen maar meer munitie om me belachelijk te maken. Aan de andere kant, wat dan nog? Ik heb niets om me voor te schamen tegenover een 'vage kennis', toch?

LOES: *The Backstreet Boys, The Spice Girls en Robbie Williams.*

BART: *Wauw…*

LOES: *Yep, honderd procent openheid. Nu jij.*

BART: *Sorry, ik moet eerst even bijkomen.*

Ik lach hardop en laat me achterover in de kussens van de bank vallen.

BART: *Oké, hier gaan we.*

Hij begint druk te typen en ik schenk mezelf ondertussen bij.

BART: *Editors, Killers, Kaiser Chiefs, Muse, Foo Fighters, Kings Of Leon.*

Shit, hij was echt cool, denk ik.

LOES: *Hm, was je er zo eentje.*

BART: *Wat voor eentje?*

LOES: *Iemand die het hele jaar met de polsbandjes van Lowlands en Pinkpop nog om zijn arm liep.*

BART: *Schuldig.*

LOES: *Daar liep ik altijd met een grote boog omheen op school.*

BART: *Maar goed dat ik niet bij je op school zat dan.*

LOES: *Toen jij naar de middelbare school ging, studeerde ik al.*

BART: *Ik wil wedden dat je een spoor van gebroken harten achterliet toen je eindexamen had gedaan.*

LOES: *?*

BART: *Allemaal jongens uit de lagere klassen die dat mooie, onbereikbare meisje zagen vertrekken.*

Ik proest mijn wijn bijna uit van het lachen.

LOES: *Ik was een paardenmeisje, weet je nog?*

BART: *Dan nog, ik had als een puppy achter je aangelopen als ik bij je op school had gezeten.*

Pff, deze man. Zelfs via WhatsApp kan hij mijn lichaamstemperatuur ontregelen. Ik tuur over de rand van mijn wijnglas naar de wand met fotolijstjes en kom op een idee. Ik sta op en fotografeer met mijn telefoon een van de foto's. Hij is genomen tijdens een vakantie met mijn moeder in Italië, ik was denk ik een jaar of veertien. Mijn ogen lijken te groot voor mijn gezicht – wat ook nog eens wordt benadrukt door de bril die ik draag – en ik lach breeduit, waardoor mijn slotjesbeugel goed te zien is. Mijn krullen steken pluizig af tegen de strakblauwe lucht. Ik stuur de foto naar Bart.

LOES: *Weet je het zeker?*

Ik moet gniffelen. Ik stel me zijn geschokte reactie voor als hij de foto opent.

BART: *Je was toen al prachtig.*

Ik slik. Ik besluit het over een andere boeg te gooien.

LOES: *Wat ben jij eigenlijk aan het doen nu?*

BART: *Werken.*

LOES: *Op zaterdagavond?*

BART: *Als het iets is wat je leuk vindt maakt het tijdstip niet uit, toch?*

Ik knik beamend naar het scherm. Ik vind het ook nooit erg om in de avond of het weekend te moeten werken. Ik zie voor me hoe hij aan een bureau achter zijn laptop zit, een bril op zijn neus en zijn telefoon in zijn hand. *Een bril?* Hoe kom ik daar nou bij? Maar potverdorie, wat staat die hem sexy. *Move over, Clark Kent.*

LOES: *Draag je een bril?*

BART: *Nee, hoezo?*

LOES: *Zomaar.*

Ik moet snel een einde maken aan dit gesprek voordat het uit de hand loopt. Ik begin onzin uit te kramen en als hij het volume aan complimenten op gaat voeren weet ik niet of ik te vertrouwen ben.

LOES: *Ik ga de film af kijken.*

BART: *Oké. Veel plezier (denk ik).*

LOES: *Jij succes met werken.*

BART: *Dank je.*

LOES: *Ik vond het gezellig.*

Shit! Zie je? Daar ga ik al.

BART: *Wauw, rustig aan. Dit is al de tweede keer vandaag dat je dat zegt. Straks ga ik er nog iets achter zoeken.*

LOES: *Dat heet beleefdheid. Het betekent niets.*

BART: *Als je dat graag wil geloven.*

LOES: *En wat wil je daarmee zeggen?*

BART: *Dat het niet zoveel uitmaakt wat je tegen me zegt. Soms zeggen blikken meer dan woorden.*

Oké, vanaf nu wordt er geen oogcontact meer gemaakt.

Sterker nog, vanaf nu worden er zonnebrillen gedragen in de buurt van Bart. Sterker nog, vanaf nu moet ik überhaupt niet meer in zijn buurt komen.

BART: *Tot woensdag.*

Kak!

20

Het is al vroeg donker en er zit regen in de lucht als ik naar de voetbalclub rijd voor de veiling. Het was een geluk bij een ongeluk dat mijn fietsband lek was, want nu zit ik warm en droog in de auto. Als ik het parkeerterrein oprijd zie ik in de verte de kantine gezellig uitgelicht met gekleurde lampjes. De wind draagt de gedempte klanken van muziek mee over de sportvelden. Ook de lage hekken langs het pad naar de kantine zijn behangen met lampjes en geven alles een sprookjesachtige gloed. Ik glimlach, Jet heeft er echt iets bijzonders van gemaakt.

Als ik uitstap huiver ik van de kou, ik heb alleen een rok en een dunne blouse aan. Ik check of ik niet toevallig een jas of vest heb rondslingeren in de auto, maar helaas, ik zal even door moeten bijten. Ik sluit mijn auto af en zet een stevige pas in op weg naar de kantine. Als ik de eerste regendruppels voel vallen begin ik te rennen en net voordat de bui volledig losbarst bereik ik het overdekte terras. Het is er druk met mensen die, net als ik, net aankomen.

'Loes?'

Ik draai me om en kijk in twee vrolijke bruine ogen achter een bril.

'Jelle?' zeg ik verbaasd. 'Wat doe jij hier?'

'Ik ben met Bart mee. Ik hoorde dat er toffe dingen geveild gaan worden dus ik heb mijn bankpas bij me.'

Bij het horen van Barts naam schiet er een warme gloed door mijn borstkas. Ik ben er niet op voorbereid hem hier tegen te komen en als hij achter Jelle tevoorschijn komt raakt mijn systeem dan ook overbelast. Dit is anders dan hem zien in de gymzaal, waar we de afgelopen twee woensdagen de flashmob repeteerden. Anders zelfs dan deze week toen hij met Jet naar de schouwburg kwam om het decor van *FREE!* te bekijken. Dat was allemaal onder het mom van het sinterklaasproject en dus 'noodzakelijk' contact. Net als de gesprekken die we daarna voerden via WhatsApp. Steeds op zijn initiatief en steeds met wat we die dag voor het project hadden gedaan als excuus.

En ook al werden de gesprekken steeds langer en persoonlijker, ik deed het af als onschuldig. Het vond immers plaats buiten het zicht van iedereen. Ik begon er zelfs naar uit te kijken en genoot er iets te veel van als het gesprek uiteindelijk toch flirterig werd. Het werd een soort routine; hij die met complimenten strooide en ik die daar sarcastisch over deed. Het had iets middelbare-schoolerigs en ik negeerde de vlinders in mijn buik als mijn telefoon een nieuw bericht aankondigde.

Maar nu is het andere koek. Nu is het avond en zijn er gekleurde lampjes en muziek. Nu staat Bart voor me met een glimlach waar ik het verstrijken van de weken in terugzie, de tijd die we met elkaar hebben doorgebracht, de dingen die we over onszelf hebben gedeeld. Dat was allemaal veilig omdat het in een vacuüm plaatsvond, ik thuis op de bank en Bart onzichtbaar aan de andere kant van de 'lijn'. Maar nu hier, op het terras van de kantine van de voetbalclub, staat hij in levenden lijve voor me en zijn we omringd door de mensen waarvan ik absoluut niet wil dat ze iets vermoeden. Maar ik ben bang dat mijn gezicht boekdelen spreekt en er te zien is wat zijn nabijheid met me doet.

Ik kom bij zinnen door de koude wind die onder de luifel doorwaait en dwars door mijn blouse heen gaat. Ik ril en sla mijn armen om mezelf heen.

'Ik, eh, ik ga maar snel naar binnen. Veel plezier jullie,' stamel ik tegen Bart en Jelle en maak me uit de voeten.

Eenmaal binnen loop ik meteen door naar de bar. Ik heb wijn nodig. Om op te warmen en om het knikken van mijn knieën te stoppen dat het zien van Bart heeft veroorzaakt. Het is druk bij de bar en de muziek staat hard. De lichten in de kantine zijn gedempt en een ouderwetse discobol laat lichtbundeltjes over de mensen glijden. Ik ga op mijn tenen staan en kijk of ik Jet ergens zie.

'Zo, op stap?' hoor ik naast me en met tegenzin draai ik me om.

'Hoi, Erik.'

Natuurlijk is hij hier ook. Ik had het kunnen weten, net als bij Bart. Ze zijn immers allebei als coach bij de club betrokken. Wat stom dat ik me er niet op had voorbereid.

'Waar zijn de jongens?'

Zijn toon bevalt me helemaal niet. 'O, gewoon thuis. Toen ik net wegging speelden ze met een aansteker en een jerrycan benzine. Hoezo?'

Erik kijkt me onderzoekend aan, alsof hij er oprecht aan twijfelt of ik een grapje maak.

'Ze zijn bij mijn moeder, Erik,' zucht ik. Ik bestel een witte wijn bij de barman en vraag bewust niet aan Erik of hij ook iets wil.

'O, ik weet niet of ik dat nou zo'n geruststellende gedachte vind,' merkt hij laatdunkend op.

Ik reken af en stop pissig mijn portemonnee terug in mijn tas. Dan pak ik mijn glas en kijk Erik aan met een gemaakte glimlach. 'Nou, leuk je weer gesproken te hebben. Ik ga Jet even zoeken.'

Ik loop langs hem heen en negeer zijn zelfingenomen lachje. Al lopend neem ik een slok van mijn wijn en speur de zaal af, op zoek naar Jet. Achter in de half verduisterde kantine zie ik haar staan. Als ik de ruimte doorkruis om bij haar te komen zie ik links en rechts bekende gezichten van het schoolplein. Ook Barbara is er en staat trots naast haar man Justus. Een vreselijke kwal, maar Barbara waant zich een soort clubroyalty omdat hij een of andere belangrijke positie in het bestuur heeft. Ik glimlach in het voorbijgaan voor de vorm even naar haar, maar krijg een nuffige blik van haar terug. Justus, daarentegen, geeft me een knipoog. Zonder dat zijn vrouw het ziet uiteraard. *Brr.* Een rilling loopt over mijn rug, die man is zo fout dat ik er altijd met een grote boog omheen ga.

Als ik Jet heb bereikt geeft ze me enthousiast een knuffel.

'Daar ben je dan! Nou? Wat vind je ervan?' Ze maakt een weids armgebaar en kijkt me verwachtingsvol aan. Ik kijk nog eens goed de kantine rond. Ze heeft de ruimte met rood- en goudtinten omgetoverd tot een zwoele nachtclub en de ruim honderd aanwezigen hebben het zichtbaar naar hun zin.

'Mooi, hoor! Echt goed gedaan!' zeg ik bewonderend.

Het volume van de muziek wordt nog verder opgevoerd en mijn oog valt op de dj-booth. Mijn mond valt open als ik zie wie er achter de draaitafels plaats heeft genomen.

'Wat doet Erik daar nou?'

'Ja shit, dat had ik je misschien even moeten laten weten,' antwoordt Jet. 'Erik had zichzelf aangeboden als dj. Ik kwam er ook pas vanmiddag achter, zo diep zit ik niet in de feestcommissie helaas.'

'Dj? Erik?' zeg ik vol ongeloof.

'Ja, hij was blijkbaar ook dj bij zijn vereniging vroeger. Wist je dat niet?'

Nu Jet het zegt begint me iets te dagen. Eriks studententijd was al een paar jaar voorbij toen wij elkaar leerden kennen, maar hij heeft inderdaad wel eens genoemd dat hij 'plaatjes draaide op de club'. Ik kijk nog eens naar Erik en zie hoe hij twee handen in de lucht steekt om een groepje vrouwen op de dansvloer op te hitsen. Ze zwaaien enthousiast terug. Met een stoere blik zet hij een koptelefoon op en draait aan wat knoppen. Het ziet er zo bespottelijk uit dat ik nauwelijks kan bevatten wat ik zie.

Dan draait hij het housenummer dat speelt langzaam weg en start iets in wat lijkt op de openingstune van een spelshow.

'Wat gaat-ie doen?' vraag ik aan Jet als ik zie dat Erik een microfoon pakt.

Ze zucht. 'Hij had voorgesteld om dan ook maar meteen de veilingmeester te zijn.' Ze grinnikt om mijn verbouwereerde gezicht en slaat een arm om mijn schouder. 'Joh, boeien. Je bent niet meer met hem getrouwd. Laat hem zichzelf toch lekker voor schut zetten.'

Ik besluit dat ze gelijk heeft en leun op de statafel naast me. Erik klopt een paar keer op de microfoon om er zeker van te zijn dat deze aan staat.

'Hallo, lieve mensen. En welkom op deze mooie avond. We gaan zo beginnen met de veiling dus kom allemaal maar wat meer naar voren.'

Het groepje vrouwen komt giechelend wat dichterbij staan en Erik kijkt glunderend op hen neer. 'Dag dames, looking good.'

Jet schiet in de lach en ik rol met mijn ogen. Erik geeft de vrouwen een knipoog en richt zich dan weer tot de rest van de zaal.

'We hebben ook dit jaar weer wat mooie veilingitems en ik ben gevraagd jullie daar zo veel mogelijk geld voor af te troggelen.'

'O, god,' mompelt Jet naast me. 'Het wordt alleen maar erger.'

'De items zijn ingebracht door leden van de club en ik zal ze een voor een even naar voren halen om er wat over te vertellen.'

Mijn oren beginnen te suizen.

'Wát zei hij?' vraag ik paniekerig aan Jet.

Als ik íéts haat is het wel spreken in het openbaar. Doe daarbovenop het feit dat ik met vijfennegentig procent van de aanwezigen niet bepaald een warme band heb en je hebt mijn idee van de hel te pakken.

'Tja, dat is ook nieuws voor mij,' mompelt Jet.

Ik grijp haar bij haar arm. 'Ik wil echt niet naar voren, Jet. Dat kan ik niet!'

Ze kijkt me geschrokken aan en ziet dat ik het meen. 'Oké, oké, geen paniek. Ik loop wel even naar 'm toe om te zeggen dat hij jou moet overslaan. Komt goed.'

Jet klopt bemoedigend op mijn hand en als ze haar arm heeft losgepeuterd uit mijn doodsgreep loopt ze in de richting van Erik. Ondertussen staat de chef-kok van een chic restaurant uit de wijk naast Erik. Hij prijst de workshop aan die hij hoogstpersoonlijk zal geven aan de hoogste bieder. Erik maakt dubbelzinnige grapjes over de overeenkomst tussen de woorden 'coke' en 'kook' die niemand begrijpt of grappig vindt en de chef staat er ongemakkelijk bij. Eriks midlifecrisis lijkt in vol ornaat te zijn toegeslagen. Op het dieptepunt van het gesprek besluit hij godzijdank maar over te gaan op het daadwerkelijk veilen van de workshop en dat gaat hem iets beter af.

Ik volg ondertussen met haviksogen hoe Jet zich door de zaal beweegt. Ze doet haar best bij de dj-booth te komen maar wordt steeds tegengehouden door mensen die haar gedag willen zeggen of met haar willen kletsen. Ik zie hoe ze haar best doet het kort te houden maar als ze langs haar man, Sander, loopt slaat hij een arm om haar middel en trekt hij haar tegen zich aan. Het is een liefdevol gebaar waar ik normaal vertederd naar zou kijken, maar nu denk ik alleen maar: laat haar los! Jet lacht en geeft haar man een kus waarna ze gebaart dat ze verder moet, maar Sander wil er niets van weten. Ondertussen hoor ik hoe Erik de veiling van de workshop aan het afronden is.

'Laatste bod mensen, driehonderdvijftig euro. Eenmaal, andermaal...'

Ik ga op mijn tenen staan en probeer zwaaiend de aandacht van Jet te trekken. *Dit is niet de tijd om met je man te flikflooien!*

'Verkocht!' Hoor ik Erik zeggen. Hij zet de spelshowtune weer aan en neemt afscheid van de chef-kok. *Shit!* Dadelijk begint hij aan het volgende item. Wat als dat de tickets voor *FREE!* zijn? Ik kijk wanhopig om me heen, op zoek naar een uitweg, maar de uitgang van de kantine is helemaal aan de andere kant van de zaal. Dan zie ik dat Jet zich eindelijk uit de armen van Sander weet te bevrijden en ik haal opgelucht adem als ze recht op de dj-booth afloopt. Maar net als ze hem heeft bereikt draait Erik de muziek weg en pakt zijn microfoon.

'Ja, dames en heren, het is alweer tijd voor het tweede veilingitem en dat is me er eentje, hoor. Het wordt u aangeboden door nogal een bijzondere dame.'

Nee, nee, nee.

Ik zie hoe Jet zijn aandacht probeert te trekken maar Erik gaat onverstoord verder.

'Ik zal haar er even bij roepen. Loes, waar ben je?'

Ik sta als aan de grond genageld en bid dat de aarde zich onder mij opent en me opslokt. Om mij heen beginnen mensen mijn kant op te kijken.

'Loes Dekker, kom maar naar voren,' zegt Erik nog eens, dit keer met de nadruk op mijn meisjesnaam. Steeds meer mensen draaien zich naar me om. Er is geen ontkomen aan, ik móét iets doen. Ik slik en zet een paar wankele stappen naar voren. De mensen gaan voor me aan de kant en er vormt zich een vrij pad naar de dj-booth waar Erik met een grote grijns op me wacht.

'Ah, daar is ze.' Erik wijst naar me. 'Dames en heren, mag ik een applausje voor deze mooie dame.'

Ik ben waarschijnlijk de enige die de valse ondertoon in zijn stem heeft opgepikt. Inmiddels zijn alle blikken op me gericht. Het is een scène die regelrecht afkomstig is uit mijn nachtmerries. Alleen ben ik dan naakt en lacht iedereen me uit in plaats van het beleefde applausje dat nu klinkt. Mijn hart klopt in mijn keel en het suizen in mijn oren zwelt aan. Nog een paar stappen en dan bereik ik de dj-booth, maar het liefst loop ik door naar de uitgang. Als ik voorzichtig om me heen kijk ontmoeten mijn ogen die van Bart. Hij staat een paar meter verderop tegen de bar geleund en glimlacht naar me. Op de een of andere manier heeft het zien van zijn gezicht een kalmerend effect op me. Mijn hartslag wordt enigszins regelmatig en ik laat mijn schouders een stukje zakken. Ik ben inmiddels bij de dj-booth aangekomen waar Erik met een uitgestoken hand staat om me de verhoging op te helpen. Ik haal een keer diep adem en pak dan zijn hand. Als ik eenmaal naast hem sta trekt hij me dicht tegen zich aan en houdt zijn arm stevig om mijn middel geklemd.

‘Dit is ’r dan, lieve mensen, Loes Dekker, mijn bevallige ex-vrouw.’ Hij kijkt me gespeeld liefdevol aan en ineens realiseer ik me dat hij gedronken heeft. Ik ruik de alcohol op zijn adem en zie dat zijn ogen een beetje onscherp staan.

‘Erik,’ fluister ik smekend, maar hij negeert me en kijkt de zaal weer in.

‘Of misschien moet ik “afvallige” zeggen,’ zegt hij met een knipoog. Ik sta verstijfd tegen hem aan gedrukt terwijl hij hard in de microfoon lacht om zijn eigen grap. Ik durf amper de zaal in te kijken dus staar naar een punt op de muur achter in de kantine en hoop dat deze pijnlijke situatie snel achter de rug is. Helaas wordt het eerst nog erger, want tot mijn grote schrik houdt Erik de microfoon onder mijn neus en kijkt me vragend aan.

‘Uhm?’ breng ik uit en schrik ervan hoe hard mijn stem klinkt.

‘Wil je wat vertellen over wat je hebt aangedragen voor de veiling?’ vraagt Erik in de microfoon en houdt deze weer voor mijn gezicht. Als ik blijf zwijgen en er waarschijnlijk uitzie als een konijn dat in de koplampen kijkt, buigt hij zich naar me toe en fluistert in mijn oor. ‘Ik wist niet dat je zo verlegen was, sexy hoor.’

Ik ril van zijn walgelijke gedrag, wurm mijn elleboog tussen ons in en probeer hem tevergeefs van me af te duwen. Ik schraap mijn keel en buig naar de microfoon.

‘Het zijn twee kaarten voor de uitverkochte première van *FREE!* van Elias Meijer. Inclusief een rondleiding backstage en een afterparty,’ zeg ik snel en ik verbaas mezelf dat ik alles er zonder te haperen uit heb gekregen.

Erik trekt de microfoon weer naar zich toe. ‘Zo, zo. Toe maar. En waar gaat de voorstelling over, Loes?’

Erik spreekt mijn naam uit met zo veel venijn dat ik ervan ineenkrimp. Weer houdt hij de microfoon voor mijn neus.

‘Eh, het is eh, het gaat over...’ Mijn brein is een lege woestijnvlakte waar alleen maar wind waait. Ik kom op geen enkele afgeronde gedachte. 'De historie van de… eh, hoe de invloed van…'

Erik schudt zijn hoofd. 'Zal ik het maar zeggen? Anders staan we hier morgen nog. Het is iets met dans en aan de poster te zien is het allemaal heel inclusief en zo. Dus, wie doet het eerste bod? Ik stel voor dat we openen met vijftig euro.'

De hufter! Hoe hij het levenswerk van Elias samenvat is al schandalig genoeg, maar om de veiling te beginnen met een bedrag dat lager is dan wat de kaartjes kosten is een regelrechte belediging. Ik probeer van hem weg te draaien maar hij verstevigt zijn grip om mijn middel en drukt me weer tegen zich aan. Het is inmiddels zo oncomfortabel dat het pijn begint te doen.

'Wie biedt vijftig euro?' roept Erik in de microfoon.

'Ik!' Het is Jet, ze staat aan de andere kant van de dj-booth en kijkt met een pissige uitdrukking naar Erik.

'O, wat leuk,' zegt hij tegen mij alsof hij het tegen een kind heeft. 'Je vriendinnetje.'

'Honderd euro!' roept Jet stellig en als blikken konden doden lag Erik nu levenloos naast me op de grond.

'Ehm, zo werkt het niet, je kan jezelf niet overbieden.' Ook Jet wordt toegesproken alsof ze mentaal niet helemaal in orde is. Om ons heen beginnen mensen te gniffelen.

'Honderd euro!' klinkt het uit de zaal. Het is Sander, die voor zijn vrouw in de bres springt. Erik knippert met zijn ogen, maar herstelt zich snel en glijdt naadloos terug in de rol van de charmante veilingmeester.

'We hebben honderd euro, mensen. Wie biedt er meer?'

'Honderdvijftig!'

Door de schemerige verlichting kan ik niet goed zien wie er heeft geboden maar als de discobol een streep licht over de zaal zwiept zie ik dat het Bart is.

'Honderdvijftig euro, toe maar. Eenmaal, andermaal...'

'Tweehonderd.' Naast Bart staat Jelle met zijn hand omhooggestoken.

'Tweehonderd euro voor de heer daar bij de bar. Is er nog iemand...'

'Driehonderd euro!' Het bod komt vanaf de zijkant van de zaal. Tot mijn verbazing is het Justus en ik ben niet de enige die ervan opkijkt. Barbara staart naar haar man alsof ze water ziet branden. Justus negeert haar en grijnst naar me.

'Justus van Rossum, kerel! Jou had ik niet ingeschat als theaterliefhebber. Maar, soit. Driehonderd euro, mensen. Nog iemand die daaroverheen wil?'

'Vijfhonderd euro!' Bart zegt het met zo veel stelligheid dat meerdere mensen zich naar hem omdraaien.

Erik is even sprakeloos. Als hij Bart herkent merk ik een shift bij hem. Hij vermoedt iets. *Shit!*

'Vijfhonderd euro,' herhaalt hij dan. 'Eenmaal, andermaal...' Hij wisselt een blik uit met Justus die subtiel zijn hoofd schudt. 'Verkocht! We nemen even een korte break en dan gaan we dadelijk verder met het volgende item.'

Erik legt de microfoon weg en zet een housenummer aan. Dan draait hij zich naar me toe, zijn arm nog steeds stevig om me heen geklemd. 'Is dit afgesproken werk?' sist hij in mijn oor.

Ik lach cynisch. 'Jezus, Erik. Doe niet zo belachelijk.' Ik probeer van hem los te komen, maar zonder succes. Hij kijkt me onderzoekend aan met zijn lippen op elkaar geperst en pas als er iemand het platform opstapt laat hij me los.

Het is Bart. 'Zo, waar moet ik afrekenen?'

Hij wurmt zich tussen mij en Erik in en legt, buiten het zicht van Erik, een hand op mijn onderrug. Het is een geruststellende hand.

Erik lijkt even uit balans door Barts plotselinge aanwezigheid maar knikt dan met zijn hoofd in de richting van de uitgang van de kantine.

'Je moet je gegevens achterlaten bij de garderobe. Daar zit iemand die dat allemaal regelt.'

'Ah, oké. Bedankt, man.'

Als Bart blijft staan kijkt Erik hem laatdunkend aan. 'Dat is een behoorlijk bedrag dat je ervoor neertelt,' zegt hij. 'Kan dat wel? Van zo'n lerarensalaris?'

De opmerking is denigrerend bedoeld, maar in plaats van beledigd te reageren recht Bart zijn rug en kijkt met een koele blik op Erik neer.

'Ik heb ze met mijn compagnon gekocht namens ons bedrijf.'

'Bedrijf? Zo, zo. Waarin? Kinderfeestjes organiseren?'

Bart lacht luchtig mee met het valse lachje van Erik. 'Best een goed idee eigenlijk. Maar, nee. We gaan een nieuwe work-outapp in de markt zetten.'

Erik kijkt minzaam. 'Is die markt niet allang verzadigd?'

'Blijkbaar niet.' Bart neemt nonchalant een slok van het biertje dat hij in zijn vrije hand heeft. 'Onze investeerders vinden het in elk geval een goed plan. We hebben gisteren nog een handtekening gezet onder het contract met Koen Westerveld.'

De hautaine uitdrukking op Eriks gezicht maakt plaats voor verbazing. 'Koen Westerveld? De schaatser?'

Bart knikt. 'Hij wordt niet alleen investeerder maar ook het gezicht van de app.'

Ik staar sprakeloos naar het tafereel voor me. Bart is de zelfverzekerdheid zelve en Erik kijkt met onvrijwillige bewondering naar hem op. Dan laat hij zijn blik zakken en valt zijn oog op de arm van Bart die achter mijn rug verdwijnt. Bart haalt zijn hand weg maar het is te laat, Erik heeft het gezien. Zijn ogen schieten omhoog en kijken me aan met zo veel vraagtekens dat ik besluit me uit de voeten te maken voordat hij vragen gaat stellen. Ik mompel dat ik Jet ga zoeken en stap snel het platform af.

21

Met moeite baan ik me een weg door de drukte en vind Jet achter een geïmproviseerde cocktailbar. Ze kijkt blij op als ze me ziet. 'O, Loes, godzijdank. Wil je me een plezier doen en nog wat tonic halen in het magazijn? Echt íédereen is aan de G & T's vanavond.'

Ze reikt me een sleutel aan en gebaart naar de gang waar de kleedkamers zitten. Ik accepteer de opdracht gretig, blij dat ik iets te doen heb om me af te leiden van de bizarre scène van daarnet. Hopelijk vertroebelt de alcohol Eriks geheugen en vergeet hij snel wat hij denkt te hebben gezien. Maar alle hoop vervliegt als ik met mijn armen vol flessen tonic het magazijn uit loop en voetstappen hoor. Erik komt met grote passen door de lege gang op me afgelopen. Zijn gezicht staat op onweer. Op een paar centimeter afstand komt hij tot stilstand en steekt een duim over zijn schouder. 'Heb jij wat met die uitslover?'

Ik ken hem goed genoeg om te weten dat het averechts werkt om hem op dezelfde toon toe te spreken als hij pissig en beschonken is.

'Wat bedoel je?' vraag ik dan ook zo kalm mogelijk.

'Lieg niet!' briest hij. 'Je weet precies waar ik het over heb. Jij en die... die...'

'Die?'

'Bart!' roept hij uit.

Ik steek mijn kin vooruit en geef hem mijn beste onbevreesde blik. 'Niet dat het je wat aangaat, maar nee.'

Ik probeer om hem heen te stappen, maar hij blokkeert me de weg.

'O? Gaat het me niet aan?' zegt hij venijnig. 'Alles wat je doet gaat me aan, want alles wat jij doet heeft invloed op de kinderen. Dus als hun moeder de slet wil uithangen met hun gymleraar dan gaat me dat wel degelijk aan.'

De woorden komen zo hard aan dat ik naar achteren deins, de flessen glijden bijna uit mijn armen. Dit is precies waar ik bang voor was. Hoe voorzichtig ik ook ben geweest, ik zal altijd de boosdoener zijn in zijn ogen. Mijn keel knijpt samen van de onmacht en ik knipper de tranen weg die op komen zetten.

'Je... je bent dronken Erik.'

'Dus?'

'Je meent niet wat je zegt. Waarom kan je het niet gewoon loslaten? Ik heb je niets misdaan, jij bent degene die vreemdging...'

'Niets misdaan? Dit hebben we al besproken, Loes. Denk je dat ik vreemd was gegaan als ik ook maar een béétje het gevoel had gehad dat je me waardeerde?'

Nu begin ik boos te worden. 'Dat kan je me niet in de schoenen blijven schuiven.'

Erik snuift minachtend. 'Je wilde gewoon met anderen neuken. Zoals met die...' Hij zwaait op zijn benen terwijl hij een gebaar in de richting van de kantine maakt. 'Die mislukte Arie Boomsma daar.'

Ik open mijn mond om hem eens goed de waarheid te zeggen als er een groepje mensen de gang in komt lopen en hij tijdelijk is afgeleid. Ik stap snel om hem heen en vlucht in de richting van het feestgedruis. Dit keer dring ik me driftig door de drukte heen zonder rekening te houden met de mensen. Ik negeer de geïrriteerde blikken en opmerkingen. Ik ben klaar met de avond en wil naar huis. Met een bons zet ik de flessen op het barretje van Jet. 'Ik ga.'

Ze kijkt me verward aan. 'Nu al? Waarom?' Ze schrikt als ze mijn gezicht ziet. 'Is het vanwege Erik?'

'Ja, zoiets.' Ik geef haar een knuffel. 'Sorry, je hebt er echt iets geweldigs van gemaakt, maar ik moet gaan. Ik bel je nog.'

Ik geef haar mijn beste imitatie van een glimlach terwijl ik me ondertussen naar de uitgang begeef. Ze kijkt me een moment bezorgd na maar al snel wordt haar aandacht weer getrokken door iemand die wil bestellen.

Eenmaal buiten haal ik opgelucht adem. Totdat een windvlaag me doet beseffen hoe koud het is. De regen tikt op de canvas overkapping van het terras en het pad naar de parkeerplaats is bezaaid met grote plassen. Even overweeg ik terug naar binnen te gaan, maar ik besluit dat ik nog liever kletsnat wordt dan Erik weer onder ogen te moeten komen. Resoluut draai ik me om en begin aan mijn tocht naar de auto. Hoe ver kan het zijn? Tweehonderd meter? Ik ben er zo.

Maar al na een paar meter vervloek ik mijn eigen koppigheid. Het regent misschien niet meer zo hard als aan het begin van de avond maar een onafgebroken stroom druppels valt op mijn haar en blouse en er waait een fikse wind. Hoewel ik mijn armen om mezelf heen heb geslagen voel ik de kou door mijn kleding trekken en als klap op de vuurpijl blijven mijn hakken bij vrijwel elke stap in de blubber steken.

Achter me hoor ik de deur van de kantine open en dicht gaan, een vlaag van muziek en stemmen waait even kort met de wind mee. Ik ben blijkbaar niet de enige die heeft besloten vroegtijdig een einde aan de avond te maken. Ik zet een stap opzij zodat de andere feestverlater erlangs kan, maar ik word niet ingehaald. Er komt iemand naast me lopen en als ik opkijk zie ik dat het Bart is.

'Wat ga je doen?'

'Naar huis,' zeg ik afgemeten.

Ik zet een paar vastberaden stappen en hoop dat hij aftaait, maar hij blijft me volgen. Ik stop en kijk hem geïrriteerd aan.

'Moet je niet terug?'

Hij heeft geen jas aan en op zijn lichtgrijze shirt verschijnen donkere stippen waar de regendruppels op hem vallen. Het lijkt hem niet te deren, en de kou evenmin. Hij zwijgt nog steeds, zijn blik onleesbaar.

'Ugh, laat maar,' mompel ik en ik loop weer verder.

'Wacht even,' roept Bart.

Maar ik loop door. Met grotere passen dit keer, totdat mijn schoen weer vast komt te zitten in de modder.

Terwijl ik vloekend op één been balanceer trek ik de schoen uit de drek en probeer hem weer aan te doen. Ik voel Barts hand om mijn elleboog in een poging me te ondersteunen, maar ik trek mezelf met een ruk los.

'Je hoeft me niet te helpen,' bijt ik hem toe.

Demonstratief zet ik mijn schoenloze voet op de grond en trek de andere ook uit. De kou trekt door mijn blote voeten omhoog maar het lopen gaat ineens een stuk beter zonder hakken. Met grote passen loop ik naar mijn auto, maar Bart haalt me moeiteloos weer in.

'Waarom ben je zo boos?'

Ik draai me woedend naar hem om. 'Omdat ik geen gezeik wilde!' roep ik. 'En dat, daarnet?' Ik wijs met een van de schoenen naar de kantine. 'Dat is precies het tegenovergestelde daarvan. Waarom moest je nou zo nodig op die kaartjes bieden?'

Frustratie trekt over Barts gezicht. 'Omdat die ex van je een gigantische hufter is.'

'Ja precies, en nu denkt die hufter dat wij iets hebben. Bedankt!'

Bart schudt zijn hoofd en lacht wrang. 'Ongelooflijk.'

'Nou, ik ben blij dat je het allemaal zo grappig vindt.'

Ik draai me weer om en been naar mijn auto, dwars door de plassen en blubber. Ik graai mijn sleutels uit mijn tas en wil net het portier openmaken als ik met een ruk wordt omgedraaid en stevig door Bart met mijn rug tegen de auto wordt gezet.

'Denk je dat dit een grap voor me is?' Zijn ogen boren zich in de mijne. 'Ik ben bloedserieus, Loes. Ik vind je fantastisch, ik denk de hele dag aan je, ik word er gek van. Wat hij allemaal zei... Het maakte me zo kwaad.'

Ik ben met stomheid geslagen en kijk naar zijn ontstellend mooie gezicht. Zijn haren zijn inmiddels nat en plakken tegen zijn voorhoofd. Zijn grote handen zijn om mijn bovenarmen geklemd en door zijn nabijheid voel ik geen kou meer. Even lijkt het alsof er niets anders is dan dit, zijn blauwgroene ogen en warme handen en de kleine wolkjes die we maken als we ademen.

Ik weet wat ik ga doen voordat ik het doe, alsof mijn brein een paar seconden voorloopt op de werkelijkheid. Ik laat de schoenen en sleutels uit mijn handen vallen, sla mijn armen om zijn nek en druk mijn lippen op die van hem. Bart reageert meteen en slaat zijn armen om mijn middel, tilt me een stukje op en drukt me stevig tegen zich aan. Zijn mond sluit gretig over de mijne als hij mijn kus beantwoordt. Ik laat mijn handen over zijn schouders en nek glijden en vlecht mijn vingers dan in zijn natte haren.

Bart gromt tegen mijn lippen en drukt me tegen de auto. Met zijn heupen houdt hij me klem tussen zijn lijf en het portier. Mijn doorweekte blouse plakt tegen mijn koude huid, maar hij laat een warm spoor achter waar zijn handen me raken. Een van zijn handen glijdt omhoog langs mijn taille, de zijkant van mijn borstkas, mijn sleutelbeen en mijn hals, dan neemt hij mijn gezicht in zijn hand en streelt zacht met zijn duim langs mijn kaaklijn. Het zachte gebaar is zo'n contrast met de dierlijkheid van onze kus dat ik er draaierig van word. Ik sluit mijn ogen en laat het gevoel over me heen golven. Pas als Bart onze kus verbreekt en zich opricht word ik me weer enigszins bewust van mijn omgeving.

Hij kijkt hongerig op me neer. Ik voel zijn hart tekeergaan tegen het mijne en onze gejaagde ademhaling is synchroon. Ik volg de regendruppels die over zijn voorhoofd en langs zijn slapen naar beneden glijden. Hij heeft nog steeds zijn hand tegen mijn gezicht gedrukt. We staren elkaar aan terwijl we op adem proberen te komen.

Dan zet hij abrupt een stap naar achteren waardoor ik, letterlijk, weer met beide voeten op de grond kom te staan. Hij raapt mijn schoenen en sleutels op en ontgrendelt het portier van mijn auto.

'Stap in,' gebiedt hij.

Een hol gevoel neemt de plek over in mijn buik waar net nog kooltjes leken te gloeien. Hij stuurt me weg. En ik kan het hem niet kwalijk nemen, het is ook beter zo. Wat we doen kan niet, het is een fantasie. Maar verdomme, wat had ik graag nog langer in dit sprookje willen blijven. Met tegenzin kom ik in beweging en doe wat hij zegt, ik stap in. Ik kan nauwelijks de moed opbrengen om hem aan te kijken, maar tot mijn verbazing begint hij zijn lange lijf in mijn auto te vouwen en dwingt me daarmee door te schuiven naar de passagiersstoel.

'Wat doe je?'

Als hij eenmaal zit trekt hij het portier dicht, de auto lijkt ineens nog kleiner dan normaal. 'Ik neem je mee naar huis.'

'Maar...' is het enige wat ik kan uitbrengen.

Hij kijkt me serieus aan. 'Ik neem je mee naar míjn huis. Het kost me vier minuten om daar te komen. We gaan het er niet over hebben en jij gaat er niet over nadenken. Afgesproken?'

Mijn mond valt open en ik kijk hem verbaasd aan, het vermogen om te antwoorden is me volledig ontgaan. Als ik blijf zwijgen pakt Bart met beide handen mijn gezicht beet en kust me zo onstuimig dat ik hem met moeite bij kan houden. Veel te snel maakt hij zich weer van me los en kijkt me aan. Als ik het vuur in zijn ogen zie glijdt er gloeiendhete lava van mijn keel, door mijn borst naar mijn onderbuik en onderweg brandt het al mijn twijfels weg.

'Afgesproken?' herhaalt hij.

Hijgend kijk ik terug, ik kan alleen maar knikken. Met een tevreden glimlach start Bart de auto en rijdt de parkeerplaats af. Duizenden gedachten schieten door mijn hoofd, maar ik duw ze allemaal weg voordat ze vat kunnen krijgen. Spijt is voor later. Nu wil ik alleen maar staren naar de man naast me en me wentelen in de warme gloed van de kus die we net hebben gedeeld.

Bart is gefocust op het besturen van mijn auto en houdt zijn blik strak op de weg gericht, maar als we bij een stoplicht staan kijkt hij me aan en lijkt het alsof de temperatuur in de auto ineens met dertig graden stijgt. In zijn ogen zie ik een belofte waarvan ik niet weet of ik het ga overleven als hij die inwilligt. Hij pakt mijn hand en plant er een kus op. De rest van de rit laat hij me niet meer los en bestuurt hij de auto met één hand. Ik voel me geborgen en bevrijd tegelijk en slaak een rillerige zucht.

Als we weer tot stilstand komen staan we voor een appartementencomplex. Hij laat mijn hand los om de sleutel uit het contact te halen en door de afwezigheid van zijn aanraking voel ik hoe de paniek langzaam omhoog begint te rijzen. *Wat ben ik aan het doen?* Maar voordat het gevoel me helemaal over kan nemen is Bart uitgestapt en omgelopen naar mijn kant van de auto. Hij opent het portier en steekt een hand naar me uit. Ik klamp me eraan vast alsof het een levenslijn is en meteen word ik weer rustig.

Als een echte heer helpt hij me uitstappen, maar zodra ik uit de auto ben is er weinig nobels meer aan hem te bespeuren. Hij trekt me mee naar een donkerblauwe voordeur en maakt deze razendsnel open. Hij straalt vastberadenheid uit en lijkt maar één doel voor ogen te hebben. Toch houdt hij zich een moment in voordat we de drempel over stappen. Hij speurt mijn gezicht af, alsof hij er zeker van wil zijn dat ik dit wil. Als antwoord ga ik op mijn tenen staan en sla mijn armen om zijn nek.

Bart buigt licht door zijn knieën en tilt me op. Met mijn benen stevig om zijn middel geklemd zoeken mijn lippen de zijne. Ik sluit mijn ogen en voel hoe hij me mee naar binnen neemt en de deur achter ons dichtgooit. Al zoenend neemt hij een paar stappen en dan zet hij me op een hard oppervlak neer. Even onderbreken we de kus en open ik mijn ogen. Afgezien van het schijnsel van een lantaarnpaal dat door het raampje boven de voordeur naar binnen valt, is het donker in de kamer, zijn woonkamer vermoed ik. Ik kijk naar beneden en zie dat ik op een tafel zit, maar meer tijd om mijn omgeving te verkennen heb ik niet want Bart reikt met beide handen over zijn hoofd en trekt in één soepele beweging zijn natte shirt uit.

Vanaf mijn plek op de tafel heb ik zicht op zijn perfect gevormde bovenlijf, op elke volmaakte vouw, plooi en schaduw. Met mijn vingertoppen volg ik de lijnen van zijn borst en buikspieren, steeds verder naar beneden tot ze de band van zijn broek raken. Ik kijk omhoog en zie dat hij zijn ogen gesloten heeft en zijn hoofd in zijn nek heeft gelegd. Het voelt fantastisch om het effect van mijn aanrakingen te zien bij zo'n ontzagwekkende man. Als hij zijn ogen weer opent en me aankijkt ben ik verloren. Het voelt alsof ik val. En ik weet, hoe dieper ik val, hoe moeilijker het zal zijn om ooit weer boven te komen. Maar voor nu geef ik me eraan over. Nadenken doe ik later wel weer.

Ik reik omhoog en trek zijn gezicht naar me toe. De kus die volgt heeft iets weg van een wedstrijd. Tanden, tongen en lippen glijden en botsen. Onze ademhaling wordt snuivend gehijg. Ik houd zijn heupen stevig tussen mijn benen geklemd en elke vezel in mijn lijf zoemt door de nabijheid van zijn lijf. Vaag registreer ik dat hij de knoopjes van mijn blouse losmaakt en hem uitdoet. Mijn beha volgt en mijn borsten krijgen een uitgebreide kennismaking met zijn handen. Nu is het mijn beurt om mijn hoofd in mijn nek te leggen en op te gaan in het sublieme gevoel van huid op huid. En lippen op huid. En tong op huid.

Ongemerkt ben ik zachtjes geluiden gaan maken die ik nauwelijks herken als van mezelf en ik schuur tegen een deel van Bart dat ik voel groeien tot een imponerend formaat. Ik wil niet langer wachten en begin als bezeten naar zijn broek te graaien. Ik ruk de knoop van zijn broek open en reik naar binnen, langs de rand van zijn boxershorts.

Bart maakt een grommend geluid. 'Fuck.'

Hij verbreekt het contact tussen onze lichamen door een stap achteruit te zetten. Uit zijn achterzak pakt hij zijn portemonnee en haalt er een condoom uit. Beide voorwerpen worden naast me op de tafel gegooid en terwijl hij mijn blik vasthoudt trekt hij zijn broek uit. Als hij zich opricht bewonder ik hem uitgebreid in volle naakte glorie. Hij is adembenemend. Elke centimeter van hem is perfect. Hij legt een hand op mijn been en zijn warme palm glijdt langzaam langs mijn dij naar boven tot de rand van mijn omhooggeschoven rok.

'Uit,' gebiedt hij me fluisterend.

Ik haast me aan zijn commando gehoor te geven en laat mijn rok en slipje naast zijn voeten op de vloer vallen. Even staat de tijd stil als hij me van top tot teen bekijkt met een hunkerende uitdrukking op zijn gezicht. Ik heb me nog nooit zo naakt en kwetsbaar gevoeld. En ook nog nooit zo mooi.

Dan stapt hij op me af, legt mijn benen om zijn heupen en pakt me bij mijn achterhoofd. Hij zoent me diep en hongerig en ik geef me volledig over. Ik schuif met mijn heupen naar voren en wrijf tegen hem aan tot het punt dat ik het bijna niet meer houd.

Op de tast zoek ik naar het condoom en terwijl we blijven zoenen haal ik het uit de verpakking. Bart kreunt tegen mijn lippen als ik het condoom over hem afrol en als het eenmaal zit neemt hij de regie over. Hij pakt mijn polsen en zet mijn handen achter me op het tafelblad. Dan geleidt hij zichzelf bij me naar binnen.

Ik leun naar achteren en sluit mijn ogen, overgeleverd aan het tempo dat Bart bepaalt. Veel eerder dan ik gewend ben bereik ik het punt waar ik met elke stoot dichter bij een climax kom en als hij zijn tanden op de gevoelige plek zet waar mijn hals overgaat in mijn schouder val ik over een denkbeeldige rand en tuimel ik naar beneden. Het orgasme is zo heftig dat het me moeite kost om niet te schreeuwen.

Even vergeet ik alles om me heen, maar de wereld komt weer terug in focus als Bart zijn handen stevig om mijn taille klemt en aan een genadeloze eindsprint begint. Hij richt zijn bovenlichaam op en zijn adamsappel gaat op en neer bij elke getergde zucht die aan hem ontsnapt. Niet veel later komt hij met een grommend keelgeluid klaar. Een gepijnigde en tegelijkertijd gelukzalige uitdrukking verschijnt op zijn gezicht. Even blijft hij zo staan, hijgend. Dan laat hij zich naar voren vallen en legt zijn voorhoofd tegen het mijne. Zijn handen schuiven naar mijn hals en hij drukt zijn neus in mijn haren.

'Wat ruik je toch lekker.'

Met één hand strijkt hij mijn natte haar opzij en kust me zachtjes in mijn nek. Ik sluit mijn ogen en voel hoe ultiem ontspannen ik ben. Mijn hele lijf gonst en de liefkozende manier waarop Bart me nu aanraakt sust me bijna in slaap. Ik slaak een diepe, voldane zucht en een gelukzalige rilling trekt door me heen.

Bart kijkt me bezorgd aan. 'Heb je het koud?'

Ik wil ontkennend antwoorden, maar hij is me voor. 'Wacht hier,' zegt hij en verdwijnt een gangetje in.

Ik had het niet koud maar nu hij weg is wel. Ik trek mijn knieën op en sla mijn armen eromheen. Nieuwsgierig kijk ik om me heen. Hier woont Bart dus. Van wat ik in het schemerlicht op kan maken is het een ruime benedenwoning en zit ik momenteel met mijn blote kont op zijn eettafel. Ik gniffel om mezelf terwijl ik mijn hoofd op mijn knieën leg. Ik verwacht dat mijn verstand elk moment orde komt scheppen in de chaos in mijn hoofd, maar voorlopig zit ik hier te grijnzen van oor tot oor.

Dan valt mijn oog op het oplichtende scherm van mijn telefoon die naast me op tafel ligt. Hij is vast uit mijn rok gegleden. Ik zie dat ik meerdere gemiste oproepen en tekstberichten heb. Van wie? Mijn moeder misschien? Is er iets met de jongens? Instinctief pak ik de telefoon en check de berichten. Ik heb zeker vier gemiste oproepen van Erik en een WhatsApp-bericht van Jet.

JET: *Erik is naar je op zoek. Hij heeft door dat Bart ook weg is. Wat is er aan de hand? Gaat het wel goed?*

Terwijl ik met een bonzend hart het bericht lees verschijnt de melding van een inkomend gesprek, het is Erik. Van schrik laat ik de telefoon uit mijn vallen op tafel. *Kut, wat heb ik gedaan?*

Dan komt Bart terug de kamer in lopen. Hij heeft een joggingbroek aangetrokken en reikt me een badjas aan. Zijn warme blik en glimlach verdwijnen direct als hij mijn gezicht ziet.

'Wat is er?'

Ik sta op van de tafel en begin mijn kleren bij elkaar te zoeken. 'Ik moet gaan.'

Bart knipt een schemerlamp aan. 'Hè? Waarom?'

Ik ga onverstoord door met het oprapen van mijn rok en ondergoed.

'Loes?'

Ik trek mijn bh aan en begin de natte stof van mijn rok zo goed en zo kwaad als het kan over mijn heupen heen te sjorren.

'Loes!' Bart legt zijn handen op mijn schouders en schudt me zacht heen en weer.

'Wat?' zeg ik fel. Ik probeer oogcontact te vermijden maar hij wil er niets van weten en dwingt me hem aan te kijken.

'Wat ben je aan het doen?' vraagt hij kalm, maar ik zie totale verwarring in zijn ogen. Ik draai mezelf los uit zijn greep en pak mijn blouse van de tafel.

'Ik ga. Dit had niet moeten gebeuren.'

Bart haalt een hand door zijn haar en kijkt beduusd toe hoe ik de knoopjes met trillende vingers vast probeer te maken.

'Hè, godver!' vloek ik binnensmonds als het niet lukt.

Dan legt Bart zijn warme handen op de mijne. 'Kom even zitten. Je bent helemaal in paniek.' Hij vouwt zijn handen verder over die van mij en trekt me naar zich toe. Ik volg eerst gedwee, maar besef dan dat het geen zin heeft. Ik moet weg voordat ik nog meer schade aanricht. Wat als Erik naar mijn huis gaat en ziet dat ik er niet ben? Of nog erger, wat als hij op de een of andere manier uitvogelt waar Bart woont en hierheen komt?

Ik trek mijn handen los en leg een knoop in mijn blouse als tijdelijke oplossing voor mijn nutteloze vingers. Dan pak ik mijn telefoon en kijk ik om me heen, op zoek naar mijn autosleutels.

'Jezus, Loes. Prááit met me. Wat is er nou ineens aan de hand?' Dit keer klinkt Bart minder geduldig. Hij staat met zijn handen in zijn zij in de deuropening naar de hal en kijkt me gefrustreerd aan.

'Dit was stom, oké?' roep ik.

'Maar waarom? Vanwege Erik? Wat is het probleem?'

Ik denk aan de rake opmerking van Julian. *Je bent wel weg bij Erik, maar je bent niet vrij.*

'Of is het omdat ik op school werk?' vervolgt Bart als ik blijf zwijgen. 'Is dat het? Schaam je je daarvoor? Voor mij?'

Ik kijk hem geschrokken aan en schud mijn hoofd. 'Nee, nee, natuurlijk niet.'

Ik wil hem vertellen hoe geweldig ik hem vind, meer dan geweldig, maar ik vind de woorden niet.

Bart zucht diep. 'Weet je? Toen ik je ontmoette dacht ik: wauw, wat een sterke vrouw! Eentje die precies doet waar ze zin in heeft. Die om zichzelf kan lachen als ze in d'r roze string aan de kabelbaan hangt of er helemaal voor gaat met een waterpistool. Die me totaal overrompelde door me zomaar te zoenen. En nu? Nu hou je jezelf in en doe je krampachtig wat je denkt dat er van je verwacht wordt. Ik zou het opgeven als ik dacht dat dat echt is wie je bent, maar dat geloof ik niet.' Hij wijst naar de tafel achter me waar we nog geen tien minuten geleden in elkaar verstrengeld waren. 'Dat is wie je echt bent, waarom stop je dat weg? Waarom wring je jezelf zo in bochten voor anderen?'

Ik voel de tranen opkomen en mijn keel dichtknijpen. Hoe kan ik hem uitleggen dat het de enige manier is die ik kan bedenken om alles in evenwicht te houden? Dat ik niet eens durf te denken aan wat ik eigenlijk zou willen omdat ik bang ben dat alles dan instort.

'Ik verwacht ook niet dat je het begrijpt. Het spijt me dat ik het zover heb laten komen. Erik zal om zich heen gaan slaan als hij erachter komt. Ik kan er niet op rekenen dat hij er normaal mee omgaat en dat is niet goed voor de jongens. Kunnen we het alsjeblieft vergeten? Ik heb er een zooitje van gemaakt. Ik...' Een snik ontsnapt uit mijn keel, maar voordat de kraan echt opengaat verman ik mezelf. Ik draai me om naar de tafel en kijk om me heen. 'Waar zijn mijn sleutels?'

Bart blijft staan waar hij staat. De teleurgestelde uitdrukking op zijn gezicht voelt als een stomp in mijn maag. 'Sluit me niet buiten, Loes.'

Ik zou niets liever willen dan op hem aflopen en in zijn armen verdwijnen, maar ik dwing mezelf verder te zoeken. Bart loopt langs me heen en pakt de sleutels van de zitting van een stoel waar ze in alle tumult waarschijnlijk zijn beland. Hij steekt de bos naar me uit, maar als ik hem wil pakken houdt hij vast en zorgt er zo voor dat ik hem aankijk.

'Laat me je één vraag stellen, en beloof me dat je eerlijk antwoord geeft. Als er geen Erik was, geen school, geen Barbara, zou je dan blijven?'

Ik trek aan de bos, maar Bart laat niet los.

Ik zucht diep. 'Het heeft geen zin om daarover na te denken, want het is nou eenmaal niet zo.'

'Zou je blijven?' dringt hij aan. De oprechtheid in zijn stem breekt mijn hart en ik slik om de brok in mijn keel terug te duwen.

Ik knik.

Bart laat de sleutels los.

Ik loop naar de deur en vertrek.

22

De stroom telefoontjes en appjes van Erik stopten rond een uur of drie vannacht. Dat weet ik omdat ik mijn telefoon niet uit kon zetten. Als de jongens niet bij me zijn wil ik bereikbaar blijven. Ik lag in bed naar het zoemen en trillen van mijn telefoon te luisteren terwijl ik ondertussen de hele avond in mijn hoofd op replay had staan. Het is me nog steeds een raadsel hoe alles vanaf de kus op de parkeerplaats zo in een stroomversnelling kon raken. Ik wou dat ik sterker was geweest, dan was alles nu niet zo'n puinhoop. De blik in Barts ogen toen hij me mijn sleutels gaf, doet me nog steeds ineenkrimpen. *Zou je blijven?* Ik had het zo graag gedaan. Het voelde zo fantastisch om bij hem te zijn.

Ik heb Eriks pogingen om contact te krijgen volledig genegeerd. Enerzijds omdat ik wist dat hij gedronken had en er dan geen normaal gesprek met hem te voeren is, anderzijds omdat ik er nog niet over uit ben wat ik zou zeggen als hij me weer zou vragen of er iets gebeurd is tussen mij en Bart. Zou ik keihard tegen hem liegen of was het beter om de waarheid te vertellen met de kleine kans dat hij er redelijk op zou reageren? Gezien zijn gedrag gisteravond heb ik weinig vertrouwen in de tweede optie, maar liegen zou betekenen dat ik dat ook van Bart moet vragen en dat wil ik niet. Ik wil hem niet nog verder meesleuren in deze chaos.

Zelfs toen mijn telefoon de rest van de nacht stil bleef kon ik de slaap niet vatten en het voelt nu dan ook alsof ik watten in mijn hoofd heb. Mijn moeder is al zeker vijf minuten onafgebroken tegen me aan het praten maar ik heb geen idee waarover. Ik staar uit het raam van haar keuken naar de regen en neem kleine slokjes van mijn dampend hete thee.

'Dus ik zeg tegen Linda, meid, trek het je niet zo aan. Die jongen is lekker van zijn vrijheid aan het genieten. Dat deed Loes ook toen ze net op kamers ging, dan zag ik 'r soms weken achter elkaar niet. Maar uiteindelijk komen ze altijd wel weer thuis.'

Mijn moeder staat, met roze rubberen handschoenen aan, de bloemen af te snijden die ik haar heb gegeven als bedankje dat de jongens bij haar konden logeren. Ze schikt ze in de grote vaas die ik een paar maanden terug voor haar heb gekocht in de winkel van Jet. Ik realiseer me dat ik nog niet op Jets bericht heb gereageerd en pak mijn telefoon om haar te laten weten dat ik haar later vandaag zal bellen.

'Hallo? Luister je wel?' Mijn moeder kijkt gepikeerd naar de telefoon in mijn handen.

Ik stop hem snel terug in mijn zak. 'Sorry.'

Ze neemt me een moment lang in zich op en gebaart dan naar de joggingbroek die ik aanheb. 'Wat zie je er vandaag trouwens uit. Gaat het wel goed? Ben je ziek?'

Ze legt bezorgd een hand op mijn voorhoofd.

Ik schud mijn hoofd. 'Niet zo goed geslapen.'

Zelf is mijn moeder gekleed alsof ze elk moment opgehaald kan worden voor een high tea met Máxima, alhoewel ik me afvraag of de fuchsiaroze kleur van haar mantelpak door de koninklijke ballotage komt.

'Ga je nog ergens naartoe?' vraag ik.

'Lunchen met de meiden.'

'Gezellig. Waar?'

Mijn moeder legt de laatste hand aan het schikken van de bloemen en trekt dan de rubberen handschoenen uit. Ze draagt de vaas naar de woonkamer en ik volg.

'We zouden eerst bij dat nieuwe restaurant naast het stadhuis afspreken, maar toen hoorden we dat er geen honden waren toegestaan.' Ze zet de vaas op de schoorsteenmantel, kijkt er van een afstandje met een schuin hoofd naar en schudt dan afkeurend haar hoofd.

'Dus nu gaan we maar weer naar De Hooge Heeren. Daar zijn ze altijd heel lief voor Eddie.'

Bij het horen van zijn naam tilt Eddie even zijn kop op. Hij ligt op de bank tussen Jasper en Joris in die tv-kijken. Ik plof op een stoel aan de eettafel in de voorkamer en kijk toe hoe mijn moeder de vaas op de vensterbank zet. Ze knikt tevreden. Dan komt ze bij me zitten en bekijkt me nog eens uitgebreid.

'Je zou koude kompressen kunnen proberen. Dat doet altijd wonderen voor je wallen. Ik heb ze in de vriezer liggen, zal ik ze even pakken?'

Ik haal een hand over mijn gezicht en schud geïrriteerd mijn hoofd. Het stoort me dat ze zich drukker maakt over de invloed van een doorwaakte nacht op mijn uiterlijk dan wat de oorzaak ervan was. Aan de andere kant is het haar manier om me te helpen, in haar wereld is een goed verzorgde buitenkant de oplossing voor alles. Het is niet voor niets dat de enige extra slaapkamer in het huis vol staat met kledingkasten en schoenenrekken. Als Joris en Jasper komen logeren, slapen zij in haar twijfelaar en zijzelf op de bank.

Mijn moeder haalt haar schouders op en kijkt dan naar de jongens en Eddie in de woonkamer. 'O, trouwens,' zegt ze. 'Zou jij op Eddie kunnen passen als ik in de Ardennen ben?'

Ik kijk haar verbaasd aan. 'Gaat Eddie niet mee dan?'

'Nee. Ingrid had het contact met de verhuurder en is helemaal vergeten te vragen of er een hond mee mocht. Nou, het bleek van niet.' Mijn moeder rolt met haar ogen. 'Ik was in staat om de hele boel af te blazen, maar we hadden al een aanbetaling gedaan. Ik dacht nog, dat krijg je ervan als je het niet zelf regelt. Maar ja, ik heb met mijn hand over mijn hart gestreken en beloofd dat ik zal proberen om een oppas voor Eddie te vinden. Ik heb er nu wel een stuk minder zin in, dat snap je.'

Het kan door het slaapgebrek komen maar ik voel mezelf pissig worden op een manier die ik niet van mezelf ken.

'Dus je wil zeggen dat dat huis waar het allemaal om te doen was ineens niet goed genoeg meer is?'

Mijn moeder schrikt van mijn scherpe toon. 'Hoe bedoel je?'

'Ik heb allemaal gezeik gehad met Erik over de verjaardag van de jongens omdat jij per se naar dat huisje moest en haast had met boeken. En nu heb je er "een stuk minder zin in"?'

'Nou zeg, Loes!' zegt mijn moeder onthutst.

'Kunnen jullie wat zachter praten?' klinkt het vanaf de bank. Jasper en Joris blijven onverstoord verder kijken naar het tv-scherm. Ik sta op om de schuifdeuren tussen de woonkamer en eetkamer dicht te doen en draai me dan om naar mijn moeder.

'Snap je überhaupt waarom dit bij mij een béétje in het verkeerde keelgat schiet?' fluister ik pissig.

Mijn moeder kijkt met een perplexe uitdrukking om zich heen alsof ze steun zoekt bij een fictief publiek. 'Nee, werkelijk niet.'

'O, nee? Is het zo moeilijk om je in te denken dat het lastig is voor mij om te schipperen tussen wat iedereen wil? Wat jij wil, wat papa wil, wat Erik wil?' Ik ijsbeer inmiddels heen en weer langs de eettafel terwijl de woorden uit mijn mond tuimelen. 'Maar niemand geeft er een donder om wat ík wil, want "o, nee, Loes houdt wel rekening met iedereen".'

Mijn moeder houdt haar handen omhoog in een verdedigend gebaar.

'Ja, jij ook, mam! Zodat jij naar je huisje kan, zodat jij Laura niet onder ogen hoeft te komen. Nou, ik heb nieuws voor je. Laura komt gewoon met papa mee naar de verjaardag en daarmee basta!'

Ik ben nog nooit zo tegen mijn moeder tekeergegaan en ik ben er een beetje buiten adem van. Het voelt bevrijdend. Tenminste, totdat mijn moeder ook gaat staan en me streng aankijkt. Ineens voel ik me weer een klein meisje dat op haar kop gaat krijgen.

'Wát zeg je?'

Ik sla mijn armen over elkaar en probeer mijn rug recht te houden. 'Je hoorde me wel, Laura komt ook naar de verjaardag van de jongens en iedereen gaat zich normaal gedragen.'

'O, nee. Over mijn lijk.'

Een krassend geluid trekt onze aandacht. Het is Eddie die aan de andere kant tegen de schuifdeur staat te krabben. Waarschijnlijk is hij aangeslagen door mijn moeders stemverheffing. In tegenstelling tot ongeveer elk ander onderdeel van zijn antieke lijf werken zijn oren nog prima.

Mijn moeder schuift de deur een stukje open en pakt het trillende hondje op.

'Hebben jullie ruzie?' vraagt Jasper. Hij en Joris kijken nieuwsgierig de eetkamer in.

'Nee, hoor,' glimlacht mijn moeder.

'Zo klinkt het anders wel,' zegt Joris.

'Jullie moeder en ik hebben een discussie. Dat is iets anders dan ruzie.'

De jongens lijken genoegen te nemen met het antwoord en focussen zich weer op de tv.

Als de schuifdeur weer dicht is geschoven spuwen de ogen van mijn moeder vuur. 'Kijk nou wat je hebt gedaan, je hebt Eddie helemaal overstuur gemaakt.'

Mijn mond valt open. 'O, mijn god. Serieus? Is dat waar je je zorgen om maakt? Om Eddie?' Ik gooi mijn handen gefrustreerd in de lucht en dan zeg ik zo ongeveer het ergste dat ik tegen mijn moeder kan zeggen. 'Het is maar een hond, mam, niet de reïncarnatie van je overleden minnaar.'

Als dit een film was zou er nu dramatische muziek klinken en zou iedereen in de bioscoop zijn adem inhouden. Hier in de eetkamer valt er een onheilspellende stilte, alsof ik de pin uit een granaat heb getrokken en wacht op de onvermijdelijke ontploffing. En dat die gaat komen blijkt wel uit het feit dat mijn moeder alvast de oren van Eddie met een hand afdekt.

'Waar haal je het lef vandaan om over Eddie te beginnen?' krijst ze.

'Eddie de hond of Eddie de lafaard?' sis ik terug.

'Eddie was geen lafaard! Zo praat je niet over hem! Hij was mijn grote liefde.'

Ik lach cynisch. 'Je grote liefde? Echt? Vraagje, heeft hij je destijds ooit gevraagd weg te gaan bij papa? Nee! En ik zal je zeggen waarom niet. Omdat hij het wel lekker makkelijk vond zo, wel de lusten, maar niet de lasten. Vandaar: lafaard!'

Mijn moeder en ik staan als twee kemphanen tegenover elkaar, allebei aan een andere kant van de eettafel. Eddie ligt rillend in haar armen en heeft zijn hoofd inmiddels onder haar oksel verstopt.

'Hij deed het uit respect voor mijn huwelijk met je vader en voor mijn keuze dat ik getrouwd bleef voor jou.'

'Bullshit! Schuif dit niet op mij af. Als hij met je had willen zijn dan had hij je dat gevraagd, maar waarschijnlijk was je niet eens de enige. Heb je daar wel eens aan gedacht?'

En nu heb ik haar echt goed te pakken. Ik weet niet wat er met me aan de hand is, maar ik ben niet te stoppen. Alle remmen zijn los. Jarenlange frustratie lijkt er nu in één keer uit te komen en mijn moeder is zo overdonderd dat ze naar adem hapt. Ik maak gebruik van haar tijdelijke sprakeloosheid om een laatste punt te drukken.

'Je kan komen op de verjaardag van de jongens, maar dan accepteer je dat papa er samen is met Laura en hou je je fatsoen.'

Mijn moeder knippert een moment met haar ogen, maar dan steekt ze haar kin vooruit. 'Dan kom ik niet.' Ze kijkt me uitdagend aan, alsof ze verwacht dat ik bluf.

'Prima!' zeg ik.

‘Prima!’ zegt zij.

Ik loop naar de schuifdeur, maar voordat ik hem opendoe draai ik me nog een keer naar haar om. ‘Nou, het is je gelukt, hoor. Je hebt me laten kiezen tussen jou en papa. Bravo!’

Ik schuif de deur open en vind de jongens aan de andere kant met een geschrokken uitdrukking op hun gezichtjes op de bank. Ze hebben de tv uitgezet, waarschijnlijk om beter te kunnen verstaan wat mijn moeder en ik elkaar allemaal naar het hoofd slingerden. Ik zou ze moeten geruststellen maar ik tril van woede en frustratie.

‘Pak jullie spullen, we gaan!’

Ze horen aan mijn stem dat het menens is en rennen de trap op om hun logeertassen te halen. Ondertussen loop ik naar de gang en verzamel onze jassen. Mijn moeder volgt me niet, maar blijft in de kamer achter. Ik hoor haar zachtjes kalmerende woorden zeggen tegen Eddie. Het wakkert mijn woede alleen maar meer aan.

Als de jongens weer beneden komen trekken ze zwijgend hun jassen aan. Ondertussen werpen ze me onderzoekende blikken toe.

‘Zeg nog maar snel gedag tegen oma.’

Ik blijf op de mat bij de voordeur wachten en als Jasper en Joris afscheid hebben genomen van mijn moeder trek ik de deur resoluut open. Buiten komt de regen inmiddels met bakken uit de lucht dus we zetten het op een rennen. Pas als we eenmaal in de auto zitten en ik mijn veiligheidsgordel om aan het doen ben durven ze iets te zeggen.

‘Komt oma nou niet meer op onze verjaardag?’

Ik kijk in de achteruitkijkspiegel naar hun beteuterde gezichtjes en voel een steek van schuldgevoel. Dit is precies wat ik wilde voorkomen. Ik draai me om in mijn stoel om ze goed aan te kunnen kijken.

‘Oma is nu een beetje boos, maar ze meent het vast niet. Ik weet zeker dat ze gewoon komt.’

De jongens wisselen een vertwijfelde blik uit. Ik klink waarschijnlijk niet heel overtuigend omdat ik er zelf ook niet zo zeker van ben.

'Waarom is oma eigenlijk boos?' vraagt Jasper.

'Vindt ze Laura niet aardig?' volgt Joris hem.

Ik weet niet hoeveel ze hebben gehoord of wat ze ervan hebben begrepen, maar ik besluit zo dicht mogelijk bij de waarheid te blijven.

'Oma moet er nog heel erg aan wennen dat opa verkering heeft met Laura en opa wil Laura heel graag meenemen naar jullie feestje.'

'Dus nu wil oma niet meer komen,' concludeert Joris. De uitdrukking op zijn gezicht houdt het midden tussen acceptatie en teleurstelling. Het is zo'n volwassen blik dat ik wel kan janken. Ze horen dit soort debiele, kleinzerige dingen helemaal niet te accepteren of te begrijpen. Ze moeten ervan op aan kunnen dat volwassenen zich over hun eigen shit heen kunnen zetten. Maar zo zit de wereld niet in elkaar en dat beginnen ze helaas steeds meer door te krijgen.

Ik weet niet wat ik kan zeggen om het beter voor ze te maken dus zitten we een tijdje zwijgend te luisteren naar het roffelen van de regen op het dak. Dan voel ik mijn telefoon trillen in mijn zak. Ik heb even de hoop dat het mijn moeder is die belt om het goed te maken. Maar het is niet mijn moeder, het is Bart. Ik staar met een bonzend hart naar zijn naam op mijn scherm en blijf verstijfd met het trillende toestel in mijn handen zitten.

'Wie is het?' vraagt Jasper en hij buigt zich naar voren.

Ik draai het scherm te laat weg.

'Wie is Bart?'

Opgelucht stel ik vast dat de naam Bart hun niets zegt zonder de titel 'meester' of 'coach' ervoor.

'O, iemand die ik ken,' mompel ik vaag. Het trillen houdt op en ik stop de telefoon in mijn zak. Als ik me terug heb gedraaid in mijn stoel kijk ik weer in de achteruitkijkspiegel en glimlach. 'Zullen we vanavond frietjes eten?'

Het vooruitzicht op hun favoriete snack tovert een lach terug op hun gezicht en ik start tevreden de motor. Maar zodra ik begin te rijden trilt mijn telefoon weer tegen mijn been. Dit keer één keer kort. Ik voel een knoop in mijn maag. Hoe kan het zover zijn gekomen dat ik binnen vierentwintig uur stress heb gekregen van mijn telefoon omdat het ofwel Erik, ofwel mijn moeder, ofwel Bart kan zijn? Bij het stoplicht check ik snel wie van de drie het was. Het is een voicemail van Bart. Die kan ik thuis pas luisteren.

Ik trek iets sneller op dan normaal als het licht op groen springt, want een deel van mij kan niet wachten om zijn stem te horen. Een ander, verstandiger, deel weet natuurlijk dat ik er meer baat bij heb om hem zo snel mogelijk te vergeten, maar zodra we thuis zijn en de jongens met de laatste *Donald Duck* op het vloerkleed liggen, weet ik niet hoe snel ik mezelf op moet sluiten in de keuken om de voicemail af te kunnen luisteren.

'Loes, met mij. Bart.' Zijn stem klinkt laag en rauw, alsof hij net zo slecht heeft geslapen als ik. Ik heb het toestel met twee handen vast en zit er letterlijk aan gekluisterd.

'Wil je me alsjeblieft terugbellen? Ik wil heel graag met je praten.'

Ik luister nagelbijtend naar de stilte die volgt voordat hij ophangt. Er klinkt een piep en meteen wordt het volgende bericht aangekondigd.

'Loes!' Het is Erik. Hij spreekt mijn naam uit met een dikke L, hij is duidelijk stomdronken. Op de achtergrond klinkt harde muziek en geroezemoes. Een kroeg? Of de voetbalkantine waar het feest is doorgegaan na de veiling?

'Lig je lekker met de gymleraar te n...'

Ik hang snel op. Ik heb een stuk of tien voicemails van Erik van gisteravond en vannacht, maar dit is de eerste die ik heb geluisterd. Ik kan wel raden naar de inhoud van de rest. Erik is als een haai die bloed heeft geroken en gaat niet opgeven voordat hij precies weet hoe het zit tussen mij en Bart. Wat een shitshow. De enige reden dat ik vandaag nog niets van hem heb gehoord is waarschijnlijk omdat hij met een kater in bed ligt, maar ik weet honderd procent zeker dat ik nog niet van hem af ben.

Alsof de duvel ermee speelt trilt mijn telefoon weer één keer kort in mijn hand, maar het is geen boodschap van Erik.

BART: *Kunnen we ajb praten? Bel me.*

Mijn duim zweeft boven het antwoordbalkje, maar in plaats van te antwoorden sluit ik mijn telefoon af en leg hem op de stapel kookboeken naast de koelkast en loop weg. Ik ga voorlopig voor de struisvogeltactiek totdat ik beter kan nadenken. Ik ben nu te moe en er is te veel gebeurd, de confrontatie met Erik, de vrijpartij met Bart, om nog maar te zwijgen over de ruzie met mijn moeder... Ik loop de woonkamer in en sta een moment besluiteloos naast de bank. Dan pak ik mijn tas en autosleutels van de koffietafel.

'Kom, pak jullie jas, we gaan naar de bioscoop.'

Ik heb Joris en Jasper nog nooit zo snel op zien krabbelen en juichend rennen ze naar de kapstok in de hal. Een moment later trek ik de deur resoluut achter me dicht, zonder mijn telefoon. De komende uren wil ik even doen alsof de buitenwereld niet bestaat en waar kan dat beter dan in een donkere bioscoopzaal met een grote zak M&M's en een luidruchtige kinderfilm?

Als ik de volgende ochtend op het schoolplein kom is het één groot mijnenveld van plassen. De jongens rennen voor me uit en stampen er vrolijk op los in hun regenlaarzen. Ik glimlach en stel vast dat ik me vandaag een stuk frisser voel. Ondanks alles heb ik wonderbaarlijk goed geslapen. En lang ook, want ik ben tegelijk met de jongens naar bed gegaan. Na de bioscoop stelde ik voor om naar Antonio te gaan in plaats van thuis frietjes te eten. Ik wilde het moment om te dealen met de realiteit nog zo lang mogelijk uitstellen. De jongens hadden weinig overtuigingskracht nodig en terwijl het buiten al begon te schemeren zaten we in de gezellige warmte van ons favoriete restaurant. We deden spelletjes en aten pizza terwijl Maria en Sofia beurtelings bij onze tafel kwamen kletsen. Eenmaal thuis ging ik linea recta naar boven en naar bed, zonder naar mijn telefoon om te kijken. Ik was helemaal klaar met de dag en kon amper nog uit mijn ogen kijken.

Ook nu ligt het ding nog steeds op de kookboeken naast de koelkast, waar ik hem gisteren heb achtergelaten. Ik heb me voorgenomen straks met een kop koffie eens rustig de schade op te nemen en te bepalen wat ik eraan ga doen. Eerst de jongens wegbrengen.

Ik loop met ze mee tot aan het klaslokaal waar hun juf in de deuropening staat te wachten. Ze is nog steeds niet echt ontdooid, ondanks het feit dat ik in de afgelopen weken geen enkele keer te laat ben geweest of een gymtas ben vergeten. Nadat ik afscheid van ze heb genomen begroet ze de jongens enthousiast. Ik krijg een kort knikje en een gemaakte glimlach, dat is al heel wat.

Ik loop terug door de lange gang naar de uitgang van de school waar het een komen en gaan is van leerlingen en ouders op dit tijdstip. Ik zigzag door de drukte heen en met elke stap die ik zet komt er meer lood bij in mijn schoenen. Het moment dat ik moet gaan reageren op Eriks berichten komt immers steeds dichterbij. En wat moet ik met Bart? Piekerend sla ik de deuren van de school open en loop ik het plein op. In gedachten verzonken passeer ik een groepje moeders en registreer vaag dat een van hen zich ervan losmaakt. Het is Barbara, ze komt naast me lopen. Ik zucht diep, het is echt te vroeg voor die vrouw.

'Goedemorgen,' zegt ze zangerig en ik kijk argwanend opzij. Er klopt iets niet, waarom doet ze zo aardig?

'Goedemorgen,' groet ik terug en versnel mijn pas, maar ze blijft me volgen.

'Nou, je hebt Erik behoorlijk overstuur gemaakt.' Ze stoot me samenzweerderig aan en alle alarmbellen gaan af.

'O? Hoezo?' vraag ik onschuldig.

'Tja, zo grappig, hij denkt dat jij en meneer Bosman...' Ze grinnikt. 'Nou ja, ik zei al tegen hem: dat zou ze nooit doen. Ik bedoel, Loes is misschien een beetje een speciaal typetje, maar dát zal ze toch niet doen? Met de leraar van de jongens?' Ze kijkt me vragend aan en ik stop abrupt.

'Ik snap het wel, hoor, dat Erik dat denkt,' vervolgt ze met een mierzoete stem. 'Ik bedoel, overal waar we kijken zien we meneer Bosman om je heen hangen. Kijk,' ze knikt naar iets of iemand achter me. 'Daar heb je hem alweer.'

Mijn hart schiet in mijn keel als ik me omdraai en zie hoe Bart vanaf de overkant van het plein met grote passen op me af komt lopen.

Barbara komt naast me staan en kijkt me meewarig aan. 'Echt? Met de gymleraar, Loes?'

Ik kijk in haar zelfvoldane gezicht terwijl paniek en woede om voorrang vechten. Woede wint.

'Maak jij je nou maar druk om jezelf, Barbara!' bijt ik haar toe. 'Als ik jou was zou ik die man van je maar eens in de gaten houden in plaats van je met mij te bemoeien.'

Barbara's mond valt open en ze blijft verbouwereerd staan als ik van haar wegbeen. Ik moet zorgen dat ik zo snel mogelijk van dit plein af kom, maar ik heb nog geen tien stappen gezet of Bart heeft me ingehaald.

'Loes, wacht.'

'Niet hier!' sis ik terwijl ik door blijf lopen. 'Niet nu!'

Hij pakt me bij mijn elleboog en dwingt me te stoppen en hem aan te kijken.

'Wanneer dan? Je reageert niet op mijn berichten, je neemt je telefoon niet op.'

Angstvallig kijk ik om me heen, ik heb het gevoel alsof het hele schoolplein naar ons kijkt. In paniek probeer ik mezelf los te trekken maar Bart geeft niet mee, in plaats daarvan trekt hij me naar zich toe en kust me vol op mijn mond. Zijn andere arm slaat hij om mijn middel waardoor ik geen kant op kan. De wereld begint te draaien en dwars door het oorsuizen heen hoor ik kinderen joelen. Dit gaat helemaal mis.

Zodra Bart zijn grip ook maar iets verslapt zet ik mijn handen op zijn borstkas en duw hem van me af. Ik zie de geschokte gezichten van de ouders om ons heen en verderop staat een groep kinderen van de bovenbouw te applaudisseren. Ik hap naar adem. Dit is zo ongeveer het ergste scenario dat ik had kunnen bedenken. Als Erik zelf tussen de toeschouwers had gestaan was de ramp compleet geweest, maar ik zie al aan het gezicht van Barbara, die op een afstandje staat toe te kijken, dat het niet lang zal duren voordat hij op de hoogte is gebracht.

Ik kijk Bart furieus aan. Met één domme handeling heeft hij het hele kaartenhuis laten instorten. Hij kijkt terug met een blik vol spijt en steekt zijn hand naar me uit. 'Shit. Sorry, Loes, ik...'

Ik sla zijn hand weg en storm het plein af. Onderweg probeer ik de afkeurende blikken van de andere ouders te ontwijken. Ik schaam me kapot, ik kan me hier nooit meer vertonen.

23

'Wat is er met jou aan de hand?'

Julians stem lijkt van ver te komen, maar hij staat pal naast me. Mijn andere collega's verlaten net de vergaderruimte en ik besef dat het laatste deel van het maandagochtendoverleg volledig langs me heen is gegaan. Ik leg mijn hoofd op tafel en kreun.

'Jeetje, Loes, is het zo erg?'

'Ja,' piep ik.

Ik hoor hoe Julian de deur van de vergaderruimte dichtdoet en naast me komt zitten. Hij wrijft met een hand over mijn rug. Na een poosje kom ik langzaam overeind.

'Ik ga emigreren,' zeg ik resoluut.

'Je gaat wat?'

'Emigreren. Dat is de enige oplossing.'

'Vertel me eerst eens wat er is gebeurd.'

'Hij heeft me gekust, midden op het schoolplein!'

'Wie? Bart?'

'Ja!'

Als er een verheugde uitdrukking op Julians gezicht verschijnt, schud ik mwanhopig mijn hoofd.

'Het is een ramp! Iedereen heeft het gezien! Barbara stond er nota bene naast dus je kan er donder op zeggen dat Erik het nu ook weet.'

Ik laat mijn hoofd weer voorovervallen en bonk er een paar keer mee op het tafelblad. Julian pakt me bij mijn schouders en zet me weer rechtop in mijn stoel.

'Blijf ademen. Leg uit, waarom kuste hij je?'

Ik staar naar de lege koffiebekers en theemokken op tafel en zucht diep.

'We hebben seks gehad.'

Julian klapt verrukt in zijn handen, maar als hij mijn gezichtsuitdrukking ziet corrigeert hij zichzelf en legt ze in zijn schoot.

'Hij was op de veiling afgelopen zaterdag en Erik ook. Bart heeft op de kaartjes geboden, Erik vertrouwde het niet, hij begon me weer van alles te verwijten en toen ben ik weggegaan. Bart kwam me achterna en...' Ik denk aan de kus in de regen en meteen begint mijn huid te tintelen.

Ik denk de hele dag aan je.

Ik kijk in Julians verwachtingsvolle gezicht. 'Ik ben met hem mee naar huis gegaan. Hij zei dat hij me fantastisch vond, dat hij op de kaartjes had geboden omdat Erik een hufter is. Hij was zo lief, zo...'

Ik zwijg.

'Zo?' vraagt Julian uiteindelijk.

'Het was zo vertrouwd. Alles klopte.' Ik laat kort toe hoe een montage van de bewuste vrijpartij door mijn hoofd schiet, maar stop het dan snel weer weg.

'Jet appte dat Erik het verdacht vond dat Bart en ik allebei zo vroeg van het feest waren vertrokken en toen kreeg ik een dikke paniekaanval. Ik ben er halsoverkop vandoor gegaan.'

'Jeetje.' Julian schuift de schaal met chocoladepepernoten mijn kant op. 'En toen?'

'De volgende dag belde hij, maar ik heb niet opgenomen. Erik bleef ook maar bellen en appen en ik kreeg ook nog ruzie met mijn moeder. Ik wist echt even niet wat ik moest doen, dus heb ik maar nergens op gereageerd.' Ik stop een pepernoot in mijn mond en kauw er ellendig op voordat ik verder praat. 'Vanmorgen bracht ik de jongens weg en kwam Bart op me af. Hij wilde met me praten, midden op het schoolplein! Ik liep door en toen hield hij me tegen en kuste me.'

'Wauw!'

'Ja, heftig hè?'

'Net goed.'

Ik kijk hem verbaasd aan. 'Wat?'

'Ja, sorry Loes. Ik snap hem wel. Als je hem de hele tijd negeert dan krijg je dat.'

'Hé,' zeg ik beledigd. 'Ik dacht dat je aan mijn kant stond?'

'En dat sta ik nog steeds, maar als je iets doms doet dan zeg ik dat ook. Het is misschien niet heel handig wat Bart heeft gedaan, maar je kon erop wachten. Die man is duidelijk gek op je en dan geef je eindelijk toe en loop je weer weg? Logisch dat-ie dan iets wanhopigs doet.'

'Dus het is allemaal mijn schuld?'

Julian pakt mijn handen en kijkt me serieus aan. 'Luister. Ik hou van je, dat weet je, dus wat ik ga zeggen is echt voor je eigen bestwil. Stop met het iedereen naar de zin willen maken! Vooral je ex-man. Wat Bart heeft gedaan verdient geen schoonheidsprijs, maar het is misschien wel beter zo. Nu gebeurt er tenminste iets. Als we het aan jou overlaten dan blijf je tot het einde der tijden onder de plak bij Erik.'

Ik open mijn mond om tegen hem in te gaan, maar hij staat op en geeft me een vaderlijke kus op mijn voorhoofd. 'Denk er maar eens over na.'

Beduusd laat hij me achter in de vergaderruimte. Heeft hij gelijk? Moet ik dit als iets positiefs zien? Of toch als een publieke vernedering met rampzalige gevolgen voor mijn toch al wankele verstandhouding met Erik? En de jongens? Als ze het niet zelf hebben gezien zullen ze er snel genoeg van hebben gehoord. Bij het idee krimp ik weer ineen van schaamte. Julian heeft makkelijk praten, maar ik kan dit op geen enkele manier goedpraten voor mezelf.

Mijn gevoel wordt bevestigd als ik mijn mail open en zie dat ik een bericht van de directrice van school heb ontvangen. Of ik vanmiddag na schooltijd bij haar op kantoor wil komen om het 'incident op het schoolplein' te bespreken. In mijn eigen schoolcarrière ben ik niet één keer in het kantoor van het schoolhoofd geweest. Ik wilde het mijn ouders niet lastiger maken dan ze het al hadden dus zorgde ik dat ik het braafste meisje van de klas was. En nu word ik gewoon ouderwets op het matje geroepen. *De horror!* Ik trek de schaal met pepernoten naar me toe en eet hem van ellende helemaal leeg.

Het tikken van mijn hakken echoot onheilspellend door de lege gangen van de school en met lood in mijn schoenen leg ik de laatste meters af naar de deur met daarop DRS. EMILIE VAN DORT, DIRECTRICE op een bronskleurig naambordje. Ik klop een paar keer zachtjes en haal diep adem.

'Binnen!' klinkt de stem van de directrice neutraal.

Als ik de deur opendoe valt mijn oog meteen op de figuur die in een van de twee stoelen tegenover het bureau van de directrice zit. Ik onderdruk de neiging om rechtsomkeer te maken en stap naar binnen. Bart schuift ongemakkelijk heen en weer in de stoel en kijkt me schuldbewust aan. Ik negeer hem en nadat ik de directrice heb gegroet neem ik plaats in de stoel naast hem.

De directrice bekijkt ons een moment over de rand van haar leesbril en schraapt dan haar keel. 'Om maar met de deur in huis te vallen, we hebben te maken met een uiterst precaire zaak.'

'Emilie...' begint Bart. Maar ze kijkt hem streng aan en hij zwijgt abrupt.

'Op deze school hechten we zeer aan het creëren van een veilige leeromgeving voor onze kinderen en dat vraagt om een zekere inspanning van zowel ouders als leerkrachten. Ik hoef jullie hopelijk niet uit te leggen dat wat er vanmorgen op het schoolplein is gebeurd niet door de beugel kan.'

'Het spijt me ontzettend. Het had niet moeten gebeuren,' zegt Bart stellig.

'Het zál ook niet meer gebeuren,' haast ik me aan te vullen. Ik voel hoe Bart naar me kijkt, maar ik blijf strak voor me uitkijken.

'Ik ben bang dat het kwaad al is geschied.' Mevrouw Van Dort pakt haar telefoon erbij. 'Een leerling heeft het voorval gefilmd met een mobiele telefoon en het op internet geplaatst. Op een app met de naam… KitKat?'

'TikTok?' Mijn stem slaat over. *Laat het niet waar zijn.*

'Ja! Dat is het, TikTok. Kennelijk erg populair onder de jeugd van tegenwoordig. Ah, hier heb ik het.'

Ze draait het scherm van haar telefoon naar ons toe en tot mijn afgrijzen zie ik hoe Bart me naar zich toetrekt en kust terwijl de volwassen omstanders geschokt reageren en de jeugdige toeschouwers ons juist toejuichen. Degene die het filmpje heeft geplaatst heeft er een loop van gemaakt, waardoor de kus steeds opnieuw begint en er een regen van animatiehartjes op ons neerdaalt. 'Me meester is verlieft op een moeder van school' staat er in grote letters bij. Ik sla mijn hand voor mijn mond. *Wat een ramp!*

'O, wacht. Er zit ook nog geluid bij.' De directrice rommelt wat met haar telefoon en laat het filmpje dan nog eens aan ons zien. Dit keer met een romantisch popliedje eronder. Ik schud ongelovig mijn hoofd.

'Dit moeten we verwijderen,' breng ik uit.

'Ja, dat zou zeker moeten, maar we weten helaas niet welke leerling het heeft gedaan. Het is geplaatst op een account dat vanochtend pas is aangemaakt, waarschijnlijk speciaal voor dit doel. Het is onmogelijk te achterhalen wie het is en navraag in de klassen heeft niets opgeleverd. De gelederen zijn gesloten.'

'Ik kom er wel achter wie het is,' zegt Bart vastberaden.

De directrice tilt haar wenkbrauw naar hem op. 'Het lijkt me beter dat u zelf niet refereert aan wat er vanmorgen is gebeurd. Het is allemaal al vervelend genoeg. Ik heb verschillende klachten ontvangen van ouders en heb zo dadelijk overleg met het schoolbestuur.'

'Schoolbestuur?' vraag ik. Naast me zie ik hoe de knie van Bart nerveus op en neer wipt.

'Ja, gebeurtenissen als dit zal ik moeten bespreken met het bestuur om de vervolgstappen te bepalen.' Ze werpt een veelbetekenende blik op Bart.

'Maar, met alle respect, het was maar een kus,' zeg ik ongelovig. Ze kan toch onmogelijk menen dat de baan van Bart op het spel staat?

'Een kus die de gemoederen behoorlijk bezighoudt. Meer dan de bedoeling zou moeten zijn. Dat heeft geen plek op deze school.'

De directrice staat op en zet haar leesbril af, ze kijkt streng op ons neer.

'Ik wil jullie vragen om jullie...' ze wappert met haar hand tussen ons in, '... relatie buiten de deuren van de school te houden. En de gevolgen voor u, meneer Bosman, hoort u nadat ik het bestuur heb gesproken.' Ze knikt naar de deur, een teken dat we mogen vertrekken. Gehoorzaam staan we op, maar voordat ik Bart de gang op volg draai ik me om naar de directrice.

'Meneer Bosman is een geweldige leraar, alle kinderen zijn dol op hem. Het zou echt een verlies voor de school zijn als hij zou moeten vertrekken door één onbezonnen actie.'

De directrice kijkt me verrast aan, maar ik gun haar geen tijd te reageren en sluit snel de deur achter me.

Op de gang staat Bart op me te wachten. 'Dank je wel.'

'Geen dank, het zou zonde zijn als mijn jongens door deze puinhoop ook nog hun lievelingsleraar kwijtraken,' zeg ik afgemeten en loop langs hem heen. Als ik denk dat daar de kous mee af is heb ik het mis. Bart haalt me in en komt naast me lopen.

'Ze gaan me niet ontslaan, daar is juridisch helemaal geen grond voor. Ik krijg hooguit een officiële waarschuwing.'

Het stelt me meer gerust dan ik zou willen, maar ik zwijg en loop met stevige passen door. Bart houdt me met zijn lange benen moeiteloos bij.

'Kunnen we er even over praten? Alsjeblieft?'

Ik schud mijn hoofd. 'Ik moet naar huis. Ik heb Jasper en Joris er nog helemaal niet over gesproken en nu het zo is opgeblazen...'

'Wacht nou even!' Bart klinkt geïrriteerd, een toon die ik nog niet bij hem heb gehoord. Het heeft meteen mijn aandacht en ik stop met lopen. Bart haalt grommend een hand door zijn haar. 'God, je bent onmogelijk. Waarom loop je steeds weg?'

'Dat zeg ik toch? Ik wil naar huis.'

'Niet alleen nu, de hele tijd. Het lijkt wel alsof ik niets anders doe dan achter je aan rennen.'

Ik sla demonstratief mijn armen over elkaar. 'Oké, ik luister.'

'Wat ik wil zeggen is dat het me spijt. Ik had je niet zo voor het blok moeten zetten vanmorgen, maar...'

'Maar?' Ik kijk hem koppig aan.

'Maar ik wist niet wat ik anders kon doen, je bleef me negeren.'

Ik lach cynisch. 'Ah, je bent de tweede vandaag die me zegt dat het allemaal mijn eigen schuld is. Nou, ik zal het je makkelijk maken. Het stopt hier, oké? Vergeet wat er zaterdag is gebeurd en vergeet wat je over me denkt te weten. Het is allemaal één grote bende en voor je het weet heb ik je daarin meegesleurd. Ik heb al genoeg aan mijn hoofd om me ook nog druk te maken om jou, dus blijf alsjeblieft uit mijn buurt. Dit keer echt!'

Aan zijn uitdrukking te zien had ik hem net zo goed een klap in zijn gezicht kunnen geven. Ik draai me snel om voordat de gekwetste blik in zijn ogen vat op me kan krijgen en ik mijn woorden terugneem. Op het schoolplein vis ik mijn telefoon uit mijn tas en selecteer het nummer van Erik. Nu ik op deze adrenalinegolf surf moet ik er gebruik van maken. Sinds de kus vanmorgen heeft hij me weer ontelbare keren proberen te bereiken.

'Zo, gefeliciteerd! Jullie zijn een internethit,' is het eerste dat hij zegt als hij opneemt. Het sarcasme druipt ervan af en een flinke onderlaag van ingehouden woede is hoorbaar. 'Waar ben je in godsnaam mee bezig, Loes? De fucking gymleraar?'

Ik haal diep adem en klem de telefoon stevig in mijn hand voor houvast. 'Ik kan je geruststellen; wat er ook was tussen mij en Bart, het is klaar. Je zal er geen last meer van hebben.'

Het is even stil aan de andere kant van de lijn, dan klinkt een cynisch lachje. 'Dat kan je wel zeggen, maar je kan natuurlijk niet terugdraaien wat er is gebeurd. Het staat goddomme op internet, die kids sturen het allemaal aan elkaar door in die groepsapps van ze.'

Nu is het mijn beurt om te lachen, ook al is het een stuk minder overtuigend.

'Ik denk dat je ze overschat. Niet iedereen heeft dezelfde fascinatie voor mijn doen en laten als jij.'

'Nou, reken maar dat ze er op school mateloos door zijn gefascineerd. Heb je enig idee wat de gevolgen voor de jongens zullen zijn?'

Ik zwijg. Deze kon ik verwachten, maar alsnog heb ik geen weerwoord.

'Je hebt het goed verkloot, Loes.'

De toon in zijn stem slingert me maanden terug in de tijd, het is dezelfde toon die hij gebruikte om me ervan te overtuigen dat ik een grote fout maakte door bij hem weg te gaan. Dat ik het nooit in mijn eentje zou redden. Ik probeer me er niet door uit balans te laten brengen. Met middelmatig succes.

'Ik moet ophangen, de jongens wachten thuis op me.'

Ik verbreek de verbinding zonder een reactie af te wachten. Ik verwacht niet dat Erik het hierbij zal laten, maar ik kan me er niet al te lang druk over maken, want thuis wacht het volgende lastige gesprek. Ik ben benieuwd hoe de jongens eraan toe zijn en hoeveel ze er überhaupt van mee hebben gekregen.

Terwijl ik naar huis fiets haal ik me van alles in mijn hoofd en ik verwacht dan ook twee verwarde en getraumatiseerde zoons aan te treffen. Maar als ik de woonkamer binnenkom zit mijn vader in zijn eentje op de bank de krant te lezen.

'Waar zijn ze?' vraag ik verward.

Mijn vader kijkt op en schuift zijn leesbril op zijn hoofd. 'Op het veldje, aan het voetballen.'

'O.' Besluiteloos blijf ik in het midden van de kamer staan.

'Wat is er aan de hand, Loes? De jongens hebben het over een filmpje, iets met hun gymleraar.'

Ik plof naast hem op de bank en leg mijn hoofd in mijn handen. 'O, pap. Wat een ellende.' Ik zak opzij en leun tegen hem aan. Hij legt een onwennige hand op mijn rug en klopt zachtjes.

'Rustig maar, het komt allemaal goed.'

Ik weet hoe ongemakkelijk het voor hem is dat ik zo openlijk geemotioneerd ben dus ik herpak mezelf en ga weer rechtop zitten. Ik pers er een flauw glimlachje uit. 'Bedankt, pap. Fijn dat je ze van school kon halen.'

'Wat is er nou gebeurd?'

'Lang verhaal, vind je het goed als ik het later een keer uitleg? Ik wil nu heel graag naar de jongens toe.'

Mijn vader knikt begripvol en ik ga op weg naar het trapveldje aan het einde van de straat. In de verte zie ik Jasper en Joris heen en weer rennen en enthousiast naar elkaar roepen. Het beeld is zo vertrouwd dat ik even een seconde kan doen alsof er niets aan de hand is, alsof ik hun leventjes niet op hun kop heb gezet. *Alweer.*

Zodra ze me zien staken ze hun spel en rennen ze op me af.

'Mama! We hebben een filmpje gezien van jou en meester Bart.'

Hun wangen zijn rood van de inspanning en hun warme adem maakt witte wolkjes in de koude lucht.

'Kinderen uit groep 8 hadden het op hun telefoon en lieten het aan iedereen zien in de kleine pauze.'

Ik huiver bij het idee. 'En hoe vonden jullie dat?'

'Mats ging kotsgeluiden maken en toen ging iedereen meedoen,' zegt Jasper.

'En Babette moest bijna echt overgeven en toen werd de juf helemaal boos.'

'Ja, die ging alle telefoons proberen af te pakken en toen werd ze helemaal rood.'

Joris lijkt onder de indruk bij de herinnering aan zijn boze juf.

Ik denk aan de vijandelijke houding die ze al vanaf de eerste schooldag heeft en kan me voorstellen dat ze niet blij was met de onrust die het filmpje heeft veroorzaakt. De jongens kijken zo beteuterd dat ik mijn armen om ze heen sla en ze tegen me aandruk. 'O, jongens. Het spijt me zo.'

Joris maakt zich los uit mijn armen en kijkt me aan. 'Waarom gingen jullie kussen? Zijn jullie verliefd?'

'Ik eh... Het ging een beetje per ongeluk.'

'Maar is het waar? Zijn jullie verliefd?' mengt Jasper zich in het gesprek en ik realiseer me met een schok dat ik niet weet hoe ik die vraag moet beantwoorden. Wanneer ben je verliefd? Als iemand de hele dag in je hoofd zit? Als je vlinders voelt als je diegene ziet? Als je, vaker dan je aan jezelf wil toegeven, dagdroomt over elke kus, elke aanraking en elke blik die je met die persoon hebt gedeeld? Als je amper adem kan halen als hij in de buurt is en je steeds meer mooie eigenschappen ontdekt? Als dat zo is dan ben ik het tot over mijn oren. Maar wat heb ik aan die wetenschap?

Ik schud mijn hoofd en lieg glashard tegen mijn zoons.

'Nee, we zijn niet verliefd.'

Ze zwijgen en kijken naar hun schoenen. Ik kan hun reactie niet goed peilen. Ik zucht diep. 'Het was stom en het zal niet meer gebeuren, oké? Kom we gaan naar huis, misschien wil opa wel blijven eten. Zullen we dat eens aan hem vragen?' De jongens knikken en ik sta op.

Met aan elke hand een zoon loop ik in de richting van ons huis terwijl de schemering inzet. Wat een dag. Hoe kan ik er toch elke keer weer zo'n rotzooi van maken? Ik neem me voor om nog harder mijn best te doen. Als ik vanaf nu zorg dat ik niets meer doe of zeg dat de zaak verergert dan blijft de schade misschien wel beperkt.

29

Ik lig op de bank met mijn jas nog aan en mijn laptoptas op mijn buik. Ik heb me bij thuiskomst naar de bank gesleept, me achterover laten vallen en niet meer bewogen. Ik staar naar het plafond en luister naar de stilte in huis. De gordijnen zijn nog dicht omdat ik vanmorgen niet de moeite had genomen ze open te doen. Door de kieren zie ik dat het buiten ook al donker is. Ik zucht diep, het enige lichtpuntje aan vandaag is dat het vrijdag is en er weer een week op zit.

Er zijn inmiddels bijna drie weken voorbij sinds de kus op het schoolplein en de storm is enigszins gaan liggen. De eerste dagen na het hele gebeuren liep ik 's ochtends met tegenzin naar school om de jongens weg te brengen en moest ik alles uit de kast trekken om de blikken en het gefluister van de andere ouders te negeren. Gelukkig bleef het voor de jongens bij kleine plagerijtjes die ze zelf in hun kinderlijke nuchterheid weglachten. Desalniettemin was ik blij toen aan het einde van die week de herfstvakantie begon. Daarna leek alles een klein beetje naar de achtergrond te zijn verdwenen.

Tot het kinderfeestje van de jongens deze week. Erik had zijn plan om het op de skibaan te vieren doorgezet en ik had me erbij neergelegd. Het gevolg was dat Erik de regie volledig had overgenomen en ik er maar een beetje doelloos bijhing. Schijnbaar had het kusincident de ouders van de vriendjes van Jasper en Joris zo ongemakkelijk gemaakt dat ze van de weeromstuit maar helemaal niet meer met me praatten. Niet dat ze dat daarvoor veel deden, maar nu werd ik ronduit genegeerd.

De jongens hadden de grootste lol en ik deed mijn best hen niet te laten merken dat ik me doodongelukkig voelde als paria tussen de ouders van hun vriendjes. Ze aten taart en kregen een skiworkshop van een enthousiaste skileraar, die me natuurlijk meteen aan Bart deed denken en toen was mijn misère helemaal compleet. Want dwars door alles heen bleef één gevoel de boventoon voeren: gemis.

Ik probeerde het weg te wuiven, het als iets belachelijks te zien. Hoe kon ik iemand missen die ik nauwelijks kende? Maar ik kon het niet ontkennen, ik miste Bart ontzettend. Elke dag, als ik de jongens naar school bracht, had ik de stiekeme hoop hem ergens te zien en elke avond dat ik alleen op de bank zat hoopte ik op een bericht van hem. Maar niets van dat alles gebeurde, hij hield zich keurig aan mijn dringende verzoek me met rust te laten en hoewel ik wist dat dat het beste was begon ik me met de dag ellendiger te voelen.

Het geluid van een optrekkende stadsbus in de verte trekt me weer in het hier en nu. Ik zucht diep en vraag me af hoelang ik hier al in het donker op de bank lig. Het liefst kruip ik naar mijn bed en trek ik tot maandagochtend de dekens over mijn hoofd, maar mijn maag rommelt dus ik zou toch echt eerst iets moeten eten.

Terwijl ik de energie bij elkaar probeer te sprokkelen op te staan en te gaan koken, gaat de bel. Het is vast een buurkind dat komt vragen of de jongens nog even buiten willen spelen voor het eten. Ik sleep mezelf naar de deur en doe open, klaar om wie het ook is teleur te stellen. De jongens zijn bij het verjaardagsfeestje van hun vriendje Mats en blijven daar ook slapen. Maar het is Jet die op de stoep staat. Zodra ze me ziet fronst ze bezorgd. 'Mijn god. Wat zie jij er belabberd uit!'

'Dank je.'

Ik laat de deur open en slof terug naar de woonkamer waar ik weer languit op de bank plof. Jet is me gevolgd en doet onderweg de lampen aan terwijl ze afkeurende geluiden maakt. Het plotselinge licht is te confronterend. Ik pak een plaid van de rugleuning van de bank en leg hem kreunend over mijn gezicht.

'O, nee.' Jet trekt de plaid direct weer van me af. 'Dit gaan we niet doen. Kom, ga je opfrissen en doe iets leuks aan. We gaan naar De Vooghel.'

'Nee.' Ik graai koppig naar de plaid maar Jet houdt hem buiten mijn bereik.

'Ik meen het, je gaat niet in je eentje in een hoekje zitten kniezen. Je moet er even uit.'

Jet heeft zich de afgelopen weken opgeworpen als een echte rots in de branding en de lange gesprekken die we afwisselend bij mij op de bank en bij haar aan de keukentafel hebben gevoerd, hebben me erdoorheen gesleept.

Ze gooit de plaid op de grond en trekt me aan mijn arm overeind. 'Húp, naar boven jij. En je komt pas weer beneden als je iets aan dat pipse hoofd van je hebt gedaan.'

Omdat tegenstribbelen me meer energie zal kosten dan gehoorzamen sjok ik de trap op. Eenmaal boven sta ik een tijdje besluiteloos op de overloop.

'Als je over vijf minuten niet beneden bent komt ik je halen,' roept Jet van onderaan de trap.

Ik glimlach, ze bedoelt het goed. Misschien is een avond in een volle kroeg inderdaad precies wat ik nodig heb als afleiding. Het is allicht beter dan alleen thuiszitten en wegzakken in een moeras van twijfels en zelfmedelijden.

Ik kom in actie en nadat ik een nieuwe top en rok aan heb getrokken voel ik me meteen een stuk beter. Ik was mijn gezicht, borstel mijn haar en doe opnieuw mijn make-up. In de spiegel zie ik nog steeds de sporen van de afgelopen weken, maar de extra laag concealer maakt de donkere kringen onder mijn ogen een stuk minder zichtbaar.

Als ik de trap afloop bekijkt Jet me tevreden. 'Kijk! Dat is een stuk beter. Let's go.' Ze slaat een arm om me heen en stuurt me naar de voordeur.

Aan het aantal fietsen te zien is het druk in De Vooghel. Ik zie een plek in het rek naast de ingang en Jet fietst een stukje door om haar fiets voor haar winkel te zetten. Terwijl ik op haar wacht klinkt door het raam de muziek en het gezellige rumoer van de drukte in het café. Ik ontspan een klein beetje en kijk over de straat uit. De winkel van Jet steekt knus en kleurrijk af tussen de klassieke gevels van de traiteurs en wijnhandels. Ter hoogte van de kaasjuwelier steekt een bekend figuur de straat over. Het is Barbara. Ze zwaait naar me terwijl ze op me af komt lopen. Ik zucht diep en even overweeg ik te doen alsof ik haar niet heb gezien en vast De Vooghel binnen te gaan, maar ik ben niet snel genoeg en voor ik het weet staat ze voor mijn neus.

'Ha Loes, goed dat ik je zie.'

Ik bekijk met argwaan de verkneukelende uitdrukking op haar gezicht en mompel een groet terug.

'Ik had je willen bellen maar dat is er helemaal bij ingeschoten, je weet hoe dat gaat. Druk, druk, druk.'

Ik voel aan alles dat ze aan het toewerken is naar een boodschap waarvan ze niet kan wachten om die aan me te geven.

'Goh, vertel. Waarom wilde je me bellen?' speel ik zo achteloos mogelijk mee. Over haar schouder zie ik Jet inmiddels ook de straat oversteken.

'Het gaat over het sinterklaasfeest. Ik heb het er uitgebreid met Emilie over gehad en...' Ze pauzeert even om naar Jet te knikken die bij ons komt staan.

'En?' vraagt Jet.

'En we hebben besloten om alles toch maar bij het oude te laten. Dat lijkt ons verstandiger gezien de omstandigheden.'

'Wat?' roep ik uit.

'Welke omstandigheden?' vraagt Jet met dezelfde verontwaardiging.

Barbara neemt onze reacties even genietend in zich op voordat ze antwoord geeft. 'We zullen vragen krijgen over de aanpassingen op onze normale manier van Sinterklaas vieren en als dan blijkt dat het verzonnen is door een werkgroep met zowel de moeder als de leerkracht die voor nogal wat opschudding hebben gezorgd... Het zal weerstand oproepen.'

'O, mijn god. Dit meen je toch niet?' briest Jet.

'Ja, ik meen het wel. We moeten aan de kinderen denken.'

'Maar... dit gaat toch juist om de kinderen? Wat boeit het hen nou wie het heeft verzonnen?'

Barbara trekt de kraag van haar winterjas wat strakker om haar hals. 'Het besluit staat vast. Ellen zal de leiding over het project nemen, zij heeft ervaring met hoe we de dingen normaal gesproken aanpakken.'

'Wacht eens even,' roep ik. 'Wie zegt dat jij dat zomaar kan beslissen?'

'Emilie. Zij is het met me eens en als directrice van de school heeft zij het laatste woord. Zij vindt ook dat het beter is zo.' Ze kijkt me even meewarig aan en legt dan een hand op mijn schouder. 'Ik begrijp het natuurlijk helemaal als je je hierdoor terug wil trekken uit de oudercommissie.'

Ik knijp mijn ogen tot spleetjes en pers mijn lippen op elkaar. Jet komt zusterlijk naast me staan en steekt een arm door de mijne. 'Dat zal niet nodig zijn. Kom, Loes, we gaan lekker naar binnen.'

Barbara kijkt misprijzend naar het raam van De Vooghel achter ons. 'O, jullie gaan tussen de studenten en alcoholisten doen alsof jullie weer twintig zijn? Typisch.'

Door een waas van woede zie ik hoe ze de straat oversteekt en de wijnbar binnenloopt.

'Wat een kutwijf is het toch!'

Jet knikt instemmend en trekt me dan mee. 'Kom, vergeet haar. We gaan een leuke avond hebben.'

Het is warm en druk in De Vooghel en het geluid van de harde muziek valt als een deken over me heen. Jet baant zich een weg door de drukte en trekt me aan mijn pols achter zich aan. Achterin, bij een van de hoge tafels langs de muur, gaan net twee mensen weg en Jet claimt de tafel meteen door haar tas erop te zetten. ‘Wat een mazzel. Ik was even bang dat we de hele avond moesten staan.’

We gaan tegenover elkaar zitten en terwijl Jet de aandacht van de barman probeert te trekken leun ik tegen de muur. Ik laat de gezellige drukte op me inwerken en krijg zowaar zin in dat glas wijn dat Jet aan het bestellen is.

Als we even later achter onze glazen zitten kijkt ze me onderzoekend aan.

‘Gaat het?’

Ik haal mijn schouders op. ‘Het is dat ik het Barbara niet gun, maar als het echt zo is dat alles wordt teruggedraaid dan kan ik er net zo goed mee stoppen.’

‘Kom op, je laat je toch niet wegjagen door die heks?’

‘Escobarbara,’ mompel ik.

‘Sorry?’

‘Zo noem ik haar, Escobarbara.’

‘Escobarbara? Wat een giller,’ lacht ze en ze houdt haar glas omhoog om te proosten. Even lach ik met haar mee, maar als ik denk aan de triomfantelijke manier waarop Barbara me het nieuws bracht, sterft de lach op mijn lippen.

Jet pakt mijn hand. ‘Trek het je niet te veel aan.’

Ik zucht. ‘Ik had het kunnen verwachten. Ik had het gewoon niet zover moeten laten komen met Bart. Het is allemaal mijn eigen schuld.’

‘Heb je hem nog gezien?’ vraagt Jet.

‘Nee, maar morgen is er weer een voetbalwedstrijd dus dat zal de eerste keer zijn.’

Mijn hart maakt een stiekem sprongetje bij het idee en in gedachten spreek ik het streng toe.

Nu ik aan de voetbalwedstrijd denk komt er ook een andere gedachte in me op.

'Shit!' zeg ik hardop. 'Ik zou de voetbalkleding van de jongens vanavond bij Erik afgeven, die pikt ze morgen voor de wedstrijd op bij het vriendje waar ze logeren.'

Ik zoek in mijn tas naar mijn telefoon om hem te bellen, maar voordat ik hem heb gevonden bereikt een wolk Chanel No. 5 mijn neusgaten. Ik kijk op en zie een verwaaide Ellen aan onze tafel staan. Haar wangen zijn rood van de opwinding.

'Ellen?' Jet is net zo verbaasd haar hier te zien als ik.

'Ik heb net ruziegemaakt met Barbara,' hijgt ze. Ze klinkt alsof ze het zelf nog maar nauwelijks kan geloven. 'Ze kwam de wijnbar binnen en vertelde dat ze jullie was tegengekomen en wat ze jullie had verteld. Belachelijk! Ik werd zó boos. Ik heb zelfs een beetje geschreeuwd, geloof ik.'

Ze slaat haar hand voor haar mond bij de gedachte, maar haar ogen staan ondeugend.

Ik haal mijn tas weg en klop op de kruk naast me. 'Kom zitten.'

Jet bestelt nog een witte wijn voor onze tafel en nadat ze zich uit haar lange winterjas heeft gewerkt schuift Ellen bij ons aan.

'Vertel!' roept Jet verwachtingsvol uit als Ellen blijft zwijgen.

'Ja sorry, ik moet het nog even verwerken.' Ze moet ervan giechelen. 'Jullie hadden haar gezicht moeten zien. Totaal overrompeld.'

'Maar wat is er nou gebeurd?' vraag ik nieuwsgierig.

Ellen neemt een lange teug van de wijn die net voor haar is neergezet en leunt dan samenzweerderig naar voren.

'Ik heb haar gezegd dat ik het niet met haar eens ben en dat we al heel ver waren met de nieuwe plannen. Ze vond dat ik me er niet mee moest bemoeien en maar gewoon moest doen wat er was besloten. En toen heb ik haar verteld wat ik écht van haar vind.'

'En dat is?' vraagt Jet.

'Ik heb haar een gemeen loeder genoemd.'

Jet lacht en steekt twee handen in de lucht in een halleluja-gebaar.

'En wat zei zij toen?' vraag ik, iets minder enthousiast dan Jet. Een verbolgen Barbara is immers een gevaarlijke Barbara en die zie ik momenteel liever niet uit de tent gelokt.

Ellen haalt haar schouders op. 'Ik weet het niet, ik ben meteen weggegaan. Hierheen.' Ze kijkt verheugd om zich heen. Het is opvallend hoe anders ze er nu bij zit dan de eerste keer dat we hier afspraken. Meer op haar gemak. Ik heb er spijt van dat ik me niet meer heb ingespannen om haar beter te leren kennen. Zelfs na de stemming in de bibliotheek, toen mijn plan er dankzij haar stem doorheen kwam, bleef ik haar zien als een verlengstuk van Barbara. Ik weet eigenlijk niets van haar, behalve dat ze een dochter in groep 7 heeft en voor een groot onderzoeksbureau werkt. Ik neem me voor me meer in haar te interesseren.

'Goed gedaan, Ellen,' zeg ik dan ook gemeend.

'Ach, het werd hoog tijd dat ik een keer van me afbeet.'

'Hoezo, jullie zijn toch vriendinnen?' vraagt Jet.

Ellen lacht cynisch, iets wat ik haar ook nog niet eerder heb zien doen. Ze blijft me verbazen vanavond.

'Vriendinnen? Laat me niet lachen. Die vrouw heeft geen vriendinnen, alleen volgelingen.'

'Hoe bedoel je?' vraag ik.

'Ze heeft alleen maar mensen om zich heen die bang voor haar zijn omdat ze macht heeft. Ze bemoeit zich overal mee, op school, op de voetbalclub, de hockeyclub, bij de Rotary. Als ze zelf niet in allerlei commissies zit dan zit haar man het wel, dus iedereen wil haar te vriend houden. En ze heeft er ook een handje van om van alles over iedereen te weten te komen dus iedereen is doodsbang dat ze over ze gaat roddelen. De grap is...'

Ellen zwijgt even en bijt op haar lip, alsof ze niet zeker weet of ze verder moet gaan, maar dan buigt ze weer naar voren. 'Iedereen weet dat haar man, Justus, haar bedriegt, maar op de een of andere manier heeft zij dat niet door.'

'Ugh, die man is zo eng,' zegt Jet. 'Ik ken hem van de voetbalclub, hij bemoeide zich ook met de veiling. Wat een arrogante smeerlap, met zijn seksistische opmerkingen en dat gestaar van hem.'

Ellen knikt instemmend. 'Mijn man werkt bij hetzelfde bedrijf als Justus en daar hoor ik nog wel eens het een en ander van. Hoe hij zich naar vrouwelijke collega's toe gedraagt. En ik zie hem ook aanpappen met moeders op school en bij hockey. Hij is niet bepaald subtiel, maar het lijkt wel of Barbara het niet ziet.'

'Of misschien wil ze het niet zien,' zeg ik.

Ellen knikt. 'De enige keer dat ze er echt niet omheen kon was toen Justus een opmerking over jou maakte waar ze bij stond. Hij was nogal... openlijk positief over jouw verschijning toen je voor het eerst op school kwam. Ik denk dat Barbara het daarom extra op jou heeft gemunt. Het kwam haar natuurlijk goed uit dat het misging tussen jou en Erik. Zo kon zij jou mooi in een kwaad daglicht zetten.'

Terwijl de woorden van Ellen op me inwerken vallen de puzzelstukjes een voor een op hun plaats. Barbara voelde zich bedreigd en papte daarom aan met Erik op het moment dat ze doorkreeg dat er een breuk aan zat te komen. Ze zal hem ongetwijfeld aangemoedigd hebben me nog zo in de tang te houden, zo zou ik immers nog steeds off limits zijn voor haar eigen man. Niet dat ik ooit in zou gaan op de avances van die griezel.

De woede borrelt in me op, maar tegelijkertijd voel ik iets anders, iets wat het beste te omschrijven is als medelijden. Wat moet het verschrikkelijk vermoeiend zijn om zo in elkaar te zitten als Barbara, alleen maar bezig met konkelen, zonder echte vriendschappen en de hele tijd bang om je man kwijt te raken.

Jet zet haar lege wijnglas resoluut op tafel. 'Volgens mij is het tijd voor iets sterkers.'

Ze draait zich om en roept over de hoofden van de gasten die aan de bar zitten 'Barman! Drie tequila's, graag.'

25

Ellen is een buitengewoon grappige vrouw, zo blijkt wel na vier shotglazen tequila. Haar humor is, geheel onverwacht, van het schunnige soort en Jet en ik hebben dan ook meerdere keren dubbel gelegen van het lachen over de tafel. Als ik overeind kom na de zoveelste lachbui zie ik even zwarte vlekken voor mijn ogen en realiseer me dat ik nog niets gegeten heb. Ik neem me voor over te gaan op water en er een flinke portie bittergarnituur bij te nemen, maar dat voornemen ben ik een paar minuten later alweer vergeten als Jet de volgende ronde tequila heeft besteld.

'Waar proosten we nu op?' vraagt ze als we de glaasjes omhooghouden.

'Op mooie mannen!' zegt Ellen lodderig, haar oogleden hangen inmiddels halverwege haar ogen. Het is zo'n aandoenlijk beeld dat ik ineens de enorme behoefte voel om haar te knuffelen, nog een teken dat ik zelf ook niet meer helemaal nuchter ben.

'Op mooie mannen!' beaam ik.

'Heb je een specifiek iemand in gedachten?' vraagt Jet aan Ellen en ze wiebelt haar wenkbrauwen op en neer.

'Barry Atsma,' verzucht Ellen alsof het vanuit haar tenen komt. 'Ik heb hem een keer in het echt gezien in een restaurant en ik wilde zijn gezicht likken.'

Weer moeten Jet en ik lachen. Ellen knippert traag met haar ogen en bekijkt ons met een scheve glimlach. Als we enigszins zijn bedaard houden we de glazen weer omhoog.

'Niks mis met Barry,' zegt Jet, 'maar voor mij is het Tom Hardy all the way. Totaal ander type dan Sander met die tatoeages, maar misschien wel daarom juist.'

'Geen idee wie dat is,' zegt Ellen.

'Google hem maar eens,' raadt Jet haar aan. 'En jij, Loes? Op wie proost jij?'

Ik denk na, in mijn hoofd ga ik het rijtje bekende acteurs af van wie mijn hart altijd sneller gaat kloppen, maar door de alcoholnevel komt er steeds maar één naam naar boven drijven.

'Meester Bart natuurlijk,' lispelt Ellen, alsof ze mijn gedachten leest. 'Dat is een mooie man. Met dat donkere haar en die ogen om in te verdrinken.' Ze zucht diep en staart in de verte. 'En die brede rug, met die spijkerblouse. En dan die grote handen om dat bockbierglas.'

Verbaasd kijk ik haar aan. 'Dat is wel heel specifiek.'

Dan zie ik dat ze niet zomaar voor zich uit staart, maar juist naar een punt in het bijzonder. Ik volg haar blik en zie dat Bart een eind verderop aan de bar zit, zijn rug half naar ons toegekeerd terwijl hij met Jelle in gesprek is. Een golf van emoties spoelt over me heen. Ik ben geschrokken en blij tegelijk, voel vlinders tot achter in mijn knieholtes en in mijn maag tuimelen heimwee en verlangen over elkaar heen. Jet bestudeert gealarmeerd mijn gezicht, maar Ellen praat door terwijl ze dromerig naar Barts rug blijft staren.

'Och, die kus van jullie,' verzucht ze.

'Was je daar bij?' vraagt Jet.

Ellen maakt haar blik los van Bart en kijkt ons aan. 'Nee, maar mijn dochter liet het filmpje zien. Pff, ik kan me niet heugen dat een man mij ooit zo heeft gekust.'

Ik kan het niet helpen te blozen bij haar bewonderende toon en kijk weer naar Bart. Ik zie de contouren van zijn schouderbladen door de stof van zijn blouse bewegen als hij zijn glas naar zijn mond brengt en mijn lichaam reageert meteen bij de herinnering aan mijn handen op zijn warme huid. Ineens krijg ik de onbedwingbare drang om naar hem toe te gaan. Ik wil hem zeggen dat het me spijt en hem duidelijk maken dat het niet aan hem ligt, maar aan mij.

Dat ik een prutser ben.

Dat ik hem mis.

Zonder mijn ogen van hem af te wenden sta ik op van mijn kruk, maar voordat ik een stap kan zetten schiet Jet naar voren en pakt mijn arm.

'Wat ga je doen?'

'Ik ga naar hem toe.'

Ze fronst bezorgd. 'Is dat wel zo verstandig?'

Verbaasd kijk ik haar aan. 'Jij zegt toch zelf steeds dat ik ervoor moet gaan?'

Ze kijkt even kort over haar schouder naar Bart die nog steeds nietsvermoedend met Jelle aan het praten is. 'Ja dat klopt, maar je hebt best veel gedronken. Is het slim dat je nu naar hem toe gaat?'

Ik maak een nonchalant wuifgebaar met mijn hand. 'Joh, ik ga alleen maar even gedag zeggen.'

'Ja, ga naar hem toe,' moedigt Ellen me aan.

Jet kijk sceptisch van Ellen naar mij en ik realiseer me dat zij van ons drieën het nuchterst is. Ellen praat inmiddels met een dubbele tong en ik sta niet helemaal stabiel meer op mijn benen. Even overweeg ik naar de bedenkingen van Jet te luisteren, maar als ik het meisje achter de bar flirterig naar Bart zie lachen verander ik van gedachten. Vastberaden ga ik op pad.

Jelle ziet me als eerste en kijkt onzeker van mij naar Bart die zich omdraait op zijn kruk. Zodra hij me ziet verstart hij. In plaats van de warme glimlach die me normaal ten deel valt, blijft zijn mond een strakke streep. Zijn blik blijft gesloten, alsof er een rolluik naar beneden is getrokken. Ik houd mijn pas even in, maar de alcohol in mijn bloedstroom zorgt al snel voor een nieuwe stoot zelfvertrouwen. Met opgeheven hoofd en, hopelijk, een verleidelijke glimlach leg ik de laatste meters af. Als ik voor Bart en Jelle tot stilstand kom blijft de wereld om mij heen doordraaien en raak ik even uit balans. Om overeind te blijven grijp ik de arm van Jelle beet.

'Oeps!' mompel ik en lach schaapachtig.

Jelle groet me vriendelijk, maar Bart blijft zwijgen.

'Hoi,' zeg ik tegen hem en glimlach, maar onder zijn koele blik begint mijn bravoure af te brokkelen. 'Wat fijn om je te zien,' flap ik er gemeend uit.

'Wat kom je doen?' vraagt hij terwijl hij met een onleesbare blik naar mijn hand op Jelles arm staart.

'Ik wilde even met je praten.'

Waarom klink ik als een zeurderig kind? En waarom blijft alles maar draaien?

Als Bart zijn ogen opslaat kolkt het blauwgroen als een stormachtige zee. 'O? Nu je dronken bent wil je ineens praten?'

'Ik ben helemaal niet dr–' begin ik te zeggen, maar ik besef dat het zinloos is om te ontkennen. Ik ben ladderzat en hoe langer ik rechtop sta hoe meer de alcohol vat op me krijgt.

Bart zucht diep. 'Ik heb vaak genoeg met je willen praten, maar je gaf me geen kans. Waarom zou ik nu wel naar jou moeten luisteren?'

De mix van ingehouden woede en teleurstelling in zijn stem gaat me door merg en been.

'Het spijt me zo,' fluister ik.

Ik reik mijn hand naar hem uit, maar halverwege verlies ik de moed dus blijft hij doelloos in de lucht hangen.

'Ik snap dat je boos op me bent, ik ben ook een ongelooflijke stomme trut geweest. Maar... denk je dat je me kan vergeven zodat we op zijn minst vrienden kunnen zijn?'

Hij kijkt me een moment lang zwijgend aan en schudt dan langzaam zijn hoofd. 'Ik kan geen vrienden met jou zijn, Loes.'

Een ijskoude rilling trekt over mijn rug en ik voel mezelf misselijk worden. Aan de stand van zijn kaken zie ik dat hij het meent en het geen zin heeft om mezelf nog langer te vernederen. Ik wil net weglopen als het misselijke gevoel aanzwelt en ik me realiseer dat het de wijn en tequila zijn die zich een weg naar buiten proberen te banen.

Op wankele benen deins ik achteruit en sla twee handen voor mijn mond, dan ren ik zo goed en zo kwaad als het kan naar de deur. Eenmaal buiten leun ik tegen een lantaarnpaal en ga zo genadeloos over mijn nek dat het voelt alsof mijn ingewanden meekomen. De inhoud van mijn maag belandt op de grond en mijn schoenen. Ik kijk naar de groengele substantie en een nieuwe golf braaksel komt onverbiddelijk naar boven zetten. Dit herhaalt zich een paar keer tot er niets meer is om uit te spugen en ik hijgend voorovergebogen sta met dansende sterretjes voor mijn ogen.

Ik hoor de deur van De Vooghel open en dicht gaan en voel hoe iemand een hand op mijn rug legt. *Bart?* Hoopvol kijk ik opzij, maar het is Jet. Ze bekijkt me bezorgd en wrijft cirkels over mijn rug.

'Gaat het?'

Ik antwoord met een kreungeluid en schud mijn hoofd. Het overgeven heeft misschien voor opluchting gezorgd in mijn door alcohol geteisterde maag, maar het kan de woorden van Bart niet uitwissen. *Ik kan geen vrienden met jou zijn, Loes.* Ik kreun nog een keer van ellende.

'Och, meid,' mompelt Jet. 'Zal ik je even thuisbrengen?'

'Nee!' bijt ik haar toe. Ik kom overeind en kijk in haar geschrokken gezicht, ze heeft mijn jas en tas bij zich. 'Ik heb je hulp niet nodig.'

Ik gris mijn spullen uit haar handen en zwaai op mijn benen terwijl ik mijn armen in de mouwen van mijn jas probeer te steken. 'Ik had nooit naar je moeten luisteren.'

Jet kijkt me met grote ogen aan. 'Hè?'

'Jij zei steeds dat het kon, met Bart. En moet je nu zien.' Ik maak een armgebaar naar de pui van De Vooghel en verlies daarbij bijna mijn evenwicht.

'Nou, zeg!' roept Jet beledigd uit.

Ik draai me van haar weg en sjor het hengsel van mijn tas over mijn schouder. Zigzaggend begin ik aan mijn tocht naar huis.

26

Met een bonzend hoofd sta ik voor de ingang van het park. De zon schijnt, maar het is koud en de grond ligt bezaaid met gele en bruine bladeren. Ik kijk naar de sportschoenen aan mijn voeten en vraag me af hoe ik op het onzalige idee ben gekomen om met hardlopen te beginnen terwijl ik een megakater heb. Mijn maag voelt weeïg en beurs en ik heb ontzettende dorst. Maar goed, ik ben hier nu, dus laat ik maar doorzetten.

Ik zet een sjokkend tempo in en kies na een paar meter het pad dat langs een groot grasveld leidt. Een aantal bootcampklasjes zijn op het veld verzameld en terwijl ik hijgend langs hen jog zie ik Jet staan. Ik wil stoppen om haar gedag te zeggen maar herinner me dan hoe ik tegen haar ben uitgevallen. Ze zal me vast niet willen spreken. *En terecht!* Schuldbewust wend ik mijn blik af en sla een pad in dat wegleidt van het veld.

Met elke stap die ik zet voel ik me ellendiger. Mijn keel brandt van het gehijg en de pijn in mijn hoofd dreunt tegen mijn slapen. De misselijkheid laait weer op door het op en neer gaan van mijn lijf en mijn kuitspieren protesteren hevig. Toch blijf ik doorrennen, alsof ik er geen controle over heb.

Dat mijn tempo beschamend laag is blijkt wel uit het feit dat ik continu word ingehaald door andere hardlopers. Het motiveert me totaal niet om sneller te gaan. Sterker nog, ik ben duizend excuses aan het bedenken waarom ik juist zou moeten stoppen. Dit is gekkenwerk, mijn hoofd barst bijna uit elkaar en ik zie vlekken voor mijn ogen. *Waarom doe ik dit?*

Dan word ik ingehaald door iemand die zo hard langs me heen sprint dat ik ervan schrik. Ik herken meteen de geur van zeep die hij in het voorbijgaan achterlaat en knijp mijn ogen samen om hem beter te kunnen zien voordat hij de bocht om verdwijnt.

'Bart!' roep ik.

Ineens voel ik me genoeg aangespoord om harder te rennen en ik verhoog mijn tempo. Als ik de bocht om ren zie ik hem in de verte gehurkt op de grond zitten om zijn veter vast te maken. Ik roep nog een keer zijn naam, maar hij lijkt me niet te horen. Als ik dichterbij kom zie ik de witte oortjes van een koptelefoon in zijn oren. Ik zwaai met mijn armen om zijn aandacht te trekken, maar hij is nog te ver weg. Ik probeer de afstand tussen ons te verkleinen door mijn passen te vergroten, maar het lijkt of ik geen meter vooruitkom.

Als hij opstaat rekt hij zich even uit en rent dan weer verder.

'Bart! Wacht!' roep ik hijgend.

Niets aan zijn houding verraadt dat hij me heeft gehoord en met regelmatige, lange passen rent hij weer verder bij me vandaan. Ik blijf hem volgen en roep om de paar meter zijn naam zo hard als ik kan. Zonder resultaat.

Bart volgt het pad dat het park uit leidt en jogt even op de plaats terwijl hij zijn kans afwacht om de weg over te steken. Het geeft mij de tijd om enigszins dichterbij te komen. Ik blijf roepen en met mijn armen zwaaien. *Waarom reageert hij niet?*

Als de weg vrij is van auto's steekt hij rennend over en uit angst hem kwijt te raken trek ik een sprint. Als ik de weg op schiet hoor ik het hoge, piepende geluid van een remmende auto. *O, nee!* Ik zet me schrap voor de impact terwijl ik mijn ogen dichtknijp en wacht op de onvermijdelijke klap.

Maar die komt niet. Geen klap, geen pijn. Ik open voorzichtig mijn ogen en knipper tegen het zonlicht. Het is het zonlicht dat door de ramen van mijn slaapkamer naar binnen stroomt. Ik lig in mijn bed.

Was het allemaal maar een droom? Ik schiet omhoog en trek de deken van me af om er zeker van te zijn dat ik nog intact ben. Ik heb nog steeds de kleren aan die ik naar De Vooghel droeg en meteen stromen de herinneringen aan de rampzalige avond mijn hoofd binnen.

Met elk pijnlijk beeld – de koele blik van Bart, de gekwetste uitdrukking op het gezicht van Jet – begint mijn hoofd harder te bonzen. Ik laat mezelf terug op mijn kussen vallen en trek kreunend de deken over mijn hoofd.

Ik kan me niet herinneren hoe ik ben thuisgekomen. Het laatste dat ik weet is dat ik Jet de rug toekeerde. Arme Jet. Wat ben ik lelijk tegen haar geweest. En Bart. Hij was zo onverbiddelijk, ik krijg er weer koude rillingen van.

Dan klinkt het hoge, piepende geluid weer. Dringender en langer nu. Het is mijn deurbel. Ik vraag me af wie het kan zijn en hoelang die persoon er al staat. Wie het ook is, ik hoop dat ze weggaan. Maar het aanbellen houdt aan en het lijkt er niet op dat degene die voor mijn deur staat van plan is het op te geven. Ik sta behoedzaam op om de kloppende pijn in mijn hoofd niet te verergeren. Zonder veel succes helaas. Ook mijn maag protesteert tegen het feit dat ik beweeg. Met mijn ene hand tegen mijn voorhoofd gedrukt en mijn andere tegen mijn buik schuifel ik de trap af naar de voordeur waar iemand inmiddels mijn deurbel ongeduldig ingedrukt houdt. Ik open de deur en kijk in het furieuze gezicht van Erik.

'Hè, hè, eindelijk! Waar was je nou?'

Ik tuur naar hem door samengeknepen ogen van de koppijn en de plotselinge overdaad aan daglicht. Hij heeft zijn trainerstenue aan en zijn auto staat half op de stoep voor mijn huis geparkeerd.

'Waarom neem je je telefoon niet op, je weet toch dat de jongens zo een wedstrijd hebben? Ze hebben hun spullen nodig. Die zou jij gisteren langsbrengen, weet je nog?' briest hij. Dan glijdt zijn blik over mijn gekreukelde kleding en ongetwijfeld dito hoofd. 'Wat is er met jou aan de hand? Lag je nog te slapen?' Hij leunt naar voren en trekt een vies gezicht. 'Zo te ruiken heb je hem goed geraakt gisteren. Was je daarom te druk om je aan je afspraken te houden? Lekker dan.' Ongeduldig kijkt hij op zijn telefoon. 'Verdomme! Nu ben ik te laat aan het komen. Ik moet ze ook nog ophalen bij Mats.' Hij kijkt me weer met afschuw aan. 'Jezus, Loes, je weet er wel weer een rotzooi van te maken. Heb je die spullen in elk geval klaarliggen?'

Ik knik en wil net de sporttassen van de kapstok pakken als mijn maag ineenkrimpt. Je zou denken dat ik er gisteravond alles uit heb gebraakt, maar zo te voelen denkt mijn lichaam daar anders over. Ik strompel achteruit en ruk de wc-deur open. Ik val op mijn knieën voor de pot en kokhals met zo veel geweld dat Erik gealarmeerd naast me komt staan. Ik maai met een arm achter me om duidelijk te maken dat hij weg moet gaan, maar hij blijft staan. Uiteindelijk levert het herhaaldelijk samentrekken van mijn maag niet meer op dan een paar schuimende vlokken groen gal en uitgeput leg ik mijn hoofd op de bril.

Erik hurkt naast me en strijkt een lok haar uit mijn gezicht. Het is zo'n onverwacht teder gebaar dat ik verstijf en me afvraag of ik nog aan het dromen ben. Hij kijkt me serieus aan. 'Wordt het niet eens tijd dat we hiermee ophouden?'

Ik trek vragend mijn wenkbrauwen op. 'Waarmee?' Mijn stem klinkt krakerig en het praten doet pijn aan mijn keel.

'Dit hele gedoe. Je hebt je punt proberen te maken en het is wel klaar nu. Het is duidelijk dat je me nodig hebt.'

'W-wat?' Ik til moeizaam mijn hoofd op om hem beter aan te kunnen kijken.

'Geef toe, je maakt er een puinhoop van. Je kan helemaal niet zonder me.'

De hoofdpijn en misselijkheid verdwijnen naar de achtergrond en maken plaats voor ongebreidelde woede. Ik duw hem opzij en sta op.

'Eruit!' grom ik.

Erik kijkt me verbouwereerd aan en krabbelt overeind.

'Maar Loes...'

'Eruit!' herhaal ik, en wijs naar de voordeur. 'Nu!'

Erik houdt zijn handen omhoog zoals je doet als je een geschrokken paard wil kalmeren. 'Rustig maar. Ik wil alleen zeggen: je boodschap is duidelijk, oké? Je wil meer vrijheid, maar...'

'Stop!' roep ik. Ik kan niet geloven dat hij denkt dat ik mezelf, maar vooral de kinderen, bijna een jaar lang door de ellende van een scheiding heb gesleept om hem iets te bewijzen. Ik pak zijn arm en duw hem naar de voordeur.

'Loes, wacht nou even.' Hij zet zich schrap en blijft op de deurmat staan. Langzaam verandert de uitdrukking op zijn gezicht. 'Je gaat me toch niet vertellen dat jij en die Bart écht iets hebben?'

De spottende arrogantie waarmee hij het zegt wakkert mijn woede alleen maar aan.

'Als dat zo was dan mocht ik in mijn handen knijpen. Bart is in alles een betere man dan jij.'

Eriks mond valt open en ik maak van de gelegenheid gebruik om hem een laatste zet naar buiten te geven. Als hij eenmaal op de stoep staat duw ik hem de tassen van Joris en Jasper in zijn armen.

'Zeg tegen de jongens dat ik er ben als de tweede helft begint,' sis ik en sla de deur voor zijn neus dicht.

27

De fietstocht naar de voetbalclub heeft me goed gedaan, net als de twee paracetamol en de koude douche die ik heb genomen. Ik voel me lichamelijk ongeveer dertig procent beter dan toen ik vanmorgen wakker werd. Mentaal is er niets veranderd. Sterker nog, door de confrontatie met Erik is mijn gemoedstoestand alleen maar verslechterd. Ik overpeins de schade die ik sinds gisteravond heb aangericht en huiver terwijl ik een thermobeker naar mijn lippen breng. Voor de verandering zit er geen koffie in maar slappe thee. Iets anders kan mijn arme maag voorlopig niet hebben.

Terwijl ik langs de velden loop duw ik mijn zonnebril verder op mijn neus en knoop mijn sjaal wat strakker om mijn hals. Het is een prachtige herfstdag, maar de blauwe lucht staat in schril contrast met de grijze wolken in mijn hoofd. Het helpt ook niet dat de ouders van school die ik passeer me nog steeds aankijken alsof ik Monica Lewinsky ben na de Bill Clinton affaire. Of maakt de kater me misschien paranoïde?

Als ik het veld heb bereikt waar de jongens aan het spelen zijn, stel ik me verdekt op achter een groepje ouders van de tegenpartij. Vanaf deze plek kan ik de wedstrijd zien maar sta ik niet in het zicht van Bart of Erik. Ik doe mijn zonnebril af en waag een blik hun kant op. Bij het zien van Bart slaak ik een bibberige zucht van berouw en verlangen. Ik had het begrepen als hij er niet was geweest vandaag. Ook hem zullen immers veroordelende blikken ten deel vallen. Aan de andere kant had ik kunnen weten dat hij niet weg zou blijven, hij is veel te fatsoenlijk om zijn eigen problemen boven het belang van het voetbalteam te plaatsen.

Ik kijk een tijdje toe hoe hij gefocust is op het spel van de jongetjes en ongemerkt ben ik dichter tegen het hek gaan staan. Helaas realiseer ik me te laat dat Erik me heeft opgemerkt. Hij kijkt met een verbeten uitdrukking mijn kant op en richt zijn blik dan op Bart. Hij heeft natuurlijk haarfijn kunnen zien dat ik naar Bart aan het staren was. Bart voelt duidelijk dat de ogen van Erik op hem gericht zijn en kijkt even kort opzij. Dan volgt hij de blik van Erik die weer naar mij kijkt. Het heeft iets weg van een scène uit een soap; mijn verlangende gestaar naar Bart, Erik met ogen vol wraakgedachten en Bart die na een koele blik wegkijkt en me verder negeert.

Ik besluit me op de jongens te concentreren en zwaai enthousiast naar ze. Hun gezichtjes lichten op als ze me zien en ik ben blij dat ik de kater heb getrotseerd en ben gekomen. Toch dwaalt mijn blik steeds af naar de plek waar Erik en Bart staan. Zelfs vanaf deze afstand zie ik dat de sfeer tussen hen grimmig is.

Eriks gezichtsuitdrukking staat op onweer en hij heeft zijn aandacht niet bij de wedstrijd. Hij is vooral bezig met Bart. Hij praat tegen hem, maar Bart negeert hem en focust zich op de actie op het veld. Dat is alleen maar olie op het vuur bij Erik. Hij is niet iemand die zich makkelijk laat negeren, dat weet ik uit ervaring.

Als Erik tegen hem blijft praten loopt Bart op een goed moment zelfs van hem weg. De rest van de wedstrijd staan de mannen op flinke afstand van elkaar langs het veld. Bart is actief aan het coachen, maar Erik lijkt vooral te mokken. Hij reageert dan ook totaal niet als iemand uit het team het winnende doelpunt scoort en de jongens in een vrolijke polonaise het veld af komen. Bart geeft ze allemaal een high five waarna ze stuk voor stuk hun ouders opzoeken. Joris en Jasper komen op me afgerend en klimmen over het hek om me te knuffelen. Ik sluit ze dankbaar in mijn armen.

'Goed gedaan, jongens! Dat was een spannende wedstrijd.'

'Meester Bart zegt dat we nu bovenaan in de competitie staan!' joelt Jasper.

'Wauw, wat knap van jullie!'

Ik knuffel ze nog een keer en kijk over hun hoofdjes naar Bart die de wedstrijdballen in een net aan het doen is. Erik loopt op een afstandje achter hem aan en praat tegen zijn rug. Hoewel Bart er ook nu voor kiest om Erik te negeren zie ik aan zijn gezichtsuitdrukking dat Eriks woorden hem raken. Een frons verschijnt op zijn voorhoofd en zijn kaken staan gespannen. Na de zoveelste opmerking van Erik draait hij zich om en zegt iets terug terwijl hij een hand omhooghoudt. Het ziet eruit als een waarschuwing. Bart loopt met grote passen langs Erik het veld af in de richting van het materiaalhok. Als ik zie dat Erik hem volgt krijg ik een onheilspellend gevoel.

Snel haal ik mijn pinpas uit mijn tas en geef hem aan Jasper en Joris.

'Ik moet nog even iets met papa overleggen. Halen jullie maar vast een warme chocomel met slagroom.'

Dat laten ze zich geen twee keer zeggen en blij rennen ze naar de kantine.

Ik loop haastig om het veld heen terwijl ik Erik en Bart in de gaten houd. Ik twijfel wat ik moet doen. Ik heb het idee dat Erik op een confrontatie uit is en ik weet niet of mijn bemoeienis dat kan voorkomen of juist zal bespoedigen. Toch besluit ik ze te blijven volgen.

Hoe dichterbij ik kom, hoe meer ik kan horen. Ik kan niet letterlijk verstaan wat Erik tegen Bart zegt, maar ik pik wel zijn toon op. Ik ken die toon, hij is aan het zuigen. En aan de stand van Barts schouders te zien begint het effect te krijgen.

Het materiaalhok staat aan de rand van een ander veld waar een aantal ouders staat te kijken naar een wedstrijd die nog bezig is. Ik versnel mijn pas en kom dichtbij genoeg om Erik te verstaan.

'... dat ik het er niet bij laat zitten. Ik heb het schoolbestuur een mail gestuurd en... Hé, luister je wel?'

Erik verheft zijn stem bij die laatste woorden en een paar van de ouders langs het veld kijken nieuwsgierig achterom. Bart staat inmiddels bij de deur van het hok en legt het net naast zich op de grond. Zijn bewegingen zijn beheerst, maar vanaf de plek waar ik sta toe te kijken kan ik de zijkant van zijn gezicht zien. Hij is duidelijk geïrriteerd. Even sluit hij zijn ogen en lijkt hij zichzelf tot kalmte te manen terwijl hij een sleutel uit zijn zak haalt en in het slot steekt.

'Hál-lo!' Erik stapt dichterbij. 'Ben je doof?'

Langzaam draait Bart zijn hoofd opzij. Hij kijkt koel op Erik neer. 'Zou je aan de kant willen gaan?'

Erik lijkt een moment uit het veld geslagen door Barts kalme toon, maar als Bart zich weer van hem wegdraait geeft hij hem een duw tegen zijn schouder.

'Heb je niets te zeggen?'

Bart blijft met zijn rug naar Erik toegekeerd staan. 'Wil je me niet aanraken?' Zijn toon is ijzig kalm en zijn schouders staan gespannen. Inmiddels zijn er meer ouders geïnteresseerd geraakt in wat er zich tussen Erik en Bart afspeelt.

Erik lacht spottend. 'Anders wat? Ga je me slaan?'

Bart antwoordt niet en legt zijn hand op de klink van de deur.

'Nou?' Erik geeft Bart nog een duw tegen zijn schouder. En nog één en nog één, totdat Bart het zat is. Hij draait zich met een ruk om.

'Ik zei, raak me niet aan!'

Hij kijkt zo ontzettend pissig dat Erik van schrik een stap naar achteren doet. Hij herstelt zich echter snel en begint met opgeheven vuisten voor Bart op en neer te hupsen.

'Kom op dan!' roept hij uitdagend.

Ik weet dat Erik, zoals zo veel vaders van zijn leeftijd, bokslessen is gaan volgen, maar hij zal toch niet serieus denken dat hij nu…? Voordat ik de gedachte kan afmaken haalt Erik met zijn rechtervuist uit naar Bart. Ik sla mijn hand voor mijn mond en houd mijn adem in. Bart ontwijkt hem door snel opzij te buigen. Zijn pissigheid maakt nu plaats voor verbazing. Ik snap hem wel, de hele situatie is compleet surrealistisch.

Ondertussen staan alle ouders met hun rug naar de wedstrijd en kijken vol ongeloof naar het tafereel bij het materiaalhok. Erik lijkt zijn omgeving te zijn vergeten en focust zich vol overgave op Bart, zijn ogen zijn tot spleetjes geknepen en spuwen vuur. Hij maakt een paar schijnbewegingen en haalt dan nog een keer uit. Het kost Bart weinig moeite om de vuist weer te ontwijken. Als ook de derde poging om Bart te raken mislukt vliegt Erik met een gefrustreerde grom op hem af. Bart reageert snel door een stap opzij te zetten en Erik tegelijkertijd van zich af te duwen. Hierdoor verliest Erik zijn evenwicht en valt met een smak tegen de deur van het materiaalhok. Hij moet de deurklink hebben geraakt, want hij houdt kermend twee handen tegen zijn gezicht gedrukt terwijl hij op de grond zakt.

'Erik!' roep ik geschrokken en zet een stap dichterbij.

Bart kijkt van mij naar Erik en dan naar de ouders bij het veld, zijn borstkas gaat snel op en neer en hij kijkt alsof hij niet kan geloven wat er is gebeurd. Hij steekt een hand uit naar Erik om hem overeind te helpen, maar die slaat hem pissig weg. Op eigen kracht krabbelt Erik overeind terwijl hij één hand tegen zijn linker oogkas houdt.

'Godverdomme! Kijk wat je gedaan hebt!' roept hij woedend en haalt de hand voorzichtig weg. Er zit bloed aan. Een geschokt 'O!' klinkt collectief uit de groep toekijkende ouders. De wenkbrauw boven Eriks oog is gescheurd en er sijpelt bloed uit.

Bart buigt zich bezorgd naar hem toe, maar Erik geeft hem weer een duw tegen zijn schouder.

'Blijf van me af, klootzak!'

Verwilderd kijkt Erik om zich heen, het is alsof hij nu pas beseft waar hij is en wie er allemaal toekijken. Hij laat zijn blik over de groep ouders glijden en wijst dan naar een blonde man met een baardje.

'Gijs! Bel de politie.'

De man, die blijkbaar Gijs heet, kijkt eerst wat ongemakkelijk om zich heen en stapt dan naar voren. 'Eh, Erik, kerel. Ik denk niet dat we de politie hierbij moeten betrekken.'

'Zeker wel! Je zag toch hoe hij me aanviel?'

Gijs lacht schaapachtig. 'Kom op, je bent zelf ook advocaat. Dit was hooguit zelfverdediging.' Hij loopt op Erik af en geeft hem een joviale klap op zijn schouder. 'Je was nogal aan het provoceren, man. Geef elkaar een hand en vergeet het.' Hij kijkt met een zalvend glimlachje van Erik naar Bart. 'Gewoon een misverstandje, zand erover.'

Ik zie dat het Bart moeite kost, maar uiteindelijk steekt hij zijn rechterhand uit naar Erik die er vol afgrijzen naar kijkt. Erik zet een stap achteruit en steekt een priemende vinger in het gezicht van Bart.

'Denk maar niet dat je hiermee wegkomt. Je hebt de verkeerde te pakken, jongen. Ik laat niet met me sollen.'

Met zijn lippen op elkaar geperst trekt Bart zijn hand terug. Alles aan hem ademt frustratie uit, maar hij houdt zich in. Zwijgend stapt hij langs Erik en Gijs heen en loopt van hen weg.

'Wacht,' fluister ik als hij me passeert, maar hij houdt zijn blik strak voor zich uit gericht. Als ik mijn hand op zijn arm leg om hem tegen te houden draait hij zich van me weg. Even kijkt hij over zijn schouder met een blik die me doet wankelen. Zijn ogen zijn groener dan ooit en ze lijken te zeggen: *dit is allemaal jouw schuld!*

Ik laat mijn hoofd hangen. Hij heeft gelijk. Hij zou nooit een vlieg kwaad doen, maar door mij is hij in deze situatie beland. Waarom ben ik ook zo roekeloos geweest? Ik wíst dat het slecht zou aflopen.

Alsof mijn innerlijke zelfkastijding niet al genoeg is komt Erik dreigend op me aflopen. Met zijn bebloede gezicht en de verfrommelde manier waarop zijn trainingspak zit, ziet hij eruit als een voetbalhooligan na een confrontatie met de tegenpartij.

'Heb je genoten van de voorstelling?' bijt hij me toe als hij eenmaal voor me staat.

De ouders langs het veld draaien zich discreet terug naar de wedstrijd maar blijven nieuwsgierige blikken over hun schouders werpen.

Gijs staat een eindje verderop nog bij het materiaalhok te wachten.

'Erik, ik...'

'Geef het maar toe. Je krijgt hier een kick van, of niet? Twee mannen die om je vechten.'

Ik slik en schud mijn hoofd. Hij kan me van veel beschuldigen, maar niet dat ik hier op de een of andere ziekelijke manier van geniet.

Erik zet nog een stap dichterbij en wijst naar zijn bloederige wenkbrauw.

'Zie je dit? Dat is jouw schuld! Als jij mij niet de hele tijd gek maakt met je wispelturige gedrag dan was dit niet gebeurd.'

'Wispelturig?' roep ik verbaasd. 'Erik, ik ben zo duidelijk als wat. Het is over tussen ons. We hebben allebei onze handtekening gezet onder de scheidingspapieren. Hoe niet-wispelturig wil je het hebben?'

Erik haalt zichtbaar adem om nog iets giftigs tegen me te zeggen, maar Gijs komt naar hem toe gelopen en legt een hand op zijn schouder.

'Kom, kerel, ik loop even met je mee naar de EHBO.'

Erik kijkt me nog een paar seconden met een pissige blik aan maar laat zich dan meevoeren door Gijs. Besluiteloos blijf ik staan en staar naar mijn schoenen. Ik voel hoe de hoofdpijn langzaam weer begint op te komen. Als ik opkijk zie ik hoe de ouders langs het veld snel hun blik afwenden. *Top*. Nu hebben ze nog meer om achter mijn rug over te roddelen. Ik zucht en schuif de zonnebril weer op mijn neus. Met opgeheven hoofd loop ik langs de velden naar de fietsenstalling. Het lukt me vast om mijn tranen te bedwingen totdat ik thuis ben.

'Gaslighting.'

'Huh?'

'Het is pure gaslighting, wat Erik doet.'

Ik richt mijn hoofd een stukje op en kijk Julian aan. Het heeft iets weg van een sessie tussen een psycholoog en zijn patiënt, zoals we erbij zitten. Ik onderuitgezakt, alsof ik het heb opgegeven, en hij rechtop in de stoel naast me met zijn ene been elegant over zijn andere geslagen.

'Wat is dat nou weer?' vraag ik.

'Ken je dat niet? Dat is een tactiek die vooral onzekere, egoïstische klootzakken toepassen. Dan verdraaien ze de waarheid de hele tijd zodat de ander helemaal aan zichzelf gaat twijfelen. Dat geeft macht, want hoe onzekerder die ander wordt hoe meer diegene denkt dat de gaslighter gelijk heeft.' Hij tikt met een vinger een paar keer tegen zijn slaap. 'Erik draait alles steeds zo om dat jij denkt dat het jouw schuld is.'

Ik knipper met mijn ogen en laat dan mijn hoofd weer achterovervallen. 'Het ís ook mijn schuld.'

Ik staar omhoog naar de lampen aan het plafond. We zitten in de zaal waar straks de cast van *FREE!* gaat repeteren. Julian had me er aan mijn arm mee naar binnen getrokken na het ochtendoverleg. Hij wilde een verklaring voor het feit dat ik erbij had gezeten als een ellendig hoopje mens.

'Je hebt je niet eens opgemaakt!' had hij verontrust geroepen.

Hij had me in een van de rode pluche stoelen van de tribune geplant en met groeiende verbazing geluisterd naar mijn samenvatting van de confrontatie tussen Erik en Bart.

Ik voel zijn hand op mijn arm. 'Nee, echt niet, Loes. Hij manipuleert je al jaren. Daarom zie je het waarschijnlijk niet eens meer. Het gebeurt heel subtiel.'

Ik denk na. Heeft hij gelijk? Toen Erik me op het voetbalveld voor de voeten wierp dat ik verantwoordelijk was voor het incident met Bart had ik me opstandig gevoeld, maar dat was van korte duur geweest. Vrijwel direct nadat ik thuis onder de dekens was gekropen begon de twijfel. Ik dacht aan de dampende puinhoop waarin mijn leven was veranderd en kon maar één gemene deler vinden: ik.

Ik zie mijn moeder niet meer, de jongens zijn hun oma kwijt, de enige vriendin die ik had heb ik weggedreven en mijn missie om geen onderwerp van roddels meer te zijn is schromelijk mislukt. En in al die ellende heb ik ook nog eens Bart meegesleept, misschien wel de aardigste, meest stabiele en goedbedoelende persoon die ik ken. Door mij staat zijn baan op het spel en is hij in een ordinaire ruzie betrokken geraakt met Erik.

Kreunend sla ik mijn handen voor mijn ogen en schud mijn hoofd. Ik voel hoe Julian dichterbij schuift en een arm om me heen slaat.

'Meisje, toch,' fluistert hij.

'Wat is hier aan de hand?' vraagt een stem.

Ik haal mijn handen van mijn gezicht en zie dat Elias in de stoel voor mij is gaan zitten. Hij zit geknield op de zitting en steunt op de rugleuning terwijl hij me nieuwsgierig bekijkt. Op de bühne warmen een aantal dansers zich inmiddels op en stemmen muzikanten hun instrumenten.

'Onze meid hier is een beetje ongelukkig,' legt Julian uit.

Elias bekijkt me met een schuin hoofd en medelijden op zijn gezicht. Ik haat medelijden. Snel ga ik rechtop zitten en strijk mijn blouse glad.

'Nee, hoor. Het gaat wel weer.'

Julian zucht en draait met zijn ogen. 'Het gaat helemaal niet,' zegt hij hoofdschuddend tegen Elias.

Elias legt een hand op mijn knie. 'Hé, het is niet erg. We voelen ons allemaal wel eens klote.'

Ik kijk in zijn vriendelijke gezicht en glimlach dankbaar. Hij weet niets van mijn situatie en toch wil hij me troosten.

'Weet je wat ik doe als ik te veel in mijn hoofd zit?' vervolgt hij terwijl hij mijn handen pakt en erin knijpt.

'Nou?' vraag ik geïnteresseerd.

'Dan laat ik me heerlijk masseren. Even alleen maar ontspannen. Echt, het helpt!'

'Wat een goed idee!' roept Julian enthousiast uit. 'Er zit een nieuwe

Thaise salon hier om de hoek. Ik maak meteen een afspraak voor je.'

'Maar...' protesteer ik.

'Ssh,' sust Elias. 'Doe het gewoon. Laat maar een keertje voor je zorgen.'

Hij en Julian wisselen een blik uit en voordat Julian in zijn telefoon duikt om een afspraak voor me te maken, meen ik hem te zien blozen. Ook Elias glimlacht verlegen voordat hij zich weer tot mij richt.

'Je zal zien dat de wereld er na zo'n massage een stuk beter uitziet.'

Hij leunt verder voorover en plant een kus op mijn voorhoofd. Na een laatste blik op Julian klautert hij behendig over de stoelen terug naar het podium.

Ik stoot Julian aan. 'Wat was dat?' vraag ik.

'Hm?' reageert hij gespeeld afwezig, terwijl hij op zijn telefoon blijft staren.

'Dat daarnet. Jullie vraten elkaar zowat op met jullie ogen. Ik wilde jullie bijna even alleen laten.'

Julian kijkt grijnzend op. 'Misschien zag je dat niet verkeerd,' grinnikt hij. 'Meneer is eindelijk tot bezinning gekomen en heeft me dit weekend mee uit eten genomen.'

'Echt? Wat goed!' joel ik. Ik wip enthousiast op en neer en klap als een klein kind in mijn handen. 'Waar zijn jullie geweest? Wat hebben jullie gedaan? Vertel me alles!!'

Julian barst in lachen uit. 'Rustig aan. Ik zal je alles vertellen, maar eerst ga jij je laten masseren.'

Hij draait het scherm van zijn telefoon naar me toe en ik zie de bevestiging voor een afspraak.

'Maar dat is over een half uur al!'

Julian haalt zijn schouders op. 'Dan zou ik maar snel je team gaan vertellen dat je over een half uur een afspraak buiten de deur hebt.'

Ik wil verder protesteren, maar Julian legt een vinger op mijn lippen.

'Ik wil er niets meer over horen. Je gaat. Punt uit!' Hij staat op en kijkt me streng aan. 'Je verdient dit, Loes. Je bent jezelf alleen maar aan het straffen, dat werkt niet.'

Hij werpt me een handkus toe en laat me verbouwereerd achter.

28

Als ik twintig minuten later de schouwburg verlaat bedenk ik dat ik nog nooit een Thaise massage heb gehad. Sowieso is het al eeuwen geleden dat ik professioneel ben gemasseerd. De laatste keer was volgens mij tijdens een weekend weg met mijn moeder naar een spa. Haar cadeau voor mijn eenentwintigste verjaardag.

De gedachte aan mijn moeder maakt een verdrietig gevoel in me los. Ondanks haar onuitstaanbare gedrag en koppigheid mis ik haar enorm. Ze is zeker niet perfect, maar ze blijft mijn moeder. Een constante factor in mijn leven die altijd voor me klaar heeft gestaan, vaak met het verkeerde advies maar steeds met de beste bedoelingen.

Gisteren was de 'grotemensenverjaardag' van de jongens bij Erik thuis en ik had tot het bittere einde hoop gehouden dat ze alsnog zou komen, ook al was het tegen beter weten in. Het was al erg genoeg om bij Erik thuis te zijn terwijl zijn familie me verwijtende blikken bleef toewerpen. Ik weet niet wat hij ze had verteld over zijn gehavende wenkbrauw en blauwe oog, maar ik had zo'n vermoeden dat ik er in zijn versie van het verhaal niet al te best van afkwam.

Ik schaamde me altijd licht voor mijn flamboyante moeder als we bij Eriks keurige, chique familie waren, maar nu had ik niets liever gehad dan haar aan mijn zijde. Ik miste haar als bondgenoot, als iemand in mijn hoek van de boksring. Die realisatie maakte me nog verdrietiger. Ik miste Eddie zelfs.

Mijn vader was er wel geweest, samen met Laura. Hij zat als vanouds stilletjes in een hoek van de bank, maar Laura knoopte beleefde praatjes aan met de ouders en zus van Erik. Haar bescheiden voorkomen viel zowaar bij hen in de smaak en ik was dankbaar voor de afleiding die ze ons allemaal gaf.

De jongens leken een leuke dag te hebben, ze speelden voornamelijk met hun neefjes en waren blij met hun cadeaus. Pas bij het uitblazen van de kaarsjes op de taart hadden ze sip gekeken.

'Komt oma echt niet?' had Joris gevraagd.

Mijn moeder had hun cadeaus per post laten bezorgen, maar dat maakte haar afwezigheid niet goed, zo bleek. Van ellende had ik twee stukken taart gegeten en dat was me op een misprijzende blik van Eriks graatmagere moeder komen te staan.

Ik was blij toen de dag voorbij was en ik naar huis kon. Hoe pijnlijk het elke keer ook was om zonder de jongens thuis te komen, voelde ik me bevrijd zodra ik de voordeur achter me dichttrok. De spanning van alle ingehouden woorden en emoties leek enigszins van me af te glijden. Maar nu ik in de ontvangstruimte van de massagesalon aan het wachten ben voel ik dat een groot deel van die spanning nog steeds tussen mijn schouders vastzit. Een massage is misschien inderdaad precies wat ik nodig heb.

Het meisje dat me binnenliet en me op een witte bank liet plaatsnemen brengt me een beker thee en lacht vriendelijk. Ik heb het idee dat ze geen Nederlands spreekt, want op alles wat ik zeg knikt ze alleen maar met een glimlach. Ze gaat achter een glanzend witte balie zitten en begint in een tijdschrift te bladeren. Er klinkt zachte newagemuziek en alles in de ruimte is wit, behalve een paarse orchidee op de balie en het logo van de salon dat groot in goud op de muur is geschilderd.

Ik neem een slok van de hete thee, het is kruidig en ik kan de smaak niet thuisbrengen. Ik sluit mijn ogen en snuif de geur op. *Munt? Peper? Lavendel, misschien?*

'Miss Dekker?'

Ik schrik en open mijn ogen. Voor me staat een vrouw in een paarse blouse en een witte broek. Ze is op blote voeten en heeft haar zwarte haar in een strakke knot. Ze is ouder dan het meisje achter de balie en kijkt een stuk minder vriendelijk.

'Yes, hello,' antwoord ik.

'You come.'

Zonder op me te wachten draait ze zich om en verdwijnt in een gang naast de balie. Ik volg haar gedwee. In de gang zie ik de masseuse nergens, maar wel drie deuren naast elkaar waarvan eentje op een kier staat. Ik twijfel wat ik moet doen, zomaar naar binnenlopen? Dan verschijnt ze ongeduldig in de deuropening.

'Come!'

Gehoorzaam loop ik langs haar heen naar binnen en kijk rond. Ook deze ruimte is volledig wit. In het midden staat een massagetafel met een handdoek erop en tegen de muur een kastje met flessen met olie.

'You take clothes off and lie down,' gebiedt de masseuse voordat ze de deur dichttrekt en me alleen laat.

Ik krijg het gevoel dat ik op mijn kop krijg als ik niet snel doe wat ze zegt, dus ik schiet uit mijn kleren en kruip op de tafel. Ik leg mijn gezicht in het gat aan het uiteinde en wacht. Terwijl ik naar een pluisje op de vloer staar begin ik het langzaam koud te krijgen.

Ook in deze ruimte klinkt de newagemuziek en ik probeer me erop te focussen. Ik heb eigenlijk een hekel aan dit soort gepling-ploing maar het leidt me nu tenminste af van het feit dat ik kippenvel begin te krijgen.

Dan hoor ik de deur opengaan en iemand binnenkomen. Wat als het niet de masseuse is, maar iemand anders? Ik lig hier in mijn blote kont en kan niets zien behalve de vloer. Net voordat ik mijn hoofd op wil tillen komen haar twee blote voeten in beeld en voel ik een hand op mijn rug.

'Relax,' zegt de masseuse zakelijk.

Ik hoor wat geritsel en niet veel later legt ze een zachte handdoek over me heen. Ze schikt de stof zo dat mijn benen onbedekt blijven.

Ik probeer wat te ontspannen en ga ervan uit dat de massage nu zal beginnen. Ik verwacht zachte handen die vakkundig de spanning uit mijn spieren zullen kneden, maar in plaats daarvan pakt de masseuse mijn enkel en drukt mijn been in zo'n onmogelijke hoek dat ik van schrik een gilletje slaak.

'Relax!' gebiedt ze me nogmaals.

Terwijl ik een kreun onderdruk probeer ik te doen wat ze zegt, maar dat is nog niet zo makkelijk. Ze herhaalt het buigen van mijn been een paar keer en leunt er vervolgens met haar hele gewicht op. Vooral de spieren in mijn lies protesteren hevig, maar voordat de pijn echt ondraaglijk wordt legt ze mijn been neer en pakt mijn andere enkel. Ik hoor een verontrustende *knak* uit mijn heup komen als ze ook dit been in een hoek legt die volgens mij alleen bedoeld is voor iemand die zijn hele leven in het circus heeft gewerkt.

'Au!' breng ik puffend uit.

'Relax,' herhaalt de masseuse, nu bijna verveeld.

Ze maakt wat afkeurende geluiden en ik voel me meteen bezwaard. Ze zal vast doorhebben dat ik weinig sport en ervan balen dat ze haar skills aan mijn belabberde lijf moet verkwanselen. Ik probeer zo goed mogelijk mee te bewegen, maar langzaam begin ik me af te vragen of dit nou zo ontspannend is.

Als de masseuse na een paar akelige minuten ook met dit been klaar is legt ze het plat neer op de tafel. Ze trekt de handdoek naar beneden zodat die mijn benen bedekt maar niet mijn rug. Ik hoor haar naast me met de flessen olie in de weer. Nu begint vast het fijne gedeelte. *Gelukkig!* Ik blaas een lange adem uit waarvan ik niet wist dat ik hem inhield en verschuif mijn hoofd iets zodat de rand van het gat minder in mijn voorhoofd drukt.

De masseuse wrijft met twee handen olie in de huid van mijn rug en ik voel hoe haar geoefende vingers hier en daar extra druk uitoefenen. Het is heerlijk, maar helaas van korte duur. Tot mijn grote verbazing klimt ze op de massagetafel en komt boven op me zitten. Ze plant haar elleboog tussen mijn schouderblad en ruggengraat en leunt erop.

'Waah!' roep ik uit.

De pijn die de punt van haar elleboog veroorzaakt is zo venijnig dat ik instinctief omhoog wil komen, maar de masseuse houdt me met haar dijbenen ferm op mijn plek. Ondanks haar tengere formaat is ze opvallend sterk.

'You tight. No good!'

Het klinkt als een verwijt en ik wil bijna mijn excuses maken, maar bedenk dan hoe belachelijk dat is. Ik kom hier potverdorie om te ontspannen en in plaats daarvan lig ik hier te kronkelen van de pijn.

'Wait. Stop!' puf ik.

De masseuse verlicht de druk op de knoop in mijn rug enigszins.

'What's wrong?' vraagt ze, zonder haar best te doen niet geïrriteerd te klinken.

'It hurts!'

De masseuse klikt met haar tong en zucht. 'You no take care of body. Your body angry!'

Tuurlijk, mijn lijf is boos op me, dat kan er ook nog wel bij. De masseuse haalt godzijdank haar elleboog weg, maar pakt dan mijn arm. Ze buigt hem achter mijn rug en trekt eraan zodat ik half overeind kom. Met haar knie drukt ze mijn onderrug op de tafel. Het heeft iets weg van een worstelgreep, maar omdat ik niet weer wil klagen pers ik mijn lippen op elkaar en probeer me over te geven aan de pijn. Het zal vast ergens goed voor zijn, maar dit is totaal niet wat ik verwacht had.

De masseuse laat mijn ene arm los en pakt mijn andere beet. Ze herhaalt de buig- en trekbeweging en weer verbijt ik de pijn. Ergens diep in mijn borst voel ik iets opborrelen. Iets wat zich dwars door alles heen naar buiten lijkt te willen vechten. Ik houd mijn ogen dichtgeknepen en mijn kaken stijf op elkaar geklemd om het tegen te houden. Zoals ik altijd gedaan heb. Zoals ik altijd doe.

Maar het is tevergeefs en voordat ik er iets tegen kan doen komt het eruit in de vorm van een snik. Gevolgd door nog een snik.

Het is zo'n onverwachte sensatie dat ik het in eerste instantie niet herken. De masseuse heeft het ook gehoord en laat me van schrik los.

'Miss?' klinkt het bezorgd naast mijn oor.

Ik probeer te antwoorden maar het enige wat eruit komt is nog een luidruchtige snik en dan beginnen de tranen te stromen. De masseuse springt van tafel en mompelt paniekerig iets in haar eigen taal. Ik schaam me en wil haar geruststellen, maar het lukt me niet om iets te zeggen en ik kijk hulpeloos toe hoe dikke tranen naast haar blote voeten op de vloer uit elkaar spatten.

Ineens besef ik dat ik de afgelopen weken niet één keer heb gehuild om alle ellende. Blijkbaar moet het er nu uit, alsof de masseuse een zegel heeft gebroken met haar geduw en getrek. De troostende hand die ze nu op mijn rug legt zet de sluizen alleen maar verder open. Ik heb geen controle over het geluid dat ik produceer, het heeft iets weg van een sirene.

De masseuse helpt me overeind en wikkelt me in de handdoek. Dan komt ze naast me op de tafel zitten met een arm om me heen geslagen. Zachtjes wiegt ze me heen en weer en maakt sussende geluiden. Ik leun hulpeloos tegen haar aan en laat de eindeloos lijkende stroom tranen de vrije loop.

Als ik enigszins lijk te bedaren staat ze op en verlaat de kamer om niet veel later terug te keren met een doos tissues en een kop thee. Ze komt weer naast me zitten en kijkt toe hoe ik tussen de beverige naschokken van de huilbui door voorzichtig van mijn thee sip.

'Why you so sad?' vraagt ze na een tijdje.

Ik haal mijn schouders op. Waar begin ik?

'My life is shit,' zucht ik. 'I fucked everything up.' Ik snuit mijn neus en zucht diep. 'I miss my mother. I miss my friend. And...'

Ik kijk verslagen naar de snotterige tissue in mijn hand.

'And…?'

'And I'm in love,' breng ik uit.

De gedachte aan Bart en de hardop uitgesproken bekentenis brengen weer een nieuwe golf tranen op gang. De masseuse klopt me even zachtjes op mijn rug, maar dan staat ze op en gaat voor me staan.

'Okay, now you finish.'

'What?'

'You stop crying. You sit here, nothing happen.'

'But I made a mess!'

'No, you make mistake. So what? You go make right. Easy. You say sorry, you do better. People don't like it? Say: fuck you!'

'But…'

'No but!' Ze pakt resoluut de thee uit mijn hand en gooit me mijn kleren toe. 'You put on clothes and you go!'

Ik blijf even verbaasd zitten.

'Go!' roept ze nog eens streng en zet haar handen in haar zij.

Van schrik sta ik op en schiet mijn kleren aan. Dan volg ik haar naar de ontvangstruimte. Het meisje achter de balie kijkt me geschrokken aan. Ze wisselt wat woorden in het Thais uit met de masseuse en dan verzacht haar blik. Ze heeft medelijden met me. Als ik mijn jas pak snap ik wel waarom. In de spiegel naast de kapstok herken ik mezelf nauwelijks terug. Mijn ogen zijn dik en opgezwollen en ik heb een rode neus. Bij het zien van mijn verslagen spiegelbeeld begint mijn onderlip weer te trillen, maar voordat het doorslaat in een nieuwe huilbui grijpt de masseuse in. Ze draait me naar zich om en kijkt me streng aan.

'You go kick ass! Okay?' Als ik verdrietig blijf zwijgen schudt ze me door elkaar. 'Okay?'

'Oké,' prevel ik.

'You say louder!'

'Oké,' zeg ik, nu wat harder.

'Louder!'

'Oké!' roep ik en ik voel hoe het verdriet plaatsmaakt voor strijdlust. Alsof de huilbui me heeft bevrijd van het extra gewicht dat ik meezeulde van alle opgekropte tranen.

'Thank you!' zeg ik en ik sla mijn armen spontaan om de masseuse heen. Ze laat het toe zonder terug te knuffelen en marcheert me dan als een strenge juf naar de deur. Met een laatste 'Kick ass!' stuurt ze me naar buiten, de grote boze buitenwereld in, die er ineens een stuk beter uitziet. Precies zoals Elias voorspelde. Al denk ik dat hij iets anders bedoelde, want ik ben verre van kalm en sereen, ik bruis juist van de energie.

De rest van de dag kan ik me nauwelijks concentreren op mijn werk. Helaas is Julian onverwacht naar een afspraak dus kan ik hem niet als klankbord gebruiken. Ik breng de middag rusteloos door en zodra het zes uur is, stap ik op de fiets en haast ik me door de gure wind naar het eerste punt op mijn actielijst.

Jet staat net de winkel af te sluiten als ik aankom.

'Wacht!' hijg ik.

Ze draait zich om en zodra ze me ziet verandert haar blik, ze is nog steeds boos. En terecht.

'Kunnen we even praten?'

Een moment lang kijkt ze me zwijgend aan, maar dan opent ze de winkeldeur weer en houdt hem voor me open. Dankbaar stap ik naar binnen. Ik kijk toe hoe ze naar de lichtschakelaar achter de toonbank loopt en de lampen in de winkel aandoet. Het is er sprookjesachtig nu de kerstspullen overal staan uitgestald. In het midden van de zaak staat een houten tafel waar Jet en haar medewerkers op rustige momenten theedrinken of webshopbestellingen inpakken. Ze steekt er een paar kaarsen aan en draait zich dan naar me toe.

'Thee of wijn?'

‘Thee, graag. Ik denk dat mijn lever ontslag neemt als ik ooit nog alcohol drink.’

Een schaduw van een glimlach verschijnt op Jets gezicht, maar verdwijnt vrijwel meteen weer. Ik kom er duidelijk niet vanaf met een grapje.

Ze verdwijnt in het keukentje achter in de winkel en laat me achter in de lege zaak. Ik ga aan de tafel zitten en bekijk de smaakvol ingepakte pakketten die wachten om verzonden te worden. Overal straalt de liefde en aandacht af die Jet heeft voor haar werk.

‘Mooi,’ merk ik op als ze terugkeert met twee dampende mokken thee. Ze kijkt trots naar de pakketten en knikt. Als ze eenmaal zit kijkt ze me verwachtingsvol aan.

‘Dank je wel dat je even naar me wil luisteren,’ begin ik. Ik pulk nerveus aan de stof van mijn sjaal en vraag me af waarom ik hier zo slecht in ben.

Ik denk aan de woorden van de masseuse: *You say sorry, you do better. Easy.*

Ik schraap mijn keel. ‘Ik eh… Het spijt me dat ik zo tegen je uitviel.’

Jet glimlacht en ik voel de moed om verder te gaan.

‘Ik had je nooit zo mogen behandelen, je wilde me helpen en ik was een trut. Je bent gewoon op het allerrottigste moment in mijn leven gekomen. Het zal niet meer gebeuren.’

Jet pakt mijn hand en knijpt erin.

‘Ik vind het heel fijn dat je me dit komt zeggen. Ik was even bang dat je je weer terug in je schulp had getrokken.’

Dankbaar leg ik mijn andere hand boven op die van haar. ‘Dat was ook bijna zo, maar een wijze vrouw gaf me vandaag een terechte schop onder mijn kont.’

‘Gelukkig maar, die had je nodig. Ik snap dat het veel is allemaal, maar als je je erbij neerlegt heb je bij voorbaat verloren.’

‘Ja, zoiets zei zij ook.’

We laten elkaars handen los en pakken onze mokken.

'Ik zag Erik vandaag op school met een blauw oog. Jouw werk?' vraagt Jet.

Ik grinnik. 'Dat had zomaar gekund, maar nee.'

Ik vertel haar over de confrontatie tussen Erik en Bart op het voetbalveld en Jet lacht smakelijk om Eriks mislukte poging tot stoerdoenerij. Als het verhaal niet was geëindigd met de blik van Bart die zelfs lava had kunnen bevriezen had ik met haar meegelachen. Jet ziet mijn verloren uitdrukking.

'Gaat het?'

'Ik heb het echt voorgoed verpest bij Bart,' zeg ik sip. 'Wat er in De Vooghel gebeurde was al erg, maar dit was nog even een goeie natrap. Hij wil nooit meer iets met me te maken hebben.'

'Zei hij dat?'

'Nee, maar zijn blik sprak boekdelen.'

'Dat zegt toch niks? Waarom ga je niet gewoon eens met hem praten? Open en eerlijk. En niet stomdronken.'

Het klinkt zo eenvoudig dat ik bijna geloof dat het inderdaad de oplossing is. Maar dan denk ik aan Joris en Jasper en hoe ik ze moest uitleggen waarom hun vader naar de eerste hulp moest om zijn wenkbrauw te laten hechten. Om Erik niet af te vallen had ik ervan gemaakt dat hij en Bart samen de ballen aan het opruimen waren en hij was gestruikeld. Het feit dat ze ruzie aan het maken waren vanwege mij had ik achterwege gelaten, maar het was wel de waarheid. Deze hele situatie is aan mij te danken.

'Wat heeft het voor zin? Zelfs als hij het me vergeeft kan het toch nooit wat worden tussen ons. Moet je zien wat voor een ellende het tot nu toe heeft veroorzaakt.'

Jet haalt haar schouders op. 'Juist daarom. Veel erger kan het niet worden toch? Je grootste nachtmerrie is uitgekomen en toch is de wereld niet vergaan. Waar ben je nu nog bang voor?'

Ik knipper even perplex met mijn ogen. 'Maar, de jongens...' sputter ik tegen.

'Ja, wat vinden zij er eigenlijk allemaal van?'

Ik zwijg en staar in mijn thee.

'Heb je ze dat niet gevraagd?' vraagt Jet verbaasd.

'Nee,' geef ik toe. 'Tenminste, niet zo op de man af. Ze weten ook niet alles.'

Jet gooit ongelovig haar handen in de lucht. 'Serieus, Loes? Zij zijn degenen waarom je je in allerlei bochten aan het wringen bent en je weet niet eens hoe ze erover denken?'

Ik laat schuldbewust mijn schouders hangen.

'Weet je wat ik denk?' vraagt Jet. 'Ik denk dat ze veel liever een gelukkige moeder hebben dan een moeder die alleen maar bezig is met binnen de lijntjes te blijven.' Ze buigt naar me toe en kijkt me doordringend aan. 'Vraag het ze.'

Ik kijk in haar overtuigde gezicht en glimlach. Ergens in mijn achterhoofd begint het me langzaam te dagen dat ze zomaar eens gelijk kan hebben.

'Oké, ik zal het ze vragen.'

Jet knikt tevreden. 'Mooi, en dan nu het volgende probleem dat we moeten tackelen.'

'Wat dan?'

'Niet wat, maar wie.' Ze blaast in haar thee en kijkt me over de rand van haar mok met een strijdlustige blik aan. 'Barbara. The bitch must go down.'

'Hoe zie je dat voor je?' vraag ik. 'Je gaat haar toch niet vertellen dat we weten dat Justus haar bedriegt?'

'O, nee. Ik laat het geheel aan karma over wanneer dat uitkomt. Ik heb het over de streek die ze ons geflikt heeft met het sinterklaasfeest.'

'Wat wil je daaraan doen? Ze heeft de directrice al aan haar kant.'

Jet krijgt een ondeugende blik in haar ogen. ‘Ik heb wel een idee.’

Terwijl ze een blik met heerlijk uitziende kerstkransjes opent en op tafel zet, legt ze me haar plan uit. Het is briljant en er is een glansrol weggelegd voor Ellen. Ik luister met groeiend enthousiasme en eet gretig van de kransjes. Wraak heeft nog nooit zo zoet gesmaakt.

29

'Wat een leuk huis heb je, Loes.'

Laura pakt de koffie aan die ik haar aanreik en glimlacht.

'Dank je wel. Ik ben er ook heel blij mee.'

Een andere beker koffie geef ik aan mijn vader. Hij en Laura zitten samen op mijn bank, het is de eerste keer dat Laura bij mij thuis is. Ik vond het hoog tijd ze eens samen uit te nodigen. Om meerdere redenen.

De bel gaat en mijn vader kijkt op.

'Verwacht je iemand?'

'Eh...' antwoord ik. Ik voel me schuldig voor wat er nu staat te gebeuren, maar ik zag niet echt een andere optie. 'Ja, ik heb nog iemand uitgenodigd. Ik ben zo terug.'

Ik laat een verbaasde vader en Laura achter en loop met klamme handen naar de voordeur. *Als dit maar goed gaat.*

Op de stoep staat mijn moeder. Ik zie meteen dat ze een nieuwe jas heeft, een diepblauwe faux fur mantel waar alleen zij en Karin Bloemen mee wegkomen.

Ik heb haar zo lang niet gezien dat ik haar bijna spontaan om de hals wil vliegen, maar dan herinner ik me dat we nog steeds boos op elkaar zijn. Ik heb haar vandaag uitgenodigd onder het voorwendsel het uit te willen praten. Zij is waarschijnlijk in de veronderstelling dat dat betekent dat ik mijn excuses ga aanbieden en zij die enkel hoeft te accepteren. Dat ik er niet ver naast zit blijkt wel uit het feit dat ze haar kin in de lucht steekt en me hooghartig aankijkt.

'Dag, Loes,' zegt ze zuinigjes.

'Mama, kom binnen.'

Ik stap opzij en houd de deur voor haar open. Eddie sjokt achter haar aan en terwijl ze haar jas uittrekt loopt het beestje op routine door naar de deur van mijn woonkamer. Hij blijft geschrokken in de opening staan en begint te keffen.

'Heb je bezoek?' vraagt mijn moeder verbaasd.

Ik knik en gebaar haar mee te komen. Ik loop de woonkamer in en bij het zien van de geschokte gezichten van mijn vader en Laura verlies ik bijna de moed om mijn plan door te zetten. Maar ik heb a gezegd, nu moet ik ook b zeggen. Het is tijd om orde op zaken te stellen.

Mijn moeder is me gevolgd en heeft de opgewonden Eddie inmiddels opgepakt en in haar armen genomen. Als ze ziet wie mijn andere gasten zijn blijft ze stokstijf staan. Een paar seconden is het doodstil in de kamer. Zelfs Eddie maakt geen geluid en kijkt bezorgd naar het gezicht van zijn bazin die kijkt alsof ze water ziet branden. Dan draait mijn moeder langzaam haar hoofd naar me toe en knijpt haar ogen tot spleetjes.

'Wat doen zij hier?'

Vanaf de bank hoor ik mijn vader ongelukkig zijn keel schrapen en Laura legt een geruststellende hand op zijn arm.

'Ik wil even met jullie allemaal praten.'

'Om de dooie dood niet!' briest mijn moeder en ze draait zich om naar de deur.

'Wacht!'

Ik schiet naar voren en manoeuvreer mezelf tussen haar en de deuropening in. Mijn moeder probeert om me heen te stappen maar ik versper haar de weg.

'Aan de kant, Loes! Ik wil hier geen seconde langer blijven.'

'Alsjeblieft, mama,' smeek ik haar.

Laura is opgestaan en komt naast mijn moeder staan.

'Kom op Hetty, luister even naar Loes,' zegt ze op een kalme toon.

Mijn moeders ogen spuwen vuur als ze van mij naar Laura kijkt. 'Wat is dit? Spelen jullie onder één hoedje?'

'Nee,' zegt Laura. 'Maar ik ben het wel met Loes eens dat het tijd wordt dat dit ophoudt.'

'Dit? Wat bedoel je, "dit"? Jij hebt helemaal geen recht van spreken, je bent geen onderdeel van dit gezin.'

Mijn mond valt open en er komt een cynische hyenalach uit.

'Gezin?!' roep ik. 'Ha! We zijn al jaren geen gezin, ik denk zelfs niet dat we dat ooit wel zijn geweest.'

Mijn moeder kijkt me geschrokken aan en knippert met haar ogen. Ze opent haar mond om wat te zeggen, maar ik steek mijn hand op om haar het zwijgen op te leggen. Dan wijs ik naar de bank. 'Zitten!'

'Maar...'

'Zitten!' herhaal ik, nu met een hardere stem.

Mijn moeder heeft door dat het menens is en gaat op het uiterste uiteinde van de bank zitten, zo ver mogelijk bij mijn vader vandaan.

Laura staat nog naast me. Ze raakt heel even mijn hand aan voordat ze zelf ook naar de bank loopt en tussen mijn vader en moeder plaatsneemt. Mijn moeder houdt Eddie als een schild voor zich op schoot en kijkt me verwijtend aan. Ik sluit even mijn ogen en haal diep adem.

'Oké,' zeg ik terwijl ik langzaam uitadem en mijn ogen weer open. 'Ik heb besloten dat ik dit niet meer wil. Ik wil niet meer als een soort scheidsrechter tussen jullie in staan, steeds om de hete brij heen moeten draaien. Het is tijd dat jullie moeite gaan doen, want ik ben er klaar mee. Ik ben jullie kind, maar het voelt alsof ik jullie moeder ben.'

De laatste woorden komen er bibberig uit omdat ik op het punt sta te gaan huilen. Ik kijk eerst naar mijn vader, die mijn blik vermijdt en zijn hoofd laat hangen, en dan naar mijn moeder. Haar mond is een strakke streep, ze kijkt venijnig naast zich.

'Zie je wel,' sist ze tegen mijn vader. 'Kijk nou wat je hebt gedaan.'

'Mama,' zeg ik op waarschuwende toon, en als ze haar blik op mij richt tel ik eerst inwendig even tot tien. 'Ik hou van je, maar je bent soms onuitstaanbaar. Je blijft jezelf zien als slachtoffer en daarmee maak je iedereen om je heen ongelukkig. Is het niet eens tijd om het verleden los te laten?'

Mijn moeder kijkt me perplex aan. Ik richt me op mijn vader, die het ongemak niet aan lijkt te kunnen en eruitziet alsof hij één wil worden met de leuning van de bank.

'En jij pap, door je passieve gedrag lijkt het alsof je nooit iets verkeerd doet, maar dat is niet zo. Je hebt me daar alleen maar mee geleerd dat het oké is om moeilijke dingen uit de weg te gaan en niet voor mezelf op te komen.'

Ik laat een beladen stilte vallen en kijk beurtelings van mijn moeder naar mijn vader. Beiden blijven zwijgen. Ze zitten erbij als twee kinderen die op het matje zijn geroepen. Het wakkert de strenge juf in mij aan.

'Vanaf nu wil ik dat het anders gaat. Ik wil dat jullie je best gaan doen, dat jullie fatsoenlijk met elkaar omgaan en als twee normale, volwassen mensen in dezelfde ruimte kunnen zijn.'

Het contrast tussen mijn twee zwijgende, opgelaten ouders en een trots kijkende Laura is enorm. Ze knikt bemoedigend naar me en spoort me zo aan verder te praten.

'Ik ben vanaf nu niet meer jullie tussenpersoon of bliksemafleider. Als jullie het daar niet mee eens zijn, prima, maar dan zien jullie je kleinkinderen niet meer. Ik wil ze niet langer vergiftigen met jullie ongezonde gedrag.'

Zowel mijn vader als mijn moeder kijken me geschrokken aan, nu heb ik hun aandacht pas echt goed te pakken. Mijn moeders mond gaat open en dicht, alsof ze iets wil zeggen maar de woorden niet vindt. Dat komt niet vaak voor en ik geniet een moment van het uitzicht.

'Deze kerst ga ik voor jullie koken en jullie komen hier aan tafel zitten in jullie mooiste kleren en zijn minimaal twee uur lang beschaafd tegen elkaar.' Ik kijk naar Laura. 'Laura, als je nog dieetwensen of allergieën hebt hoor ik het graag.'

Mijn hart maakt een hoopvol sprongetje als niet Laura maar mijn vader en moeder tegelijkertijd antwoorden.

'Paprika.'

Ze lijken er allebei van geschrokken en mijn moeder schenkt Laura het allerkortste, allerzuinigste glimlachje.

'Ze is allergisch voor paprika,' verduidelijkt ze aan mij.

Ik was haast vergeten dat Laura, voordat ze uit de gratie viel, jarenlang een goede vriendin van mijn moeder was. Dankbaar knik ik naar haar en ik zie dat mijn vader licht ontspant. Dit zou nog wel eens goed kunnen komen.

Het regent al dagen pijpenstelen dus toen ik vanmorgen wakker werd ging ik er eigenlijk vanuit dat de voetbalwedstrijd zou zijn afgelast. Maar een blik door de gordijnen naar buiten laat zien dat het, ondanks de grijze lucht, droog is vandaag. Uit de groepsapp van het voetbalteam maak ik dan ook op dat de wedstrijd gewoon doorgaat. Ik rek me nog een keer goed uit voordat ik met tegenzin het dekbed van me af sla en uit bed stap.

Vandaag spelen de jongens een vroege wedstrijd dus ik moet op tijd vertrekken. Na de wedstrijd gaan ze met mij mee naar huis en ik heb me voorgenomen vanavond eens een goed gesprek met ze te hebben, zoals Jet me aanraadde. Het voelt gek om zenuwachtig te zijn voor een gesprek met twee achtjarigen, maar toch ben ik het. Wat als ik te horen krijg dat ik het allemaal verkeerd doe en ik ze voorgoed beschadigd heb? Ik ril bij de gedachte terwijl ik mijn tanden poets.

Een andere reden voor het nerveuze gevoel in mijn onderbuik is het feit dat ik zo dadelijk Bart weer zal zien. Hoe zal het met hem gaan? Ik heb de afgelopen week niets van of over hem gehoord en omdat de jongens bij Erik waren had ik ook niets op school te zoeken. *Ga gewoon eens met hem praten*, had Jet gezegd en het had zo simpel geklonken. Maar het voelt alsof er een heel oerwoud tussen ons in zit dat ik eerst moet wegkappen voordat ik hem kan vragen naar me te luisteren. Met Jet ben ik inmiddels in het reine en met mijn ouders heb ik ook de eerste stappen gezet naar een gezondere relatie. Vanavond ga ik met de jongens praten en als laatste staat Erik op mijn lijstje om mee af te rekenen. Ik heb alleen nog geen idee hoe en steeds als ik erover na probeer te denken valt er een rolluik in mijn hoofd naar beneden waardoor ik maar niet verder kom.

Als ik even later op mijn koffiebestelling sta te wachten in de kantine realiseer ik me dat er nog een ander onaangenaam persoon is met wie ik een appeltje te schillen heb. Eentje die aan de andere kant van de kantine staat en me nog niet heeft gezien. Dit keer draai ik de rollen om en kies ik voor de aanval in plaats van de verdediging. Met mijn beker koffie in de hand loop ik kordaat op mijn doelwit af.

'Hoi, Barbara,' zeg ik vrolijk terwijl ik haar op haar schouder tik. Ze draait zich om en zodra ze me ziet trekt er verbazing over haar gezicht. Het feit dat ik haar uit mezelf benader is ook voor haar nieuw. Ze corrigeert zichzelf snel en glimlacht gemaakt naar me.

'Goedemorgen, Loes,' groet ze me terug.

'Goed dat ik je even tref,' vervolg ik opgewekt. 'Ik wilde even iets bij je dubbelchecken. De vergadering is verplaatst naar maandag om kwart voor zeven, toch?'

Barbara knippert een paar keer verbaasd met haar ogen voordat ze antwoordt.

'Eh… ja, dat klopt. Maar ik ging ervan uit dat je niet meer komt aangezien…'

'Je mijn plannen hebt laten afkeuren?' maak ik haar zin af met mierzoete stem en brede glimlach. 'Nee joh, ben je gek. Ik kom gewoon hoor. Ik kijk er zelfs naar uit. Tot maandag dan. Doei!'

Met een triomfantelijke zwiep van mijn haar draai ik me om en loop van haar weg. Ik zou graag om willen kijken om haar blik te kunnen zien, maar ik gun haar niet meer dan de achterkant van mijn hoofd. Inwendig geef ik mezelf een boks. *Zo, die zit!*

Het voldane gevoel duurt niet lang want eenmaal bij het veld aangekomen zie ik alleen Erik en geen Bart. In zijn plaats staat er een andere man in trainerstenue naast Erik. Mijn gezicht moet een open boek zijn, want zodra Erik me ziet komt hij op me aflopen.

'Vraag je je soms af waar je vriendje is? Heeft hij je niet verteld dat hij ermee is gestopt?'

Bij het zien van mijn ongetwijfeld verwarde uitdrukking grijnst hij een duivelse grijns en ik pers mijn kaken op elkaar. De beurse plek rond zijn oog is inmiddels meer geel dan blauw, maar het ziet er nog steeds pijnlijk uit. Ik heb zin om er heel hard op te slaan. In plaats daarvan stap ik zonder iets te zeggen om hem heen en ga ik een eindje verderop langs de lijn staan.

De rest van de wedstrijd negeer ik Erik zo veel mogelijk en focus me op Joris en Jasper die fanatiek op en neer rennen. Mijn gedachten dwalen echter meerdere keren af naar Bart. Zou hij gestopt zijn vanwege het voorval met Erik? *Ja, duh!* Schuldgevoel trekt aan de binnenkant van mijn borst en mijn handen jeuken met de neiging hem te bellen. Maar ik doe het niet, want wat kan ik zeggen? Ik heb eerst nog wat dingen op te lossen voordat ik hem onder ogen kan komen.

Erik is zo te zien behoorlijk in zijn nopjes met Barts afwezigheid, want over zijn nieuwe medecoach heeft hij duidelijk wel overwicht. De man luistert aandachtig en knikt instemmend terwijl Erik iets met grootse armgebaren uit staat te leggen. Ik begin langzaam aan het idee te wennen dat ik een pittig gesprek met hem niet veel langer meer kan uitstellen. Eentje waarin ik voorgoed mijn grenzen moet gaan aangeven. Ik voel me er het merendeel van de tijd klaar voor, maar als ik hem zo zie staan zakt de moed me in de schoenen. Hoe groot is de kans dat ik tot hem door zal dringen? En wat kan ik nog doen als me dat niet lukt?

Na de wedstrijd overhandigt Erik mij de tassen van de jongens en kijk ik toe hoe ze afscheid van hem nemen. Alles aan hem straalt arrogante tevredenheid uit en een gevoel van achterdocht bekruipt me. Hij is lief voor de jongens, maar dat is niet ongewoon. Nee, het is meer een algemene voldaanheid, hij staat nét iets rechter dan normaal en hij kijkt alsof hij voortdurend een binnenpretje heeft. *Hij voert iets in zijn schild.*

Ik besluit er niet te veel aandacht aan te besteden en rijd even later met de jongens naar mijn huis. Onderweg pik ik bij de stomerij de jurk op die ik morgenavond aan zal doen naar de première van *FREE!*. Ik voel vlinders in mijn buik bij het idee dat de voorstelling eindelijk officieel aan het publiek en de pers zal worden getoond. Ik heb mijn nek ervoor uitgestoken en ik geloof er heilig in, maar desondanks blijven premières altijd spannend.

Terwijl ik de jurk thuis aan mijn kastdeur hang en ik mijn vingers over de stof laat glijden vraag ik me af of Bart er morgenavond zal zijn. Hij heeft samen met Jelle grof betaald voor de kaartjes, maar inmiddels twijfel ik eraan of ik hem ooit nog ga zien. De gedachte maakt me verdrietiger dan ik wil toegeven. Reden te meer om vanavond het gesprek met de jongens aan te gaan.

Als Jasper en Joris rond etenstijd binnenkomen van het buitenspelen sta ik net de tafel te dekken.

'Gaan we aan tafel eten?' vraagt Jasper verontwaardigd.

'Ja, gezellig toch?' antwoord ik.

'Waarom?' roept Joris teleurgesteld. 'We eten nooit aan tafel in het weekend. Ik wil voor de tv eten.'

'We willen het *Sinterklaasjournaal* kijken!' brengt Jasper in.

Ik kijk mijn twee beteuterde zoons aan. 'Dat kunnen jullie straks terugkijken. Ik wil even iets met jullie bespreken. Ga jullie handen maar wassen.'

Morrend doen ze wat ik zeg en even later zitten we aan tafel achter een bord pasta. Om de teleurstelling te verzachten heb ik er extra veel kaas op gedaan en zo te zien was dat een goeie zet. De jongens eten met smaak en lijken te zijn vergeten dat ze liever met het bord op schoot voor de buis hadden gezeten.

'Ik wilde even met jullie praten,' begin ik. 'Over Bart.'

'Bart?' vraagt Jasper.

'Meester Bart,' leg ik uit.

Er verschijnt een glimlach op zijn gezicht en hij wisselt een blik uit met zijn broertje. Het horen van Barts naam roept een positief gevoel bij ze op en dat is af te lezen aan hun gezichtjes. Zou dat nog steeds zo zijn als ze horen wat ik te zeggen heb?

'Ik, eh...' Ik schraap mijn keel en neem een slok van mijn water.

Ik weet niet zo goed hoe ik verder moet. De jongens kijken me verwachtingsvol aan en gaan dan over op een vragenvuur.

'Wat is er met meester Bart?'

'Waarom is hij niet meer onze coach?'

'Ja, waarom is dat eigenlijk?'

'Papa zegt dat hij het te druk heeft. Is dat zo?'

'Blijft hij nog wel onze meester?'

Ik houd mijn handen omhoog. 'Ho, ho. Stop. Wacht even, dat is niet waar ik het over wilde hebben. Ik...' Ik haal diep adem. 'Weten jullie nog dat filmpje van mij en meester Bart?'

De jongens knikken. Natuurlijk weten ze dat nog.

'Jullie vroegen toen of meester Bart en ik verliefd op elkaar zijn.'

'En toen zei je nee.'

'Ja, maar dat was misschien niet helemaal de waarheid.'

'Zijn jullie wel verliefd op elkaar?'

'Nou, ehm, ik denk van wel. Misschien. Ik weet het niet zo goed.' Ik staar een tijdje zwijgend naar mijn spaghetti. De gedachte aan de gekwetste blik van Bart, de laatst keer dat ik hem zag, ontneemt me mijn eetlust en ik schuif mijn bord weg. Ik kijk mijn zoons aan. 'Maar dat doet er eigenlijk niet zo toe. Wat ik eigenlijk wil zeggen is dat papa of ik vast allebei een keer op iemand anders verliefd zullen worden. Wat vinden jullie daarvan?'

Jasper en Joris wisselen weer een blik uit. De typische tweelingenblik waarbij het lijkt alsof ze zonder woorden met elkaar praten. Alsof ze aan het afspreken zijn wie van hen zal antwoorden en wat het antwoord zal zijn.

'Als het meester Bart is vind ik het niet erg,' zegt Jasper uiteindelijk, en Joris knikt instemmend mee.

Ik staar ze verbouwereerd aan. Hoop kruipt via mijn borst omhoog en zet zich vast aan de binnenkant van mijn keel.

'Is het meester Bart?' vraagt Joris.

Ik zucht. 'Ik heb een beetje heel erg stom tegen hem gedaan en nu weet ik niet of hij mij nog wel aardig vindt.'

Ik klink als een achtjarige, en zo voel ik me ook.

'Van de juf moeten we dan op de "sorry"-sticker gaan staan,' zegt Jasper.

'De wat?'

Jasper stopt een volle lepel pasta in zijn mond en zijn broertje neemt het woord daarom automatisch over.

'De "sorry"-sticker. In de hoek van de klas. Als je ruzie hebt gemaakt moet je daarop gaan staan en het goedmaken.'

'Ja, je mag er pas vanaf als je sorry hebt gezegd,' vult Jasper aan met volle mond.

'O?' zeg ik nieuwsgierig. 'En werkt dat?'

De jongens halen hun schouders op. 'Als je het niet goedmaakt dan blijf je ruzie houden. Dat is niet leuk en dan moet je op de sticker blijven staan, ook al is het pauze,' zegt Joris.

'Dan kan je dus niet meedoen met voetbal,' vult Jasper aan.

Ik schiet in de lach. Ging het in de volwassen wereld maar zo. Dat je pas weer mee mag doen als je het goed hebt gemaakt met degene die je hebt gekwetst. Dan zou de wereld er toch een stuk beter uitzien. Maar ja, zo eenvoudig is het nu eenmaal niet.

'Ga jij sorry zeggen tegen meester Bart?' vraagt Joris met een serieuze blik.

Ik knik vastbesloten. 'Ja.'

Al is het maar om hem te laten weten dat het niet aan hem ligt. Dat hij niets verkeerd heeft gedaan. En als er ook maar een paar procent kans is dat hij me wil vergeven dan ben ik bereid daar tien kilometer voor door het stof te kruipen. Ook als hij me daarna niet meer wil zien. Maar natuurlijk hoop ik dat hij me wél wil blijven zien. Met alles dat ik in me heb.

'Als je sorry hebt gezegd, gaan jullie dan weer zoenen?' haalt Jasper me uit mijn gedachten.

'Zou je dat erg vinden?'

Weer passeert er een tweelingenblik tussen mijn twee zoons.

'Als het maar niet op het schoolplein is,' klinkt het eindoordeel.

En daar is de kous mee af.

'Wat is het toetje?'

'Mogen we die voor de tv eten?'

Zonder een antwoord af te wachten verplaatsen ze zich naar de bank en laten mij achter aan de eettafel. Het gesprek waar ik zo tegen opzag zit erop. Het idee van hun moeder met een andere man brengt de jongens niet uit balans, zolang het om Bart gaat. Maar wat als het allemaal te laat is? Wat als ik het voorgoed heb verbruid bij hem? En daarnaast heb ik nog steeds een ander probleem op te lossen: Erik. Ik geef mezelf tot het einde van de week om een gesprek met hem te hebben. Soms werkt het het beste om mezelf een deadline op te leggen.

Tevreden sta ik op en begin ik de tafel af te ruimen. Mijn gedachten dwalen ondertussen af naar morgenavond. Als Bart bij de première is ga ik er alles aan doen om hem ervan te overtuigen me te vergeven.

30

Julian en ik staan op een strategische plek opgesteld in de lobby van de schouwburg zodat we iedereen kunnen zien binnenkomen. Het is er enorm druk en er staat harde muziek aan. We wilden de beleving van de voorstelling al in de lobby laten beginnen en tegenover de garderobe wordt er door dansers uit de cast gebreakdancet. Het heeft effect. Ik zie het aan de gezichten van de mensen als ze binnenkomen.

Het team van Julian vangt journalisten en fotografen op en Julian zelf staat te wachten op een cameraploeg van een talkshow die verslag komt doen. Ik scan ondertussen de lobby om te zien of ik Bart ergens zie. Het is een kwartier voor aanvang en mijn hoop begint langzaam te vervliegen. Ik denk niet dat hij nog komt. Om te voorkomen dat mijn humeur omslaat spreek ik mezelf streng toe, maar het gaat me steeds moeilijker af.

'Ah, daar zijn ze,' zegt Julian naast me. En hij wijst naar een man en een vrouw die net binnenkomen. De man draagt een statief en een camera, de vrouw een microfoon. Julian draait zich naar me toe en gebaart naar de vlinderdas om zijn nek. 'Zit-ie recht?'

Ik lach. 'Jij hoeft toch niet in beeld?'

'Dat weet je maar nooit.'

Ik trek aan de das een geef hem een knipoog. 'Hij zit goed. Je ziet er geweldig uit.'

En daar is geen woord aan gelogen, de bordeauxrode smoking die hij aanheeft staat hem fantastisch. Met een tevreden glimlach laat hij mij achter op mijn plek naast de ingang. Ik kijk op mijn telefoon, nog tien minuten voor aanvang. De eerste bel is al gegaan en langzaam beginnen mensen zich naar de zaal te begeven. Ik knik vriendelijk naar de gasten die nu nog binnenkomen, maar ondertussen hoop ik maar één gezicht te zien. Mijn hart begint dan ook sneller te kloppen als ik de donkere krullen van Jelle zie. Maar dat verandert als niet Bart maar een jonge vrouw aan zijn zijde verschijnt. Jelle glimlacht als hij me ziet staan.

'Loes!'

Ik krijg drie hartelijke zoenen. Dan trekt hij de vrouw naast zich liefdevol tegen zich aan.

'Dit is Lotte, mijn vriendin.'

De vrouw steekt haar hand naar me uit en het duurt even voordat ik tot actie overga en ik haar hand schud. De teleurstelling dat Bart er niet is is waarschijnlijk van mijn gezicht af te lezen, want Jelle wendt zich tot zijn vriendin.

'Schatje, wil jij de jassen ophangen? Dan klets ik even bij met Loes.'

Hij geeft haar zijn jas en terwijl zij naar de garderobe loopt kijkt hij me aan.

'Hoe is het met je?'

'Goed!' lieg ik. Ik wil hem niet belasten met hoe ik me echt voel. Hij komt immers om een leuke avond te hebben.

Met een schuin hoofd kijkt hij me aan en legt een hand op mijn schouder. 'Weet je het zeker? Zo zie je er niet uit namelijk.'

'Nou, dank je wel,' lach ik semibeledigd.

'Nee, zo bedoel ik het niet. Je ziet er prachtig uit, maar ik zie dat je hoopte dat Bart er zou zijn.'

Ik kijk in zijn vriendelijke bruine ogen en ik kan niet anders dan toegeven dat hij gelijk heeft. Ik knik en laat mijn hoofd hangen.

Jelle slaat zijn arm om me heen. 'Kom.'

Hij leidt me naar een bankje dat even verderop tegen de muur staat en als we eenmaal zitten kijkt hij me serieus aan.

'Bart kon niet komen vanavond. Hij wilde wel, maar hij heeft vrijdag een nogal vervelend gesprek gehad op school. Hij is nu even een paar dagen bij zijn ouders.'

Ik kijk gealarmeerd op. 'Vervelend gesprek? Waarover?'

'Ze hebben hem min of meer gedwongen om ontslag te nemen,' zucht Jelle. 'Door alles wat er is gebeurd, leek het ze beter dat hij de eer aan zichzelf hield.'

'Wie zijn "ze"?'

Jelle haalt zijn schouders op. 'Een aantal ouders had hun zorgen uitgesproken over wat er tussen hem en Erik was voorgevallen op de voetbalclub. En dat naast dat gedoe met jullie op het schoolplein en dat filmpje op TikTok... De directrice heeft hem gevraagd zelf een conclusie te trekken, aangezien ze hem officieel niet kan ontslaan.'

'O, wat erg!' Ik sla mijn hand voor mijn mond. Schuldgevoel en onmacht spoelen over me heen.

'Ze vond het zelf ook lastig, maar het schoolbestuur en de ouderraad hadden schijnbaar de druk opgevoerd.'

Erik! Vandaar die zelfingenomen grijns van hem gisteren bij de wedstrijd. Ik bal automatisch mijn vuisten.

'Hij werkt nog tot de kerstvakantie, maar daarna komt hij niet meer terug. En het stomme is, hij was sowieso van plan te stoppen omdat we nu genoeg investeerders hebben, maar om op deze manier te moeten vertrekken is echt heel pijnlijk voor hem. Hij wordt nu als een soort crimineel weggestuurd, terwijl hij nooit iets zou doen om kinderen in gevaar te brengen. Hij is er echt kapot van.'

Ik luister met groeiende ontsteltenis naar Jelle en mijn hart knijpt samen bij het idee van een verslagen Bart. Ik moet iets doen. Resoluut sta ik op en pak mijn telefoon.

'Wat doe je?' vraagt Jelle.

Met trillende vingers probeer ik mijn telefoon te openen. 'Ik moet hem spreken. Het is allemaal mijn schuld, ik moet het rechtzetten.'

'Wacht even.' Jelle staat ook op en legt zijn handen over de mijne. 'Ik denk dat je beter even niets kan doen.'

Verbaasd kijk ik hem aan. Ik zie aan hem dat het hem moeite kost om onder woorden te brengen wat hij me te zeggen heeft, maar na een diepe zucht begint hij te praten.

'Luister, ik vind je echt heel aardig, maar Bart is mijn beste vriend. Ik wil niet dat hij nog meer gekwetst wordt. Hij heeft een heel groot hart en gaat altijd overal honderd procent voor. Ook voor jou, Loes. Als jij niet serieus bent dan is het beter om hem met rust te laten. Alles wat er nu is gebeurd... Het komt hard aan bij hem. Maar het ergste vindt hij dat hij jou kwijt is voordat jullie überhaupt een kans hebben gehad. Dat zijn z'n letterlijke woorden.'

Mijn keel voelt dik en ik knipper met mijn ogen om de tranen die ik voel opkomen tegen te houden.

'Maar hij is me niet kwijt,' stamel ik bijna onhoorbaar.

Jelles blik verandert, van medelijdend naar streng. 'Meen je dat? Weet je dat heel zeker? Want als je ook maar een beetje twijfelt, blijf dan uit zijn buurt. Na alles wat hij door heeft gemaakt met zijn moeder wil ik hem niet nog een keer zo gebroken zien. Dat verdient hij niet.'

Het is alsof ik een klap in mijn gezicht krijg, maar eigenlijk bevestigt Jelle alleen maar wat ik de hele tijd al wist. Bart verdient beter. Ik heb hem niets gebracht dan ellende en heb hem bovendien keer op keer afgewezen, genegeerd en weggestuurd. Ik was alleen maar met mezelf bezig. Bezig om mijn eigen wereld in balans te houden.

Het heeft geen zin om tegen Jelle in te gaan, hij heeft gelijk en bovendien komt zijn vriendin weer bij ons staan. Ze glimlacht vriendelijk naar me en ik laat mijn professionele kant het overnemen.

'Kom, ik breng jullie even naar jullie plek,' zeg ik monter en ga ze voor naar de zaal.

Het is er druk en chaotisch. Mensen lopen door elkaar heen en ook hier klinkt opzwepende muziek op een net iets hoger volume dan normaal. Er hangt opwinding in de lucht.

Ik leid Jelle en zijn vriendin naar hun stoelen en nadat ik ze daar heb afgeleverd klinkt de laatste bel voor de voorstelling. Ik neem afscheid en haast me naar mijn eigen stoel achter in de zaal. De stoel naast mij is voor Julian, maar die is nog leeg, hij is vast nog bezig de laatste journalisten naar hun plek te brengen. Dat geeft mij de tijd om alles wat Jelle me heeft verteld te verwerken. Door mijn schuld is Barts naam besmeurd geraakt en staat zijn leven op zijn kop. Ik wil het oplossen maar voel me totaal machteloos. Ik kan niets doen. Of toch? *Erik.* Strijdlust pompt door mijn bloed op de maat van de muziek die door de zaal klinkt. Als ik Bart dan toch kwijt ben kan ik in elk geval iets proberen te doen om zijn reputatie te herstellen. Net als Julian naast me op zijn stoel ploft, stopt de muziek en gaat het licht uit. Ik haal diep adem, we gaan beginnen.

Al na de eerste tien seconden van de voorstelling worden mijn gedachten aan Bart verdrongen door het visuele spektakel dat voor me op het toneel plaatsvindt. Ook al heb ik tientallen repetities bijgewoond overtreft deze eerste 'echte' uitvoering van *FREE!* alle verwachtingen. En niet alleen die van mij, dat is wel te merken aan de minutenlange staande ovatie die na afloop klinkt. Het kippenvel zit tot boven in mijn kruin als het applaus maar niet lijkt op te houden. En dat kippenvel kruipt nu nog steeds over mijn armen omhoog als ik samen met Jelle en zijn vriendin de trap afdaal naar de artiestenfoyer voor de afterparty.

Er heerst een uitgelaten sfeer. De cast en crew staat kriskras door elkaar en er wordt druk gepraat, gelachen en geproost. Ik zie Elias in een hoek staan en breng Jelle en zijn vriendin naar hem toe, maar voordat ik hen aan elkaar voorstel vlieg ik Elias in zijn armen.

'Het was fantastisch!' roep ik in zijn oor.

Elias beantwoordt mijn omhelzing door me lachend in de lucht te tillen en rond te draaien. Als hij me weer op de grond zet kijkt hij me aan met ogen die glanzen van de adrenaline.

'Dankzij jou, Loes. Als jij niet zo in ons had geloofd...'

Ik glimlach trots naar hem en knuffel hem nog een keer omdat ik niet weet wat ik daarop moet zeggen. Dan stap ik opzij en stel hem aan Jelle en zijn vriendin voor die hem enthousiast overladen met complimenten. Julian komt bij ons staan, zijn werk zit erop nu de laatste journalisten naar huis zijn. Ook zij waren unaniem onder de indruk. We proosten lachend met de champagne die in elegante flûtes wordt uitgedeeld. Iemand zet de muziek harder en er ontstaat een spontane dansvloer in het midden van de foyer. Ik kijk bewonderend toe hoe het merendeel van de cast staat te dansen alsof ze niet net twee uur op het podium hebben gestaan. De uitbundige sfeer en vrolijke muziek zijn aanstekelijk, maar ik merk dat ik afgeleid ben. Mijn gedachten dwalen steeds af naar wat Jelle me vertelde over Barts situatie en de woede laait in alle hevigheid weer op bij het idee dat Erik daar een aandeel in heeft gehad.

Zo komt het dat ik een uur later voor mijn oude huis parkeer. Eriks auto staat aan de andere kant van de oprit te glimmen in het licht van een lantaarnpaal en ik onderdruk de neiging om een deuk in zijn perfect opgepoetste bumper te rijden. Met trillende vingers zet ik mijn motor af en kijk naar het huis. Het is in duisternis gehuld. Erik moet al naar bed zijn, het is immers na twaalven op een zondagavond, maar ik laat me er niet door tegenhouden. Ik loop met pissige passen de oprit op en druk met dezelfde pissigheid op de bel. Als ik na een moment geen teken van leven zie druk ik nog een keer, nu langer. Ergens in huis gaat een lamp aan en even later verschijnt Erik, gehuld in een badjas, in de hal. Zijn haar staat alle kanten op en als hij mij door het glas van de deur ziet staan opent hij geïrriteerd de deur.

'Wat doe jij hier? Weet je wel hoe laat het is?'

'Ja, Erik, dat weet ik,' bijt ik hem toe terwijl ik langs hem heen het huis in loop.

'Hé!' roept hij verbaasd. 'Waar ga je heen?'

Ik hoor hoe hij de voordeur sluit, gevolgd door het geluid van zijn blote voeten op de gietvloer als hij achter me aan loopt.

In de keuken druk ik op een lichtknop en de lampen boven het kookeiland springen aan. Erik knippert tegen het felle licht en houdt een hand voor zijn ogen.

'Loes, jezus, wat ben je allemaal aan het doen? Je kan hier niet zomaar midden in de nacht binnenstormen!'

'O, nee? Kan ik dat niet zomaar?' roep ik pissig. 'Weet je wat niet zomaar kan? Mensen laten ontslaan!'

Erik laat zijn hand zakken en kijkt me onderzoekend aan. 'Waar heb je het over?'

'Dat weet je donders goed!'

'Bedoel je je gymleraar-vriendje?' zegt hij met een laatdunkend lachje. 'Die heeft het voor zichzelf verpest.'

'Bullshit! Jíj hebt ervoor gezorgd dat hij moet vertrekken. Ontken het maar niet.' Ik ben ongemerkt vlak voor hem gaan staan en priem een vinger in zijn gezicht. 'Dat je mij zo in de tang wil houden, prima, jij wint, maar laat anderen erbuiten!'

Erik kijkt me kalm aan en grijnst. 'Nou, nou, nou. Wat een passie.' Hij buigt langzaam naar me toe. 'Moet je jezelf zien. Helemaal opgewonden. Ik dacht dat jullie niets hadden? Hij moet wel erg goed in bed zijn dat je hem zo vurig komt verdedigen.'

Zijn toon is zo vals dat ik me moet inhouden hem niet een klap in zijn gezicht te geven. In plaats daarvan loop ik naar het kookeiland en leg mijn handen op het koele marmer. Ik haal een keer diep adem. Ik móét tot hem door proberen te dringen en dat gaat niet als ik mijn woede niet onder controle heb. Langzaam blaas ik uit en voel mezelf enigszins bedaren. Totdat mijn blik op de twee wijnglazen valt die voor mijn neus staan. In beide zie ik nog sporen van rode wijn en op de rand van een van de glazen is de afdruk van lippenstift te zien. Ik knipper een paar keer met mijn ogen om er zeker van te zijn dat ik het goed zie. Dan vindt mijn blik de Hermès-sjaal die over de barkruk hangt en de klassieke Birkin-tas die ernaast op de grond staat. Ik draai me met een ruk om naar Erik.

'What the fuck, Erik?' sis ik.

Erik heeft door wat ik heb gezien en kijkt schichtig achter zich naar de open trap die naar de eerste verdieping leidt. Ik zie de zwarte pumps die nonchalant op de eerste treden liggen, alsof ze daar in het heetst van de strijd zijn achtergelaten. Een misselijk gevoel overvalt me. Ik storm langs hem heen.

'Wacht, Loes!'

Hij rent achter me aan en voordat ik halverwege de trap ben grijpt hij mijn arm. Ik ruk mezelf los. Mijn ogen moeten vuur spuwen want hij deinst geschrokken achteruit.

'Serieus, Erik?' roep ik. 'Al deze ellende omdat ik niet met iemand anders mag zijn en jij ligt ondertussen gewoon rond te neuken alsof er niets aan de hand is?'

Ik draai me om en ren met twee treden tegelijk de trap op.

'Loes!' roept Erik me na, hij klinkt in paniek, maar ik ben al boven. Ik loop rechtstreeks naar de slaapkamerdeur en ruk hem open. Een flashback overvalt me van de dag dat ik Erik hier met een ander in ons bed betrapte. Ik was op de geluiden afgekomen die uit de kamer kwamen en die ik niet kon thuisbrengen. Bij het zien van een naakte Erik met een vreemde blonde vrouw boven op hem voelde ik… niets. Alleen maar leegte. Ik was volledig afgestompt. En dat zei me genoeg. Het was tijd om te gaan.

Maar nu is het anders. Nu voel ik zeker iets. Mijn hart slaat tegen mijn borst door de ongebreidelde woede die door mijn bloed stroomt. Niet omdat Erik met een ander is, maar omdat hij het mij op alle mogelijke manieren onmogelijk heeft gemaakt dat te zijn. En ook al doet het er niet toe wie de bewuste persoon is, toch voel ik de onbedwingbare behoefte om te weten met wie hij dit keer het bed deelt.

De lakens liggen omgewoeld en er liggen kledingstukken op de vloer, maar het bed is leeg. Achter me hoor ik Erik naderen, maar voordat hij me heeft bereikt stap ik de kamer in. Mijn aandacht wordt getrokken door een geluid dat uit de aangrenzende badkamer komt en met trillende handen open ik de deur. Ik deins achteruit bij het zien van de vrouw die in een ongemakkelijke houding op de rand van het bad zit. Ze is naakt en probeert zichzelf te bedekken met een veel te kleine handdoek. Het ziet er bespottelijk uit, zeker in contrast met hoe ze er normaal uitziet; tot in de puntjes verzorgd en met een hooghartige blik. Nu zie ik alleen maar paniek in haar ogen.

'Barbara?'

Barbara slaat een hand voor haar mond en kijkt radeloos van mij naar Erik, die inmiddels achter me is komen staan. Een seconde lang valt er een ijzige stilte terwijl ik probeer te verwerken wat ik heb aangetroffen. Dan begin ik te lachen. Het is een vreemde reactie, want er is niets grappigs aan de situatie, maar ik heb er geen controle over. Als ik de geschrokken gezichten van Barbara en Erik zie wordt het alleen maar erger. Ik ben hysterisch.

Pas wanneer Erik een hand op mijn arm legt en mijn naam zegt, stop ik abrupt. Ik haal diep adem en veeg de tranen weg die over mijn wangen zijn gerold.

'Loes,' zegt Erik nog een keer zalvend. Ik herken de toon in zijn stem die hij gebruikt als hij me wil paaien, stroop om mijn mond wil smeren om iets gedaan te krijgen. Ik steek mijn kin vooruit en kijk hem aan. Een vreemd soort kalmte komt over me heen.

'Geen zorgen, Erik,' zeg ik terwijl ik langzaam zijn hand van mijn arm verwijder. 'Jullie geheimpje is veilig bij mij. En geloof me, ik zou niets liever willen dan de hele wereld vertellen wat een ontzettende hypocrieten jullie zijn, maar ik wil niet dat de jongens erachter komen dat hun vader het leven van hun moeder zuur maakt om zichzelf beter te voelen.'

Erik kijkt me sprakeloos aan. Zijn handen vallen slap naast zijn lichaam. Voor het eerst zie ik verslagenheid in zijn uitdrukking. Het laat me koud. Ik kijk naar Barbara. Ik zou nu iets vernietigends kunnen zeggen. Iets over de ironie van het medelijden dat ik met haar had omdat haar man haar bedriegt, maar ik weiger me tot haar niveau te verlagen. In plaats daarvan schud ik misprijzend mijn hoofd. Barbara wendt beschaamd haar blik af.

Als ik de trap afloop voelt het alsof ik in een droom zit. Ik hoor dof de geluiden uit de slaapkamer, de paniekerige stemmen van Erik en Barbara. Eenmaal in mijn auto staar ik een tijdje voor me uit. Pas als ik de motor start lijk ik wakker te worden. Ik kijk naar Eriks auto voor me en geef gas. De kras die ik maak is nauwelijks zichtbaar, mijn eigen auto heeft waarschijnlijk meer schade, maar het geeft me toch een kinderachtige voldoening. Met een grijns op mijn lippen stuur ik mijn auto de straat uit.

31

Het is maandagavond en een voor een komen de moeders van de oudercommissie de lerarenkamer binnen. Natte paraplu's worden bij de verwarming gezet en dikke winterjassen worden aan de kapstok bij de deur gehangen. Buiten dansen de kale takken van de bomen op het schoolplein heen en weer in de novemberstorm die vandaag huishoudt. De storm wordt uitgebreid besproken aan tafel terwijl er thee wordt ingeschonken en iedereen wacht tot Barbara de vergadering opent. Het is de laatste voor de sinterklaasviering, die al over een paar dagen is.

Ik kijk naar Barbara aan het hoofd van de tafel, ze is druk met het ordenen van een stapel papieren. Ze heeft me nog nauwelijks aan durven kijken sinds ik er ben. Ik blaas op mijn thee en kijk door de opkringelende damp naar Ellen en Jet die aan de andere kant van de tafel druk aan het smoezen zijn. Als ze zien dat ik naar hen kijk glimlachen ze samenzweerderig naar me. Ik geef ze een knipoog terug.

Barbara schraapt haar keel en het onderlinge geklets aan tafel verstomt. Als alle ogen op haar gericht zijn knikt ze tevreden, maar voordat ze iets kan zeggen gaat de deur van de lerarenkamer open. De directrice verschijnt in de deuropening met verwaaide haren en een natte regenjas.

'Poeh, zeg,' hijgt ze. 'Wat een rotweer.'

'Emilie?' stamelt Barbara. 'Wat doe jij hier?'

'Ellen vroeg mij vandaag aan te schuiven. Wist je dat niet?'

Terwijl de directrice haar jas over de verwarming legt om te drogen kijkt Barbara verbaasd naar Ellen. 'O? Is dat zo Ellen?'

Ellen kijkt Barbara onverschrokken aan. 'Ja, dat is zo.'

Bij het zien van de blikken die Ellen en Jet vervolgens uitwisselen krijgt Barbara zichtbaar argwaan. Ze vouwt haar handen voor zich op tafel en buigt naar voren.

'En waarom?' vraagt ze kalm. Een ongetraind oor zal de waarschuwende ondertoon in haar stem niet horen, maar ik doe dat wel. En Ellen ongetwijfeld ook, al laat ze daar niets van merken. In plaats daarvan staat ze op en loopt ze naar de projector in de hoek van de ruimte. Haar laptop heeft ze eerder vanavond al aan het ding gekoppeld. Ze drukt wat toetsen in en op het scherm verschijnt het logo van de school.

'Ik heb iets voorbereid,' zegt ze zelfverzekerd en gebaart naar de directrice. 'Fijn dat u er bent, mevrouw Van Dort. Gaat u er even bij zitten?'

De directrice schuift een stoel naast die van Barbara en neemt plaats. Ellen loopt als een geoefende spreker heen en weer voor de projector terwijl ze ons een voor een serieus aankijkt. Presentaties geven is onderdeel van haar werk en dat is te zien. Met haar duim klikt ze op een kleine afstandsbediening in haar hand en op het scherm verschijnt een foto van meneer Van Dort als Sinterklaas. Het is een foto van een eerdere sinterklaasviering op school. Hij staat op het bordes en zwaait plechtig naar de kinderen op het plein. De directrice glimlacht trots bij het zien van haar vader. Barbara, daarentegen, kijkt in het geheel niet blij.

'Wat is dit?' vraagt ze giftig.

Ellen negeert haar en richt zich tot de rest van de aanwezigen.

'Een paar weken geleden waren de voorbereidingen van het nieuwe sinterklaasfeest in volle gang. We waren enthousiast over de ideeën van Loes en hebben door middel van een democratisch proces gekozen om deze uit te voeren.'

Ze klikt nog eens op de afstandsbediening en de tekeningen van Jet, die we hadden gebruikt om iedereen te overtuigen, worden een voor een getoond.

'Die beslissing is onlangs zonder pardon teruggedraaid,' gaat Ellen verder. Op de laatste slide verschijnt er een groot rood kruis door de tekening.

'Dit was een eenzijdige beslissing. Geen stemming, geen democratisch proces.'

De directrice kijkt verbaasd naar Barbara. 'Maar… jij zei dat de oudercommissie het erover eens was dat…'

Barbara onderbreekt haar met een schuchtere lach. 'Dat is ook zo. Ik bedoel, ik wist zeker dat iedereen het met me eens zou zijn.'

De moeders aan tafel kijken naar elkaar en naar Barbara, er worden schouders opgehaald en hoofden worden ontkennend geschud.

'Maar je hebt het niemand gevraagd?' stelt de directrice ongelovig vast.

'Ik…' stamelt Barbara en ze kijkt om zich heen op zoek naar steun. Tevergeefs.

Ik leun tevreden naar achteren. De ontmanteling van de macht van Barbara voltrekt zich voor mijn ogen en ik hoef niet eens iets te doen. Ze heeft haar eigen graf gegraven en aan haar gezicht te zien beseft ze dat zelf ook.

'Hoe dan ook.' De kordate stem van Ellen trekt ieders aandacht weer naar het projectiescherm waar inmiddels een taartdiagram te zien is. Ruim driekwart van de cirkel is blauw gekleurd en het laatste stuk is voor het grootste deel oranje.

'Wij hebben een enquête gehouden onder de bovenbouwleerlingen. Kinderen die het sinterklaasfeest al meerdere jaren hebben gevierd op deze school. Oftewel, ervaringsdeskundigen.'

Ze laat een dramatische pauze vallen en loopt langzaam naar de andere kant van het scherm. Met de afstandsbediening wijst ze naar de cirkel.

'Het blauwe gedeelte staat voor het percentage leerlingen dat het nieuwe plan voor de sinterklaasviering prefereert boven de oude manier. Dat is met zevenentachtig procent een verbluffende meerderheid. Het oranje gedeelte, zo'n acht procent, was het om het even en de rest zou het sinterklaasfeest liever helemaal afschaffen en inruilen voor Halloween. Kortom, geen enkele leerling heeft volmondig aangegeven het graag bij het oude te willen laten en het enthousiasme voor de nieuwe plannen is het grootst.'

'Nonsens!' Barbara's vuist komt met een bons neer op de tafel en laat de theekopjes rinkelen. 'Iedereen kan zo'n plaatje maken. Dat zegt niets.'

Ellen glimlacht koeltjes naar haar. 'Ik dacht al dat je dat zou zeggen. Jet?'

Jet springt op uit haar stoel en haalt uit de gele Jumbo-shopper naast haar stoel een stapel mapjes en begint ze een voor een uit te delen.

'Dit zijn de uitgewerkte onderzoeksresultaten. De enquête is afgenomen door mijn stagiaires, studenten aan de Erasmus Universiteit.'

De moeders bladeren door de mappen die ze uitgereikt hebben gekregen en lijken onder de indruk van de pagina's met grafieken en diagrammen.

Barbara grist een map uit Jets handen en werpt er een giftige blik op. Dan kijkt ze wanhopig naar de directrice.

'Dit kan toch niet zomaar? Wie heeft hier toestemming voor gegeven?'

'Het onderzoek was vrijwillig en anoniem. Alle leerlingen wilden meewerken,' legt Jet uit. Het lijkt de directrice gerust te stellen en geïnteresseerd begint ze te lezen. Naast haar loopt Barbara rood aan.

'Op de laatste pagina staan de opmerkingen die de leerlingen konden invullen op de open vraag wat ze van het oude sinterklaasfeest vonden. Ik licht er een paar uit.' Ellen klikt op de afstandsbediening en op het scherm verschijnt een tekstblok met een quote.

‘Deze leerling bijvoorbeeld: jongen, elf jaar, vanaf groep 1 op deze school, twee zusjes in de onderbouw, vindt het sinterklaasfeest “tantoe skeer”.’

Ellen klikt door naar een volgend scherm met een nieuwe quote. ‘En deze leerling; meisje, tien jaar, vanaf groep 3 op deze school, geen broertjes of zusjes, zegt: “Op de Johan Willem Friso-school is het sinterklaasfeest veel vetter.”’

De directrice kijkt met een ruk op. ‘De Johan Willem Friso-school?’

Het is de school die in de wijk als ‘concurrent’ wordt beschouwd, zowel bij de leerlingen als het gaat om het schoolvoetbal, als bij de ouders als het gaat om de leukste borrels en feesten. Maar ook tussen de schoolhoofden heerst er een jarenlange competitie over de schoolresultaten en de lengte van de wachtlijsten. De directrice klapt de map resoluut dicht.

‘Ik weet genoeg. Het lijkt me duidelijk, we gaan terug naar het idee van mevrouw Dekker.’

‘Maar, Emilie...’ stamelt Barbara.

‘Je had de plannen nooit terug mogen draaien,’ bijt de directrice haar toe. Ze richt haar blik op mij. ‘Is het nog haalbaar, mevrouw Dekker? Sinterklaas is immers overmorgen al.’

Ik glimlach. ‘Jazeker! We waren zo goed als klaar met de voorbereidingen.’

‘Mooi!’ De directrice staat op. ‘Dan zeg ik: fijne avond verder, dames.’ Ze trekt haar nog natte jas aan en vertrekt.

Er valt een ongemakkelijke stilte in de ruimte. Alle ogen zijn op Barbara gericht, alsof iedereen verwacht dat ze elk moment zal ontploffen. Barbara zit er echter bleek bij en staart voor zich uit, haar mond een strakke streep. Dan knippert ze een paar keer met haar ogen en herschikt de paperassen voor zich op tafel. Ze schraapt haar keel.

‘Oké, het volgende punt op de agenda. De sponsorloop voor Unicef. Janine, is daar nog iets nieuws over te melden?’

Ellen en Jet nemen weer plaats op hun stoelen en geven elkaar een subtiele high five. Als ze naar mij kijken glimlachen ze breed en ik kan het niet helpen hetzelfde te doen.

Na de vergadering, op weg naar huis, neem ik een omweg. De storm jaagt door de straten en mensen haasten zich naar binnen, maar ik trap juist door. Het weer past bij mijn gemoedstoestand. Het regent niet meer, maar de wind komt van alle kanten. Soms duwt hij me vooruit, soms valt hij me van opzij aan en dan weer moet ik op mijn trappers staan om ertegenin te kunnen fietsen. De onvoorspelbaarheid van steeds de volgende windvlaag maakt iets in me los en met kinderlijke vastberadenheid stuur ik mijn fiets door de wijk. Langs het park, door de winkelstraat en over de brug naast de schouwburg. Ik trap en trap, steeds verder. Totdat ik ongemerkt de straat van Bart in ben gefietst. Ik ben van plan snel door te rijden, maar als ik licht zie branden achter zijn raam rem ik af.

Mijn hart klopt in mijn keel als ik afstap en langzaam dichterbij kom. Voorzichtig kijk ik naar binnen. De gordijnen zijn open en Bart zit achter zijn bureau te werken. Ik slaak een rillerige zucht bij het zien van zijn gezicht. Ik heb hem zo gemist. Ik lijk wel een schipbreukeling die na weken zonder fatsoenlijke maaltijd een heel buffet voorgeschoteld krijgt. Mijn ogen registreren koortsachtig elk detail, zijn lange vingers op het toetsenbord, het witte shirt dat om zijn schouders spant, de manier waarop hij geconcentreerd op zijn onderlip bijt. Hij staart naar zijn laptop met een lichte frons tussen zijn wenkbrauwen en het licht van het beeldscherm weerkaatst in zijn ogen. Ik slik als ik eraan denk wat één blik van hem met me kan doen. Zijn haren zijn nat en ik vraag me af of het van de eerdere regenbui is of van het douchen. Mijn handen jeuken. Ze weten hoe het voelt om erdoorheen te woelen.

Ik denk erover om aan te bellen, maar ik durf niet. Hij zit er zo vredig bij, het voelt egoïstisch om zijn avond te verstoren. Maar het lukt me ook niet om weg te gaan, ik kan mijn ogen niet van hem afhouden. Ik fantaseer erover hoe het zou zijn als ik onderdeel van zijn leven was. Als ik niet van buiten naar binnen zou kijken, maar bij hem zou horen. Dan zou zijn gezicht opklaren als ik de kamer binnenkwam. Dan zou ik mijn armen om hem heen slaan en hem een kus geven. Ik zou op de bank gaan zitten en de rest van de avond naar hem kijken terwijl hij werkt.

Zou zijn gezicht ook opklaren als ik nu zou aankloppen? Zou hij me binnenlaten? Ik weet nog steeds niet wat ik tegen hem moet zeggen. Na mijn gesprek met Jelle besef ik hoeveel schade ik heb aangericht. Ik kan zijn situatie niet beter maken. Van Erik hoef ik niets te verwachten nu ik weet hoever hij bereid is te gaan om de boel te manipuleren en ik wil Bart niet nog verder meeslepen. Aan de andere kant: hoeveel erger kan het nog worden? Bart moet al vertrekken van school en als ik niets doe zie ik hem daarna nooit meer. Ik moet hem in elk geval zeggen dat het me spijt.

Een windvlaag blaast verderop in de straat een fiets omver. Bart kijkt op van zijn scherm en van schrik duik ik weg. Ik denk niet dat hij me heeft gezien. Snel stap ik op mijn fiets en terwijl ik tegen de wind in naar huis trap vervloek ik mezelf dat ik niet het lef had te blijven staan. Weer een kans verkeken. Overmorgen is het sinterklaasfeest en zullen we samen moeten werken. Niet echt een ideale gelegenheid om hem proberen te spreken, maar het moet. En met dat voornemen als laatste gedachte val ik die avond in slaap.

Op de dag van de sinterklaasviering zakt de moed me echter in de schoenen. Met een aantal ouders en leerkrachten zijn we al vroeg op school verzameld om alles voor te bereiden en ik heb Bart alleen nog maar van een afstandje gezien. Hij is bezig de boel in de gymzaal op te bouwen en ik sta inmiddels de laatste pakjes in te pakken in de lerarenkamer. Jet en Ellen zijn er ook. Ze zijn druk met elkaar in gesprek en dat geeft mij de gelegenheid te bedenken hoe ik Bart alleen te spreken kan krijgen. De oplossing lijkt zich vanzelf aan te dienen als hij in de deuropening verschijnt. Aan de mok in zijn hand te zien was hij van plan koffie te halen. Als hij me ziet blijft hij besluiteloos op de drempel staan. Jet ziet het ook en stoot Ellen aan.

'Kom, we gaan even kijken of meneer Van Dort klaar is met omkleden.'

Ellen snapt de hint en volgt Jet de gang op, in het voorbijgaan geeft ze Bart een knipoog. Bart stapt de kamer binnen en we kijken elkaar een tijdje zwijgend aan. De stilte hangt als een mistwolk tussen ons in en ik haat het. *Zeg iets, Loes!* Ik schraap mijn keel om in elk geval geluid te maken. Bart glimlacht en daar ben ik zo dankbaar voor dat ik wel kan juichen. Het geeft me de moed om een paar stappen in zijn richting te zetten. We beginnen tegelijkertijd te praten.

'Hoe gaat het met je?' vraagt hij.

'Het spijt me,' zeg ik.

Bart kijkt me verward aan. 'Wat?'

'Goed!' antwoord ik. 'Het gaat goed.'

'Nee. Ik bedoel, wat zei je daarvoor?'

Ik zet nog een stap dichterbij. 'Ik zei dat het me spijt. Alles. Ik vind het zo erg, wat er is gebeurd. Ik hoop...'

Bart schudt zijn hoofd. 'Het is al goed. Het is opgelost.'

'Opgelost?' Ik kijk hem fronsend aan. 'Omdat je toch al van plan was om weg te gaan, bedoel je? Dat neemt niet weg dat het een klotestreek was van Erik om je zo zwart te maken. Als ik jou niet... als wij niet hadden... Het is allemaal mijn schuld. Ik wil er alles aan doen om het goed te maken.'

Barts gezicht licht op. 'Alles?'

'Ja!' roep ik. 'Ze kunnen je niet zomaar wegsturen. Niet met je reputatie die zo besmeurd is door Erik. Ik ga zorgen dat ze naar me luisteren.'

'Mijn reputatie,' herhaalt Bart. Hij klinkt teleurgesteld.

Had hij gehoopt dat ik iets anders bedoelde? *Shit!* Dit was mijn kans en ik heb het verprutst. Ik had hem kunnen zeggen dat ik er alles aan zou doen om het goed te maken tussen *ons* en in plaats daarvan begon ik weer over Erik. Ik wil nog een stap dichterbij zetten en hem zeggen dat ik een sukkel ben, dat ik niets liever wil dan met hem samen zijn, maar dan verschijnt Erik in de deuropening.

'Ga weg, Erik!' bijt ik hem toe. Ik ben het zat dat hij overal opduikt om de boel te verstoren.

'Kan ik je even spreken?' vraagt hij kalm. Een toon die ik niet van hem gewend ben, zeker niet nadat ik hem heb afgeblaft zoals ik net heb gedaan. Ik kijk hem onderzoekend aan. Er is iets geks aan hem. Hij kijkt anders uit zijn ogen, bijna kwetsbaar.

Bart zet zijn mok op het aanrecht en loopt langs me heen naar de deur.

'Luister maar even naar hem,' zegt hij en loopt de kamer uit. Ik ben met stomheid geslagen. Raadde Bart me nou aan om naar Erik te luisteren? En zag ik dat goed? Gaf hij Erik een broederlijke schouderklop op weg naar de gang? Mijn mond valt open. Wat is hier aan de hand?

32

Op mijn hoede kijk ik toe hoe Erik de deur van de lerarenkamer sluit en op me af komt lopen. Als hij dichterbij komt doe ik instinctief een stap achteruit. Als hij dat ziet stopt hij abrupt. Hij zucht diep. Het is geen geïrriteerde zucht, meer eentje uit verslagenheid, lijkt het.

'Wat is dit, Erik?'

'Ik ben een klootzak.'

'O, ja?' lach ik verbitterd. 'Goh, hoe kom je daar zo bij?'

Erik kijkt me gekweld aan. Ik zie nu pas de donkere kringen onder zijn ogen.

'Ik meen het, Loes. Het is misschien te laat, maar ik zie nu in wat ik heb gedaan. Ik ben een ongelooflijke lul geweest, ik...'

Hij valt stil en slikt. Zwijgend staar ik hem aan. Ik probeer zijn gezicht te lezen, zoekend naar sporen van sarcasme. Ik verwacht dat er elk moment een duivelse glimlach verschijnt en hij 'Grapje!' zegt.

Maar in plaats daarvan kauwt hij op de binnenkant van zijn wang en ziet hij er verloren uit. Na nog een diepe zucht gaat hij verder.

'Wat je zondag zei, toen je mij en Barbara...' Hij kijkt beschaamd weg. 'Het was alsof het eindelijk tot me doordrong waar ik mee bezig was.'

Ik denk terug aan die avond en aan zijn verslagen uitdrukking.

'Ik had het je niet kwalijk genomen als je door het lint was gegaan,' gaat hij verder. 'Misschien had ik daar zelfs wel op gehoopt. Maar je zette je eigen emoties opzij en dacht alleen maar aan de jongens. Aan hoe ze over mij zouden denken als ze wisten wat ik had gedaan. En zo heb je altijd gedacht, dat realiseer ik me nu.'

Hij haalt een hand door zijn haar en staart naar een punt in de verte terwijl hij verder praat.

'Ik heb me maandag ziekgemeld, heb een therapeut gebeld en ben meteen naar haar toe gegaan. Ik heb uren gepraat. Ze heeft me een spiegel voorgehouden en wat ik zag was niet best. Ik schaam me kapot. Ik zat zo vast in mijn trots en frustratie. Ik walg van mezelf, van wat ik jou heb aangedaan.' Zijn ogen focussen zich weer en zoeken de mijne. 'En de jongens… Ik ben je zo dankbaar dat je mijn rottigheid bij ze hebt weggehouden. Ik had het goed begrepen als je dat niet had gedaan. Ik heb het je echt heel moeilijk gemaakt, maar ik beloof je dat het anders gaat zijn. Ik ga aan mezelf werken. Het spijt me. Echt.'

Hij kijkt me bijna smekend aan en ik voel tranen prikken achter mijn ogen. Ik wilde dit zo graag horen, maar ik had die wens ver weggestopt omdat het me onmogelijk leek dat het ooit zou gebeuren. Met een paar passen is Erik bij me en pakt mijn handen. Ik schrik ervan. Ik ben blij dat hij tot bezinning is gekomen, maar als hij denkt dat we daarom weer samen kunnen zijn moet ik hem alsnog teleurstellen.

'Erik, ik…' begin ik.

Erik schudt zijn hoofd. 'Ik weet het. Maak je geen zorgen, ik snap dat je me niet meer terug wil. Ik hoop alleen dat je me wil vergeven en erop wil vertrouwen dat ik mijn best ga doen een betere ex dan echtgenoot te zijn.' Hij glimlacht flauwtjes. 'Ik heb het zelfs goedgemaakt met Bart.'

Ik kijk hem verbaasd aan. 'Hoe… hoe bedoel je?'

'Ik heb bij het schoolbestuur opgebiecht dat ik heb gelogen over de vechtpartij. Ik heb me teruggetrokken als voorzitter van de ouderraad.'

Voor de tweede keer in vijf minuten valt mijn mond open. Dat Erik zijn erebaantje op heeft gegeven is tot daaraantoe, maar dat hij eerlijk is geweest over de reden waarom had ik nooit verwacht. Status is alles voor hem en gezichtsverlies zo ongeveer het ergste dat hem kan gebeuren. Misschien is hij echt veranderd?

'De school heeft Bart gevraagd zijn ontslag terug te draaien, maar dat wilde hij niet. Ik ben toen zelf naar hem toe gegaan om hem te overtuigen. En om mijn excuses aan te bieden natuurlijk. Het was een goed gesprek.' Hij knijpt in mijn handen en kijkt me serieus aan. 'Het is een goeie gast, Loes. Ik snap wat je in hem ziet. En hij is duidelijk gek op jou. Hij denkt alleen dat jij nog niet toe bent aan een relatie. Niet met hem in elk geval. Het spijt me als dat mijn schuld is.'

Ik knipper met mijn ogen, het lijkt erop dat hij echt berouw heeft. Ik weet niet wat ik moet zeggen. Dit gaat allemaal te snel voor mijn brein om te volgen. En bovendien hoor ik door alle bekentenissen heen maar één ding dat ik echt belangrijk vind en dat is dat ik nog een kans maak bij Bart. Ik moet hem ervan overtuigen dat ik me niets fijners voor kan stellen dan naast hem wakker te worden, geen mooiere dag dan eentje die ik met hem kan doorbrengen. Om de kans te hebben alles aan hem te vragen en alles over hem te weten te komen. Om de hele dag ongegeneerd naar hem te kunnen kijken...

Maar dat zeg ik allemaal niet tegen Erik, ik ben nog lang niet zover dat ik dit met hem kan bespreken. Misschien ooit, maar zeker niet nu. Nu is er maar één iemand tegen wie ik dit wil zeggen.

Ik ren door de gang naar de gymzaal. Door het raam zie ik hoe het plein volstroomt met kinderen en ouders. Nog even en Sinterklaas zal op zijn schimmel het plein op komen rijden. Ik ren langs lege lokalen en struikel bijna over mijn voeten als ik een bocht maak naar de deur van de gymzaal. Het is er druk met als piet verklede dansers van *FREE!*. Ze maken zich klaar voor de workshops die ze gaan geven aan de kinderen. Ik loop kriskras door ze heen op zoek naar Bart, maar ik zie hem nergens.

'Loes?' Ik draai me om. Het is Elias. Ik herken hem nauwelijks met de roetvegen op zijn gezicht.

'Zoek je iemand?' vraagt hij.

'Bart,' hijg ik van het rennen. 'Ik zoek Bart. Is hij hier?'

Elias kijkt om zich heen. 'Net nog wel.'

Hij volgt me terwijl ik ongeduldig verder zoek.

'Is er iets aan de hand?' vraagt hij bezorgd.

Ik schud mijn hoofd. 'Nee. Of... Nou ja, eigenlijk wel. Ik wil hem heel graag spreken.'

'Hij zou de abseilers naar het dak brengen, misschien is hij dat aan het doen?' oppert Elias.

Ik kijk hem dankbaar aan en ren de gymzaal uit naar het deel van de gang waar de trappen zich bevinden. De verbindingsdeur zit dicht en na een paar keer trekken en duwen concludeer ik dat hij op slot zit. Ik geef er een gefrustreerde duw tegen met mijn schouder. Wat nu? Ik draai me om. Even verderop in de gang zie ik de directrice en Barbara naar het bordes lopen. De directrice zal de Sint daar welkom heten. Door de geopende deuren hoor ik de massa opgewonden kinderen die op het schoolplein staat te wachten. Ik bedenk dat ik vanaf het bordes zicht heb op het dak waar de abseilende pieten vanaf zullen komen dus haast ik me achter Barbara en de directrice aan naar buiten. Op het bordes staan al een aantal pieten mee te zwaaien met de liedjes die de kinderen zingen. Jet en Ellen zijn er ook. Ze wenken naar me, maar ik vestig mijn aandacht op de rand van het dak. De abseilende pieten zijn een verrassing voor de kinderen dus ze hebben zich verdekt opgesteld. Ik zie wel wat bedrijvigheid maar kan niet zien of Bart er ergens tussen staat.

Net als ik weer naar binnen wil gaan stijgt er een luid gejuich op van het plein. De Sint is gearriveerd. Op zijn schimmel steekt hij, plechtig zwaaiend, het plein over in de richting van het bordes. Een groepje pieten loopt voor hem uit om een pad vrij te maken en er ontstaat een soort erehaag van juichende kinderen. Mijn oog valt op een bekend figuur achter op het plein, leunend tegen de zijkant van het fietsenhok.

'Bart!' roep ik, maar mijn stem verdrinkt in de zee van zingende kinderen. Ik ga op mijn tenen staan en zwaai. 'Bart!' roep ik nog eens.

Hij lijkt me niet op te merken. De Sint is inmiddels bij het bordes gearriveerd en wordt door een piet van zijn schimmel geholpen. Jet en Ellen begeleiden hem de trap op naar de directrice. Ze heet hem enthousiast welkom en overhandigt hem de microfoon. Met mijn volle aandacht bij Bart registreer ik vaag hoe de Sint de kinderen begint toe te spreken. Ik zwaai nog eens, nu met twee armen. Als hij in beweging komt denk ik dat hij me gezien heeft, maar in plaats van naar het bordes te komen draait hij zich om en loopt naar de poort van het schoolplein. Gaat hij weg? *Dat mag niet!* Ik moet hem tegenhouden.

Ik maak een inschatting van de afstand, maar tegen de tijd dat ik me hier tussen de Sint en pieten door heb gewurmd zal Bart de poort al bereikt hebben. En dan moet ik het plein nog oversteken door de honderden kinderen die er staan. Als ik Barts rug in de verte steeds kleiner zie worden raak ik in paniek en zonder erover na te denken gris ik de microfoon uit de handen van de Sint.

'Bart, wacht!'

Mijn stem galmt over het plein en weerkaatst tegen de muren van de school. Ik schrik ervan. En ik ben niet de enige zo te zien. Naast me staat een verbouwereerde Sinterklaas. En ook Jet, Ellen, Barbara en de directrice kijken me geschokt aan.

'Eh... sorry,' zeg ik tegen meneer Van Dort. 'Sorry!' roep ik in de microfoon naar de kinderen. 'Maar ik...' de woorden sterven op mijn lippen. *Wat ben ik aan het doen?* Ik kijk naar Bart, hij is gestopt met lopen en heeft zich omgedraaid. Ik meen verwarring op zijn gezicht te zien, maar hij is te ver weg om het zeker te weten.

Nu ik zijn aandacht heb weet ik niet wat ik moet doen. Door alle ogen die op me gericht zijn zakt de moed me in de schoenen en beginnen mijn oren te suizen. Ik slik. Zweetdruppels vormen zich op mijn rug en ik voel hoe mijn wangen rood worden. Achter op het plein slaat Bart zijn armen over elkaar, hij houdt zijn hoofd schuin. Ik zie het als een goed teken, hij wacht, hij is niet doorgelopen. Dit is mijn kans.

Ik sluit mijn ogen en haal diep adem. Ik probeer het suizen in mijn oren te negeren en me te focussen. Als ik mijn ogen weer opendoe is het alsof al het geluid is weggestorven en alleen Bart nog op het plein staat. Ik verstevig mijn grip op de microfoon en begin te praten.

'Ik ben de grootste sukkel op aarde. Ik heb me laten leiden door angst. Angst voor wat anderen van me denken, angst om weer gekwetst te worden. Maar terwijl ik mijn eigen hart probeerde te beschermen was ik onvoorzichtig met dat van jou.' Ik zucht diep. 'Het spijt me zo. Ik meen het. Ik weet dat ik je gekwetst heb, meer dan eens, en ik snap dat ik nergens recht op heb, maar wat er ook gebeurt, ik wil dat je weet dat ik je geweldig vind. Meer dan geweldig. Ik zou alles geven voor nog een kans. Als je me kan vergeven, als je me nog wil, ik ben hier.'

Het is doodstil op het plein, alleen het versterkte geluid van mijn ademhaling in de microfoon is te horen. In een romantische film zou Bart nu naar me toe komen rennen. Hij zou zich een weg banen door de kinderen en eenmaal hier zou hij het bordes op stappen, me in zijn armen nemen en me vurig kussen. Maar niets van dit alles gebeurt. In plaats daarvan draait hij zich om en loopt weg, door de poort het plein af.

Mijn wereld stort in.

Het plein begint te gonzen met geroezemoes. Ik voel een arm om me heen en kijk op in het sympathieke gezicht van meneer Van Dort dat schuilgaat achter een grote witte baard.

'Je hebt je best gedaan, meisje.'

Hij klopt zachtjes op mijn rug. Jet en Ellen komen ook bij me staan.

'Gaat het?' vraagt Jet.

Ik haal mijn schouders op. Wat had ik dan verwacht? Het leven is nou eenmaal geen romantische film. In het echte leven los je echte problemen niet op met een spontane speech. In het echte leven heb je iemand soms echt voorgoed weggejaagd.

Vanuit mijn ooghoek zie ik hoe Barbara zich naar voren wurmt.

'En nu is het genoeg met deze onzin,' sist ze. Ze graait de microfoon uit mijn hand en geeft hem aan meneer Van Dort. 'Sinterklaas, de kinderen wachten.'

Meneer Van Dort geeft me een laatste medelevende blik en richt zich dan op zijn rol als goedheiligman. Hij stapt naar voren en spreekt in de microfoon.

'Nou, nogmaals hallo, lieve kinderen. Daar ben ik dan. Wat hebben jullie prachtig gezongen...'

Ik sta als verlamd op mijn plek, vaag registreer ik hoe Jet troostend over mijn arm wrijft en hoe Barbara op fluistertoon tegen de directrice over me aan het mopperen is. Ik hoor woorden als 'aandachttrekker' en 'gênant'. Ik wil weg. Het liefst naar huis, met de gordijnen dicht schuilen totdat iedereen dit vergeten is, totdat ik Bart vergeten ben. Net als ik me om wil draaien om ertussenuit te knijpen beginnen de kinderen op het plein luidkeels te joelen. Meneer Van Dort is er ook van geschrokken.

'Nou, nou. Wat een lawaai, kinders. Wat is er aan de hand?'

Hij buigt zich naar voren om de kinderen die vooraan staan te kunnen verstaan.

'Achter u!' roepen ze, alsof ze bij een poppenkastvoorstelling zijn.

'Achter me?' herhaalt de Sint en iedereen op het bordes draait zich tegelijk om. In de deuropening staat Bart. Zijn borst gaat op en neer, alsof hij gerend heeft. Zijn ogen zoeken de mijne en als hij die heeft gevonden is hij met twee stappen bij me.

Ik kan bijna niet geloven dat hij voor me staat. 'Waar was je?' fluister ik.

'Omgelopen,' hijgt Bart en hij knikt naar de schimmel die de trap naar het bordes blokkeert. Als hij me weer aankijkt speurt hij mijn gezicht met een serieuze blik af.

'Meen je het? Wat je zei?'

'Ja!'

'Alles?'

'Alles!'

Ik word door twee sterke armen de lucht in getild en voordat ik nog iets kan zeggen wordt me de mond gesnoerd. Bart neemt me mee in een duizelingwekkende kus en om me heen hoor ik luidkeels gejuich. Ik sla mijn armen om zijn nek en mijn benen om zijn middel. Ik adem hem in en voel hoe zijn hart tegen zijn borstkas slaat, synchroon met dat van mij.

'Ehm...' hoor ik de stem van meneer Van Dort na een tijdje zeggen, vlak bij mijn oor. 'Ik wil jullie niet storen, maar de kinderen...'

Langzaam verbreken Bart en ik onze kus en kijken om ons heen, het hele plein staart ons aan.

'Sorry,' lacht Bart en hij laat me langzaam op de grond zakken. Hij houdt zijn armen echter stevig om me heen geslagen, alsof hij bang is dat ik zal vluchten. Maar ik kijk wel uit, dat is het laatste wat ik wil.

Terwijl meneer Van Dort zijn toespraak hervat voert Bart me mee het schoolgebouw in en marcheert me naar een klaslokaal, uit het zicht van nieuwsgierige ogen. Eenmaal binnen zet hij me met mijn rug tegen de muur en pint me vast met zijn lichaam. Grijnzend kijkt hij op me neer.

'Zo, nu mag je niet meer weg.'

'Dat wil ik ook niet.'

Ik richt me op om hem te zoenen, maar hij ontwijkt me.

'Ho, ho, mevrouw Dekker,' zegt hij plagend. 'Zo doen vage kennissen dat niet. Zullen we eerst eens een keertje afspreken? Samen eten, filmpje kijken, dat soort dingen?'

Ik lach. 'O, ik weet het niet, hoor. Ik heb me door iemand laten vertellen dat ik een hele slechte filmsmaak heb.'

'Hm, geen probleem,' zegt hij zacht en met zijn lippen strijkt hij langs mijn kaak. Een warme gloed kruipt van mijn knieholtes, langs mijn ruggengraat omhoog. 'Ik denk toch niet dat ik me kan concentreren.'

Ik zoek zijn mond weer met de mijne en dit keer komt hij me tegemoet. De kus die volgt laat me de wereld om me heen vergeten. De echte wereld, waarin ik een tweede kans heb gekregen die ik met beide handen vastgrijp en nooit meer loslaat.

Epiloog

'Doe maar voorzichtig, jongens!' roept mijn moeder door de opengeslagen tuindeuren naar Joris en Jasper. Ze rennen lachend achter een schichtige chihuahua aan die mijn moeder bij tijd en wijle smekend aankijkt. 'Hij houdt niet zo van dat wilde gedoe.'

Ze neemt weer plaats op de bank en pakt haar koffiemok. Ik glimlach naar haar. Ik ben blij dat het beter met haar gaat. De dood van Eddie een paar weken geleden was, hoe onvermijdelijk ook, een grote klap. Inclusief dagenlange bedlegerigheid en ontroostbaar huilen. Eddie kreeg een heuse begrafenis met alles erop en eraan en mijn moeder ging wekenlang alleen nog in het zwart gekleed. Op aandringen van haar vriendinnen van de leesclub heeft ze een nieuwe hond genomen. De chihuahua in kwestie heet Paco en, behalve dat hij ook in een handtas past, lijkt hij verder in niets op Eddie. Voor mij een teken dat mijn moeder voorzichtig het verleden los probeert te laten.

'Laat ze toch lekker, Hetty,' zegt Laura goedmoedig. Zij en mijn vader zitten naast haar op de bank. Sinds het kerstdiner een paar maanden geleden zijn ze al een paar keer met zijn drieën langs geweest, en elke keer wordt het minder ongemakkelijk. Zelfs mijn vader lijkt steeds meer te ontspannen. Hij luistert nu aandachtig naar Elias en Julian die hem uitleggen waar *FREE!* over gaat en hem over proberen te halen een keer naar een voorstelling te komen. Ik moet gniffelen wanneer ik mijn vader verward zie kijken als Julian liefdevol een hand op de knie van Elias legt en ik langzaam bij hem het besef zie ontstaan dat hij naast twee geliefden zit.

Als de bel gaat sta ik op, dat zal de rest van de visite zijn. Ik ben blij dat het een keer mooi weer is op mijn verjaardag, want gezien het aantal mensen dat ik verwacht zal ik zeker de helft in de tuin moeten stallen. Maar in plaats van visite staat er een bezorger op de stoep met een enorme bos bloemen.

'Gefeliciteerd!' zegt hij met een knipoog en hij knikt naar de slingers die hij door het raam in de huiskamer kan zien hangen.

'Dank je wel,' zeg ik glimlachend.

Ik ben benieuwd van wie de bloemen zijn en terwijl ik naar de keuken loop om ze in een vaas te doen kijk ik op het kaartje.

Lieve Loes,
Gefeliciteerd. Maak er een feestelijke dag van.
Groet,
Erik

'Ach, wat lief!' roep ik uit.

'Wat is lief?' vraagt Bart. Hij staat in een schort bij het aanrecht het vlees te marineren voor op de barbecue vanavond.

'Bloemen van Erik.'

'Dat is inderdaad heel aardig.'

Bart pakt de bos van me over en legt ze op de koelkast. Dan trekt hij me naar zich toe. Voor de zoveelste keer vandaag wilde ik dat we geen bezoek hadden. Het is misschien ook het mooie weer en de geur van de lente die in de lucht hangt, maar ik vraag me soms af of het wel normaal is hoe achterlijk verliefd ik ben op deze man.

'Je moet mijn cadeautje ook nog krijgen,' fluistert hij. Hij plaagt me er al sinds het ontbijt mee dat er nog iets speciaals aan zit te komen en inmiddels ga ik ervan uit dat hij er iets schunnigs mee bedoelt. Ik haal mijn schouders op.

'Hm, misschien ben ik straks wel te moe om nog een cadeau open te maken,' zeg ik koket.

Bart grijnst. 'In dat geval…'

Door het keukenraam wenkt hij naar de jongens die hem meteen lijken te begrijpen en in een rechte lijn naar de schuur rennen.

'Doe je ogen maar dicht,' gebiedt Bart me en ik doe wat hij zegt. Achter me hoor ik geschuifel en het opgewonden gefluister van mijn zoons die de keuken binnenkomen.

'Je mag weer kijken, mama,' hoor ik Joris zeggen.

Als ik mijn ogen open en me omdraai wordt me een groot rechthoekig pakket in mijn handen geduwd. Ik kan met geen mogelijkheid bedenken wat het kan zijn. Ik kijk argwanend van Bart naar Joris en Jasper die alle drie kijken alsof ze elk moment in lachen uit kunnen barsten. Ik vertrouw ze voor geen meter.

'Wat is het?'

'Je moet het uitpakken, mama. Dan weet je het,' grinnikt Jasper.

Nieuwsgierig trek ik het pakpapier van het voorwerp af en tot mijn verbazing houd ik een reusachtig waterpistool in mijn handen. Het voelt alsof het al gevuld is. Ik kijk niet-begrijpend op, helemaal als ik Bart achter zijn rug drie soortgelijke waterpistolen tevoorschijn zie halen en hij er twee aan mijn zoons geeft.

'Je krijgt tien seconden om dekking te zoeken,' zegt hij met een grijns.

'Maar…'

'Tien.'

'We hebben visite!'

'Negen.'

'Is dit een grap?'

'Acht.'

'Bart, serieus…'

'Zeven.'

'Alsjeblieft, ik…'

'Zes.'

Ik draai me om en zet het op een rennen. De gang door naar de voordeur. Ik trek hem met een ruk open en haast me langs een verbaasd kijkende Jet en Ellen.

'Sorry, zo terug!' roep ik over mijn schouder en ren de stoep op.

'Vijf, vier...' hoor ik de stem van Bart achter me.

Ik schiet de straat over en zwaai in het voorbijgaan naar de ouders van Bart die net uit hun auto stappen.

'Drie, twee, één, ik hoop dat je er klaar voor bent!'

Ik duik achter de auto van een van mijn buren en ontwijk net op tijd een straal water. Ik hoor Joris en Jasper schaterlachen terwijl hun voetstappen dichterbij komen. De buren kijken uit het raam en verraden met gebaren mijn schuilplek aan mijn zoons. *En bedankt!* Ze lachen me vierkant uit als ik ze vuil aankijk. Ik probeer mezelf wanhopig te verdedigen als de jongens me van twee kanten belagen.

'Stop!' gil ik. 'Ik geef me over.'

Ik houd mijn handen omhoog, maar ze houden niet op. Als Bart in mijn vizier verschijnt storm ik op hem af. 'Jij!'

Ik leeg mijn waterpistool op hem, maar als ik dichterbij kom maakt hij me, zonder enige moeite, mijn wapen afhandig en klemt me met mijn rug tegen zich aan. Deze move ken ik, ik hoop alleen niet dat hij me nu hetzelfde gaat flikken als toen.

'Iedereen op mama!'

'Nee!' roep ik. Tevergeefs.

Vijf seconden later zijn ook de jongens door hun munitie heen en druipt het water langs mijn rug mijn onderbroek in. Ik voel het lachen van Bart door zijn borstkas tegen mijn rug en moet ondanks alles met hem meelachen. Ik leun mijn hoofd achterover tegen zijn schouder, iets wat ik destijds op de camping wel had willen doen, maar niet durfde.

Nu durf ik alles.

'Je bent knettergek,' lach ik in zijn oor.

'Dank je,' grinnikt hij. 'Ik hou van knettergek.'

Ik glimlach breed en leun nog dichter tegen hem aan.

'Ik ook van jou.' fluister ik.

Bart drukt een kus op mijn slaap en daarna lopen we arm in arm terug naar huis. Kleddernat, maar volmaakt gelukkig.

Dankwoord

Ik heb ontzettend genoten van het schrijven van dit boek. Toch zijn er een aantal momenten geweest waarop ik de handdoek bijna in de ring wilde gooien (met mijn laptop erachteraan), maar deze mensen zorgden ervoor dat ik niet opgaf.

Op de allereerste plaats: Bouke. Je hebt me op het laagste dieptepunt in dit schrijfproces teruggefloten, net als op de avond dat we elkaar voor het eerst ontmoetten. Je bent niet alleen de leukste man die ik me kan wensen, maar ook de beste creatieve coach. Vanaf het begin heb je me gesteund, zelfs nadat je mijn eerste (zeer, zeer slechte) probeersels had gelezen. Toen ik overwoog ermee te stoppen heb je me overtuigd door te zetten en kijk nou: hier ligt mijn eerste boek! Dat was niet gebeurd zonder jou.

Dan mijn lieve vrienden die de tijd namen tussentijds mee te lezen: Anke Janssen, Geertjen Pot, Jaap van der Vlist, Fleur van der Vlist, Dayna Gosselaar, Manon en Guus Meeuwis en Suzanne Heuts. Jullie enthousiasme gaf me vleugels.

Ook een diepe buiging en dankjewel voor de vier dames die ik via Instagram benaderde om hun kritische blik over mijn schrijfwerk te laten gaan. Luna (@leesdame), Nikki (@nikkileest), Samantha (@samsboeken) en Fay (@boekenfee): jullie zijn goud waard! Jullie kennis van het genre en jullie uitgebreide feedback zijn essentieel geweest voor dit boek.

En tot slot alle leuke mensen bij De Boekerij. In het bijzonder Frederika van Traa en Ilse Delaere, die me vanaf het begin een volwaardig auteur deden voelen en die me met veel zorg en vrolijkheid hebben begeleid.

Dank, dank, dank!